Katie Jay Adams
Eine sanfte Brise Glück

 Montlake

Das Buch

Weltenbummlerin Lina glaubt nicht daran, dass Wünsche wahr werden können. Vor allem, da sie gerade von ihrem Freund versetzt und als Hotelmanagerin anstatt nach Abu Dhabi in ein Fischerdorf an die Ostsee geschickt wurde. Ausgerechnet an den Ort ihrer Kindheit. Fischbrötchen und Quallen statt Sonne und Glitzer.

Dort angekommen hält nicht nur ihr neuer Job ein paar knifflige Herausforderungen für Lina bereit, auch privat gibt es jede Menge Turbulenzen. Die feurige Charmeoffensive ihrer Jugendliebe Phil trifft sie sehr überraschend und das Wiedersehen mit ihrer Tante Gesa verläuft ebenfalls anders als erwartet. Nur Simon, Gast in Gesas Pension, kann scheinbar kein Sturm aus der Ruhe bringen. Wer ist dieser geheimnisvolle Mann?

Und können sich Linas Wünsche zwischen Möwen und Meer vielleicht doch noch erfüllen?

Die Autorin

Katie Jay Adams lebt mit ihrem Mann und den beiden Kindern auf dem Land, hat eine ausgeprägte Spinnenphobie und ist ein echter Kaffeejunkie. Die Liebe zu Buch und Film wurde ihr bereits in die Wiege gelegt. Inspirationen zu ihren »süßen Geschichten mit ernstem Hintergrund« findet sie überall – im ganz normalen Alltag. Denn: Was ist schon normal?

Alle ihre Bücher sind BILD- und Amazon-Bestseller, halten sich wochenlang in den Buch-Charts und wurden bisher tausendfach verkauft.

KATIE JAY ADAMS

EINE SANFTE BRISE
BRISE
Glück

Roman

 Montlake

Deutsche Erstveröffentlichung bei
Montlake, Amazon Media EU S.à r.l.
38, avenue John F. Kennedy, L-1855 Luxembourg
Januar 2023
Copyright © der deutschsprachigen Ausgabe 2022
By Katie Jay Adams

Umschlaggestaltung: bürosüd⁰ München, www.buerosued.de
Umschlagmotiv: © YamabikaY © tratong © PIXEL to the PEOPLE
© New Africa © Mozaic Studio © Romanova Ekaterina
© Konrad Uznanski © mapman © Nora Hachio / Shutterstock
Entwicklungslektorat: Marketa Görgen
Lektorat und Korrektorat: Media-Agentur Gaby Hoffmann,
www.profi-lektorat.com
Gedruckt durch:
Amazon Distribution GmbH, Amazonstraße 1, 04347 Leipzig /
Canon Deutschland Business Services GmbH, Ferdinand-Jühlke-Straße 7,
99095 Erfurt /
CPI books GmbH, Birkstraße 10, 25917 Leck

p-ISBN: 978-2-49670-988-9
e-ISBN: 978-2-49670-987-2

www.montlake.de

Für meine Familie

Prolog

Lina, 16 Jahre alt

Wenn du ein Kind bist, kommt dir die Welt unendlich groß vor – und jeder Moment erscheint bedeutend. Manche Erinnerungen verdrängen wir im Laufe unseres Lebens, andere rufen wir uns immer wieder ins Gedächtnis, weil sie uns so sehr berührt haben. Das hier war so eine.

Lina spürte, wie die kühle Seeluft über ihre Schultern strich. Ihre Sandalen hatte sie schon auf dem Weg durchs Schilf ausgezogen und ihre Füße hinterließen Abdrücke im weichen Sand. Die Abendsonne tauchte das Meer in orangerotes Licht. Außer Lina und ein paar Möwen hatte sich niemand an diesen Strandabschnitt abseits des Tourismusgebietes verirrt. Es gab keine Laternen, die den Weg durch die Dünen und das Seegras hätten weisen können. Man musste sich auskennen, um diesen Ort zu finden – Linas und Phils Lieblingsplatz. Zumindest in den Sommerferien, die Lina wie jedes Jahr mit ihrer Schwester Nele bei Tante Gesa in der Romantikpension verbrachte.

7

Phil plus Lina. Lina plus Phil. Wie oft hatten sie ihre Namen in den nassen Sand gemalt und wie oft war die Schrift sofort von den Wellen davongetragen worden.

Lina fuhr sich über die Stirn. Sie schwitzte. Der August war so heiß wie lange nicht, weshalb selbst jetzt gegen zwanzig Uhr ein dünner Rock und ein dünnes Top absolut ausreichten. Gedankenverloren befühlte sie ihr Dekolleté. Sonnenbrand, klar. Na ja, Gesa hatte sicher eine Creme dafür zu Hause. Sie hatte für alles eine Creme. Lina sah wieder auf die Uhr. Wo steckte Phil bloß? Heute war doch ihr letzter gemeinsamer Abend, bevor …

»Hey, Prinzessin.« Ein starker Arm legte sich von hinten um ihre Taille und hielt sie.

Endlich! Lina hatte seine Berührungen den ganzen Tag über vermisst, Phil aber nicht kommen hören. Vermutlich, weil sie mal wieder zu viel gegrübelt hatte. Doch damit war nun Schluss. Sie hatte keine Lust mehr, darüber nachzudenken, was nach den Ferien passieren würde.

»Ich bin zu spät. Sorry.« Phils Motorradhelm fiel neben ihr in den Sand und er schlang beide Arme um sie. Liebevoll küsste er sie auf den Nacken. »Mein Vater hat mich nicht weggelassen. Wie immer. Er wollte unbedingt die Zimmerbelegung für morgen mit mir durchgehen. Als wäre das jetzt so wichtig.« Genervt stöhnte er. »Ich hab ihm gesagt, dass ich losmuss. Hat er natürlich nicht verstanden. Aber ich bin trotzdem gegangen. Ich wollte zu dir!«

»Philipp Olsen …« Schwungvoll drehte Lina sich zu ihm um und küsste ihn auf den Mund.

Als kleine Kinder hatten sie in den Sommerferien Verstecken oder Karten gespielt, wenn sie sich gesehen hatten. Sie hatten sich nicht geküsst wie heute. Obwohl Lina sich seit jeher von Phil angezogen gefühlt hatte. Er war gut aussehend, charmant und witzig. Sie mochte, wenn er sie kitzelte, und sie mochte seine kleine Zahnlücke, die man nur sah, wenn er aus vollem Herzen lachte. Letztes Jahr hatten sie dann beide zum ersten Mal bemerkt, dass sie nicht nur Freundschaft verband. Nächtelang hatten sie über Gott und die Welt philosophiert und gemeinsame Ausflüge unternommen, von denen Lina das ganze Jahr über in Gedanken gezehrt hatte. Und als sie Phil dieses Jahr an ihrem ersten Ferientag im Möwenhotel endlich wiedergesehen hatte, konnten sie den Blick nicht mehr voneinander abwenden. Ständig hatten sie sich gegenseitig berührt, getuschelt und gekichert. Es hatte zwischen ihnen gefunkt, wie Gesa das nannte. Doch ihre Tante unterschätzte ihre Beziehung gewaltig: Es war nicht nur ein Funke – es war ein ganzes Feuerwerk.

»Du bist so süß!«

»Ich bin süß?« Phil lächelte schief und blinzelte gegen das Abendrot an. »So wie deine Schoko-Ostseekiesel?«

»Noch süßer.« Lina musste lachen, als sie an die kleinen Schokoladen-Kieselsteine dachte, die aussahen wie jene, die das Meer neben Muscheln und Algen an den Strand spülte. Dann wurde sie wieder ernst. »War dein Vater sehr böse mit dir, weil du abgehauen bist?«

»Ach, der!« Phil zuckte mit den Achseln. Seine Augen glitzerten in der Sonne wie Bernstein. »Mein Vater ist mir egal.« Phil trug das beigefarbene Hemd mit dem Mandarin-Kragen, das ihn älter wirken ließ, als er war, und die schwarze Kellnerschürze des Hotels. Die gestickte weiße Möwe auf der Schürzentasche war unscheinbar, und doch wusste jeder im Ort, was sie bedeutete.

»Er möchte immer noch den Titel für das beste Hotel Deutschlands gewinnen, oder?« Langsam ließ Lina ihre Finger an dem Hemd entlanggleiten. »Und du sollst ihm dabei helfen.«

»Pfff. Das kann er vergessen. Sieh dir den Schuppen doch mal an, den mein Großvater uns hinterlassen hat. Allein die Fixkosten sind dermaßen hoch, dass wir in den nächsten Jahren

gerade so über die Runden kommen, meint meine Mutter.«
Vorsichtig zog er sie näher an sich, was ihr Herz zum Stolpern
brachte.

Hoffentlich hörte er das nicht. Ihre Wangen glühten, je länger seine Hände auf ihrer Taille ruhten. Unwillkürlich dachte
sie an Phils Jugendzimmer, in dem sie heute Morgen neben ihm
in seinem Bett aufgewacht war.

»Sorry, dass ich ausgerechnet jetzt mit dem Hotel angefangen habe. Das war dumm von mir.« Sanft legte er seine Lippen
auf ihre und küsste sie zart. »Alles okay? Du sagst gar nichts
mehr. Ist es … wegen gestern Nacht?«

»Wegen letzter …? Nein!«, wehrte sie übertrieben gleichgültig ab. »Ich meine …«, stammelte sie verlegen, obwohl
sie eigentlich lässig und erfahren rüberkommen wollte. Eine
Windböe wehte ihr eine dunkle Locke ins Gesicht, die sie zaghaft hinters Ohr beförderte. »Also … es war echt toll«, schob
sie hinterher, obwohl das völlig untertrieben war. Es war der
Hammer gewesen! Ihr erstes Mal.

Zärtlich strich Phil mit dem Daumen ihre Wange entlang.
»Es war mehr als toll. Ich …« Er brach ab, sichtlich darum
bemüht, die Fassung zu bewahren und das Vibrieren seiner
Stimme zu kontrollieren. Vorsichtig ließ er sie los und versuchte
ein Lächeln. »Und du musst wirklich morgen schon fahren?«

»Ja.« Tiefes Einatmen. »Mama kommt uns morgen früh
abholen.«

»Haben deine Eltern eine Lösung gefunden?« Fahrig brachte
Phil seine vom Helm platt gedrückte Frisur in Ordnung und
setzte sich auf einen kleinen Sandhügel, woraufhin Lina ihren
langen Rock zusammenraffte und sich neben ihm niederließ.

»Sie lassen sich scheiden, Phil.« So war es. Es gab nichts
drum herumzureden. »Papa hat Nele und mich heute Mittag
angerufen und es uns gesagt.« Natürlich hatten Lina und Nele
gleich beratschlagt, ob ihre Familie doch noch irgendwie zu

retten war. Aber sie hatten keinen Ausweg gefunden. Stattdessen hatten sie erst einmal eine Runde geweint.

»Ach du Schande.«

Das war alles? Aber gut, was sollte er auch dazu sagen? Die Scheidung erschien unausweichlich. Phil kannte sie, er wusste, dass Lina momentan nicht im Detail darüber sprechen wollte. Stumm ließ sie eine Handvoll Sandkörner zwischen ihren Fingern hindurchrieseln. Sand und Meer. Und Phil. Es gab nichts Schöneres. Könnte sie bloß für immer hierbleiben.

»Nele und ich ziehen mit Mama nach Berlin.« Rums, jetzt war auch das ausgesprochen, zum allerersten Mal. Und sie hasste es. Sie wollte nicht umziehen, erst recht nicht nach Berlin. Sie wollte ihr Abitur nicht an einer neuen Schule beenden müssen. Aber noch viel weniger wollte sie, dass ihre Eltern sich trennten. »Papa hat zuerst darauf bestanden, uns zu sich zu nehmen. Aber aus irgendeinem Grund haben sie sich darauf geeinigt, dass es wohl für alle am besten ist, wenn wir mit Mama gehen. *Für alle am besten*«, wiederholte sie die Worte ihres Vaters, die sie tief getroffen hatten – was sie niemals zugeben würde, höchstens Phil gegenüber.

»O Mann, das ist echt Mist. Tut mir total leid für dich. Kann ich irgendetwas tun?«

Lina schüttelte den Kopf.

Schweigend schauten sie hinaus aufs Meer, bis Phil nach ihrer Hand griff. »Ich kann mir überhaupt nicht vorstellen, dass wir uns ab morgen nicht mehr sehen können. Das ist so unfair!«

Seine Verzweiflung und ihr Bedürfnis nach Nähe bewogen sie beide dazu, sich ganz eng aneinander zu kuscheln. Er umarmte sie fest, warm und vertraut. Seine Haut und sogar die von der Sonne ausgeblichenen Strähnen rochen nach Seife, Salzwasser und ein bisschen nach Apfelkuchen. Sicher hatte seine Mutter wieder eine ihrer berühmten Kreationen gezaubert, die sie den Gästen morgen im Palmencafé des Möwenhotels

11

servieren würde. Lina seufzte. Würde sie jemals wieder in den Genuss von Frau Olsens Kuchen kommen?

Das Geräusch der gleichmäßig an den Strand spülenden Wellen beruhigte sie. Wenigstens auf das Meer war stets Verlass. Sobald Lina einen Fuß auf den feinen Sandstrand setzte, war sie weit weg von zu Hause, von ihren streitenden Eltern und allen Problemen dieser Welt.

»Papa meinte, dass wir ab sofort in den Ferien lieber arbeiten sollten, anstatt bei Tante Gesa und Onkel Hannes in Bennickshoop rumzuhängen. Krass, oder? Deshalb weiß ich nicht … also, ich weiß nicht … ob wir nächsten Sommer noch mal herkommen dürfen.«

Dazu fiel selbst Phil nichts ein, obwohl er normalerweise auf alles eine Antwort hatte.

»Aber du könntest mich in Berlin besuchen kommen, wenn du den Führerschein hast! Das ist doch bald«, setzte sie hoffnungsvoll hinzu und versuchte vergeblich, den Kloß in ihrem Hals herunterzuschlucken. Eine Liebe auf Distanz war wohl alles, was ihnen blieb. Ob das gut ginge? Es musste gut gehen!

»Ich bezweifle, dass mein Vater mich mit seiner Karre fahren lässt, wenn ich demnächst achtzehn bin. Vermutlich noch nicht mal von unserem Hotel bis zum Strand.« Er winkte resigniert ab. »Aber egal wie. Ich werde dich besuchen. Versprochen. Und ich schreibe dir – so richtige Briefe, wie die Leute das vor hundert Jahren gemacht haben. Vielleicht hole ich dich sogar zu einer Spritztour mit dem Motorrad ab. Ich darf ja dann eine größere Maschine fahren.«

»Meine Eltern würden bereits ausflippen, wenn sie wüssten, dass ich in den Ferien mit deiner Achtziger mitgefahren bin. Motorrad fahren? Keine Chance.«

»Verdammt. So hatte ich mir das alles nicht vorgestellt … besonders nicht nach letzter Nacht.« Er griff in die Schürzentasche und Lina stockte der Atem, als er ihr ein silbernes Armband mit einem kleinen Muschelanhänger auf seiner Handfläche hinhielt. »Nichts Großes.« Seine Finger zitterten, als er es ihr umlegte. »Vergiss mich nur nicht, Lina.«

»Niemals.« Nun weinte sie erneut, obwohl sie genau das nicht tun wollte – heulen. Sie wischte sich mit dem Handrücken über die Augen. Es kam ihr vor, als würden ihre Gefühle sie innerlich verbrennen. Verlust, Sehnsucht und Verlangen – alles in einem. Mama und Papa wollten von ihrer großen Liebe morgen bestimmt nichts hören – und auch übermorgen nicht. Sie würden Lina abwimmeln, wie sie es ständig taten. Und das, obwohl sich bei ihr vor ein paar Stunden das ganze Leben verändert hatte. Sie war jetzt eine Frau. »Ich werde das Armband jeden Tag tragen.« Behutsam drückte sie es an ihr Herz. O Gott! Sie konnte Phil ab morgen nicht mehr küssen. Wie lange würde dieser Zustand andauern? Am liebsten würde sie ewig so mit ihm hier sitzen bleiben. Schnell presste sie ihre Lippen auf seine. »Du wirst mir so fehlen.«

»Glaub mir, du wirst mir mehr fehlen, Lina.« Er machte eine Pause und schluckte hart. »Für immer.«

Für immer.

KAPITEL 1

AMSTERDAM

Lina, elf Jahre später

Mit seinen starken Armen zog er mich fester an sich heran, und in diesem Moment, draußen am Meer, wusste ich, dass Phil der Junge war, den ich niemals vergessen würde. Meine erste große Liebe.
Er war der Junge, der …

Piep. Das Bild von Phil und mir am Strand verblasste und die Sonne ging über dem Meer auf. Vor meinem inneren Auge wurde es heller und heller, bis der nächste lästige Ton die Stille durchschnitt. Wie unangenehm. Und dann gleich noch einmal. Der Handywecker kannte kein Erbarmen. Leider. Ich war absolut kein Frühaufsteher, aber es nutzte nichts. Angestrengt schälte ich mich aus der Bettdecke und tapste ins Bad. Für Amsterdamer Verhältnisse war meine Wohnung groß: achtzig Quadratmeter Altbau, beste Lage. Die Überstunden und Zusatzarbeiten, die ich für Luxury Escape übernahm, ohne mit der Wimper zu zucken, zahlten sich aus. Mit der Zahnbürste im Mund blickte ich in den Spiegel: Meine widerspenstigen dunklen Locken und die noch dunkleren Augen ließen die Menschen oft vermuten, dass ich durchsetzungsfähig und stark sei, wovon offenbar auch mein Arbeitgeber überzeugt war. Aber sicher hatte nicht nur das meinen Chef Erik und unseren Oberboss dazu bewogen, mir gestern Abend dieses unglaubliche Jobangebot zu unterbreiten.

Ich dachte an den Traum. War es normal, nach über zehn Jahren von einer längst vergangenen Teenagerromanze zu träumen? Phil und ich in den Dünen, nach unserem – nein, ich korrigiere – *meinem* ersten Mal. Vielleicht war das aber auch nur logisch in Bezug auf meine neue Aufgabe, dieses Luxushotel vor dem vorzeitigen Aus zu retten. Ausgerechnet in Bennickshoop! Klar, dass da alte Erinnerungen hochkamen. »Der nächste Schritt auf deiner Karriereleiter«, hatte Erik stolz verkündet. Und er hatte recht.

Philipp Olsen war Geschichte und ich mittlerweile siebenundzwanzig Jahre alt. Glücklich vergeben noch dazu. Denn Erik, mein Chef und Bald-Verlobter, wie ich ihn gern titulierte, stand nicht nur beruflich an erster Stelle für mich. Wir waren ein Team! Eine meiner wenigen Liebesbeziehungen, die bereits länger als ein Jahr hielt. Ich hüpfte unter die Dusche, wohl wissend, dass das Wort Verlobter ein bisschen übertrieben war. Meine Schwester Nele zum Beispiel würde uns eher als On-off-Beziehung bezeichnen, was zwar nach Boulevardblatt klang, aber immerhin für die wilde Leidenschaft sprach, die unser Zusammensein bestimmte. Gerade waren wir wieder total *on*, vor allem körperlich. Ich schmunzelte und sah Nele vor mir, die uns mit erhobenem Zeigefinger ermahnte, dass die Quantität des Sex absolut nichts über die Qualität einer Beziehung aussagte.

Meine Schwester war durch und durch Familienmensch, konnte meinen Reisen und dem Karrierestreben nichts abgewinnen und stand zu allem Überfluss auch noch gern früh auf. Seit Jahren lebte sie mit Mann und Kind in Hamburg. Geradlinig, ohne große Abwege oder Verrücktheiten, so, wie sie es wollte. Die Entfernung zwischen ihrem Wohnort und meinen jeweiligen Arbeitsorten hatte uns nie etwas anhaben können und ihre Meinung war mir nach wie vor extrem wichtig.

Ich hüllte mich ins Badehandtuch und griff nach dem Handy, um sie anzurufen. Das Display zeigte drei verpasste Anrufe und eine Nachricht, alle von Erik.

Erreiche dich nicht.

Wieder vergessen, die Lautlos-Funktion zu deaktivieren?
Ich muss dir dringend was erzählen.
Frühstück bei Charlys um acht? Erik

Es war schön, dass er so früh am Morgen an mich dachte. Wir hatten uns gestern nach der Arbeit im Büro verabschiedet, weil er mit einem ehemaligen Schulfreund beim Italiener verabredet gewesen war. Ich tippte: Okay. Bis gleich.

Zur Sicherheit schickte ich ein Herzchen hinterher und aktivierte den Handyton. Ich zuckte zusammen, als es daraufhin spontan klingelte. Es war Rike.

»Na, Karriere-Lina?«, begrüßte mich meine beste Freundin fröhlich. Im Geiste hakte ich das Telefonat mit meiner Schwester ab. Denn wenn Rike gute Laune hatte, hörte sie so schnell nicht mehr auf zu reden. Außerdem liebte sie Neuigkeiten. Ich stieg in meinen schwarzen Rock und zog die rote Spitzenbluse an, die Erik als »etwas wild« bezeichnet hatte. Lag vielleicht daran, dass er acht Jahre älter war als ich und die meiste Zeit der Woche im Anzug verbrachte. »Hast du die Besprechung in der Chefetage mittlerweile verdaut?«, erkundigte sich Rike. »Bist ja häufiger dort unterwegs. Nur normalerweise aus anderen Gründen.« Sie lachte. Rike war die einzige meiner Amsterdamer Freundinnen, die über mich und Erik Bescheid wusste.

»Ehrlich gesagt, wie Fechner und Erik mir diese neue Stelle unterjubeln wollten, war seltsam. Sie benahmen sich, als würden sie mich an den spannendsten Ort der Welt schicken.«

»Kann doch sein. Wer sagt, dass nur in Rio, Tokio oder New York die Post abgeht?«

»Oder in Amsterdam.« Ich dachte an Rikes und meine regelmäßigen Wochenendausflüge in die überfüllten Bars und Clubs der Stadt. »Ich versteh ja total, dass sie jemanden möchten, der sich in Bennickshoop auskennt. Trotzdem hätte ich mir mehr gewünscht, dass Erik und ich gemeinsam nach Abu Dhabi versetzt werden, als dass sie mich allein in irgendein Kaff schicken. Und dass Erik sich dafür auch noch starkmacht, hätte ich nicht gedacht. Aber er will bestimmt nur das Beste für mich. Oder er plant, heimlich mitzukommen – sozusagen als Überraschung.«

»Sozusagen.« Rike räusperte sich. »Schätzchen, das ist ein exquisiter Fünfsterneladen. Besser geht es doch gar nicht.« Im Hintergrund hörte ich die Durchsage der Straßenbahn. Sie war sicher auf dem Weg zur Arbeit. »Ja, dieses Strandperlen-Hotel hat im Moment Probleme mit den Internetbewertungen«, lenkte sie ein, »aber das bekommst du doch spielend in den Griff. Ich kann mir auch gar nicht vorstellen, dass die Dorfbewohner so massiv gegen das Luxushotel schießen, wie du erzählt hast.«

»Nicht ich. Fechner hat das behauptet.«

»Abu Dhabi kommt später. Dein Oberboss hat doch schon angekündigt, dass dir danach eine Führungsposition an einem Ort deiner Wahl winkt. Jetzt ist erst mal Ostsee angesagt. Möwen, Strand und Fischbrötchen.«

»Und Feuerquallen.«

»Die Feuerquallen sind dein Problem?«

»Nein, aber meine Tante Gesa hat eine Pension in Bennickshoop, wie du weißt. Ich habe als Kind meine Sommer dort verbracht und ...«

»Einen Moment«, unterbrach Rike mich. »Ich muss aussteigen.«

Ich steckte mir derweil die In-Ear-Kopfhörer in die Ohren und suchte meine hohen Schuhe. Laptop und Arbeitstasche standen an der Wohnungstür bereit.

»Guten Morgen. Ja, ich rufe gleich direkt auf der Station an, wenn ich da bin«, sagte sie zu irgendwem. Krankenhausalltag. Wahrscheinlich konnte sie noch nicht einmal in Ruhe die zwei Minuten von der Straßenbahn zur Klinik zurücklegen, ohne angesprochen zu werden. Rike war Krankenschwester, und manchmal kam mir mein eigener Beruf dagegen nichtssagend vor. Ich half niemandem. Oder doch?

»Du, ich muss Schluss machen«, entschuldigte sie sich. »Die Pflicht ruft. Ich gehe davon aus, dass du das Angebot von Luxury Escape annimmst? Wenn du willst, kann ich später noch meine Runen dazu befragen.« Anders als ich glaubte Rike an überirdische Wegweiser und warf mit Hingabe Runensteine, um mit ihrer Hilfe Vergangenheit, Gegenwart und Zukunft vorherzusagen. »Wir stoßen dann heute Abend im Charlys auf deine neue Arbeitsstelle an, okay?«

Meine zweite Einladung in Charlys Bistro für heute. »Gern, nur ohne Runen bitte. Ich muss jetzt auch los.«

Ich müsste ihr später die Entscheidung, die ich soeben getroffen hatte, erklären: Das Jobangebot in Bennickshoop würde ich ablehnen.

Das Charlys lag glücklicherweise lediglich ein paar Häuserblocks von meiner Wohnung entfernt und zu Fuß konnte ich den Weg durch die viel befahrenen Straßen der Stadt deutlich schneller bewältigen als mit irgendeinem Verkehrsmittel. Außerdem war es viel schöner. Ich spazierte an den Grachten – den zahlreichen Wasserwegen Amsterdams – entlang, die vor Jahrhunderten zum An- und Abtransport von Gütern erbaut worden waren.

Hinter einer Brücke bereitete ein Mann eines der Touristenboote auf die nächste Ausfahrt vor. Ich nahm mir vor, zu unserem Zweijährigen kommende Woche eine romantische Bootsfahrt für Erik und mich zu buchen.

Zwei Jahre. Und in der Firma wusste keiner von uns. Erik wollte keinen unnötigen Gesprächsstoff liefern und im Grunde ging es auch niemanden etwas an. Ich fragte mich allerdings, wie er sich das mit uns vorstellte, wenn ich demnächst in Deutschland leben und arbeiten würde, viele Kilometer von ihm entfernt. Obwohl der neue Job an der Ostsee auf ein halbes Jahr befristet war, wären es doch einhundertzweiundachtzig Tage, an denen wir uns nicht so leicht sehen konnten wie bisher. Die mehr als siebenstündige Autofahrt zwischen Amsterdam und Bennickshoop sowie die Tatsache, dass Fernbeziehungen schnell zerbrechen konnten, beschäftigte mich. Außerdem war da noch meine letzte prägende Kindheitserinnerung an diesen Ostseeort: Daran, wie Mama wortlos unsere Koffer ins Auto gewuchtet hatte und schnurstracks mit uns nach Berlin abgedüst war. Von Tante Gesas heimeliger Romantikpension mit den lila Hortensien neben der Veranda ging es hopphopp in einen Plattenbau nach Berlin-Marzahn. Ohne Blumen.

Ich hatte nach diesem Tag nie mehr mit Tante Gesas selbst gemachtem Kakao in der Hollywoodschaukel auf der Holzterrasse gesessen oder den Wellen zugehört, wie sie an den Strand spülten. Und nie wieder hatte ich solches Herzklopfen verspürt wie damals in den Dünen – mit Philipp Olsen. Dem Jungen, der mir nie geschrieben und mich nie besucht hatte.

Ich seufzte schwer. Lange her. Doch es bestärkte mich in meiner Entscheidung: Kein Bennickshoop! Ich würde es Erik gleich nach der Begrüßung mitteilen. Vielleicht war das Ganze ja einfach ein Test von ihm, um zu prüfen, wie ernst es mir mit uns war. Schließlich neckte er mich dauernd damit, wie verschieden wir doch seien. Als spielte das in der Liebe eine Rolle.

Ich schaute auf meine teure Armbanduhr, ein Geschenk zu unserem ersten Jahrestag. Halb acht. Ich würde es also rechtzeitig ins Bistro schaffen, was gut war. Denn Erik hasste Unpünktlichkeit und ich war eine Meisterin darin. Wir waren eben unterschiedlich, was gleichzeitig den Reiz unserer Beziehung ausmachte. Meine Stimmung hellte sich auf, je näher ich dem Charlys kam und je sicherer ich mir meiner Entscheidung wurde. Es war nicht allein das Ablehnen einer Stelle an der Ostsee, es war der Startschuss in eine gemeinsame Zukunft mit Erik. Hier in Amsterdam.

Durch das Fenster des Bistros sah ich ihn auf unserem Stammplatz sitzen. Er hatte einen Milchkaffee vor sich und las etwas auf seinem Tablet. Nicht nur unsere Beziehung war ständig *on*, auch er war es, und zwar on-line. Wenn er mal nicht arbeitete, checkte er Mails, die Nachrichten, den Dax, die Boulevardpresse. Erik entging nichts, und genau das faszinierte mich neben seiner Lebensfreude an ihm. Wir waren – ganz klassisch – nach einem Firmensommerfest miteinander im Bett gelandet. Keiner der Kollegen hatte es bemerkt, was Erik in seiner Position als mein Chef enorm wichtig war. Er hätte seinen Job verlieren können. Letztendlich war das bis heute so geblieben und wir hielten uns in der Öffentlichkeit mit Zärtlichkeiten zurück.

Festen Schrittes ging ich durch die antike 50er-Jahre-Drehtür und betrat das Bistro. Verführerischer Kaffeeduft strömte mir entgegen. Als Erik mich bemerkte, legte er das Tablet zur Seite, checkte sein Handy und winkte mir zu. Irgendetwas störte mich, ich wusste allerdings nicht, was. Erik selbst konnte es nicht sein, denn er sah in seinem maßgeschneiderten Anzug blendend aus, wie jeden Tag.

»Hey, mein Herz. Möchtest du einen Milchkaffee wie immer?«, fragte er, ohne mir einen Kuss zur Begrüßung zu geben. Stattdessen trommelte er mit den Fingern auf der Tischplatte herum. Etwas war im Busch, bestimmt ein Notfall im Unternehmen. Bei einer so großen Hotelkette wie Luxury Escape war das keine Seltenheit.

»Danke. Ich trinke in letzter Zeit viel zu viel Kaffee«, lehnte ich ab, während ich mich ihm gegenübersetzte. »Vielleicht nehme ich heute mal etwas anderes. Was meinst du?«

»Zu viel Kaffee, das kann sein.« Bei dem Versuch, mir die Getränkekarte anzureichen, stieß er beinahe seine Tasse um. »Lass mich dir etwas erklären.«

»Ist schon okay. Ich weiß, dass es ungesund ist. Ich nehme einen Saft, du hast recht.«

»Prima.« Er verstummte, nippte an seinem Milchkaffee und musterte mich eindringlich. »Hast du mal auf dein Handy geschaut?«

»Ja, ich hab eben mit Rike telefoniert. Warum?«

»Sonst nichts?«, fragte er mit einem merkwürdigen Unterton.

»Eine Nachricht von dir und ein Telefonat.« Beiläufig griff ich nach dem Kaffeekeks, der auf dem Unterteller seiner Tasse lag, und beugte mich leicht vor, um ihm doch ein Küsschen auf die Lippen zu drücken. Egal, ob uns ein Kollege dabei erwischte. Es war an der Zeit, jedem zu zeigen, dass er mein Freund war. Jeder sollte es wissen! Ich küsste ihn noch einmal. Da schmeckte aber jemand nach Restalkohol. »Wow, habt ihr gestern Abend so viel getrunken?« Kein Wunder, dass er dermaßen fahrig war. »Wolltest du nicht zum Italiener? Mit deinem Schulfreund … wie heißt er noch gleich?«

»Ach, Lina.« Mit der flachen Hand fuhr Erik mehrfach über die Tischplatte, als müsste er zuerst ein paar Krümel beseitigen, bevor er antworten konnte. »Es gab Pizza, ja. Aber nicht nur«, setzte er an.

Ein Kellner stürmte dienstbeflissen an unseren Tisch und unterbrach ihn. »Sie wünschen?«

»Einen Orangensaft und ein Croissant bitte«, orderte ich. Der Mann tippte es in sein Bestelltablet. Erik inspizierte unterdessen wieder sein Handy. Vielleicht hatte er wegen meines Jobangebots und der nahenden räumlichen Entfernung gestern quasi einen über den Durst trinken müssen. Normalerweise tat er so was nämlich nicht. Er wartete bestimmt bloß darauf, dass ich die Versetzung endlich ablehnte. »Ich muss dir etwas sagen«, begann ich hastig und erntete einen hoffnungsvollen Blick von ihm.

Der Kellner eilte zum Tresen und kehrte sofort mit meiner Bestellung zurück. Das ging aber fix.

»Erik, du weißt, dass ich an vielen unterschiedlichen Orten auf der Welt gearbeitet habe«, setzte ich meine Rede trotzdem fort. »Ich finde, dass es an der Zeit für mich ist, zur Ruhe zu kommen.«

Erik verschluckte sich am Milchschaum, hustete und wedelte mit der Hand in der Luft herum. »Alles gut«, sagte er zum Kellner, der sich daraufhin endlich entfernte. Hustend klopfte er sich auf die Brust.

So hatte ich mir diesen romantischen Moment nicht vorgestellt, aber sei's drum. Ich lächelte und blickte ihm tief in die Augen. »Es ist an der Zeit, dass wir beide …«

»Wir beide? Lina, ich kann das nicht«, presste Erik heiser heraus und lehnte sich auf seinem Stuhl so weit zurück wie möglich. Als bräuchte er einen Sicherheitsabstand. »Es ist … Ich habe Antje einen Heiratsantrag gemacht!« Jetzt saß er kerzengerade am Tisch. »Und bevor du es von jemand anderem hörst, es war ein Witz.«

»Ein was?«

»Oder nicht …« Erik fasste sich an die Stirn, wie er es sonst lediglich bei komplizierten Konferenzen tat. »Herrgott, ich weiß doch auch nicht mehr, was ich denken soll. Wir hatten zu viel Gin getrunken und nun gibt es dieses Video, das überall kursiert.«

Gin war nicht Chianti! War er überhaupt beim Italiener gewesen? Es fiel mir schwer zu atmen, geschweige denn zu reagieren.

»Antje und ich kennen uns schon seit der Kindheit.«

»Ich weiß, wer Antje ist!«, zischte ich. Es dauerte trotzdem einige Sekunden, bis ich den angeblichen Schulfreund, Pizza, Antje und das Wort Heiratsantrag in meinem Kopf zusammengepuzzelt hatte. Aber da war noch ein anderes Wort gewesen: Video. Langsam zog ich mein Handy aus der Handtasche und legte es, ohne aufs Display zu schauen, auf den Tisch.

»Vielleicht schaltest du es lieber aus?« Erik lachte nervös und knöpfte seine Anzugjacke auf. »Nur heute.« Er wollte nach dem Gerät greifen, doch ich schnappte es ihm vor der Nase weg. »Mensch, Lina, es ist mir echt unangenehm!«

»Was passiert denn in dem Video? Ist es ein Sextape?«

»So weit käme es noch.« Er lachte bitter auf und spielte an seinem eigenen Mobiltelefon herum. »Vor der Technik ist echt keiner mehr sicher.« Er nutzte sein professionelles Lächeln, das sonst ausschließlich für unsere Geschäftskunden reserviert war. »Aber nicht zu ändern.«

Ohne erkennbaren Grund kehrten sich mit einem Mal unsere Rollen um. Während er gelassener wurde – oder ein guter Schauspieler war –, wurde ich angespannter. Das Display meines Handys zeigte zwei ungelesene Nachrichten von Kolleginnen an. Der Kellner brachte Eriks warmes Baguette – mit Schinken und Käse, ganz wie er es liebte. Anscheinend hatte er vor meiner Ankunft bereits bestellt, was zeigte, dass ihm der Appetit nicht vergangen war. Konnte also nicht wahnsinnig schlimm sein und beruhigte mich verrückterweise. Das mit Antje war bestimmt wirklich nur ein Witz. Ich schwamm in einem Wechselbad der

Gefühle – hoffentlich ging ich nicht unter. »Mann, Erik. Wenn die Story mit Antje witzig sein soll, hast du einen ganz komischen Humor. Warst du nun mit in Giovannis Pizzeria oder nicht?«

»Ja und nein. Wenn du die Videodatei bekommst, lösch sie einfach. Okay? Es ist bloß Unsinn.« Er klang, als ginge er davon aus, dass ich ihm glaubte. Stöhnend fasste er sich an die Schläfe. »Ich muss erst mal was essen, damit ich wieder denken kann. Die Pizza von gestern hält nicht ewig vor.«

Mein Croissant lag nach wie vor unangetastet auf meinem Teller. Ich beobachtete, wie Erik herzhaft in sein Baguette biss. »Antje ist schon lange in meinem Leben«, erklärte er mit vollem Mund. »Wir haben vieles gemeinsam. Keine Ahnung, was mich geritten hat. Die Pferde sind mit mir durchgegangen, im wahrsten Sinne des Wortes. So was passiert.«

Je unschuldiger er sich verhielt, desto mehr wuchsen meine Zweifel. Wortlos rückte ich vom Tisch ab und klickte auf die erste Nachricht. Da war es: das weitergeleitete Video. Ich zögerte und bedachte ihn mit einem skeptischen Blick.

»Oookay, okay«, stellte er fest und hörte abrupt auf zu essen. Ergeben hob er die Hände. »Du willst es dir ansehen. Gut.« Energisch kreuzte er die Arme vor der Brust. »Im Grunde vielleicht besser so. Wir sollten die Fronten klären, bevor du an die Ostsee gehst.«

Fronten? Bisher war ich mir nicht vorgekommen, als wäre ich in einen Krieg verwickelt. Ich klickte auf das Abspielen-Symbol. Zeitgleich musste ich die Lautstärke des Telefons leiser stellen, weil der Mann, mit dem ich seit zwei Jahren zusammen war, übertrieben euphorisch in die Kamera grölte. Um die Hüfte gepackt hielt er seine beste Freundin aus Kindertagen – Antje mit den lustigen Sommersprossen.

»Heiiirate miiich!«, rief er und drückte ihr einen dicken Kuss auf den Mund. Oh – mein – Gott! Damit nicht genug, artete das Ganze in eine wilde Knutscherei aus, die von den umstehenden Gästen angefeuert wurde. Laut Beschriftung der Bar waren sie im Club Waterside im Stadtteil De Pijp. Nichts Pizza oder Chianti. »Schulfreund« entbehrte die Endung »-in«.

»Ich war schon immer in dich verknallt«, lallte mein angetrunkener Chef und sank vor Antje auf die Knie. »Gib uns bitte eine Chance!«

Meine Hände zitterten und ich konnte kaum schlucken. Im Video brach mein Freund vor Rührung fast in Tränen aus. Konnte man das näher heranzoomen? »Antje Martins, willst du mich heiraten?«, fragte er.

Ich runzelte die Stirn.

»Es war ... ich weiß nicht, was es war«, wiegelte er live vor meinen Augen ab. »Du verstehst mich doch, oder, Lina?« Erik machte Anstalten, nach meiner Hand zu greifen, während das Video munter weiterlief.

Jetzt küssten sie sich wieder ... leidenschaftlich. Anders leidenschaftlich, als wir das taten. Mir wurde übel. Ich wusste nicht mehr, was ich fühlen sollte. Fühlte ich überhaupt noch etwas? »Wo hast du letzte Nacht geschlafen?«

»Wir gehen zu mir!«, entschied Antje im Video, und die beiden wurden dabei gefilmt, wie sie eng umschlungen die Lokalität verließen. Wumm! Ich merkte, wie mein Mund trocken wurde. Mein Freund hatte dieser Frau nicht nur betrunken einen Heiratsantrag gemacht, er hatte mich von vornherein belogen und mit ihr betrogen.

Ich wartete darauf, auszuflippen oder zusammenzubrechen, aber nichts dergleichen geschah. Stand ich unter Schock? »Ohne das Video hättest du mir das nie gesagt!«, rief ich.

»Natürlich hätte ich das. Ich bin doch kein Arschloch!«

Keine Entschuldigung, keine Umarmung, keine Reue. Wäre das nicht allerspätestens der Moment, in dem ich einen Nervenzusammenbruch erleiden müsste? Entweder war ich stärker, als ich geglaubt hatte, oder die Situation war zu grotesk und für mein Gehirn nicht zu verarbeiten. Das Video endete. Ich starrte benommen auf mein Handy, das innerhalb weniger Minuten meine Beziehung in Schutt und Asche gelegt hatte.

»Lina, ich weiß nicht, wo mir der Kopf steht. Sie ist meine Jugendliebe. Und sie ist so ein natürlicher Typ. Keine Spur arrogant.«

»Was soll das denn heißen?« Mir fehlten die Worte.

»Eine starke emotionale Bindung aus der Kindheit geht anscheinend nie weg«, fügte er tief bedauernd hinzu, als wäre er seinem Schicksal machtlos erlegen.

Ich bröselte das Croissant über meinem Teller auseinander, weil ich nicht wusste, was ich sonst tun sollte. Mit einem Mal hielt ich es keine Sekunde länger in einem Raum mit ihm aus. Hastig stand ich auf, mein Stuhl kippte um. Die Gäste um uns herum starrten mich an. Der Kellner lehnte mit verschränkten Armen am Tresen und beobachtete mich argwöhnisch. Alle taten so, als hätte ich vor, gleich den ganzen Laden auseinanderzunehmen. Was natürlich nicht der Fall war. Gut, vielleicht ein bisschen. »Ab vier Uhr kannst du deine Sachen unten vor meiner Haustür abholen«, sagte ich kühl. »Ich komme nicht ins Büro.« Natürlich konnte ich meine Arbeit nicht einfach wegen Erik hinschmeißen. Aber ich wünschte, ich hätte gekonnt. »Heute komme ich nicht.«

»Ist gut«, antwortete er und blieb sitzen. Offenbar hatte er nicht vor, mich zurückzuhalten. Vielmehr wirkte er erleichtert, sein Geheimnis losgeworden zu sein. Als wäre das letzte Nacht gar nicht so ein einmaliger, schrecklicher Fehltritt gewesen, wie er mir zuerst hatte weismachen wollen. Hatte er vielleicht sogar durch eine Art Hintertür mit mir Schluss gemacht?

»Lina?«, hörte ich ihn nach mir rufen. Warum drehte ich mich noch um? »Trittst du die Stelle in Bennickshoop an? Falls ja, sag bitte der Personalabteilung Bescheid. Wir müssen planen.«

Sprachlos setzte ich meinen Weg in Richtung Drehtür fort, hörte, wie er noch einmal nachfasste. »Das ist doch gut für dich, Lina! Vorausgesetzt, du schaffst die neue Herausforderung.«

So ein Blödmann! Jetzt zweifelt er auch noch an deinem Können. Als säße sie im Miniaturformat auf meiner Schulter, kommentierte Rike die Situation. Sie ließ all die Sätze vom Stapel, die sie mir bereits seit zwei Jahren predigte. *Typen wie Erik stehen nie offiziell dazu, dass sie ihre Mitarbeiterinnen pinseln.* Pinseln? *Na, du weißt schon … Da sucht er sich lieber eine Neue außerhalb des Firmenumfelds. Haus in der Vorstadt, Garten, zwei Kinder, ein Hund. Er ist Geschäftsmann. Der hat doch keine Skrupel. So was kennt der gar nicht.* Eventuell übertrieb die Rike auf meiner Schulter ein wenig.

Als ich auf der Straße stand, fühlte ich mich, als hätte mir jemand eine Ohrfeige verpasst. Und dieser Jemand war Erik. Ich wartete auf die innere Leere, die sich in mir ausbreiten müsste. Stattdessen war ich wie betäubt. Vielleicht hatte ich unterbewusst geahnt, dass wir uns trennen würden – dass das mit uns nicht für immer war.

Ich musste mit jemandem darüber reden. Nur mit wem?

Rike konnte ich nicht bei der Arbeit stören. Mama und Papa schloss ich von vornherein aus. Mama hatte ein weiteres Mal geheiratet und sich wieder getrennt und würde den Wahnsinn auch ein drittes Mal angehen, wenn wir sie nicht stoppten. Papa lebte seit der Scheidung den Traum der heilen Welt mit seiner neuen Frau und den neuen Kindern. Nein, danke! Ich wählte Neles Nummer, doch sie antwortete nicht. Was würde ich in diesem Moment darum geben, wieder acht Jahre alt sein zu dürfen und mit Gesas warmem Kakao in der Hollywoodschaukel sitzen zu können.

Manche Menschen passen zu einem, andre nich, hatte Gesa uns früher erklärt. Wir hatten ihr immer ehrfürchtig zugehört, wenn sie ihre Weisheiten zum Besten gab. Verstanden hatten wir sie meistens nicht, weil uns die Lebenserfahrung fehlte.

Ich griff mir an den Hals und drehte mich noch einmal um. Von der anderen Straßenseite aus sah ich durch das Fenster von Charlys Bistro, wie Erik beim Kellner bezahlte.

Plötzlich kam mir dieser Mann wie ein Fremder vor.

***

»Hi, sorry, dass ich mich jetzt erst melde. Hab deine Anrufe nicht gehört, mein Handy lag im Schlafzimmer. Weißt ja, wie's hier läuft.« Es schepperte und krachte. Ich hörte, wie meine Schwester in ihrem Haus herumwerkelte. »Arbeitest du heute nicht?«

»Nein.« Auf dem Heimweg war ich die ganze Zeit komplett ruhig gewesen, aber als ich in meiner Wohnung angekommen war, hatte es mich richtig erwischt. Ich hatte geheult, geflucht und mich ohnmächtig gefühlt – also alles andere als gearbeitet. Meine Wimperntusche war verlaufen und meine Nase vom vielen Putzen knallrot.

»Aha. Ich räume eben die Spülmaschine aus, falls du dich über den Lärm wunderst. Matti hat mal wieder alles stehen lassen und Sascha bringt eh nie was weg. Typisch Mann!« Sie ächzte genervt und ich erinnerte mich, was außer Zeitmangel noch der Grund dafür war, warum ich sie mittlerweile etwas seltener anrief.

Nele hatte ein wechselhaftes Gemüt entwickelt und ich befürchtete häufig, dass ihre negativen Stimmungsphasen auf mich überspringen könnten. Aber heute war das egal, ich war längst am Tiefpunkt angekommen. »Gibt bald Zeugnisse, gell? Wie macht Matti sich denn in der Schule?«

»Für einen Neunjährigen?«, fragte meine Schwester, als wäre das die Antwort. »Nicht besonders. Ich hatte gestern ein

Gespräch mit dem Schuldirektor.« Sie machte eine Pause. »Aber deshalb rufst du doch nicht an, oder?«

»Nein, ehrlich gesagt. Erik und ich haben uns getrennt.«

»Oh.« Kein Geschirrgeklapper mehr im Hintergrund. Dafür sprang die Kaffeemaschine an. »Darf ich dir meine Meinung sagen, Linchen?« Sie wartete die Antwort nicht ab. »Ihr habt nicht zueinander gepasst. Du warst nicht verliebt in ihn. Zumindest nicht so, wie du es hättest sein sollen. Nicht so wie früher bei Du-weißt-schon-wem. Du hast nie von Erik geschwärmt.«

»Du hast die ganze Zeit gedacht, dass ich nicht in meinen Freund verliebt war?«

»Hat er oder hast du ...?«

»Er hat Schluss gemacht.« Ich klemmte den Hörer zwischen Schulter und Kinn ein und steckte Eriks Shirt, das ich auf der anderen Seite meines Bettes fand, mit einer ungeduldigen Bewegung in einen Plastiksack. Schlurfend ging ich rüber ins Ankleidezimmer. Dort warteten weitere Erik-Reliquien darauf, entsorgt zu werden. »Er will seine beste Freundin heiraten!« Ich hatte es gesagt. Meiner Schwester das Video zu schicken, war mir zu peinlich. Man musste sich ja nicht mehr erniedrigen als nötig.

»Antje? Ach du lieber Himmel. Das ist ja heftig!« Nele schien zu überlegen. »Aber immerhin hatte er den Mut, es ehrlich zuzugeben.«

Ich war überrascht, dass ausgerechnet sie, die Erik nie gemocht hatte, ernsthaft versuchte, dem Ganzen etwas Positives abzugewinnen. »Er war nicht mutig. Es gibt da eine Aufnahme ...«

»Ein Video?« Nele wäre nicht Nele, wenn sie nicht noch einmal nachbohren würde. »Von was?!«

Hätte ich es bloß nicht erwähnt. Ich tat so, als hätte ich die Fragen nicht gehört, und zerrte zwei von Eriks Shirts aus dem Schrank. Im Fach darüber glitzerte eine bunte Kiste. Die Schatztruhe, bemalt und mit Aufklebern verziert, in der ich einige von Neles und meinen Kindheitserinnerungen aufbewahrte.

»Wann kommt Matti nach Hause?«, wechselte ich scheinbar lässig das Thema und überlegte, wie oft ich meinen Neffen in letzter Zeit gesehen hatte. Seine Kindheit hatte ich irgendwie verpasst. »Geht er dann raus mit Freunden spielen?«, wollte ich weiter wissen.

»Matti geht nicht gern raus«, lautete Neles nüchterne Antwort, während ich einen Hocker vor den offenen Kleiderschrank bugsierte, um nach der Kiste zu fischen. »Er hat sich letzte Woche mit einem Mitschüler geprügelt. Und nebenbei ist er auch noch kriminell geworden.« Nele atmete hörbar aus. »Das willst du alles gar nicht wissen, Linchen.«

»Und ob ich das wissen will!« Fast fiel ich mit Schatulle und Handy rückwärts vom Hocker. Ich beschloss, das Aufräumen auf später zu verschieben, und setzte mich stattdessen mit der Kiste im Schneidersitz auf mein Bett. »Er ist neun, Nele. Es ist normal in dem Alter, dass er austickt.« Ich schaltete den Lautsprecher ein.

»Er hat eine rosa Sonnenbrille im Drogeriemarkt mitgehen lassen.«

»Er hat sicher vergessen, sie abzunehmen.«

»Nein. Er hat gesagt, er wollte die Welt mal rosarot sehen.«

Ich musste lächeln. Mattis Aussage war pfiffig ... und traurig. »Das klingt nicht so gut«, räumte ich ein und öffnete den Deckel der Schatzkiste.

»Du klingst auch nicht gut, Linchen.«

»Du errätst nie, was ich ganz hinten im Kleiderschrank gefunden habe.« Vorsichtig zog ich das ovale Päckchen hervor und wickelte das schützende Küchenrollenpapier ab. Fasziniert

31

blickte ich auf das durchsichtige Einwegglas. Die Zettel waren alle noch drin. Ordentlich zusammengefaltet.

»Ich erzähle dir hier von meinen Erziehungsproblemen und du suchst irgendwelches Gerümpel in deiner Wohnung zusammen?« Nele tat empört, doch ich wusste, dass sie mich gleich verstehen würde.

»Ich hab unser Glücksglas gefunden.« Liebevoll strich ich über den Deckel. »Mit unseren Wenn-ich-mal-groß-bin-Zetteln drin. Weißt du noch?«

»Ach du lieber Gott!« Jetzt lachte sie laut auf. »Hör bloß damit auf. Nichts davon ist wahr geworden.« Sie stieß einen verächtlichen Ton aus. »Gar nichts.«

»Mal sehen.« Ich öffnete den Deckel und fischte einen Zettel heraus, den ich vorsichtig entfaltete. »*Eine Katze*«, las ich die Kleinmädchenschrift laut vor.

»Das war einer von deinen Wünschen, stimmt's?«, mutmaßte Nele versöhnlich.

»Hm.« Ich wusste genau, warum ich mir damals eine Katze gewünscht hatte. Ich wollte ihr all meine Sorgen erzählen und nie allein sein. Bedrückt blickte ich mich in meinem Apartment um, in dem ich mutterseelenallein saß. Darüber hinaus würde ich in ein paar Stunden einen Müllsack mit den Habseligkeiten meines Ex-Freundes vor die Tür stellen. Ich zog einen neuen Wunsch hervor. »*Ein Buch schreiben*. Das ist deiner.«

»Auch nichts draus geworden.« Nele schlürfte an ihrem Kaffee. »Aber ich hab einen Sohn und viele Kinderbücher mit ihm gelesen. Was sagt dein allwissendes Glücksglas noch?«

»Warte.« Ich würfelte die kleinen Briefchen einmal durcheinander, bevor ich ein weiteres hervorholte. Es lenkte mich ab – auch wenn es nicht minder deprimierend war zu lesen, was wir uns gewünscht und nie erreicht hatten. »*Immer wieder Ferien bei Gesa und Hannes am Meer*. Deiner«, las ich vor, »und meiner irgendwie. Aber du hast die Pension noch mehr geliebt als ich.«

»Wir waren lange nicht dort. Viel zu lange.« Die Wehmut in Neles Stimme war deutlich herauszuhören. »Immerhin ein Ziel, das sich für dich umsetzen lässt. Du kannst endlich wieder nach Bennickshoop reisen.«

»Mama und Papa haben sich damals dort getrennt. Mich zieht nichts dahin zurück.«

»Iwo, das hat doch nichts mit Mama und Papa zu tun. Du bist immer noch verletzt, weil Phil sich nie mehr bei dir gemeldet hat. Gib es zu! Dabei ist es wirklich schön da. Die Landschaft ist ein Traum und Gesas Pension sowieso. Wie im Märchen.«

»Du hast sie auch nicht besucht seither, oder?« Ich klang vorwurfsvoller, als mir zustand. Wer im Glashaus saß, sollte nicht mit Steinen werfen.

»Wir telefonieren einmal im Monat. Ist zwar kein Ersatz, aber so ist es halt.«

»Ja, das tun wir auch. Die Gespräche werden allerdings immer kürzer.« Ich stellte das Glas beiseite und ließ mich auf die Matratze fallen.

»Was ist denn nun mit diesem Hammer-Jobangebot? Wirst du es annehmen?«

»Im Nachhinein war das reines Kalkül von Erik, damit er freie Bahn bei Antje hat. So muss er mich nicht mehr täglich im Büro sehen oder sich rechtfertigen.«

»Na und? Du willst ihn doch auch nicht mehr sehen, oder?«

»Keine Ahnung.«

»Lina! Sende mir bitte mal dieses Video«, forderte sie. Ich hörte die Waschmaschine im Hintergrund wild schleudern, bis Nele den Wäscheraum wieder verlassen hatte.

Obwohl sich alles in mir dagegen sträubte, schickte ich ihr die Aufnahme und wäre vor Scham am liebsten im Erdboden versunken. Meine Schwester wurde still, bestimmt hatte sie sich in ihren kuscheligen Lieblingssessel im Wohnzimmer gesetzt. Ich hörte, wie sie das Video begleitet von entsetzten »Auweia!«-Ausrufen ablaufen ließ. Danach seufzte sie, sehr mitleidig klang sie jedoch nicht. »Mensch, Linchen. Der Typ hat dich nicht verdient. Siehst du das denn nicht?«

»Doch, schon. Es ist nur …« Mein Handy vibrierte. »Warte, Erik hat mir geschrieben. Vielleicht möchte er sich entschuldigen und alles aufklären.« Bisher war ich stark und erwachsen mit der Situation umgegangen. Nun knickte ich wegen einer einzigen Nachricht von ihm ein? Tränen schossen mir in die Augen. Schnell tippte ich auf das Symbol.

»Und?«, wollte Nele neugierig wissen. »War es ein Missverständnis?«

Hole später meine Sachen ab. PS: Alles Gute an der Ostsee.

Ich war fassungslos. »Der spinnt wohl! Und er geht echt davon aus, dass ich fahre.«

»Es wäre das Klügste, was du machen könntest.«

Ich überhörte sie. »Das ist schon übernächste Woche. Sowieso viel zu kurzsichtig geplant von der Firma.«

»Bleib bloß nicht in Amsterdam und verschwende eine weitere Sekunde an diesen Erik-Typen.«

»Aber ich kann das nicht mit meinem Gewissen vereinbaren. Solche Hotelkomplexe nehmen häufig kleineren Hotels und Pensionen die Gäste weg. Gesa hat dort auch eine Pension. Ich weiß nicht …«

»Eben. Du weißt es nicht.« Unvermittelt sog Nele Luft ein, dann rief sie: »Wir sind dabei!«

»Wie meinst du das? Und wer ist ›wir‹?«

»Es ist doch kein Zufall, dass du das Glücksglas gefunden hast. Matti würde eine Luftveränderung guttun und wir haben in Hamburg bald Schulferien. Ich weiß eh nicht, wohin mit ihm, wir haben keine Pläne. Sascha wird sicher nichts dagegen haben, wenn ich drei Wochen mit Matti bei Gesa unterkomme. Er arbeitet sowieso die ganze Zeit. Und du versuchst, dieses Hotel auf Vordermann zu bringen. Es ist ein toller Job, Lina! Und wenn dir nicht gefällt, was du tust, kannst du immer noch kündigen. Wenigstens kommst du raus aus Amsterdam.«

»Ich weiß nicht«, wiederholte ich mich, obwohl ich ihr viel lieber eine klare Antwort gegeben hätte.

»Wenn sich eine Tür schließt, öffnet sich eine neue. Komm schon, das wird lustig! Wir haben doch immer alles zusammen geschafft. Ich bin drei Wochen an deiner Seite. Die ersten drei Wochen im neuen Job sind entscheidend. Danach weißt du, ob du das halbe Jahr durchziehen möchtest oder nicht. Und wenn du es beendest, geht es für dich im Anschluss sowieso woandershin.«

Warum war Nele wegen ein bisschen Flachland, Kühen, Seegras und Sand auf einmal so aufgekratzt? Mir fiel ein, wie verzweifelt sich ihre Sprachnachrichten manchmal anhörten, wenn sie mit Matti von einem Termin zum nächsten hetzte, zwischendurch kochte, putzte, einkaufte und die Wäsche in Ordnung brachte. Für sie wäre es eventuell auch gut, eine Zeit lang rauszukommen.

Mit neunzehn Jahren hatte Nele ein Psychologiestudium begonnen, war aber im ersten Semester schwanger geworden – von Sascha. Er verdiente als Scheidungsanwalt bereits sein eigenes Geld und Nele wurde Mutter und Hausfrau. Vielleicht nicht genau das, was sie sich gewünscht hatte, obwohl sie Matti über alles liebte.

»Wir sehen Gesa wieder!«, packte meine Schwester ein unschlagbares Argument obendrauf.

Die ersten drei Wochen sind entscheidend, hatte sie gesagt. Ich könnte meinem Traumjob – einer Führungsposition bei Luxury Escape irgendwo in der Sonne – einen Schritt näher kommen. Mit spitzen Fingern zog ich ein silbernes Armband mit einem kleinen Muschelanhänger aus der Schatzkiste. Ich probierte es an – und siehe da, es passte wie angegossen. Okay, Lina, jetzt bloß nicht durchdrehen wegen eines ollen Bändchens aus einem Kaugummiautomaten. Ich stieß einen lang gezogenen Pfeifton aus. »Okay, wir fahren nach Bennickshoop«, hörte ich mich verkünden, woraufhin Nele losjubelte.

»Bennickshoop, wir kommen!«

Was immer uns dort erwartete.

KAPITEL 2

OSTSEE, 2 WOCHEN SPÄTER

Es war eine Schnapsidee gewesen! So viel stand fest.

Ich hupte mehrfach, weil ich wegen eines Mähdreschers im Wolkenkratzerformat fast von der Straße abgekommen wäre. Mehr als sechs Stunden Autofahrt, die wenigen kleinen Pausen nicht mitgerechnet, und ich war immer noch nicht am Ziel. Ich gähnte, woraufhin mir ein Traktorfahrer belustigt zuwinkte. Das hier war so was von nicht Abu Dhabi!

Gesa hatte sich zwar wie verrückt darüber gefreut, dass Nele, Matti und ich nach Bennickshoop kommen würden, aber insgesamt hatten wir unser Vorhaben nicht gründlich durchdacht. Erstens verlor ich dadurch per sofort meine Festanstellung in Amsterdam, um eine befristete Stelle in Deutschland anzutreten – wenn auch mit Aussicht auf mehr. Und zweitens war Sascha wenig begeistert davon, dass seine Frau drei Wochen Urlaub ohne ihn in Betracht zog, und hatte einen heftigen Streit vom Zaun gebrochen. »Er ist doch sonst auch nie da«, hatte Nele mit einem Anklang von Frustration festgestellt. Ihr Mann wollte sie und Matti daraufhin unbedingt begleiten. Doch sein spontan eingereichter Urlaubsantrag wurde von seinem Chef abgelehnt. Nele würde also allein mit ihrem Sohn kommen. Das dritte Problem war meine Wohnung, die ich voll möbliert zur Untermiete inseriert hatte. Ganz aufgeben wollte ich Amsterdam noch nicht, hatte ich doch bis vor Kurzem gehofft, hier Wurzeln zu schlagen. Ich hatte mir so sehr gewünscht, endlich zu jemandem zu gehören, dass ich übersehen hatte, wie wenig dieser Mensch das auch wollte. Im letzten Moment fand sich glücklicherweise eine Untermieterin und ich konnte die Wohnung vorerst behalten.

Eilig düste ich an einem Maisfeld vorbei und drosselte das Tempo erst, als ich einen mobilen Blitzer entdeckte. Puh, das hätte mir noch gefehlt. Ein Schild am Wegesrand zeigte eine Geschwindigkeitsbegrenzung von fünfzig Stundenkilometern an. Schon wieder fünfzig … so würde ich nie ankommen. Ich wählte Gesas Nummer und stöhnte auf, als ich nach einer Kreuzung gezwungen war, hinter dem nächsten Anhänger mit nur fünfundzwanzig Stundenkilometern her zu tuckern. Zwei Mal hatte ich während der Fahrt versucht, mit meiner Tante zu telefonieren, beide Male versickerte der Anruf in einem Funkloch im Nirgendwo.

»Hab ich dich weggedrückt?«, fragte Gesa entschuldigend. »Ich versteh das nich. Zack, hör ich dich nich mehr. Ich hab's doch nich anne Ohren.«

»Das ist der Empfang.«

»Ich war bei Jansens drinne, da is nich so gut mit telefonieren. Der alte Jansen ist da eigen.« Sie schnaufte so angestrengt, als würde sie den Kilimandscharo erklimmen. »Ich muss ma kurz anhalten.« Einen Moment Stille, dann redete sie weiter. »Der Jansen hat kein Smartphone. Braucht der nich, sagt er. Hat ja auch keine Familie, bis auf den knurrigen Sohn, der bei ihm wohnt. Ich find mein Handy super! Schau, wir können miteinander reden, egal, wo wir sind. Und ich guck so gern die Videos, die Nele von Matti schickt.«

»Geschickt hat«, verbesserte ich sie. »Matti mag es nicht mehr, gefilmt zu werden. Bedient Jansen senior noch in der Bäckerei?«

»Er is zwar älter als ich, aber ja. Krickelt schon wieder inne Leitung, Linchen. Hörst du das? Das Internet ist kaputt!«

»Das Internet geht nicht kaputt, Gesa – und das Gespräch läuft über Funk.«

»Auch das noch!«, ächzte sie und hüstelte. »Du, der Berg zu *Brigittes Stube* wird immer steiler. Ich sag dir das, Linchen.« *Linchen* – Nele und Gesa waren die Einzigen, die mich so nannten. Meine Tante stöhnte und ich verkniff mir die Bemerkung, dass die Anstrengung eventuell dem Alter statt der Steigung geschuldet sein könnte. Das hörte sie nämlich gar nicht gern. »Zurück zu deinem Luxushotel, Linchen. Wenn es nach den Leuten im Ort ginge, hätt' es gar keinen Stern«, bereitete sie mich darauf vor, dass mich in Bennickshoop keine Urlaubsstimmung erwartete. Ich fummelte am Lautstärkeregler der Freisprecheinrichtung herum, während sie fortfuhr. »Der Hotelmanager is eine schnöselige Flitzpiepe aus Hamburg, Ahrenz, spricht mit keinem. Gehört hier nich dazu. Kannst dir sicher vorstellen …«

Ja, das konnte ich. Vielleicht hatte Luxury Escape mich deshalb für den Job ausgewählt, weil sie dachten, ich sei eine, die dazugehörte. Nur weil Erik wusste, dass ich als Kind meine Sommerferien an der Ostsee verbracht hatte. Die unangenehmen Details der Geschichte hatte ich für mich behalten. Und ich hoffte, dass die meisten hier vergessen hatten, was damals im Möwenhotel passiert war, nachdem Nele und ich in jenem Sommer abgereist waren. »Vielleicht will er gar nicht dazugehören«, mutmaßte ich. »Die Flitzpiepe mein ich.«

»Wo gibt's denn so was?«, regte Gesa sich auf. »Wenn er menschlicher wär, hätt' er weniger Ärger mit Angelmeier und Jansen. Ich sag dir das.«

»Möglich.« Ich hatte keine Ahnung, wovon sie redete, und konzentrierte mich darauf, nicht auf den Anhänger vor mir aufzufahren.

»Akku is leer.« Es knisterte nun wirklich in der Leitung. »Fahr vorsichtig, Linchen. Bist Autofahr'n nich mehr gewohnt.«

Das stimmte. In Amsterdam hatte der Geländewagen, den ich mir mal im Überschwang der Gefühle zugelegt hatte, vorwiegend in der Tiefgarage gestanden. Er wäre für jede städtische Parklücke dort zu groß gewesen. Hier kam er mir gegen all die Landmaschinen winzig vor. »Das Navi sagt, ich brauche noch zweiundzwanzig Minuten, bis ich bei dir bin.« Ich sah mich um. »Hier stehen gar keine Häuser mehr.«

»Dann bist du bald da!«, rief meine Tante erfreut. »Wie schön! Ich muss nur schnell ein paar Sachen … Hallo, Biggi.« Gesa schluckte den Rest des Satzes herunter, während sie ihre Freundin Brigitte begrüßte. »Bis gleich, Linchen.«

»Ja, bis gleich.« Sofort war ich wieder allein mit meinen Gedanken, was mich veranlasste, sämtliche Automatikmöglichkeiten, die das Auto besaß – wie den Geschwindigkeits- und den Abstandsassistenten – einzuschalten. Ich stellte mir die kleine Halbinsel Fischland-Darß-Zingst in der Ostsee noch einmal ganz genau vor. Die Landzunge war an der Stelle, an der Gesas Pension stand, derart schmal, dass man aus dem Obergeschoss des Hauses auf beiden Seiten das Meer sehen konnte. Ein Traum! Mein Handy vibrierte und ich spähte in die Ablage unter dem Radio, um zu checken, wer mir geschrieben hatte …

Jesus, Maria und Josef!

Im letzten Augenblick entdeckte ich das helle Wollknäuel, das gemächlich vor mir über die Straße trottete. Schreiend trat ich auf die Bremse. Die Chipstüte, meine Nervennahrung für die lange Fahrt, flog durch den Wagen und die Coladose hüpfte in ihrem Getränkehalter in die Höhe. Mein Herz raste, das Auto stand. Grundgütiger, wo war der Traktor mit dem Anhänger denn so schnell hin? Und was war das? Es folgten an die fünfzig Schafe, begleitet von zwei Schäferhunden und zwei Männern, die in einen Plausch vertieft waren. Dafür, dass sie Tiere über eine befahrene Straße führten, kamen sie mir reichlich entspannt vor. Der Ältere entpuppte sich mit einer Art Trillerpfeife um den Hals als vermeintlicher Schafhirte. Er hielt einen Thermobecher in der einen und einen Wanderstock in der anderen Hand.

Der Jüngere, die hochgewachsene Ausgabe eines im Wald lebenden Einsiedlers, klopfte gegen mein Fahrerfenster. »Alles okay da drinnen?«, rief er. »Der Anhänger ist in einen Feldweg abgebogen. Sie haben geträumt, schätze ich.«

Ne, nach dem Handy geschaut, dachte ich, aber das konnte ich unmöglich sagen. Ich blickte dem Fahrzeug, das eben noch vor mir hergefahren war und inzwischen linksseitig den Schotterweg entlangzuckelte, ungläubig nach. Langsam ließ ich das Fenster nach unten gleiten. Nicht bewusst, sondern weil die Automatik seit fünf Monaten defekt war und ich es nicht in die Werkstatt geschafft hatte. »Sehr gut, alles sehr gut bei mir«, log ich und wäre zu gern einfach weitergefahren. Wenn das gegangen wäre.

Der Blick des Fensterklopfers streifte die Chipstüte, dann die Chipsreste auf dem Beifahrersitz und verweilte schließlich auf meinem Gesicht. Ich starrte ihn an und seine blauen Augen starrten mindestens genauso irritiert zurück. Nicht, dass mich dieses unnatürliche Kornblumenblau seiner Iris sonderlich beeindruckte. Nur so fürs Protokoll, sie waren echt kornblumenblau.

Apropos Protokoll. »Muss man das nicht ankündigen oder absperren, wenn man mit einer Herde über eine Fahrbahn wandert? Für die Krötenwanderung gibt es doch auch Verkehrsschilder! Ich will ja nicht meckern …«

41

»Das fällt in Anwesenheit von Schafen nicht auf. Lassen Sie es raus. Das da«, er zeigte auf mich, »sah so aus, als hätten Sie am Steuer aufs Handy geschaut. Kann das sein? Während der Fahrt?«

Nur für zwei Sekunden. Ich schüttelte den Kopf wie ein ertapptes Schulkind.

Woraufhin er vielsagend mit einem grünen Fernglas wedelte, das ihn trotz des markanten Gesichts postwendend zum Freak degradierte. Der ungepflegte Bart passte zu den verstrubbelten dunklen Haaren. »Das Schafschild steht übrigens gleich hier.« Mit dem Kinn deutete er auf ein windschiefes Verkehrsschild ein paar Meter weiter rechts, das nicht so aussah, als ob es der gängigen Beschilderung in Deutschland entsprach. Es zeigte drei Lämmchen und hatte eine seltsam grüne Verfärbung.

»Gut, Sie haben gewonnen.« Keine Lust auf Diskussionen. Ich rollte die Chipstüte zusammen, um so zu tun, als schaffte ich Ordnung.

»Es ging nicht ums Gewinnen. Ich wollte nur wissen, ob Sie okay sind. Schleudertrauma?«

Ich fasste zur Prüfung an mein Herz statt in meinen Nacken. »Glaube nicht.«

»Kann 'n Moment dauern«, rief der Schafhirte. Ich lehnte mich vor und kratzte die Chipsreste auf dem Beifahrersitz zusammen.

»Wo wollen Sie hin?«, fragte der Mann, der weiterhin an mein Auto gelehnt dastand und mich amüsiert musterte. Hinter uns hörte ich Motorradgeräusche.

»Am liebsten vorwärts und das zügig«, antwortete ich achselzuckend. »Wenn es wieder möglich ist.«

»Ich meinte nicht wie, sondern wohin Sie fahren.« Er lächelte freundlich. Wenn seine letzte Dusche augenscheinlich nicht so unfassbar lange her gewesen wäre, hätte ich sein Lächeln womöglich sogar einnehmend gefunden. Ich sah weg.

Drei der Schafe machten auf der Fahrbahn kehrt und trabten in die falsche Richtung zurück. Klasse! »Nur rein interessehalber. Ich würde mich Ihnen gegebenenfalls gern anschließen«, fuhr er fort.

»Ich fahre ans Meer.« Besser vage bleiben, schließlich wollte ich keinen Massenmörder dazu einladen, mit mir im Auto nach Bennickshoop zu kommen. Vorsichtig scannte ich ihn – nur für den Fall, dass ich der Polizei eine Personenbeschreibung liefern müsste. Er hatte ein auffälliges Tattoo auf der Hand – es sah aus wie eine Ranke oder eine Schlange, die sich vom Handrücken über das Handgelenk schlängelte, dazwischen lagen kleinere Symbole. Es passte auf den ersten Blick nicht zu ihm. »Ich nehme keine fremden Männer mit, tut mir sehr leid.« Zur Untermauerung meiner Aussage ließ ich das quietschende Fenster hochfahren.

»Vielleicht machen Sie heute eine Ausnahme?«, fragte er durch den letzten Spalt. »Ich habe vergangene Nacht draußen kampiert – ein Projekt. Und meine Sohle ist dabei teilweise abgerissen, weil ich an einem kleinen Felsvorsprung hängen geblieben bin.« Er hob das Bein und deutete mit dem Zeigefinger nach unten.

Was denn für ein Projekt? Tatzeit? Mordwaffe?

»Ich möchte wirklich nur bis nach Bennickshoop, am liebsten, ohne dorthin humpeln zu müssen.« Als er mein Stirnrunzeln registrierte, nahm er Abstand von meinem Wagen. »Ist kein Problem. Ich verstehe Ihre Bedenken. Nichts für ungut.«

Irgendwie kam ich mir schäbig und arrogant vor, ihn zu ignorieren und mit seinem kaputten Schuhwerk am Straßenrand stehen zu lassen. *Antje ist keine Spur arrogant.* »Sie wollen bei mir mitfahren?«, hörte ich mich sagen.

»Wenn Sie es so freundlich anbieten, ja.« Noch ehe ich reagieren konnte, ging er um das Auto herum, öffnete die

Beifahrertür, wischte Chipskrümel aus dem Auto und setzte sich. »Ist das wirklich in Ordnung für Sie?«

»Klar«, presste ich heraus. Eine strenge Duftmischung aus Kuh, Feld, Wald und Wiese breitete sich in meinem Wagen aus. Abu Dhabi adieu! Die tätowierte Hand des Mannes, die ein eckiges Gerät umklammerte, glitt in seinen Wanderrucksack. Er sah mich mit großen Augen an und zog sie leer wieder heraus. Dann faltete er die Finger ineinander und atmete meditativ ein und aus. Der Schäfer hob den Thermobecher, vermutlich als Abschiedsgruß, wenn es denn irgendwann mal weitergehen würde.

»Lieb, dass Sie mich mitnehmen. Ich hätte mit den Dingern nicht mehr lange laufen können. Sie kommen aus den Niederlanden?«

»Woher wissen Sie das?« Nun wurde mir doch mulmig. Mein Gehirn flüsterte mir so hilfreiche Wörter wie »Stalker« und »Serienkiller« zu. Automatisch wurde mein Kopfkino angeworfen und der Film, der dort lief, gefiel mir überhaupt nicht. »Ich lasse Sie in Wustrow raus«, kündigte ich an, ohne ihn anzusehen.

»Das gelbe Kennzeichen. Ich habe es an Ihrem Kennzeichen erraten.«

»Ach so«, gab ich zurück und überlegte, warum ich mich so paranoid aufführte. Hatte Eriks Betrug ein Vertrauensproblem bei mir ausgelöst? Andererseits, warum sollte ich einem Wildfremden vertrauen? »Ich habe in Amsterdam gearbeitet«, erklärte ich trotzdem. Seine kornblumenblauen Augen taxierten mich interessiert. »Und ab sofort arbeite ich hier.« Skeptisch betrachtete ich die Schafherde und zog die Nase kraus. »Vielleicht.«

»Sie brauchen wirklich keine Angst vor mir zu haben. Ehrenwort. Ich tue Ihnen nichts.« Er machte das typische Schwur-Handzeichen, sein Grinsen reichte von einem Ohr zum anderen. Machte er sich lustig über mich? »Ich möchte nur zur Romantikpension Petersen. Aber Sie können mich auch auf dem Weg dorthin rauslassen. Hauptsache, ich bin ein Stück näher an meinem Ziel.«

Bitte nicht. Mir klappte die Kinnlade herunter. »Die Pension gehört meiner Tante.«

»Ach, dann sind Sie Nele?«

Augenblicklich wusste ich wieder, wo ich war. Statt in einer anonymen Großstadt war ich zurück an dem Ort, an dem jeder alles von jedem wusste. Zufällige Aufeinandertreffen und regen Austausch gab es hier ständig: beim Einkaufen, in der Apotheke, beim Bäcker, am Strand. »Nein, ich bin Lina.«

»Ja, genau. Lina Petersen. Ihre Tante hat erzählt, dass Sie kommen.« Locker stemmte er einen Fuß gegen meine frisch polierte Armatur. Unnötig zu erwähnen, dass seine Schuhe verschlammt waren. Hastig zog er den Fuß wieder zurück. »Sorry.« Mit der Handfläche wischte er über den Schmutzfleck.

Nach fast sieben Stunden Fahrt fiel mir nichts mehr ein. Lediglich ein ersticktes »Hmpf!« rang ich mir ab. Ich wollte endlich weiter. In Gedanken versuchte ich auszurechnen, wie lange die Schäfchen-Prozedur noch dauern konnte. Achtundvierzig auf der einen, zwei auf der anderen Seite.

»Ist ja fast eine Schande, in so einem Wagen allein unterwegs zu sein. Ich miete in Hamburg für gewöhnlich ein E-Auto, wenn ich eins brauche.« Er schaute in den Seitenspiegel auf den Motorradfahrer hinter uns. »Aber Zweiräder stoßen noch mehr CO_2 aus.« Schulterzucken. »Wie dem auch sei.« Er kratzte sich am Bart und war für meinen Geschmack optisch erst einmal weit entfernt von attraktiv. Obwohl er vielleicht etwas hermachen könnte, wenn er gut gekleidet wäre. Außerdem kannte ich ihn nicht, vielleicht war er ja … nett. Er zog die dicke Wollweste enger um seinen schlanken Körper und schenkte mir einen schlichten Blick. Eine Weste wie seine hatte ich zuletzt auf einem Foto meines Onkels gesehen, Gesas Mann, der vor zwei Jahren plötzlich verstorben war. Ich hatte es nicht zur Beerdigung geschafft und schämte mich, dass ich zu dem Zeitpunkt mit Erik für Luxury Escape ein Hotel in Ägypten begutachtet hatte.

»Sie reden nicht viel. Aber ich denke trotzdem, dass Sie in Ordnung sind«, meinte der Mann und positionierte den Rucksack sicher zwischen seinen Beinen, als hätte er eine kostbare Fracht darin verstaut. Einen Arm oder einen Kopf … o Gott!

Ich musste unbedingt mein Kopfkino in den Griff bekommen, wenn ich halbwegs ruhig weiterfahren wollte. »Können Sie das Mitfahren in meinem Auto überhaupt mit Ihrem grünen Gewissen vereinbaren?« Von wegen E-Auto und so.

»So extrem bin ich nun auch wieder nicht«, stellte er lächelnd fest und presste die Fußknöchel enger zusammen, vermutlich, um den Rucksack einzukeilen – für den Fall, dass wir gleich wie eine Rakete nach vorn schießen würden, sobald der Weg frei war. Ich sah ihn verständnislos an, doch er machte bloß eine Handbewegung, die wohl so viel heißen sollte wie: *Nun geben Sie schon Gas.*

Vor lauter Denken hatte ich nicht bemerkt, dass die Herde vollständig weitergezogen war. Auch die beiden Schäferhunde liefen auf der anderen Seite des Feldes entlang. »Meinetwegen. Fahren wir halt zusammen«, seufzte ich und fuhr los. »Das ist ja wirklich ärgerlich mit Ihren Schuhen.«

»Manchmal muss man die Dinge akzeptieren, wie sie sind. Die Sohle reißt, aber eine nette Frau nimmt mich mit – das ist doch ein gutes Ende der Geschichte.«

»Ende?« Ich lachte verkrampft und klammerte mich ans Lenkrad. Für gewöhnlich bekam ich Schulter-Nacken-Probleme, wenn ich gestresst war, ab und zu Kopfschmerzen. Heute beschränkte es sich auf ein leichtes Ziehen in der

Lendenwirbelsäule. Noch. »Bleiben Sie länger bei meiner Tante in der Pension?«

»Drei Wochen. Ich bin übrigens Simon.« Er hob die Hand, da ein Händeschütteln ja nicht möglich war. »Und Sie? Kommen Sie öfter hierher?«

»Seit geraumer Zeit nicht mehr.« Gleich hatte ich es geschafft, nur noch wenige Kilometer bis zum Ziel.

»Frau Petersen freut sich bestimmt, dass Sie sie besuchen. Etwas Unterstützung von ihren Nichten tut ihr sicher gut.« Er fuhr sich wieder über den Bart.

»Bestimmt.« Ein seltsames Gefühl kroch in mir hoch. Machte der Kerl sich fürsorgliche Gedanken um meine Tante? Gesa war ein Fels in der Brandung, er kannte sie nicht.

Wir schwiegen und ich schaltete das Radio ein. Sanfte Popmusik dudelte aus den Boxen, während die flache Boddenlandschaft Kilometer um Kilometer an uns vorbeizog. Ich hatte die Natur hier oben immer gemocht. Sobald die reetgedeckten Fischerhäuser und Büdnereien in meinem Sichtfeld auftauchten, hatte ich gewusst, ich war in den Ferien und ein bisschen zu Hause.

»Das da drüben sieht schick aus«, rief Simon mit einem Mal und deutete auf einen Gebäudekomplex, fünf Stockwerke hoch mit umlaufenden Balkonen. Das Hotel stand auf einer kleinen Anhöhe, in der Bucht davor reihten sich rot-weiße Strandkörbe auf, die zum Urlauben einluden.

Himmel! Ich hatte das Olsen-Anwesen nicht so imposant in Erinnerung. »Das ist das Möwenhotel.«

»Genau«, triumphierte Mister Schuhsohle und packte sein Wissen aus. »Ganz bekanntes Hotel, ist zwei Mal knapp an der Auszeichnung zum besten Hotel Deutschlands vorbeigeschrammt. Soll eine natürlich angelegte Wellnesslandschaft haben und regionale Bioküche anbieten. Vielleicht teste ich die mal.«

»Sie sind ja bestens informiert.« Mir rutschte ein anerkennender Laut heraus. Nicht einmal ich hatte das gewusst. Allerdings hatte ich jahrelang vermieden, es zu googeln.

Er winkte ab, als wäre meine Aussage zu viel des Lobes. »Steht im Reiseführer.«

Mit einer ausladenden Bewegung lenkte ich den Wagen in die kiesgesäumte Auffahrt, die zum Cottage meiner Tante führte. Sechs Doppel- und ein Einzelzimmer, ein Frühstücks- und ein Aufenthaltsraum sowie ein Märchengarten mit Schwimmteich. Das Reetdach und die prachtvollen Hortensien im Eingangsbereich weckten auf der Stelle das vertraute Heimatgefühl in mir. Genauso wie die farbenfrohe Eingangstür, eine Sonnentür, wie man das hier nannte, die ich schon von Weitem in Blau, Gelb und Rot hatte leuchten sehen. Onkel Hannes hatte sie vor seinem Ableben ganz nach Gesas Wünschen liebevoll mit verschnörkelten Blumenornamenten gestaltet. In mir kam ein Funke Freude auf, den ich bis vor Kurzem nicht für möglich gehalten hätte. »Okay, wir sind da.«

Der Mann neben mir hob seinen Rucksack an und folgte meinem verträumten Blick durchs Beifahrerfenster auf die Pension. »Ja, es ist wirklich hübsch.« Er drehte den Kopf und sah mich an. »Danke fürs Mitnehmen. Soll ich Ihnen mit dem Gepäck helfen?«

Jetzt, da ich angekommen war, klärten sich meine Gedanken, ich war weniger verspannt und er tat mir fast leid. Nur wegen der negativen Erfahrung mit Erik musste ich ja nicht gleich alle Männer verteufeln. Im Grunde war seine Begleitung recht angenehm gewesen. Die Stunden von Amsterdam hierher hatten mich angestrengt und Simon hatte mich am Ende der Fahrt unterhalten. »Sie sollten den Darßwald besichtigen. Am besten mit Wanderschuhen«, schlug ich ihm vor. »Der Wald ist Teil des Nationalparks Vorpommersche Boddenlandschaft. Von Prerow aus gibt es viele Wege, und für jemand Naturverbundenen wie

Sie ist das superinteressant. Kleine Pfade, Heidelbeerbüsche, Hecken, Erlenbruch – Grün, so weit das Auge reicht, bis zum Weststrand. Es gibt auch einen historischen Leuchtturm hier.«

»Danke für den Tipp. Das ist nett.« Er lächelte wieder und ich fragte mich noch einmal, ob diese Augenfarbe normal war. »Ihre Koffer?«

»Ach, kein Thema. Ist nicht viel.«

»Sie reisen mit leichtem Gepäck. Das ist immer gut«, sagte er, und um seine Mundwinkel zuckte es kurz, als sei bei ihm das Gegenteil der Fall. Dabei war ich diejenige, die Backsteine auf dem Herzen trug. Aber das konnte er ja nicht wissen. Er stieg aus und schulterte seinen Rucksack. »Schönen Tag.«

»Ihnen auch.«

Rote Hibiskusblüten und violett-blaue Hortensien säumten die weiße Holztreppe, die hoch zur Veranda führte. Alles exakt wie vor elf Jahren, als ich diesen Ort verlassen hatte. Und obwohl so viel Zeit dazwischenlag, die mich in vielerlei Hinsicht geprägt hatte, freute ich mich wie ein Kind auf Gesas selbst gegossene Zimtkerzen, ihren einzigartigen Hefezopf und die italienischen Mandelplätzchen, die sie das ganze Jahr über als Kaffeegebäck backte. Solche Dinge änderten sich eben nie. Es knarzte bedrohlich unter meinen Füßen, als ich die Treppe betrat. Die Stufe, auf der ich stand, war dermaßen zerschlissen, dass man sie als gefährlich einordnen musste, und der Verandaboden sah nicht besser aus. Barfuß sollte man ihn nicht betreten. Nur die weiße Hollywoodschaukel mit den blauen Anker-Kissen wirkte gut erhalten.

Ich spähte auf die Uhr. Das Frühstück der Gäste müsste längst vorbei sein, Gesa war bestimmt in der Küche. Komischerweise parkte Neles Skoda nicht in der Auffahrt, und das, obwohl ich zwanzig Minuten später als vereinbart eingetroffen war. Ich folgte dem Bogen der Veranda rund ums Haus, bis ich in den Garten blicken konnte. Hatte meine Tante hier eine Wildblumenwiese für Bienen angelegt? Ein kunterbuntes Blütendurcheinander, Gräser, Disteln und anderes Unkraut breiteten sich vor mir aus. Außerdem türmten sich jede Menge Äpfel unter den Bäumen. Das Obst würde verfaulen und Ungeziefer anziehen, wenn es länger so liegen bliebe. Keine einladende Vorstellung für eine Urlaubspension. Ich stellte mich auf die Zehenspitzen, konnte den Schwimmteich weiter unten auf dem Gelände wegen des wild wachsenden Bambus jedoch nicht einsehen. Das Grundstück maß an die tausendfünfhundert Quadratmeter.

Immerhin bestand auf der Wiese die alte Ordnung. Ein paar Stühle umringten die gusseiserne Feuerschale. Sie wollten nicht so recht zusammenpassen und bildeten doch ein ewiges Ensemble. Wie unsere Familie. Wenige Meter weiter standen der große Holztisch und die Bänke, die mein Onkel selbst geschreinert hatte. Ich erinnerte mich, wie wir früher gemeinsam daran gesessen und uns Geschichten erzählt hatten. Mit Sicherheit war ich keines dieser erwachsenen Scheidungskinder, das sich immer noch wünschte, seine Eltern hätten sich nie getrennt. Und doch fehlten mir diese … sagen wir … Momente. Momente, in denen wir einfach nur zusammengehörten.

Ich ging zur Wiese und setzte mich auf eine Bank. Die Feuerstelle wirkte verwaist, als wäre sie seit Jahren ungenutzt. Ich schloss die Augen. Wenn ich mich konzentrierte, konnte ich das Meer rauschen hören. Genau jetzt war ich Nele unendlich dankbar dafür, dass sie mich überredet hatte, hierherzukommen.

»Hi, Tante Lina.« Ein Junge schlenderte über die Wiese auf mich zu. Ich hatte mich darauf eingestellt, mich hinhocken zu müssen, wenn ich Matti begrüßen würde. Doch das war bei seiner Körpergröße nicht mehr nötig. Er maß circa einen Meter vierzig, hielt ein Handy in der Hand und hatte Kopfhörer in den Ohren. Der blonde Topfhaarschnitt leuchtete mit seinen blau-grauen Augen um die Wette. Dazu trug er ein schwarzes Shirt mit Totenkopfemblem und eine weite Jeanshose, die ihm fast vom Hintern rutschte, in der gleichen Farbe. Er deutete eine Umarmung an. »Mama hat dich vorfahren sehen. Sie ist im Frühstücksraum.«

»Matti, bist du groß geworden!« Ich stellte mich zum Größenvergleich neben ihn, was ihm ein winziges Glucksen entlockte.

»Und du klein«, antwortete er, obwohl ich ihn überragte. Er tippte auf seinem Handy herum.

»Geht's dir gut?«

»Geht so.« Sein Tonfall ließ erahnen, dass er nicht gerade begeistert war, seine Ferien mit einer Handvoll alter Frauen auf dem Land zu verbringen.

»Das Meer ist himmlisch hier. Wir können gemeinsam an den Strand gehen und Ausflüge machen.« Irgendwie hatte ich das Gefühl, ihn davon überzeugen zu müssen, dass es nicht so langweilig werden würde, wie er es sich ausmalte.

»Ich dachte, du arbeitest«, antwortete er schlicht.

»Ab morgen. Aber ich habe Feierabende und Wochenenden.«

»Okay.« Er wandte seine Aufmerksamkeit wieder dem Handy zu. »Papa hat uns hergebracht. Gesa ist nicht da und Mama findest du wie gesagt drinnen.« Er lief in Richtung Schwimmteich davon und verschwand Sekunden später gänzlich hinter dem Bambus. Matti war in einer Großstadt aufgewachsen – natürlich hatte er keine Lust auf all das hier. Ich ging allein zum Haus zurück und betrat die großzügige Eingangshalle. Anders als in den üblichen Katenhäusern hatte Gesa auf das typische Landhausklischee verzichtet und die Pension im Orientstil eingerichtet. Jede Menge Erinnerungen an ihre Reisen mit Hannes waren im Haus versammelt: bunte Teppiche, kleine Holzstatuen, Ornamenttapeten, Goldverzierungen. Eine breite Treppe, deren Stufen mit passgenauen Perserteppichen belegt waren, führte in die beiden oberen Stockwerke, die je drei Doppelzimmer inklusive Bäder beherbergten. Das oberste zusätzlich ein Einzelzimmer mit Bad. Geradeaus gelangte man durch einen Torbogen in den licht-durchfluteten Frühstücksraum, daneben lagen die Küche und der Aufenthaltsraum mit hohen Bücherregalen. Gesa vermie-tete ausschließlich Übernachtung mit Frühstück. Anders lohnte es sich nicht.

Den roten Lockenkopf meiner Schwester erkannte ich auf Anhieb, als ich den Frühstücksraum betrat. Die widerspens-tigen Korkenzieherlocken hatten wir beide von unserer Mom geerbt und gehasst, weshalb wir uns in jungen Jahren oft an Glätteisen versucht hatten. Mit dem Ergebnis, dass wir uns ent-weder ein Ohr oder den Nacken versengt hatten. Seither ließen wir es bleiben.

Sie winkte mir von einem der Frühstückstische aus zu, an dem sie zusammen mit Brigitte Larson von *Brigittes Stube* saß. War Gesa nicht eben noch bei ihr im Laden gewesen? Bevor ich dem nachgehen konnte, sprang Nele auf und fiel mir um den Hals. »Über ein Jahr, Linchen! Das letzte Mal haben wir uns Weihnachten bei mir in Hamburg gesehen«, erklärte sie in Brigittes Richtung und drückte mich so fest an sich, dass mir fast die Luft wegblieb. Körperlich war meine Schwester definitiv in einer besseren Verfassung als ich. Ihre Oberarme fühlten sich trainiert an, ihr Bauch war sportlich flach, kein einziges Speckröllchen. Mit ihren neunundzwanzig Jahren sah sie jugendlich und dynamisch aus, wäre da nicht die dicke Sorgenfalte, die ihre Stirn teilte und darauf schließen ließ, dass in ihrem Leben nicht unentwegt die Sonne schien. Ich fragte mich, warum sie mir erst heute auffiel.

»Die Petersen-Mädchen.« Brigitte blieb unbeeindruckt sit-zen und schob sich das letzte Stück Hefezopf, das sie vor sich auf dem Teller hatte, in den Mund. »Und jetzt macht ihr wieder

Bennickshoop unsicher?« Sie kaute weiter und schenkte uns einen durchdringenden Blick, wie ich fand. Das Bolerojäckchen, das sie über ihr enges Kleid geknöpft hatte, spannte über ihrer Oberweite. »Ich kenne niemanden, der mit Hefe so gut umgehen kann wie eure Tante. Wo bleibt sie bloß?« Sie stand auf, um sich erneut am Büfett zu bedienen.

»Das habe ich mich auch schon gefragt«, pflichtete Nele ihr bei. Sie schaute sich um. »Wo ist Matti hin?«

»Draußen.«

»Immer noch? Das ist er seit circa vierzig Minuten. Ich bin überrascht. Er sucht wohl nur ein geeignetes Handynetz. Die Kinder von heute. Wir haben Gesa bisher nicht nach dem WLAN-Passwort fragen können.«

Ich ließ meinen Blick über die unaufgeräumten Tische schweifen. »Komisch. Sie lässt doch sonst ihre Gäste nicht allein.«

»Tja«, seufzte Brigitte, setzte sich wieder und strich sich hausgemachte Erdbeerkonfitüre auf das nächste Stück Hefezopf. »Sie hat vorhin etwas bei mir vergessen.« Behäbig hob sie ihren Körper vom Stuhl, um einen zerknitterten Zettel aus ihrer Kleidtasche zu ziehen. Sie strich das Papier glatt und legte es auf dem Tisch ab. »Gesa und ich waren noch nicht fertig mit der Besprechung der Getränkelieferung, aber sie hatte es auf einmal eilig. Sicher wegen eurer Anreise. Redet seit einer Woche von nichts anderem.«

Ich erinnerte mich, wie ich als kleines Mädchen mit großen Augen in *Brigittes Stube* gestanden und auf Gesa gewartet hatte. Es gab dort eine Ecke mit heimischen Süßigkeiten und wir durften uns immer etwas aussuchen, während die beiden Frauen Geschäfte machten. Lollis, Ostseekiesel, selbst gemachte Bonbons für ein paar Cent das Stück. In ihrem Lädchen verkaufte Brigitte nicht nur Lebensmittel, sie organisierte auch die

Getränkebestellungen für die Pensionen und teilweise sogar für die Hotels im Ort.

»Was ist das?« Ich nahm den Zettel vom Tisch.

»Keine richtige Liste.« Brigitte leckte sich die Marmelade von den Lippen und beendete ihr Frühstück. »Aber auch kein Brief. Ich weiß nicht, was es ist.«

28. 6., 28. 8.

18.000 Euro

Brigitte Getränke

Angelmeier

Dach

»Aber weil so viele Zahlen draufstehen, ist's vielleicht doch wichtig.« Gesas Freundin erhob sich und zog den Schlüssel ihres Kastenwagens hervor.

Den Wagen hatte ich am Straßenrand vor der Kiesauffahrt neben dem Postamt gesehen. Anscheinend war sie die wenigen Schritte zu Fuß gekommen. »Kannst du mit den Notizen etwas anfangen?«

»›Brigitte Getränke‹ ist meine Lieferung«, merkte sie schmunzelnd an, »schätze ich. Das Dach der Pension wurde vor zehn Jahren erneuert. Riesenaktion. Der Angelmeier … ich weiß nicht, was sie von dem wollen könnte. Ach, man schreibt manchmal wirren Kram auf, geht mir genauso.« Sie klopfte mit den Fingerknöcheln auf den Tisch. »Soll sich melden, wenn sie wieder da ist. Macht's gut, ihr Mädchen.«

Und dann standen Nele und ich uns im Restchaos des Frühstücks allein gegenüber. Nur wir beide. Wann war das zuletzt der Fall gewesen? »Lass uns aufräumen und Gesa anrufen.« Meine Schwester zog ihr Mobiltelefon hervor und reichte es mir. »Wähl sie schon mal an. Und danach erzählst du mir von Erik, dem Videoclip-Sternchen. Du trauerst ihm hoffentlich nicht nach.«

»Ich möchte nicht mehr darüber reden. Nein, keine Trauer, dafür war es zu heftig. Ich hab genug geweint.« Entschlossen klickte ich auf Gesas Namen, doch es antwortete lediglich die Mobilbox. »Ihr Handy ist anscheinend aus.«

»Dann können wir nur warten, bis sie wiederkommt, und schon mal unsere Zimmer beziehen. Sie hat mir gesagt, dass sie die Eins und die Drei für uns freigehalten hat. Die Drei hat diesen riesigen Balkon zum Garten, aber nur ein Einzelbett. Magst du das haben? Ich nehme dann mit Matti die Eins, ohne Balkon, dafür zwei Betten.« Sie reichte mir einen Berg benutzter Teller, die sie von den umliegenden Tischen eingesammelt und übereinandergestapelt hatte.

»Hoffentlich ist nichts passiert.« Ich trug das Geschirr in die Küche und klappte die Spülmaschine auf, die schon bessere Tage gesehen hatte. Gesa bräuchte dringend eine neue. Die Holzdekoration der Arbeitsplatte war auch stellenweise aufgeplatzt.

»Ich hoffe, du musst in diesem piekfeinen Hotel nicht im Restaurant oder in der Küche anfangen.« Kichernd stellte Nele ein beladenes Tablett auf der Anrichte ab. »Das obere ist das Besteckfach.« Sie wies mit dem Kinn auf die Tasse, die ich im Begriff war, neben den Messern einzusortieren. »Sie bräuchte echt eine neue Maschine.«

Wenig später hatten wir so gut wie alles abgeräumt. Nele hielt das Brett mit dem restlichen Brotlaib hoch. »Laut Brigitte wollte Gesa zum Bäcker, was ich nicht verstehe. Brot ist genug da.« Auch im Brötchenkorb waren noch Körnerbrötchen übrig.

»Beim Bäcker, also beim Jansen, war sie bereits, als ich mit ihr telefoniert habe.« Ich versah die Wurstteller und die Käseplatten mit Frischhaltefolie, bevor ich sie in die Küche trug, um sie kühl zu stellen. Es sah meiner Tante so gar nicht ähnlich. Wären wir nicht gekommen, wären die Lebensmittel später unter Umständen nicht mehr genießbar gewesen.

»Lass uns erst mal die Koffer hochbringen, Linchen. Wenn alles so ist wie immer, müssten die Schlüssel für uns am Brett der Rezeption hängen.«

»Ich staubsauge noch schnell den Boden. Die Tische können wir später neu eindecken, sobald die Spülmaschine gelaufen ist.« Es stellte sich heraus, dass wir nach wie vor eingespielt waren. So, als hätten wir nie getrennt woanders gelebt.

Gesa und Hannes hatten seinerzeit keine Kinder bekommen können, weshalb sie sich liebevoll um uns gekümmert hatten. Und wir hatten ihnen mit Freude bei der Arbeit geholfen. Das Bettenmachen und Geschirrabräumen war uns wie ein endloser Ferienspaß vorgekommen. Mir wurde flau, als ich darüber nachdachte, dass meine Tante das alles mit fünfundsiebzig Jahren nun allein stemmte. Ich griff nach dem Staubsauger in der Abstellkammer und nach einer Stunde glänzte der Frühstücksraum wie neu.

Mit Mattis Hilfe verstauten wir unser Gepäck in den entsprechenden Zimmern.

Ich liebte die Aussicht vom Balkon der Drei – ein Ausblick über das gesamte romantische Außengelände der Pension. Als ich vor der ausladenden Brüstung stand, nahm ich den Duft der Pflanzen noch intensiver wahr als bei der Ankunft. Allerdings bekam ich von hier aus auch mit, dass der Schwimmteich zugewuchert war, was mich ebenso verwunderte wie das Aussehen der alten Steinmauer schräg dahinter, die komplett unkrautbewachsen dastand. Bis auf die gelben vorwitzigen Blümchen, die zwischen den Mauersteinen herauswuchsen und sogar von hier oben als helle Farbtupfer erkennbar waren. »Steinkraut« nannte Gesa das, soweit ich mich erinnerte.

»Warum gibt sie die Pension und die Gästebetreuung nicht auf?«, überlegte Nele, als wir uns wieder unten in der Eingangshalle trafen. Von unserer Tante fehlte nach wie vor jedes Lebenszeichen. »Das Grundstück ist wüst, oder?« Matti daddelte auf einer Spielkonsole herum, die nicht weniger wüste Töne von sich gab. Dabei wanderte er hin und her wie das Pendel einer Uhr.

»Total. Sie hatte doch sonst immer einen Gärtner zur Hilfe.« Ich lehnte mich an den Rezeptionstresen und wollte gerade eine Diskussion darüber anfangen, was mir alles hier aufgefallen war, als das Telefon klingelte. Wir sahen uns verdutzt an.

»Voll retro!« Matti wies auf das grüne Kabeltelefon mit Wählscheibe, das neben mir auf dem Tresen bimmelte. Das Gerät war schon zu unserer Zeit antik gewesen.

»Romantikpension Gesa Petersen. Was kann ich für Sie tun?«, säuselte meine Schwester in die Sprechmuschel und wickelte das Kabel mit dem Zeigefinger auf, als sei es eine Locke ihrer roten Haare. Wie eine Callcenter-Mitarbeiterin drehte sie sich diskret zur Seite. Ich grinste, Matti auch.

»Ich bin Nele Kringe, ihre Nichte. Brauchen Sie ein Zimmer? Für wie viele Personen?« Sie lauschte, dann froren ihre Bewegungen ein, obwohl sie kurz zuvor noch im Auftragsbuch geblättert hatte. Sie wisperte etwas wie: »Wir kommen sofort.«

Ich spürte eine feine Gänsehaut über meine Arme ziehen. Hatte ich mich eben noch im Geiste mit Gesa auf der Veranda Tee trinken sehen, war ich mir nun nicht mehr so sicher, ob das stattfinden würde. Die folgenden zwei Minuten bemühte ich mich, Neles Telefongestammel zu verstehen, doch Matti stellte zeitgleich seine Konsole um einige Dezibel lauter, um seine Mutter zu übertönen.

Schließlich legte Nele mit einem betroffenen Gesichtsausdruck auf. »Wir müssen ein paar Sachen zusammensuchen: Zahnbürste, Kleidung und Duschzeug.« Sie drückte das Kreuz durch und presste eine Hand vor den Mund. »Gesa ist im Krankenhaus. Sie ist gegen die Glaseingangstür der Sparkasse gelaufen.«

»Die Tür hinter den Geldautomaten? Öffnet sie sich denn nicht automatisch?«

»Offenbar nicht. Sie hat eine Gehirnerschütterung und die Nase gebrochen. Sie muss es sehr eilig gehabt haben, sagte die Schwester. Die Sparkasse hat sich entschuldigt. Normalerweise hängen an der Tür Plakate, damit niemand dagegen läuft. Heute nicht.«

»So was hab ich noch nie gehört.«

»Gesa ist umgekippt und hat sich bei dem Sturz dann wohl die Gehirnerschütterung zugezogen. Da kam eins zum anderen. Die Nase muss gerichtet werden, und weil sie bewusstlos und etwas verwirrt war, ist sie zunächst unter Beobachtung.«

»Das ist nicht wahr.«

»Leider doch. Ich packe die Sachen zusammen und du hängst einen Zettel an die Eingangspforte für unsere Gäste«, kommandierte Nele, und ich war ihr dankbar dafür.

»Ja. Sicher.« Ich hatte in den ersten Tagen mit allem gerechnet, aber nicht damit, dass meine Tante im Krankenhaus landen würde. Heimlich schielte ich zu Matti, dann zu Nele, die ihm den Kopf tätschelte und ihn anwies, das Ladegerät ihres Handys zu holen, damit sie es für alle Fälle in die Handtasche stecken konnte. Augenblicklich überkamen mich Stolz und Bewunderung für ihre zupackende Art und ihr Organisationstalent. Nele hatte so viele großartige Eigenschaften. Nur sie selbst konnte sie die meiste Zeit nicht sehen – geschweige denn wertschätzen.

KAPITEL 3

Nachdem wir das Nötigste für Gesa zusammengepackt hatten, machten Nele und ich uns auf den Weg zum Krankenhaus. Die Gäste würden vorübergehend ohne Ansprechpartner auskommen müssen, aber die meisten befanden sich ohnehin an der See oder erkundeten das Umland, was sich bei dem klaren Wetter anbot. Der Wind hatte zwar – wie für die Gegend typisch – aufgefrischt, doch die Sonne hinterließ nach wie vor ihre wärmenden Strahlen auf der Haut. Wir waren mit meinem Geländewagen unterwegs und die schmale Landstraße führte uns dicht am Meer vorbei, auf dessen stürmischen Wellen Kitesurfer schwebten. Sie waren schnell wie der Wind und steuerten ihre Drachen mal nach links und mal nach rechts.

»Wahnsinn!«, rief ich, als einer hoch in die Luft abhob und lediglich als dunkler Fleck am Himmel zu erkennen war. Er überschlug sich vor dem Himmelblau des Horizonts, um anschließend sanft auf dem Wasser zu landen. Ich hätte ewig zusehen können, musste jedoch die Fahrbahn im Auge behalten. Schließlich wollte ich nicht noch einmal beinahe ein Schaf umnieten.

»Das sieht echt gefährlich aus«, bemerkte Nele und drückte sich sprichwörtlich die Nase am Beifahrerfenster platt. »Hat Phil das nicht früher auch gemacht?«

Ich hob die Schultern, als könnte ich mich nicht mehr an seinen durchtrainierten Oberkörper und die starken Arme erinnern. Erinnerungen waren sowieso nur eine chemische Reaktion des Körpers auf die Vergangenheit. Das hatte ich im Biologieunterricht am Mädchengymnasium in Berlin gelernt. Und was vergangen war, war vorbei. Erinnerungen waren Glaube gemischt mit Fantasie, sonst nichts. Unterm Strich bedeutete das, dass Phil gar nicht so durchtrainiert war, wie ich ihn in meinen Gedanken konserviert hatte. Ganz einfach.

»Doch, doch«, wiederholte Nele und hob den Zeigefinger. »Ich bin mir sicher. Phil war ein Adrenalinjunkie. Motorradrennen, Kitesurfen, Tauchen. Das hat er alles gemacht.«

»Möglich.« Ich spähte in den Rückspiegel. Matti auf der Rückbank ignorierte unser Gespräch, wobei sein Mobiltelefon, das er wieder zur Spielkonsole umfunktioniert hatte, mich langsam, aber sicher verrückt machte.

»Ton aus«, kommandierte Nele nach hinten, als erriete sie meine Empfindungen. »Lina muss sich konzentrieren, Matti.« An mich gewandt sagte sie: »Ich will ihm das Handy nicht wegnehmen, weil er darüber Kontakt mit seinen Freunden hält. Aber das Ding hat absoluten Suchtcharakter.« Sie beugte sich nach vorn, als hätte sie etwas Interessantes auf dem Boden entdeckt.

»Ich hab das Handy auch viel zu oft in der Hand«, pflichtete ich ihr bei und fragte mich, ob Simon von heute Morgen überhaupt eins besaß.

»Warum liegen hier überall Chipskrümel herum, Linchen?«

Matti lachte. »Und du meckerst dauernd über die Unordnung in meinem Zimmer.«

Mit ihren Füßen schob Nele die Reste zusammen, während ich den Wagen vor dem Graal-Müritzer Krankenhaus parkte. Von größeren Unfällen waren wir in unseren Sommerferien stets verschont geblieben, weshalb ich heute zum ersten Mal hier war. Als wir zu dritt die automatischen Eingangstüren passierten, vibrierte Neles Handy. Entschuldigend hob sie die Arme und kehrte um, um draußen zu telefonieren. Zusammen mit Matti erfragte ich Gesas Zimmernummer und beobachtete, wie meine Schwester vor dem Eingang wild gestikulierte.

»Sicher Papa.« Matti klang wenig interessiert.

Irgendwann legte Nele auf und steckte das Handy zurück in ihre Stoff-Umhängetasche. Eilig kam sie auf uns zu und wir gingen gemeinsam zum Aufzug. Sie wirkte, als müsste sie sich an Gesas Reisetasche festhalten.

»Was sagt Papa?«

Als Antwort auf Mattis Frage hob Nele den Daumen. »Geht ihm gut.« Dann drückte sie mit demselben Finger auf die Zwei. Matti rückte seine Kopfhörer zurecht und wandte sich von seiner Mutter ab. Offenbar seine Art, sich von der Realität zu verabschieden.

Ich sah meine Schwester fragend an. »Willst du darüber reden?«

»Sascha und ich leben irgendwie in zwei verschiedenen Welten. Er liebt seine Arbeit und ich bin in der Familienblase zu Hause.« Sie vergewisserte sich, dass ihr Sohn mit seinem Spiel beschäftigt war. »Wir sprechen zwar miteinander, aber es fühlt sich manchmal an, als würde ich mir eine Fernsehshow ansehen. Weit weg und doch ganz nah. Sascha erzählt wenig von seinen Gerichtsfällen. An unserem Familienalltag ist er so gut wie gar nicht beteiligt. Und bei mir konzentriert sich alles auf Schule, Haushalt und …« Sie stockte, ihr Blick wanderte wieder zu ihrem Sohn. »Ich hab nie richtig gearbeitet. Im Grunde stehe ich ohne alles da.«

»Das stimmt doch gar nicht. Du bist klug und mitfühlend. Du hast einen tollen Sohn.« Ich legte meinen Arm um sie und drückte sie an mich, was ihr ein zartes Lächeln entlockte. Ihre

Ehe war mir immer verlässlich vorgekommen, nicht so ein Auf und Ab wie bei mir. Nele hielt ihrem Mann selbstverständlich den Rücken frei, weil er viel arbeitete und nebenbei mit einem Kollegen eine Firma für Vertragsrecht im Profisport gegründet hatte. Aber war ihre aufopfernde Art wirklich selbstverständlich? »Du hast ein Haus und eine Familie. Ohne dich wäre Sascha nicht da, wo er heute ist. Ihr habt keine finanziellen Sorgen und könnt tolle Urlaube machen.«

»Wenn er Zeit hat.« Sie straffte die Schultern. »Aber ja, uns geht es gut. Lass uns lieber nach Gesa sehen.« Sie schwang die Tasche auf die andere Seite, während der Aufzug mit einem lauten Ping im zweiten Stock hielt. »Zimmer 283. Ich glaube, wir müssen linksherum.« Nele deutete auf das entsprechende Schild an der Wand. Ihre Worte von vorhin hallten noch in meinem Kopf nach, als ich die breite Krankenhaustür langsam öffnete. Warum glaubte sie, nichts im Leben erreicht zu haben?

Gesas abgedunkeltes Zimmer roch nach Desinfektionsmittel und Plastik. Während Matti an der Tür wartete, traten Nele und ich ans Bett unserer Tante, von dem leise Schnarchgeräusche aufstiegen. Gesa schlief. Ich spürte Tränen in mir aufkommen, die ich sofort hinunterschluckte. Hoffentlich wurde sie schnell wieder gesund. Bei genauem Hinsehen war sie deutlich älter geworden – was nur natürlich war. Sie hatte kleine, dunkle Flecke auf den Handrücken und ihre Haut war faltiger, als sie auf den Fotos, die unsere Tante ab und an per Nachricht schickte, gewirkt hatte. Ihre Stimme am Telefon hingegen hatte wie früher geklungen, obwohl sie nicht mehr wie früher war. Einzelne graue Strähnen ihrer ehemals blonden Haare lugten aus einem Mullbindenturban hervor und ich wusste nicht, ob dieses Gebinde Krankenhausstandard bei Gehirnerschütterungen oder die Erste-Hilfe-Reaktion der Sparkasse gewesen war. Auf jeden Fall war die Ähnlichkeit mit unserem Vater, ihrem Bruder, nach wie vor verblüffend. Dieselben weichen Gesichtszüge und der gleiche Schwung der buschigen Augenbrauen. Sie hatte sogar unseren Familiennamen beibehalten wollen, weshalb Onkel Hannes bei der Hochzeit aus Liebe den Namen Petersen angenommen hatte.

»Und nun?«, flüsterte ich.

»Sind Sie die Nichten von Gesa Petersen?«

Wir fuhren herum. Eine junge Frau im blauen Schwesternkittel mit Mundschutz tauchte neben Matti im Türrahmen auf. Auf ihrem Kittel war der Name »Lizzy« aufgestickt. Sie drückte sich an meinem Neffen vorbei in den Raum, um an Gesas Handgelenk den Puls zu messen. Gewohnheitsmäßig spulte sie ihren Text ab. »Frau Petersen war völlig durch den Wind, als sie hier ankam. Sie hat dauernd gemurmelt, dass sie nicht im Krankenhaus bleiben könnte. Das wäre allerdings unverantwortlich gewesen. Und irgendwas von ihrem Mann. Sie hat geschimpft, dass sie das niemals von ihm gedacht hätte – nur zu Ihrer Information. Wir wissen nicht, was da los war.« Lizzy machte eine Pause und sah uns an. »Vielleicht können Sie das klären, wenn sie aufwacht. Die Nase muss jedenfalls gerichtet werden, sie ist gebrochen.« Obwohl sie sich keine Mühe gab, besonders leise zu sprechen, schlief Gesa wie ein Stein weiter.

Auch als Matti unpassend laut »Ihr Mann ist gestorben!«, rief, wachte sie nicht auf.

»Oh.« Lizzy entfernte sich vom Bett. Wir folgten ihr Richtung Einbauschränke. »Ist das wahr? Er lebt nicht mehr? Sind Sie da ganz sicher?«, wisperte sie mit einem Mal.

Mein Blutdruck schoss in die Höhe, weil mir die Frage abstrus vorkam, obwohl es nur verständlich war, dass sie nach-hakte. »Natürlich. Hannes Petersen ist tot«, bestätigte ich und merkte, wie meine Stimme zitterte.

»Mama und ich sind auf der Hinfahrt beim Friedhof vor-beigefahren, weil Mama zu seinem Grab wollte.« Es war das erste Mal, das Matti sich freiwillig ausführlicher äußerte. »Keine Ahnung, warum.«

»Wir haben die Beerdigung versäumt«, fügte Nele hinzu und ließ die Schultern hängen. »Ich hatte einen grippalen Infekt und Lina ...« Sie schwieg. Polternd ließ Matti sich auf den Metallstuhl in der Zimmerecke fallen – dem einzigen Stuhl im Raum.

»Ich verstehe schon.« Lizzy rückte ihren Mundschutz zurecht, weshalb wir ihre Gesichtszüge nicht erkennen konnten. »Oberarzt Doktor Olsen ist für Ihre Tante zuständig.«

Reflexartig befühlte ich das Muschelarmband, das ich heute Morgen vor der Abfahrt geistesabwesend angezogen und vergessen hatte abzulegen. Gedankenversunken ging ich wieder zu Gesa ans Bett und ergriff behutsam ihre Hand, während Nele sich vorsichtig ans untere Bettende setzte.

»Doktor Olsen führt diese Eingriffe routinemäßig durch. Und das sehr gut«, fuhr Lizzy fort. »Es wird Ihrer Tante bald besser gehen. Sie wird sich nur anschließend eine Zeit lang schonen müssen.«

In Neles Gesicht stand geschrieben, was wir beide dachten: Wie soll das funktionieren? »In Ordnung.«

»Olsen heißt der Arzt, sagten Sie?«, setzte ich zögerlich hinzu, wohl wissend, dass das jetzt nicht der richtige Moment war. Nele bückte sich, um nach der Reisetasche zu ihren Füßen zu greifen. Ihr schien der Nachname des Arztes gar nicht aufgefallen zu sein. Olsens gab es hier oben wie Sand am Strand.

»Ja, der Mann hat magische Hände«, schwärmte Lizzy und vergrub ihre eigenen in den Kitteltaschen. »Kennen Sie Doktor Olsen?«

Eine Millisekunde lang dachte ich an Phil, an seine Finger und Handflächen, lediglich um mich zu vergewissern, dass nichts an ihnen magisch war.

»Kenn ich nicht«, gab Matti seinen Senf dazu, weil niemand sonst antwortete, und kratzte mit den Stuhlbeinen über den Linoleumboden. Die feinen Härchen an meinen Armen richteten sich auf.

»Dann lernen Sie ihn gleich kennen. Ich sage ihm Bescheid, dass Sie da sind.« Lizzy öffnete eine Kleiderschranktür. »Bitte alles hier einräumen. Bis gleich.« Dann verließ sie uns.

Nele machte sich sofort daran, die Kleidung nach ihrem persönlichen System in den Schrank einzuordnen.

Ich stellte mich neben sie und hielt ihren Arm fest, um ihr Einhalt zu gebieten. »Es wird alles gut«, meinte ich, umarmte sie und versuchte, mir selbst zu glauben, was ich da sagte. Wir schauten zu Gesa. »Die Schmerzmittel haben sie sicher müde gemacht.«

»Ja. Hoffentlich bleibt es bei dem Einzelzimmer«, sagte Nele leise und betonte damit einmal mehr, dass unsere Tante unbedingt Ruhe brauchte. »Das Ganze ist verrückt, oder?«

»Du liebes bisschen. Und wie!«, kam es von der Bettseite. Gesa hatte uns gehört. Wir schauten wohl ziemlich perplex aus der Wäsche, denn unsere Tante lächelte. Im nächsten Moment fasste sie sich an den Kopf und stöhnte. »So was Dummes! Bin zu Boden gegangen wie 'n Vogel, der mit zweihundert Sachen gegen 'n Küchenfenster knallt. Angelmeier hat sich bestimmt königlich amüsiert. Das sag ich euch.« Der ehemalige Grundschullehrer Herr Angelmeier war also zeitgleich mit ihr bei der Sparkasse gewesen. Ein Mann mit immer grimmigem Blick und herabgezogenen Mundwinkeln. Er war mir früher schon nicht geheuer gewesen. Stand sein Name nicht auf dem Notizzettel, den Brigitte uns gebracht hatte?

»Ach, Gesa«, sagten Nele und ich wie aus einem Mund. Vorsichtig umarmten wir sie nacheinander. Sie fühlte sich noch zierlicher und zerbrechlicher an als vor vielen Jahren. Matti blieb sitzen und winkte ihr verlegen zu.

»Wie fühlst du dich?«, fragte ich, weil mir das am meisten Sorgen bereitete.

»Wie neunzig.«

Nele zupfte ihr die Bettdecke zurecht. »Können wir dir helfen?«

Gesa winkte ab. »Hab's mir selbst zuzuschreiben. Ich weiß, dass da Glas bei der Sparkasse is. Is schließlich 'ne Glastür. Ich hatte die Brille nich auf, hatte sie in den Haaren. Hab's nich gesehen, vergessen irgendwie.«

»Die Mitarbeiter hätten unbedingt etwas hinhängen müssen. So was geht doch nicht!«, regte Nele sich auf, setzte sich zurück aufs Bett und streichelte über Gesas Arm.

Ich ließ mich auf der anderen Seite nieder und betrachtete den Mullbindenturban genauer. »Hat das der Notarzt gemacht? Ist das richtig so? Hoffentlich kommt gleich jemand, sonst geh ich selbst nachschauen, ob ich einen Arzt finde.«

Matti sah forschend von seinem Spiel auf. »Ihr tut so, als ob sie morgen stirbt. Das ist voll peinlich und übertrieben.«

»Recht hast du! Hier wird nich gestorben!« Gesas Nase zierte ein dickes Pflaster, doch ihren Mund umspielte der altbekannte Schalk. »Bist 'n cleverer Junge. Hannes hätt' dich sicher gern kennengelernt. Schön, dass du da bist.«

Matti grinste schief. »Danke.«

»Apropos Hannes.« Nele blickte zuerst mich fragend an und wandte sich danach an Gesa. »War irgendwas vor deinem Unfall?«

»Was soll denn gewesen sein?« Unsere Tante fasste sich an den Kopf und richtete sich im Krankenbett auf, so gut es ging. Schnell sprang ich hoch, um das Kopfende des Bettes richtig einzustellen. Nele tat es mir gleich, allerdings versuchte sie stattdessen, Gesas Kissen so aufzuschütteln, dass es sie besser stabilisierte.

»Kinners, ihr bemuttert mich ja regelrecht.«

»Kein Stück. Aber, sag mal, hast du eine Aushilfe, die vorübergehend in der Pension anpacken kann, für den Fall der

Fälle?«, tastete ich mich langsam an die Frage heran, wie wir die kommende Zeit zusammen stemmen sollten. Ich könnte zwar in letzter Instanz meinen Job kündigen, doch das würde Gesa nicht wollen – obwohl sie sich bestimmt genauso wenig über das neu entstandene Luxushotel freute wie der Rest der Hotel- und Pensionsbesitzer vor Ort.

»Ich bin schnell wieder fit.« Sie fummelte an ihrem Nachttischschränkchen herum. »Wir ham uns so lang nich geseh'n. Ihr seid immer noch bildhübsch! Geht's euch denn gut?«

Wir nickten gleichzeitig. »Ja, klar. Aber heute geht es nicht um uns«, fügte Nele hinzu. »Brauchst du irgendwas? Wie können wir dich unterstützen?«

»Um ehrlich zu sein ... Ich such mein Handy. Is zwar Gift für den Kopf, aber ich schau immer so gern Fotoboard. Kennt ihr das?« Eine Packung Taschentücher, die auf dem Tischchen gelegen hatte, segelte während ihrer Räumaktion herunter. Ich hob sie auf. Gesa atmete schwer. Vermutlich gehörte das Aufrufen der Foto-Internetseite auf ihrem Handy zu ihrer Tagesroutine, die sie wie alles andere nun schmerzlich vermisste. In einem unserer Hotelmagazine hatte ich mal von Fotoboard gelesen. Fotografen posteten auf dieser Website Landschaftsaufnahmen, Reisefotos und Tierbilder, in der Hoffnung, eines Tages entdeckt zu werden. Unser Onkel Hannes war Hobbyfotograf gewesen, vielleicht stammte daher ihre glühende Leidenschaft für diese Seite. Eventuell war es auch ein Teil ihrer Trauerarbeit. In der Pension hatte ich Hannes' Schnappschüsse aus der ganzen Welt nach wie vor an den Wänden hängen sehen. *Fotos bleiben ewig*, hatte er stets gesagt.

»Ihr seid alle handysüchtig«, folgerte Nele und strich das Bettzeug glatt. »Ich wäre froh, mein Telefon würde nicht ständig bimmeln und vibrieren. All die Elterngruppen. Furchtbar! Die meisten hab ich auf stumm geschaltet. Der Fußballverein, die

Klassengruppe, der Förderverein …« Sie machte große Augen, als hätte sie etwas Verbotenes gesagt. »Vergesst es.«

»Ich hab keine Gruppen und Fotoboard is Kunst.« Gesa schnalzte mit der Zunge. »Und umsonst, solang man nich auf Bilder mitbietet.« Sie winkte mich näher zu sich. »Meine Brille is kaputt. Gleitsicht. Das wird teuer.« Sie schloss die Augen. »Habt ihr wenigstens gut hierhergefunden?«

»Ja, na ja. Ich hab unterwegs einen Gast von dir aufgegabelt. Simon.«

»Simon Berger aus Hamburg?« Sie schlug die Augen auf. »Der is nett. Ach, guck ma bitte, wo mein Handy is, Linchen. Bis ich die Ersatzbrille aufsetzen kann, müsst ihr mir vorlesen.« Sie tastete das Nasenpflaster ab, während Nele Block und Stift aus ihrer Handtasche zauberte.

»Die Ersatzbrille finden wir wo?«

»In der Schublade vom Empfangstresen. Wo's Telefon draufsteht.«

»Unübersehbar.« Matti kicherte und seine Mutter schrieb mit.

Ich nahm das Handy meiner Tante aus dem Nachttisch. »Der Akku ist leer.«

»Ehrlich?«, fragte Gesa so überrascht, als hätte sie vergessen, dass sie mir das vor ein paar Stunden noch selbst erzählt hatte. Dafür konnte sie sich an Simon Berger erinnern. Immerhin. »Linchen, nimm du deins und lies mir vor, was auf Fotoboard is? Me30 postet immer so 'n schönen Spruch des Tages.« Sie runzelte die Stirn. »Irgendwas wollt' ich noch sagen.« Sie überlegte. »Fällt mir nich mehr ein.«

Ich durchforstete meine Hosentasche nach meinem Handy, als die Tür aufschwang. »Gesa, Gesa – was machst du für Sachen?«, unterbrach uns eine tiefe Männerstimme. Ich spürte die Stimme im Bauch so ähnlich, wie man den Bass eines Metal-Songs fühlen kann. Hart und durchdringend.

Nele klammerte sich erschrocken am Block fest. »Philipp!«
Ich sagte und tat nichts. Alles war komplett eingefroren,
inklusive meines Gehirns.

»Ach! Sie kennen sich doch?« Schwester Lizzy klatschte
begeistert in die Hände. »Dieser Fleck Erde ist so übersichtlich.
Jeder kennt hier jeden.«

Bedauerlicherweise ja.

Vor mir stand mein leibhaftiges Jugendtrauma. Ich bekam
den Mund nicht zu, ähnlich wie ein Fisch im Aquarium.
Philipp Olsen im weißen Arztkittel mit Stethoskop um den
Hals sah aus wie der Star einer Netflix-Serie. Er trug die son-
nengesträhnten Haare etwas kürzer und hatte immer noch die
kleinen Vertiefungen, die sich in seine Wangen gruben, wenn
er lächelte. Was er tat. In dem Kittel sogar noch einen Tick
strahlender, als ich es in Erinnerung hatte. Ich hätte mir jetzt
einreden können, dass es nur eine chemische Reaktion meines
Körpers war. Doch leider war er kein verwaschener Rückblick
mehr. Er war schillernde Gegenwart. Live und in Farbe. Ich
vermied es, mir mein eigenes Aussehen vorzustellen: Sieben
Stunden Autofahrt, Chipskrümel, weder gekämmte Haare noch
frisch geputzte Zähne. Ich wünschte, ich könnte mich spontan
in Luft auflösen. Meine Ohren glühten.

»Lina?« Er stierte mich derart ungläubig an, dass ich mich
am liebsten hinter dem grauen Krankenhausvorhang versteckt
hätte, wenn das mit dem Sich-in-Luft-Auflösen schon nicht
funktionierte. Lina und Phil. Phil und Lina. »Du siehst gut aus,
ich meine … Wow!« Er lachte angestrengt. Oder war das ein
Husten? »Ich hatte dich nicht erwartet. Wie geht's euch beiden?« Unbeholfen umarmte er mich. Anschließend reichte er
Nele höflich die Hand.

Ich rätselte immer noch, ob das hier eine Kostümparty,
ein Rollenspiel oder ein Witz werden sollte. »Wie es so geht.«
Etwas verkrampft versuchte ich, locker zu wirken, was ein

Widerspruch in sich war. Im Zimmer schienen alle die Luft anzuhalten, einschließlich Lizzy und Matti. »Ich hab einen Job. Hier. Deswegen bin ich da«, holperte ich heraus.

»Du arbeitest auch im Krankenhaus?«

»Nein, natürlich nicht. Ich arbeite für ein halbes Jahr im Fünfsternehotel am Strand. Die Strandperle. Auf keinen Fall länger.« Warum redete ich so viel? Und vor allem solchen Unsinn. Gesa schüttelte den Kopf, was sicher wehtat. »Und du?«, fragte ich lahm.

»Ich bin Arzt«, antwortete Phil und ließ das Stethoskop hin und her schwingen.

»Arzt ist toll.« *Arzt ist toll?*

»Hey, dass du einen Sohn hast, hab ich nicht gewusst.« Er deutete auf Matti, der jetzt das Telefon wegsteckte, sich nach vorn beugte und die Ellenbogen auf den Knien abstützte. Anscheinend wollte er nichts von der peinlichen Theatervorstellung verpassen. Fehlte nur noch das Popcorn.

»Der Handyzocker gehört zu mir, Phil«, schaltete Nele sich von der Seite ein und rettete mir das Leben. »Was passiert denn nun mit unserer Tante? Wann ist die Operation und vor allem: Wann wird sie wieder entlassen?«

»Das Richten der Nase werde ich voraussichtlich morgen vornehmen – wenn sie keine Ausfallerscheinungen sprich verlangsamte Reaktionen zeigt, beispielsweise auf Licht. Bisher war die Pupillenreaktion in Ordnung. Und natürlich, sofern sie keine Übelkeit oder Ähnliches entwickelt. Melde dich, Gesa, wenn was ist. Es kann nämlich während des Eingriffs schnell gefährlich werden, wenn der Patient intubiert werden und erbrechen muss, nur ein Beispiel. Deswegen gilt die Regel: Vorher nichts essen und höchstens stilles Wasser trinken.« Er legte den Kopf schief. »Ihr kennt das sicher. Und zu deiner anderen Frage, Nele: Wann genau sie entlassen wird, entscheide ich danach.«

Ich trat vom rechten Bein auf das linke. Sein souveränes Arztverhalten und die Tatsache, dass er morgen an Gesas Körper herumdoktern würde, musste ich erst einmal verdauen.

»Mach dir bitte keine Sorgen, Lina.« Fachmännisch notierte er etwas auf dem Papier seines Klemmbretts. Dabei fiel ihm eine ausgeblichene Strähne in sein gebräuntes Gesicht, was vermuten ließ, dass er trotz des Jobs noch Zeit für den Strand fand. »Ich bin sehr gut im Operationssaal. Versprochen! Echt unglaublich, dass ihr hier seid …«

Das letzte Mal, als du mir etwas versprochen hast, ist der Schuss nach hinten losgegangen. Besuchen, Oldschool-Liebesbriefe-Schreiben, Melden und so. Unglaublich. Ich nickte stumm. Meine Sorge um Gesa war zu groß, um mit ihm über die Vergangenheit zu diskutieren. Außerdem empfand ich die sterile Krankenhausatmosphäre als sehr beklemmend.

»Der Philipp macht das schon! Nachher seh ich besser aus als vorher. Das sag ich euch.« Zumindest Gesa schien von seinen Fähigkeiten überzeugt. Sie rollte sich zur Seite und wäre fast aus dem Bett gefallen, wenn ich sie nicht festgehalten hätte.

»Du brauchst deine Brille.«

»Sie hat fünf Komma zwei fünf Dioptrien«, las Phil von der Karte ab. »Wir wissen alles über dich, Gesa. Ihr seht, sie ist bei uns in guten Händen. Bringt bitte ihre Ersatzbrille mit, wenn sie eine hat, und gebt ihre andere zum Optiker.« Mit seiner fürsorglichen Art rang er selbst mir ein erleichtertes Aufatmen ab. »Ich muss weiter. Lina, wenn du morgen Abend Zeit hast, trinken wir was zusammen?«, wandte er sich am Rande an mich. »Im *Hafenbunker?* Das Lokal ist relativ neu.«

Jahrelang hatte ich als Jugendliche darauf gewartet, dass dieser Typ sich bei mir meldete, dass er auf meine Kontaktversuche antwortete. Ich hatte Angst gehabt, dass er von der ersten gemeinsamen Nacht mit mir so enttäuscht gewesen war, dass er mich deshalb nicht mehr wiedersehen oder -hören wollte.

Und nun wollte er einfach so mit mir was trinken gehen? Im *Hafenbunker*?

»Wir können dann auch kurz über Gesas Eingriff sprechen«, schob er hinterher und hatte mich damit überzeugt. »Wenn das für deine Tante in Ordnung ist.«

Gesa stimmte zu und Nele war mit einer Antwort schneller als ich. »Geh ruhig mit, wenn du magst.« Sie zog ihr Ladekabel aus der Tasche und verband es mit Gesas Handy. Die lehnte sich mit der Aussicht auf ihr Telefon neugierig nach vorn. »Ich komme in der Pension klar. Matti hilft mir. Und morgen ist dein erster Tag im neuen Job, Linchen. Danach lässt du dir von Phil den Dorfklatsch erzählen, den du mir natürlich brühwarm weitergibst.« Sie zwinkerte mir zu.

Ich las in ihrem Blick, dass sie mir wünschte, ich könnte bei dem Treffen meine alten Gefühle klären. »Na gut«, gab ich mich geschlagen. »Ich arbeite bis circa siebzehn Uhr, schätze ich.« Als ich lässig die Finger aneinanderlegen wollte, ertastete ich das Muschelarmband. Schnell schob ich meine Hände hinter den Rücken. Hoffentlich hatte er das Schmuckstück noch nicht entdeckt.

»Prima, ich hol dich um sieben Uhr ab. Okay?«

»Gern.«

Er verschwand, gefolgt von Schwester Lizzy, die so wirkte, als wollte sie unser Date am liebsten sofort in seinen Terminkalender eintragen. War es überhaupt ein Date oder lediglich ein Treffen … alter Kumpels?

Gesa wischte sich über die Augen. »Kinners, ich fall euch nur zur Last. Dabei solltet ihr euch bei mir erholen.«

»Du bist im Krankenhaus. Ist doch keine Frage, dass wir dir helfen. Und ich freu mich, noch mal in der Pension mit anzupacken. Ich schau mir nachher gleich die Gästeliste an.«

»An den Garten müssen wir denken und die Lieferanten. Wir bekommen das hin«, bekräftigte ich.

Gesa schluckte. »Herrje ... die Lieferanten.«

Wie groß das Problem wirklich war, erkannten wir erst, als wir zurück in der Pension waren.

»Mama, die Zimmer sind fast alle belegt«, teilte uns Matti mit und legte das Auftragsbuch weg, um stattdessen im Gästebuch, das ebenfalls auf dem Rezeptionstisch lag, zu blättern. »Die Leute malen Herzchen hier rein«, kommentierte er leicht angewidert. »Ich geh lieber raus in den Garten.«

»Aber das Handy bleibt hier«, befahl meine Schwester. Sie deutete auf die Gießkanne neben der Eingangstür. »Du könntest schon mal die Blumen gießen.«

»Meinetwegen.« Er rollte mit den Augen und wanderte folgsam mit der Gießkanne hinaus. Keine Ahnung, wie Nele darauf kam, dass er ein Rowdy sei. Nur wegen seines Totenkopfshirts?

Wir entschieden, keinem Gast abzusagen und neue Anfragen nach wie vor anzunehmen. Wir glaubten beide, eine Buchungslücke könne Gesa mehr schaden als nutzen. Anschließend ging ich in mein Zimmer und hängte meine Kleider an die provisorische Kleiderstange. Das Glücksglas, das ich aus Amsterdam mitgebracht hatte, stellte ich auf den Parkettboden neben der zweiflügligen Balkontür. Durch das Fensterglas beobachtete ich, wie Matti zwischen den Blumen umhertanzte. Er machte das mit dem Gießen gut. Ich nahm mir fest vor, in den nächsten Tagen mehr Zeit mit ihm zu verbringen, zum Beispiel beim Frühstück oder beim Abendessen. Dabei fiel mir ein, dass wir auf jeden Fall die Vorräte für diese Woche checken sollten, damit uns nichts fehlte.

»Gesa?«, hörte ich in der Eingangshalle jemanden rufen. Ein Pensionsgast? Blitzschnell hastete ich die Treppe hinunter und wäre fast über eine Stufe gestolpert, auf der sich der Teppich wellte. Noch so eine Stelle, die wir in Ordnung bringen sollten, bevor sich ein Gast das Bein brach.

»Herr Angelmeier.« Ausgerechnet der! Der Mann Mitte siebzig, mittlerweile mit Bauchansatz und schütterem Haar, räusperte sich pikiert, als er registrierte, wer ich war. In der Hand hielt er ein Bündel Flyer. »Was kann ich für Sie tun?«, erkundigte ich mich distanziert und dachte an Gesas merkwürdige Notiz:

28. 6., 28. 8.

18.000 Euro

Brigitte Getränke

Angelmeier

Dach

»Stimmt es also doch. Die Petersen-Mädchen sind wieder da.« Sein abschätziger Blick taxierte mich von oben bis unten. »Hoffe, ihr bringt keinen neuen Ärger mit. Weißt schon, dass die Frau Olsen seinerzeit alles hat stehen und liegen lassen, nachdem das passiert ist. War wochenlang weg – in 'ner Klinik, erzählt man sich.« Er machte eine Pause. »Schwere Zeit für die Olsens damals.«

Ich konzentrierte mich darauf, die Hände zu falten. Noch nie zuvor hatte mich jemand so direkt auf das Ereignis angesprochen. Phil hatte heute sogar so getan, als gäbe es gar keinen Vorfall zwischen unseren Familien, und ich würde mich hüten, es von mir aus bei ihm anzureißen. Außerdem hatte ich alles erst viel später erfahren, als es schon so gut wie vorbei gewesen war. Von einem wochenlangen Klinikaufenthalt und einer schweren Zeit für die Olsens hatte ich nichts gewusst.

»Aber ich konnte nichts dafür«, platzte ich heraus und hoffte, Angelmeier würde genauso schnell wieder verschwinden, wie er aufgetaucht war.

Stattdessen knallte er einen Flyer auf den Empfangstresen. »Wollte deine Tante nur fragen, ob sie mir bei der Verteilung hilft. Ein bisschen Unterstützung kann ich für meine Großzügigkeit wohl erwarten! Nun gut.« Er wandte sich zum Gehen.

»Sie ist im Krankenhaus. Das sollten Sie wissen, Sie waren ja in der Sparkasse dabei.« Ich knetete meine Finger, während mein Blick über die Überschrift des Flyers glitt: »Bürgerinitiative für ein abgasfreies Bennickshoop!« Eine örtliche Bürgerinitiative engagierte sich für den Umweltschutz – das gefiel mir. Unser Gast Simon würde das auch begrüßen.

»Konnte ja nicht ahnen, dass es Gesa so arg erwischt hat«, bemerkte Angelmeier. »Hier, den Packen Flyer lass ich euch da. Hab 'ne ganze Kiste im Auto. Also dann.«

»Auf Wiedersehen, Herr Angelmeier.« Ich fühlte mich erleichtert, als er endlich gegangen war. Zumindest, bis ich das Flugblatt aufmerksam las.

Große Unterschriftenaktion am Wochenende vor dem Alten Rathaus!
Wir, die Bürger von Bennickshoop, sind gegen Massentourismus und stinkende Geländewagen in unserem schönen Ort. Das neue Hotel Strandperle verdirbt außerdem die Preise. Es schadet unserem Ruf als Erholungsort und unserer Natur.
Die Strandperle soll verschwinden!

Wie kam er bloß dazu? Natürlich hatte ich schon vor meiner Anreise herausgefunden, dass die Strandperle aufgrund der negativen Internetbewertungen die Zimmerpreise gesenkt hatte, damit überhaupt noch Gäste kamen. Und natürlich war das den anderen Hoteliers ein Dorn im Auge. Ich konnte sie verstehen, aber ich verstand auch den Konzern, der sich keine großen Ausfälle bei einem Neubau leisten konnte.

Nele trat aus der Küche. »Klang nach Angelmeier …« Mit einem Spültuch trocknete sie eine Tasse ab. Wortlos hob ich den Flyer hoch und meine Schwester kniff die Augen zusammen, um die Schrift lesen zu können. »Ach was! Meinst du, die Leute glauben so was? Gesa interessiert das ganz sicher nicht und euer Hotel schafft Arbeitsplätze. Angelmeier ist ein alter Griesgram, stockkonservativ. Da musst du drüberstehen! Es ist ein Geschäft«, meinte sie. »Abgesehen davon kann ich mir nicht vorstellen, dass sie beim Bau des Hotels nicht auf Nachhaltigkeit geachtet haben. Das ist doch das Thema heutzutage. Die paar Geländewagen mehr … Hier fahren auch so genügend herum.«

»Fechner, mein Chef, hat mich heute Morgen extra noch mal angerufen und betont, dass er sich freut, jemanden wie mich vor Ort zu haben. So langsam weiß ich, warum. Die kamen nicht mehr klar hier.« Ich atmete aus und fragte mich, ob ich wohl klarkäme.

»Mach dich mal nicht verrückt!« Nele ging zurück in die Küche, während ich im Aufenthaltsraum nach dem Rechten sah. Auf dem Sofa saß eine Frau in einem tiefroten Kleid, über dem sie eine braune Corsage trug. Sie tippte auf der Tastatur ihres Laptops. Früher war es ein beliebtes Ratespiel zwischen meiner Schwester und mir gewesen, welcher künstlerischen Tätigkeit Gesas Gäste nachgingen. Bennickshoop war ein Künstlerort und jeder, der den Weg hierher fand, hatte einen Sinn für Schauspielerei, Musik, Schriftstellerei, Bildhauerei und vieles mehr. Natürlich gab es auch die üblichen Touristenströme, die sich an der See nur erholen oder durch die malerische Landschaft treiben lassen wollten. Aber anders als sonst wo auf der Welt sagte man diesem Dörfchen Kreativität und ein besonderes Licht nach: orangeroter Schimmer, wenn die Abendsonne auf das Meer, den Strand und das Seegras fiel – gelb-roter Glitzer, wenn die Mittagssonne das Flachland berührte. Außerdem fand ich seit jeher allein den Ortsnamen hoffnungsfroh. Bennickshoop hatte für mich stets etwas Zuversichtliches gehabt: »Hope« bedeutete »Hoffnung« auf Englisch.

Ich begutachtete Hannes' Fotos auf Leinwand, die neben den Regalen hingen: eine Mühle, Wald und ein Sonnenuntergang am Meer. Phil und ich am Meer, die Erinnerung waberte durch meine Gedanken – dicht gefolgt von dem heutigen Doktor Olsen im Arztkittel, der meiner Tante morgen in einem steril-kühlen Operationssaal die Nase geradebog. Hätte mir das früher jemand erzählt, ich hätte es nicht für möglich gehalten.

Die Frau im Kleid klappte mit einem lauten Geräusch den Laptop zu. Mein Tipp: Sie war sicher Schriftstellerin. Als sie sich erhob, nahm sie eine große Kameratasche sowie einen Fotoapparat samt Stativ vom Sessel. Oder Fotografin?

»Hallo, ich bin Lina und gehöre zur Pension. Ich wollte Sie nicht vertreiben«, begann ich.

»Das tun Sie nicht. Ich bin Jacqueline Meier.« Die Frau lächelte milde. »Vielleicht können Sie mir helfen. Ich suche das beste Abendlicht, um die Windmühle am Waldrand zu fotografieren.«

Meine Armbanduhr zeigte achtzehn Uhr zehn an. Ich erinnerte mich, wie Onkel Hannes abends mit uns durch die Dünen gestreift war, um die schönsten Plätze zu finden. Mein Magen zog sich zusammen. Hannes war nicht mehr da und ich hatte mich nicht von ihm verabschieden können. »Wenn Sie gleich losgehen, haben Sie vom Radweg gegenüber der Mühle ein bezauberndes Licht«, riet ich ihr, und mein Blick streifte die Fotografie an der Wand, auf der sich das Seegras vor der alten Mühle im Wind bog.

»Vielen Dank.« Frau Meier legte sich einen schwarzen Häkelumhang über die Schultern. Ein Krug Met und sie könnte auf Zeitreise ins Mittelalter gehen. Allerdings ohne das hochwertige Fotoequipment und den Laptop. Sie verabschiedete sich.

Nele wischte sich die Hände an ihrer Jeans ab, als sie in den Raum kam. »Ich glaube, für heute reicht es mir. Matti ist freiwillig aufs Zimmer gegangen. Er war müde.«

»Ich decke noch schnell die Tische ein, dann geh ich auch«, erwiderte ich. »Obwohl ich bestimmt nicht direkt einschlafen kann.«

»Dein Jobstart morgen?«

»Ja, und Gesa im Krankenhaus. Ich bin einfach aufgeregt, denke ich.«

»Wer wäre das nicht in deiner Situation … und dann noch das Zusammentreffen mit Phil heute.« Nele drückte mich an sich. »Ich bin immer etwas neidisch gewesen, weil du all diese tollen Jobmöglichkeiten hattest und so viel von der Welt gesehen hast. Jetzt merke ich, dass dir das Leben auch nicht leichtfällt.«

Sie war neidisch gewesen? Neid und Missgunst hatte ich bei Freundinnen und Kolleginnen grundsätzlich verachtet, von meiner eigenen Schwester hatte ich beides nicht erwartet. Ich wusste nicht, warum, aber es ärgerte mich. »Du hast doch die tolle Familie und das Kind. Du wirst nicht mit siebzig Jahren allein dastehen wie ich.« Sprach da auch ein Quäntchen Neid aus mir? Wollte jeder immer das, was er nicht hatte?

»Lass uns nicht streiten.« Wie so oft war es Nele, die Harmonie suchte, und ich, die dankbar dafür war.

Dennoch hatte ich mir meine Ankunft in der Romantikpension anders vorgestellt. Heimeliger, kuscheliger und gemütlicher.

An Zimtkerzen und Tee war nicht mehr zu denken.

KAPITEL 4

»VERÄNDERUNG KANNST DU NICHT
VERHINDERN, ABER DU KANNST SIE
MITGESTALTEN.«

(ME30)

Das hatte ich Gesa vom aktuellen Bild ihrer heiß geliebten Fotoseite vorgelesen.

»Ich finde diese Lebensansicht großartig«, kommentierte meine Tante den Spruch verträumt. »Alles is stetig im Wandel. Du kannst Pläne machen, so viel du willst. Sie funktionieren meist eh nich. Siehst du an mir, Linchen. Das Heute zählt.« Sie hüstelte in den Hörer.

Manchmal wünschte ich, ich hätte ihre durchweg positive Einstellung geerbt, doch das war nicht der Fall. Ich war heute Morgen extra früh aufgestanden und hatte direkt mit Sorge an ihre Operation gedacht, weshalb ich es gewagt hatte, sie in aller Frühe anzurufen. »Hast du Angst vor dem Eingriff?«

»Na, in meinem Alter is das alles nich mehr so einfach. Lieb, dass du fragst, und danke, dass du mir vorgelesen hast.« Ihre Stimme vibrierte leicht. »Nele wollt’ mir die Brille morgen vorbeibringen, weil ich heut bestimmt viel schlaf.« Wir redeten ein paar Minuten weiter, verabschiedeten uns dann und ich studierte den Beitrag von Me30 noch einmal.

Das Foto zeigte einen Strand in der Abenddämmerung und einen einsamen Kitesurfer, der sicher auf den Wellen schwebte. Es sah aus wie bei uns an der See. Besonders dieser Rettungsschwimmerturm, der leider nur halb im Bild war. Aber die schauten ja überall gleich aus. Das Foto hatte mehrere Hunderttausend Likes, dabei war es noch gar nicht so lang online. Was immer der Künstler damit ausdrücken wollte – es half mir, nach vorn zu blicken und mich auf meine neue Herausforderung zu freuen. Ich würde ab jetzt daran arbeiten, jedem Tag mindestens genauso standfest entgegenzutreten wie dieser Surfer den Wellen. Allerdings stellte ich innerhalb weniger Stunden fest, dass auch das wieder nur ein Plan war, den ich getrost verwerfen konnte.

Erschrocken zuckte ich zusammen, als meine Zimmertür aufgerissen wurde. »Gott sei Dank, du bist schon angezogen. Moin, Linchen.«

»Guten Morgen. Hätte es dich schockiert, mich nackt zu sehen?«, fragte ich meine Schwester lachend und schlüpfte in die flachen Schuhe, damit ich mir später in dem riesigen Hotel keine Blasen lief.

»Iwo«, wiegelte sie ab. »Komm mal mit runter.«

Geschminkt war ich, die Haare hatte ich hochgesteckt. Ich musste nur noch meine Handtasche greifen und war fertig.

»Wie soll ich das Rührei für die Gäste zubereiten?«, jammerte Nele auf der Treppe nach unten.

Komische Frage. »Ganz normal?« Ich fühlte mich schlecht, weil ich nicht da sein würde, um ihr zu helfen. »Mit Eiern?«, fügte ich vorsichtig hinzu. Ich wollte wirklich keinen erneuten Streit provozieren, weil sie sich heute vornehmlich in der Küche aufhalten und ich ins Hotel fahren musste. Ich hätte sogar gern mit ihr getauscht, denn mein neuer Job erdrückte mich schon, bevor ich ihn angefangen hatte. Es musste an Bennickshoop liegen. An anderen Orten hatte ich so was noch nie erlebt.

»Es gibt kein Ei!«, riss Nele mich mit schriller Stimme aus meinen Gedanken.

»Mist!« Das war meine Schuld. Ich hatte wegen der gestrigen Unterhaltung mit unserem Gast Jacqueline Meier total vergessen, die Vorräte zu kontrollieren. Stattdessen hatte ich Hannes' Bilder an den Wänden begutachtet und war ins Bett gegangen. Wie töricht von mir.

»Außerdem hab ich keinen Plan, wie man diese blöde Kaffeemaschine bedient, irgendetwas stimmt damit nicht. Entweder braucht man ein Diplom, um Kaffee herauszubekommen, oder sie ist defekt.«

»Am Strandaufgang befindet sich ein Eierautomat, circa fünfhundert Meter von hier«, sagte jemand. Beinahe hätten wir vor Schreck beide die letzte Stufe übersehen. Unten angekommen stand uns Simon Berger gegenüber. Anders als am Vortag trug er ein feines Hemd, eine blaue Jeans und saubere Schuhe. Seine Haare waren frisch gewaschen und sein Bart in Form rasiert, lediglich seine markanten Wangenknochen und die Farbe seiner Augen erinnerten mich an unsere gestrige Begegnung. Kornblumenblau.

»Kann ich Ihnen behilflich sein?«

»Vielleicht bekommen Sie das störrische Kaffeeding zum Laufen. Zu Hause repariere ich alles selbst, aber bei dieser Maschine bin ich überfragt«, antwortete Nele. »Unsere Tante musste gestern ins Krankenhaus eingeliefert werden, ein kleiner Unfall. Wir übernehmen hier vorübergehend.«

»Das tut mir leid.« Bedauernd verzog er das Gesicht. »Das mit Ihrer Tante. Ein Glück, dass Sie vor Ort sind.«

»Stimmt.« Als glückliche Fügung hatte ich das Ganze bisher noch nicht betrachtet.

»Wenn Sie möchten, gehe ich gern zuerst mal am Automaten vorbei und bringe Ihnen die Eier mit. Dann können Sie weiter vorbereiten. Ich wollte ohnehin los.«

»Das würden Sie tun? Danke. Sie schickt der Himmel«, freute sich Nele und legte die Hände aneinander wie zum Gebet. »Ich bin Nele und das ist meine Schwester Lina. Sie können uns ruhig duzen. Und Sie sind? Ich hab die Gästeliste gerade nicht vor Augen.«

»Das ist Simon«, erklärte ich schwach und drückte meine Handtasche an mich.

Nele scannte ihn von Kopf bis Fuß. »Simon?« Sie nickte, als müsste sie es sich selbst bestätigen. »Schön!«, schob sie hinterher. »Schön, Sie kennenzulernen, wollte ich sagen.«

Ich hatte ihr gestern von dem Anhalter berichtet, aber da hatte ich Simon völlig anders beschrieben. Heute Morgen im Angesicht des neuen Tages musste ich zugeben, dass Simon Berger gut aussah, wenn er auch nicht meinem sonstigen Männertyp entsprach: Er hatte dunkle Haare und lange schwarze Wimpern, die im Kontrast zum Kornblumenblau seiner Iris standen. Was dachte ich denn da? Allein schon das Wort Kornblume im Zusammenhang mit ihm war zu malerisch.

»Wir können uns duzen, kein Thema«, versicherte er ungezwungen.

Gestern Abend waren alle Pensionsgäste nach und nach in ihren Zimmern verschwunden. Die befreundeten Ehepaare Kräuter und Fröhling hatten sich neongelbe Regenjacken im Partnerlook besorgt. An der Ostsee war es zwar nicht so windig wie an der Nordsee, aber Regen gab es überall. Nur Simon Berger hatten wir nicht zu Gesicht bekommen – weder mit neonfarbener Jacke noch ohne. Dafür war er heute früher wach als alle anderen und putzmunter.

»Also, Eier oder keine?« Er grinste. »Honig gibt es auch in dem Apparat.« Er ging zur Garderobe und griff nach einem Rucksack, den er bereits in aller Herrgottsfrühe dorthin gehängt haben musste.

»Wir brauchen dreißig Eier«, antwortete Nele.

»Alles klar.« Er summte ein paar Töne, während er die Tasche schulterte.

Welcher Mensch hatte um diese Uhrzeit freiwillig so eine vernichtend gute Laune?

»Sie müssen uns nicht helfen«, widersprach ich zögernd. »Sie sind unser Gast, nicht umgekehrt.«

»Wir hatten uns doch auf das Du geeinigt«, korrigierte er mich höflich. »Und du hast mir gestern auch geholfen.« Er strich sich über den Bart und öffnete die breite Eingangspforte. Salzige Seeluft, Blütenduft und Morgensonne strömten herein. »Ich mache das gern, Lina.« Ein heller Sonnenstrahl fiel auf sein Gesicht. »Ich mag den Morgen am Meer und ein bisschen zusätzliche Bewegung tut mir gut.«

»Darf ich dir was sagen?«, fragte Nele, »Klingt vielleicht blöd, aber du hast wirklich extrem blaue Augen. Wie Lina gesagt hat. Korn…«

Ich stieß sie in die Seite. Sehr unauffällig. Danke, Nele.

Unsicher lächelte ich den kleinen Zwischenfall weg. Simon lächelte auch.

»Selbst als Matti ein Baby war, und Babys haben ja meistens blaue Augen, waren sie nicht so …«, fuhr Nele fort und presste sich die Hand auf den Mund, als sie endlich kapierte, »… ähm, blau. Lina hat natürlich nicht über deine Augen geredet. Nur, dass du bei ihr mitgefahren bist. Ich hol schnell das Geld. Gesa hat eine Kasse«, meinte sie eilig.

»Gut«, stimmte ich zu, bis ich bemerkte, dass ich infolgedessen mit Simon allein in der Eingangshalle stand. Geschäftig blickte ich mich um, als hätte ich etwas Wichtiges zu organisieren. Egal was – Hauptsache, ich musste ihm nicht in die Augen sehen.

»Was hat eure Tante eigentlich?«, wollte er wissen.

»Ein Missgeschick. Sie hat die Nase …« Ich tippte bedeutungsschwer gegen meine eigene Nase und er zog eine einzelne Augenbraue hoch. Ich kannte nicht viele Menschen, die so etwas mit ihren Brauen tun konnten. »Und den Kopf«, vervollständigte ich meine Ausführungen.

»Gebrochen? Angestoßen?« Ich hatte offenbar das Verb im Satz vergessen. Nachdenklich runzelte er die Stirn, als wäre er selbst Arzt und müsste überlegen, was in beiden Fällen zu tun war.

»Die Nase ist gebrochen.« Ich atmete aus. »Sie wird heute gerichtet.« Von Doktor Olsen, um genau zu sein. »Und sie hat eine Gehirnerschütterung.«

»Autsch, das ist nicht gut. Aber das bekommen sie im Krankenhaus und mit viel Ruhe wieder hin.« Geschickt schloss Simon die verschiedenen Schnallen seines Wanderrucksacks, was sportlich aussah. Kein bisschen gruselig wie gestern.

»Dein Schnürsenkel ist offen«, fiel mir auf. »Das sind ja Turnschuhe!«

»Ich besitze sogar Wanderschuhe. Wäre seltsam, wenn nicht. Ich brauche sie oft.« Wollte er damit sagen, dass er Berufswanderer war? Gab es so etwas? Er bückte sich, um den Schuh zu binden.

»Ich kann mit meinem Wagen zu diesem Automaten fahren«, bot ich an. »Ich hab noch eine Stunde Zeit, bis ich meinen neuen Job antreten muss. Das schaffe ich.«

»Du nimmst nicht gern Hilfe an, oder?« Er erhob sich. »Frühstücke doch lieber in Ruhe. Hübsches Oberteil übrigens.« Er zeigte auf meine rote Spitzenbluse. »Steht dir total gut.« Damit war er im Begriff zu gehen, drehte sich in der Tür jedoch noch einmal um. »Nele kann mir das Geld später geben. Die

Kaffeemaschine seh ich mir an, wenn ich zurück bin. Keine Garantie, dass ich das hinbekomme, aber ich versuch's.«

Ich war so überrumpelt von seinem beiläufigen Kompliment und seiner Hilfsbereitschaft, dass ich nur mit einem kurzen »Danke« und »Bis nachher« reagieren konnte, bevor er loszog.

Mit ausgestrecktem Arm trug Nele den Geldschein durch die Halle, als wäre er ein ekliges Gemüse. »Zwanzig Euro. Das ist alles, was ich gefunden habe. Damit kommen wir in den drei Wochen nicht weit. Wo ist Simon?«

Ich deutete auf den Kiesweg, den unser Gast pfeifend an den großen Bäumen vorbei in Richtung Gehsteig zurücklegte. Er bog links ab und verschwand aus unserem Sichtfeld. Ich wusste nicht, warum ich ihm so lange hinterhergesehen hatte. Er war anders als die meisten Männer, die ich kannte. Anders als Phil.

»Wie dieser Simon ›Lina‹ gesagt hat«, säuselte meine Schwester neben mir und stupste mich kichernd an. »Er hat hammermäßige Augen.« Sie grinste und fuhr sich mit dem Zeigefinger an die Lippen. »Ich sag es nie mehr. Zumindest nicht in seiner Gegenwart.«

***

»Ahhh, la nouvelle Fuuhrungskraft!« Der Concierge mit der schwarzen Schirmmütze ordnete mich richtig ein und sprach so laut, dass sogar die Hotelgäste in der Lobby den Kopf drehten. »Mademoiselle Petersen? Bonjour. 'ier entlang bitte«, sagte er mit typisch französischem Akzent.

»Bonjour«, gab ich zurück und schaute mich beeindruckt in der kathedralenartigen Halle der Strandperle um. »Sie sind aus Frankreich? Ich war zuletzt vor einem Jahr in Paris.«

»Oui. Aaalle lieben Pari'«, erwiderte er. »Aber isch liebe es 'ier. Das Meer ist mon amour.« Er federte beinahe sorglos neben mir her zu den Aufzügen.

Meine eigenen Schritte hallten dagegen nicht ganz so dynamisch auf dem hellen Fliesenboden der Empfangshalle wider. Ich kam mir neben Laurent – so hieß der Mittfünfziger – richtig überwältigt vor. Nicht seinetwegen, sondern weil die riesigen Kronleuchter, das viele Glas und das dominante Weiß des Hauses in der Realität noch faszinierender wirkten als auf den Bildern im Internet.

»Wir fahren in die vierte Stock, Mademoiselle. Voilà, Ihr Chipkarte für Aufzug, Buro und Wellness.« Er plapperte emsig weiter, während wir warteten, und erklärte mir, dass man sich oben in der Orangerie bereits gefragt habe, wo ich bliebe. Das war seltsam – nicht nur, weil eine Orangerie normalerweise parterre angesiedelt war, sondern auch, weil ich mich besonders bemüht hatte, überpünktlich zu sein. Nach dem Gespräch mit Nele und Simon war ich direkt losgefahren.

Als ich die Stimme unseres Oberbosses durch die geschlossenen Aufzugtüren hörte, wäre ich am liebsten mit Laurent wieder nach unten gefahren. Was machte Fechner hier? Thronte der nicht am Hauptsitz in London, aß Scones und trank Tee? Ich hatte mich schon gewundert, als er in Amsterdam aufgetaucht war. Die Lage schien ernst.

»Wie gehen wir vor? Jemand eine Idee?«, polterte er, als ich den Raum betrat, und schlug mit der Faust auf den Meetingtisch, weshalb das Telefon in der Tischmitte in die Höhe hüpfte. Was für eine herzliche Begrüßung! »Es ist noch schlimmer geworden als vor einigen Wochen. Diese Kritiken reißen nicht ab! So geht es nicht mehr weiter. Petersen, hallo und setzen!«, befahl er in meine Richtung. Ich öffnete den Mund, um etwas zu äußern, schloss ihn aber wieder und ließ mich auf dem freien

Stuhl neben einer jungen Frau mit blondem Pferdeschwanz nieder. Es war selten sinnvoll, Fechner zu widersprechen. »Jeder halbwegs vernünftige Mensch schaut heutzutage zuerst bei Travelmaker und Holidayplanner rein, bevor er etwas bucht.« Fechner knöpfte sich den obersten Knopf seines Hemdes auf, als bekäme er keine Luft. Mein Oberboss hatte Schweißperlen auf der Stirn. Sein Kopf war so feuerrot, dass er zu platzen drohte – wie in einem Comic. Ich wippte mit dem Fuß, obwohl ich mir diese lästige Marotte längst abgewöhnt hatte. »Diese irrsinnigen Bewertungen machen uns das Geschäft kaputt. Wir sind gezwungen, unsere Suiten zu Dumpingpreisen anzubieten. Dumpingpreise! Tiefer geht nicht mehr. Und es gibt eine Bürgerinitiative gegen uns. Himmelherrgott! Das ganze Theater ist doch nicht normal.«

Mein Herz hämmerte gegen meinen Brustkorb, denn genau das war einer der vielen Gründe, warum ich den Job nicht hatte annehmen wollen. Drei positiven Kritiken standen mindestens zwei negative gegenüber. Vielleicht waren sie mittlerweile noch zahlreicher geworden. Ich würde mir erst einmal selbst ein Bild von der Lage machen müssen. Die Bewertungen mussten unbedingt besser werden, damit wir wieder zu normalen Preisen anbieten konnten und entsprechend Umsatz machten. Nur dann würde sich auch die Situation bezüglich der anderen Unterkünfte im Ort entspannen. Wir würden ein zahlungskräftigeres Klientel bedienen und niemandem die Kundschaft wegnehmen.

»Ich habe mich damals für diesen Standort verbürgt, weil meine Großeltern aus Bennickshoop stammen. Das ist ein Teil meiner Heimat!«, polterte Fechner weiter.

Aha. Daher wehte also der Wind.

»Petersen, sehen Sie zu, dass Sie das wieder geradebiegen!« Sein Zeigefinger schnellte in meine Richtung. Ohne Verabschiedung stürmte er nach zwei weiteren Sätzen hinaus.

Aufatmen ging durch die Mitarbeitertruppe, begleitet von einem Raunen. Ich vermutete, dass es sich um leitende Angestellte handelte. Als ich die Köpfe überflog, zählte ich neun Menschen. Ich nahm all meinen Mut zusammen, fuhr mir mit der Hand in den Nacken und stand auf.

»Moin, bist du die Neue?«, fragte mich die Frau neben mir, bevor ich etwas sagen konnte. Sie trug einen hellen Hosenanzug. Überhaupt war jeder in kühles Grau-Beige oder Weiß gekleidet. Jeder außer mir.

»Ich bin Lina, ja.«

»Dachte ich mir. Fechner hat den Manager, Herrn Ahrenz, fristlos gefeuert, um dich unterzubringen. Kündigungen verbreiten immer Angst und schlechte Stimmung.« Na, wunderbar. Sie schürzte ihre perfekt geschminkten Lippen. »Der Ahrenz hat sich nie um uns gekümmert, mit fast keinem geredet und uns nie zugehört.«

Das musste dann wohl die Flitzpiepe, wie Gesa ihn bezeichnet hatte, gewesen sein.

»Ich bin Melanie, deine Assistentin. Willkommen an Bord. Was machen wir?«

»Wir retten die Titanic vor dem Untergang.« Ich schloss die Tür des Besprechungsraums, bevor einer der Anwesenden auf die Idee kam zu flüchten. Ich musste handeln, wenn ich hier überleben wollte. »Hallo zusammen. Ich bin Lina Petersen und übernehme ab heute die Stelle von Herrn Ahrenz«, erklärte ich laut. »Nennt mich bitte einfach Lina, also Vorname und du.« Wie es in unserer Branche üblich war.

»Dein Vorgänger wollte gesiezt werden«, antwortete jemand.

»Na dann, viel Spaß hier!«, kommentierte ein anderer. Der sarkastische Unterton war nicht zu überhören.

»Den werden wir hoffentlich haben.« Ich lächelte zuversichtlich und war dankbar, dass ich oft genug Konferenzen geleitet hatte, um solche Meetings halbwegs unbeschadet zu überstehen. Immerhin das hatte ich von Erik gelernt. »Ihr habt den Punkt vielleicht schon diskutiert, aber prüft bei den Reiseseiten im Internet jemand, ob die Verrisse echt sind?«

»Heutzutage kann jeder etwas posten oder bewerten«, ertönte es aus einer Ecke des Raumes. »Sternchen anklicken und fertig. Das prüft kein Mensch mehr.«

»Wer könnte sich mit Travelmaker und Holidayplanner in Verbindung setzen und herausfinden, wie der Bewertungsablauf vonstattengeht? Vielleicht sogar, ob man die schlechtesten Bewertungen löschen kann, weil sie geschäftsschädigend und beleidigend sind? In einer Kritik habe ich zum Beispiel gelesen, dass die Empfangsdamen persönlich angegangen wurden. Das geht gar nicht.« Ich stemmte die Hände in die Hüften.

»Vor allem, da wir keine einzige Empfangsdame haben. Da arbeiten bei uns nur Männer«, sagte ein hagerer Kerl Ende dreißig. »Schön, dass sich etwas tut. Willkommen bei uns, Lina!« Endlich.

Eine Hand hob sich. »Hey, Lina. Ich bin Tom aus dem Marketing. Ich kann bei den genannten Seiten herausfinden, ob man etwas dagegen unternehmen kann.«

»Prima.« Ich stand vor dem hufeisenförmigen Meetingtisch und entdeckte ein Whiteboard an der linken Wandseite. Entschlossen griff ich nach den Stiften auf dem Tisch und ging hinüber. »Fangen wir an. Kurze Zwischenfrage: Gibt es hier irgendwo Schokolade?« Alle lachten. »Am besten einen Riegel für jeden, schließlich sind wir ein Team. Ich zahle, als Mitbringsel zum Einstieg.«

»Du bist ja locker. Ich besorg uns welche«, bot Tom sich an und erhob sich etwas steif.

Hier schien der Wurm drin zu sein oder gleich mehrere. »Punkt eins. Die Bewertungen«, schrieb ich an die Tafel. »Was noch?«

»Die Dorfbewohner …«

»… sind nicht froh mit uns?«, vervollständigte ich den Satz und hob das »uns« bewusst hervor. Eine Uniform konnte vielleicht bei der Polizei das Wirgefühl stärken, nicht aber in einem Wellnesstempel. Da musste man anders zusammenstehen. »Und was wurde getan, damit sich unser Image vor Ort ändert?«

»Nichts«, steuerte Melanie kleinlaut bei. »Wir haben uns auf die Hotelgäste konzentriert, nicht auf das Dorf.«

»Das Hotel steht seit einem Jahr in Bennickshoop und es gab kaum Kontakt zu den Menschen? Es ist nicht gut, wenn die Gäste im Dorfladen von den Einheimischen hören, dass wir eine Plage sind. Versteht ihr? Wir sind nicht in New York, wo alles anonym abläuft. Das müssen wir unbedingt in den Griff bekommen.«

»Leuchtet ein. Was schlägst du vor?«, erkundigte sich Tom, der in dem Moment mit einem Korb Schokoriegel zurückgekehrt war. »Die sind aus der Küche«, erklärte er. »Die haben schräg geschaut, als ich nach Schokolade gefragt habe, und fanden es nett.« Ein Lächeln zupfte an seinen Mundwinkeln.

»Danke, Tom. Zurück zu unserem Problem: Wurde schon mal über einen Tag der offenen Tür nachgedacht? Wir haben so etwas in Amsterdam organisiert und es kam supergut an. Hier läuft das bestimmt noch besser, weil es ländlicher ist. Häppchen, Sekt, einen Tag lang kostenlos in einen großen Hotelbetrieb reinschnuppern. Das lässt sich doch keiner entgehen. In Kooperation mit der lokalen Presse ist ein solches Fest gut zu vermarkten. Fotos davon können online ein echter Hingucker sein. Außerdem sollten wir die anderen Hotels und Pensionen miteinbeziehen. ›Miteinander statt gegeneinander‹ lautet das Motto. Jeder hat seinen Platz in Bennickshoop.«

»Das ist ein Bomben-Motto!« Eine Frau im beigen Kleid erhob sich. »Wer ist dafür?«

Alle Hände schnellten nach oben. Ich atmete auf. Melanie lächelte mich zuversichtlich an. Beinahe so, als glaubte sie erstmalig daran, dass man das Ruder herumreißen konnte. Das Eis war gebrochen.

Als Tom mir allerdings in meinem gläsernen Büro etwas später die neuesten Kritiken auf seinem Tablet zeigte und sich dabei betroffen das Hemd richtete, das seinen blassen Teint noch blasser wirken ließ, geriet mein anfänglicher Optimismus ins Wanken. Es würde nicht leicht werden, Mitarbeiter, Gäste und Dorfbewohner gleichermaßen zu überzeugen. Wir brauchten einen echten Knaller, um zu beweisen, dass das Hotel die Lage und seine Sterne verdient hatte. Leider waren festgefahrene Meinungen nur schwer umzukehren.

**

Als ich gegen halb sechs zurück in die Pension kam, war ich fix und fertig und konnte mir beim besten Willen nicht vorstellen, heute Abend mit Phil auszugehen. Immerhin hatte ich rund dreißig Mitarbeiter kennengelernt und versucht, mich in deren Arbeitsabläufe hineinzudenken. Außerdem hatte ich den ganzen Tag über vorgegeben, die Souveränität in Person zu sein, um meine Kollegen zu motivieren. Und das, obwohl ich selbst voller Zweifel war. Ich wollte nur noch ins Bett und schlafen. Doch dann dachte ich an Rike und riss mich zusammen. Wenn etwas anstrengend war, war es ihr Job. Es wäre so schön, wenn wir uns jetzt wie sonst bei einem Glas Wein austauschen könnten. Eilig drückte ich auf das Sprachnachrichtsymbol meines Handys. Sie anzurufen war unrealistisch – zumindest, wenn ich noch essen, mit Nele und Matti reden und mich umziehen wollte.

Hi Rike. Hier ist so viel passiert. Sorry, dass ich mich nicht früher bei dir gemeldet hab. Meine Tante Gesa hat sich verletzt und liegt im Krankenhaus. Deshalb schmeißt Nele die Pension. Ich muss ja arbeiten. Und Phil – du weißt schon, von dem ich dir erzählt hab – ist jetzt Arzt. Er ist Chirurg in der Klinik, in der meine Tante liegt, und behandelt sie. Total verrückt. Ich hab ihn nur kurz gesehen, aber ich treff mich gleich mit ihm auf ein …

Irgendetwas hielt mich zurück, das Treffen als »Date« zu bezeichnen. Ich biss mir auf die Unterlippe.

… Getränk. Nur ein Cocktail. Und mein Job: Ich weiß echt nicht, wie ich dieses Hotel retten soll, aber ich versuch's. Meld dich mal. Wie geht's dir? Was gibt's Neues?

Gesendet. Rike war kein nachtragender Typ, sie würde verstehen, dass ich nicht anrief. Zwei Minuten später schickte sie mir bereits ein rotes Herz. Sie war die Beste!

»Nele, wie war dein Tag?« Ich gab meiner Schwester einen Kuss auf die Wange und lehnte mich gegen die Küchenanrichte. »Danke, dass du die Pension übernimmst. Ich fühle mich furchtbar, weil ich dich den ganzen Tag damit allein lassen muss.«

»Brauchst du nicht. Mir geht es gut. Es ist unerklärlich, aber ich hab richtig Lust, morgens aufzustehen und loszulegen.« Sie strahlte wie die Sommersonne über der Ostsee. »Die Gäste brauchen mich. Es ist … wie ein Job?« Es war Aussage und Frage zugleich.

»Ja, die Pension ist ein Fulltime-Job und wir brauchen dich alle«, stimmte ich zu. »Die Strandperle stellt mich vor ganz neue Herausforderungen. Ich finde es schon schwierig, die drei Wochen zu überstehen – erst recht ein halbes Jahr. Aber wir haben ja ausgemacht, dass ich es versuche. Die sind alle so eingerostet da.« Ich seufzte und sah mich nach etwas Essbarem um. »Hast du was von Gesa gehört? Ich bin heute zu nichts gekommen.«

»Das Krankenhaus hat mich informiert. Es ist alles gut gegangen. Ich wäre ja hingefahren, aber hier war so viel zu tun, und sie meinten, es reiche morgen. Gesa soll sich erst einmal erholen.« Während wir uns über den Eingriff austauschten, grüßte Matti uns mit einem stummen Peace-Zeichen. Er trug eine überdimensionale schwarze Jogginghose und einen ebensolchen Batik-Hoodie, dazu eine graue Totenkopfmütze. Mit Schwung setzte er sich auf den Küchenblock und nahm sich einen Apfel aus dem Obstkorb.

»Ich hatte auf der Arbeit kaum Zeit, frische Luft zu schnappen, weil so viel Neues auf mich eingeprasselt ist. Noch nicht mal eine Mittagspause gab es«, berichtete ich, während Nele ruhig eine Tasse unter den Auslass der Kaffeemaschine stellte. »Morgen organisiere ich mich anders. Ehrlich!«

»Ich kenn das mit dem ewigen Zeitdruck. Von Sascha.«

Hatte Nele mich gerade mit ihrem Mann verglichen? Ich war ja wohl kein Workaholic wie er.

Sie kniff die Augen zusammen und erspürte meine Gedanken offenbar. »Das war nicht so gemeint, wie es klang.«

»Wie dann?«, mischte sich ihr Sohn ein, und ein provokantes Blitzen flackerte in seinen Augen auf. Mit einer großen Geste zog er sich die Hoodiekapuze in die Stirn und gab trotzdem nicht den Gangster ab, den er gern darstellen würde. »Papa hat nie Zeit – und Lina auch nicht. Stimmt doch.«

Ich bekam den Mund nicht zu. Zum einen, weil ich seine Aussage heftig fand, aber auch, weil sie wohl oder übel einen wahren Kern hatte. »Am Wochenende machen wir alle was Schönes zusammen«, beteuerte ich unbeholfen. »Was haltet ihr davon?«

»Matti, zieh bitte deine Schuhe aus«, wies Nele ihn an, als hätte sie mich überhört. »Ja, klar, machen wir«, sagte sie dann.

»Ich hab gewischt, Matti.« Sie deutete auf den blitzsauberen Fliesenboden. »Wo warst du überhaupt, dass deine Sneaker so schmutzig sind? Ich hab hundert Mal versucht, dich anzurufen.«

»Mit Simon und den Kräuters im Wald. Wandern. Hab ich dir doch gesagt. Ist länger geworden, weil wir noch im Dorf waren. Ich hab mir im Buchladen einen Tier- und Pflanzenführer gekauft. Vom Taschengeld. Hatte kein Handy mit.« Er biss in den Apfel und kaute andächtig. Gemächlich glitt er von der Anrichte herunter, um seine Schuhe auszuziehen. »Du brauchst dir nicht immer Sorgen um mich zu machen, Mama. Ich werde zehn!« Auf Socken verließ er den Raum.

»Er interessiert sich für Natur«, flüsterte Nele mir leise zu, obwohl niemand außer uns da war. »Simon und die Kräuters sind wirklich in Ordnung. Sie nehmen ihn gern bei ihren Spaziergängen mit.« Sie ging zum Kühlschrank und holte eine Tüte Milch heraus. »In Hamburg gehen wir nie zusammen in den Wald. Und auch nie in einen Buchladen.«

»Ist doch klasse, dass er so wissbegierig ist. Er ist eh total selbstständig, finde ich. Und er liebt dich. Das ist schön zu sehen. Muss der Hammer sein, so bedingungslos geliebt zu werden.«

»Hm.« Nele sah mich skeptisch an. »Wir diskutieren aber auch sehr oft.«

»Haben wir früher mit unseren Eltern doch auch.«

»Du kannst nicht beurteilen, wie das ist, wenn man auf der anderen Seite steht.«

Ich schluckte, weil sie mich mit ihrem Satz so barsch abgefertigt hatte. Sie schien es selbst nicht bemerkt zu haben.

»Er hat heute noch nicht gezockt. Ich meine, gar nicht«, betonte sie und goss Milch in den Kaffee. »Hier, für dich. Ist zwar nach fünf, aber vielleicht kannst du Koffein gebrauchen. Die Maschine funktioniert dank Simon wieder. Der Schlauch des Milchaufschäumers war aufgeplatzt. Wir haben ihn mit Tape umwickelt und ich hab einen neuen bestellt.«

»Ging das so einfach?«

»So teuer war's gar nicht. Warum kauft Gesa nichts Neues?« Sie stellte eine weitere Tasse unter den Auslass. »Meinst du, sie hat Geldprobleme?«

»Wie kommst du darauf?«

»Nur so ein Gefühl, wegen der Notiz mit den achtzehntausend Euro. Sie hat kaum Geld in der Kasse, die alte Spülmaschine, die defekte Kaffeemaschine, die verwilderte Außenanlage der Pension. Ich weiß nicht.«

»Man muss nicht immer gleich alles neu kaufen, aber ja – das Gefühl habe ich auch. Am besten, wir fragen sie vorsichtig, wenn sie wieder zu Hause ist.«

»Oder wir finden es vorher selbst heraus.«

»Oder das.« Ich nahm mir eine Scheibe Brot aus dem Brotkorb, griff nach dem Nutellaglas und einem Messer. Daumendick schmierte ich die Schokolade auf das Roggenmischbrot, während meine Schwester mich amüsiert beobachtete.

»Hast du nicht gleich ein Date mit Phil? Auch wenn du süß aussehen möchtest«, sie kicherte und zeigte auf den Nutellatropfen, der es auf mein Oberteil geschafft hatte, »zieh dich lieber um.«

»Hey«, begrüßte Phil mich etwas später. Er wartete in der Eingangshalle auf mich, und die Szene erinnerte mich an ein Teenagerpärchen, das zum Abschlussball ging. Im kurzen Schwarzen schritt ich die Stufen hinunter. Phil hielt einen so üppigen Strauß Blumen im Arm, dass ich beinahe vergessen hätte zu atmen. Statt des weißen Kittels umschmeichelte eine dunkle Lederjacke seine Statur, die zweifelsohne erkennen ließ, wie gern er mit vollem Körpereinsatz den Wellen trotzte. Die breite Narbe über seinem Schlüsselbein, die ihn schon seit seiner Jugend zeichnete, fiel mir nur auf, weil sein Hemd leicht aufgeknöpft war und er sich nach vorn beugte, um mir einen Kuss auf die Wange zu geben. »Elf Jahre ist es her. Wahnsinn!« Sein Blick wanderte über meinen Körper, bis er wieder auf meinem Gesicht verweilte. »Du siehst echt gut aus, Lina. Wirklich umwerfend!«

»Danke. Du auch.«

Er überreichte mir das Blumenarrangement. »Ich wusste nicht, welche du am liebsten magst. Deswegen habe ich von allem etwas genommen.«

Neben ganz viel Grün war von Rosen bis Sonnenblumen alles vorhanden. »Das ist der größte Strauß, den ich je bekommen habe.« Ich hätte es gern für mich behalten, um zu wirken, als ob ich ständig solche Aufmerksamkeiten erhielte. Aber ich war zu berührt davon, dass er mir eine Freude hatte machen wollen.

Er lächelte. »Ich habe noch etwas für dich.« Vorsichtig zog er ein Folientütchen aus der Tasche seiner Bikerjacke. »Nenn es Klischee, aber ich konnte nicht daran vorbeigehen, ohne an dich zu denken.«

»Ostseekiesel!« Die letzten hatte ich vor elf Jahren gegessen. Selbst ein Fremder hätte mir meine Euphorie ansehen können. Ich nahm die Tüte entgegen und kam mir vor wie ein kleines Mädchen am Weihnachtsabend. »Du bist verrückt, Philipp Olsen.«

»Tja, und du warst verrückt nach diesen Schokodingern und ein richtiger Zuckerjunkie. Das hab ich nicht vergessen.« Er tippte sich vielsagend an die Schläfe.

Ich war vor allem verrückt nach dir, dachte ich. »Lass mich noch schnell die Blumen ins Wasser stellen, bevor wir losfahren.«

»Klar.« Er nickte und folgte mir in die Küche. Während ich die Schränke nach einer Vase durchsuchte, lehnte er sich gegen die Spüle. »Ich fahre jetzt eine Harley, so ein Midlife-Crisis-Motorrad, auf dem du problemlos mitfahren kannst. Die Reifen sind dermaßen breit, dass ich keine wilden Touren drehen kann.« Er hob beide Hände, als ich mich erstaunt nach ihm umdrehte. »Keine Sorge, heute bin ich mit dem Auto da.« Mit dem Kinn deutete er auf mein Kleid. »Das wäre mir zu gefährlich gewesen. Du gehörst nicht schutzlos hinten auf ein Motorrad. Auch wenn ich sehr vorsichtig fahre. Ich hab einfach schon zu viele Motorradunfälle in der Klinik gesehen.«

»Das muss schrecklich sein.«

»Manchmal ja, aber man stumpft ab mit der Zeit. Hoffentlich piept mich keiner der Kollegen an, während wir in der Bar sitzen.« Er trat an mich heran.

»Ich hätte nie gedacht, dass du Chirurg wirst.«

»Und ich nicht, dass du in der Hotelbranche arbeiten würdest. Meinem Vater hätte das imponiert. Er mochte dich immer und er hasst meinen Arztberuf.« Bitter presste er die Lippen aufeinander und verfolgte, wie ich die Blumen anschnitt und sie in die Glasvase stellte.

Nur wenige Minuten später öffnete Phil mir die Beifahrertür seines roten Jeep Pick-up. »Ist keine Luxuslimousine, aber praktisch, wenn man mehrere Boards dabeihat. Im Fußraum kann es sandig sein. Ich war gestern auf dem Wasser und sauge das Auto nur einmal in der Woche. Lohnt sich nicht häufiger.«

»Stört mich nicht. Im Gegenteil, es ist schön, wieder so nah am Meer zu sein.« Und bei dir. »Wie war Gesas Eingriff?« Obwohl ich von Nele wusste, dass alles gut gegangen war, hätte ich mich früher danach erkundigen sollen. Die Blumen hatten mich überwältigt.

»Wenn du ›Eingriff‹ sagst, klingt das wie ein Sondereinsatz bei der Polizei. So dramatisch war es nicht, versprochen.« Er versprach ganz schön viel in letzter Zeit. »Ist ja eine Routine-OP, die laufen meistens perfekt ab. In der Klinik war aber trotzdem

der Teufel los, das Übliche. Erzähl ich dir später mal genauer.«
Entschlossen startete er den Wagen.

Der *Hafenbunker* vereinte burlesken Charme mit entspannter
Loungeatmosphäre und dieses außergewöhnliche Ambiente
zog mich direkt in den Bann. Schwarze Samtsofas, lauschige
Nischen, Boards an den Wänden, Lampenschirme aus gedie-
genem Stoff rundeten das Bild ab. Lediglich der argwöhni-
sche Blick eines Gastes, den ich als ehemaligen Besitzer des
Strandkiosks erkannte, störte meine Verzückung. Vielleicht war
es nicht nur Angelmeier, der sich an die Mom-Olsen-Sache, wie
Nele sie irgendwann getauft hatte, erinnerte. Oder bildete ich
mir bloß ein, dass der Kioskbesitzer uns beobachtete? Gerade
lachte er lauthals mit der Dame ihm gegenüber.

»Lina?«, sprach Phil mich an. »Bist du erstarrt? Was ist los?«

»Nichts. Es ist nur … hat sich viel getan in Bennickshoop«,
lenkte ich ab und befühlte den Samt der Sitzfläche.

»Ja, oder?« Phil reichte mir die Speisekarte, auf der exakt
drei Gerichte zu finden waren, von denen ich nicht wusste, wie
ich sie aussprechen sollte. Eins mit Fleisch, eins, das so etwas wie
Backfisch sein konnte, und eine Gemüse-Käse-Platte. »Keine
übertriebene Karte«, erklärte er, als müsste er sich rechtfertigen.
»Es gibt zu allen Gerichten eine Auswahl verschiedener Brote
und Soßen zum Dippen.«

Obwohl ursprünglich nicht von Essen die Rede gewesen
war und ich vor nicht allzu langer Zeit ziemlich viel Nutella
verdrückt hatte, entschied ich mich für die Gemüsevariante mit
Feta, Phil für das Fleisch. Zudem bestellte ich einen Cocktail,
der den Namen »Nachricht für dich« trug, was mein Stichwort
war.

»Warum hast du dich damals nie bei mir gemeldet?« Ich
kaute auf meiner Unterlippe herum und spielte mit dem
Korkuntersetzer, der vor mir auf dem Tisch lag. In Phils

Gegenwart war ich nicht so selbstsicher wie heute Morgen bei der Mitarbeiterversammlung. Das Blut rauschte hörbar in meinen Ohren und mein Herz holperte. Ich ärgerte mich darüber, dass sogar meine Finger zitterten, als ich zum wiederholten Mal den Untersetzer drehte. Ich hatte so verdammt lange auf diesen Moment gewartet.

Phil hielt meinen Blick fest, dann wich er mir aus und schien zu überlegen, was er antworten sollte. »Ich konnte nicht.« Der Kellner brachte die Getränke und mein Gegenüber wähnte sich erlöst. »Was ist in deinem Cocktail drin, Lina?«

Aber seine Reaktion war mir zu wenig, weshalb ich beharrlich schwieg. Ich würde kein Wort mehr sagen, wenn er mir nicht ordentlich antwortete.

»Du bist so stur wie früher … und genauso hübsch«, sagte er.

»Phil, keine Komplimente jetzt.«

»Deine Mom hatte ein Verhältnis mit meinem Vater.« Seine feste Stimme ließ den Satz hochgehen wie eine Bombe. »Das Möwenhotel hat unter der Affäre gelitten, was mir egal war. Aber meine Mutter hat auch gelitten.« Er klaubte die Zitrone von seinem Whiskey Sour. »Meine Eltern haben danach eine Paartherapie gemacht. Heutzutage kein großes Ding mehr, damals schon. Das ganze Dorf hat sich das Maul zerrissen.«

Die Mom-Olsen-Sache – nun hatte er die leidige Affäre unserer Eltern doch angesprochen. Es gelang mir nicht, etwas Sinnvolles zu entgegnen. Meine Kehle fühlte sich staubtrocken an und mein Hals war wie zugeschnürt. Nach einer Weile rutschte mir eine Bemerkung heraus, die ich sofort bereute, obwohl sie traurigerweise der Wahrheit entsprach. »Meine Mom hatte viele Bekanntschaften, das weißt du.« Ich hielt die Luft an. »Es tut mir leid«, sagte ich dann heiser. »Für Nele und mich war es so wie alle von Moms Liebeleien. Es war nur schockierend, dass es ausgerechnet dein Vater war. Es hat ihr nichts bedeutet, glaube ich, und ich wollte mit dir darüber sprechen, als ich es in Berlin erfahren habe.«

»Ihm hat es etwas bedeutet.« Phil schnaubte. »Ich hab ihn dafür gehasst, aber das hat sich beruhigt. Meine Eltern haben mir damals alles erklärt, sie sind heute glücklich zusammen. Was will man mehr?«

»Mom hat das nie mit uns ausdiskutiert. Sie hat es einfach unter den Teppich gekehrt.« Wie so vieles. Kaum hatte ich das Wort Mom ausgesprochen, wurde mir kalt, und ich hätte alles darum gegeben, unauffällig das Thema wechseln zu können. Phil schaute mich an, als würde er durch mich hindurch in mein Innerstes sehen und genau fühlen, was in mir vorging.

»Es reicht. Ich weiß ja, wie deine Mutter war, und wir sollten uns nicht mit dem belasten, was unsere Eltern verbockt haben. Fakt ist: Ich konnte mich damals nicht bei dir melden.« Er atmete aus und trank seinen Whiskey in einem Zug leer. Geräuschvoll setzte er das Glas auf dem Tisch ab. »Es ging nicht. Aus Loyalität zu meiner Mutter.«

»Kann ich nachvollziehen.« Ich räusperte mich so kräftig, als könnte ich den Kloß in meinem Hals dadurch lösen. Mir wurde bewusst, dass Mom fast Phils Familie zerstört hätte und dass sie der Grund dafür war, dass meine Jugendliebe sich nie mehr bei mir gemeldet hatte.

»Lina, eins noch.« Phil blickte mir tief in die Augen. »Auch wenn es so rüberkam, diese Affäre hat nie etwas an meinen Gefühlen für dich geändert.«

»Ich hatte versucht, dich zu erreichen.« Ich unterbrach den intensiven Blickkontakt und starrte auf meinen Cocktail. »Das Verhältnis zu meinen Eltern ist nicht besonders gut.« Es klang wie eine Entschuldigung. Hastig setzte ich das kühle Glas an die Lippen.

»Muss jeder für sich entscheiden, wie er damit umgeht. Ich hab meinem Vater verziehen. Es war ein Ausrutscher.«

Ich schaffte es nicht, seinen Blick zu erwidern. Stattdessen kratzte ich mit dem Fingernagel über die Werbeaufschrift des Glases. »Du müsstest nicht mit mir essen gehen, mir Blumen schenken und all das.«

»Schon klar.« Er beugte sich über den Tisch, weshalb mir wieder die verblichene Narbe auf seiner Haut ins Auge fiel. Zärtlich griff er nach meiner Hand, die das Glas umfasste. »Aber wir können nichts für unsere Eltern, es ist vorbei. Und ich schenke dir sehr gern Blumen, Prinzessin.«

In diesem Moment wurden wir vom Kellner unterbrochen, der zwei Teller zwischen uns abstellte, weshalb wir uns voneinander lösen mussten. Der verführerische Duft von gegrilltem Steak und exotischem Gemüse stieg auf. »Das ist Tamarindensoße«, erklärte Phil, als hätten wir nie über etwas anderes geredet als über Essen. Er zeigte auf seinen Teller. »Thailändisch. Magst du probieren?« Erwartungsvoll tunkte er die Gabel hinein und ließ mich kosten, indem er die Spitze an meinen Mund führte. »Und?«

»Wirklich gut.« Ich leckte mir über die Lippen. »Die Narbe unter deinem Halsansatz ...«

»Ja, ein Überbleibsel von dem Surfunfall damals«, antwortete er knapp und schnitt das Steak in zwei Hälften. »Du warst ja dabei. Ich rede nicht so gern darüber.«

Ich erinnerte mich, wie er in einem Hochsommer wochenlang mit Gipsfuß hatte herumlaufen müssen, nachdem er vom Brett gefallen war. Ich hatte den Gips mit Herzchen verziert, ihm »Viel Glück« draufgeschrieben. »Warum bist du noch in Bennickshoop?«

»Manchmal frag ich mich das auch.« Er lächelte. »Die Sucht nach dem Meer? Ich hab in Berlin studiert und lange an der Charité gearbeitet. Aber es hat mich immer wieder hierher zurückgezogen.«

Er war die ganze Zeit in Berlin gewesen? Wo ich mit Mom und Nele gelebt hatte? Ich ließ die Hände in den Schoß sinken. »Da kam es dir nicht in den Sinn, mich zu besuchen?« Ich versuchte, neutral zu klingen, als wäre es mir egal – wovon ich weit entfernt war.

»Doch, schon.« Er steckte sich ein Stück Fleisch in den Mund. »Letztendlich war mir die Hauptstadt zu groß. Ich bin ein Küstenkind.« Er ließ meine eigentliche Frage unbeantwortet. »Einmal in der Woche arbeite ich in der Spezialklinik für ästhetische Chirurgie in Rostock. Komme also auch mal raus. Was hast du gemacht?«

Es war mir schleierhaft, wie er es schaffte, schwierige Themen zwischen uns so spielend leicht zu übergehen. Ich überlegte, ob ich ihn noch einmal darauf hinweisen sollte, dass ich auch in Berlin gelebt hatte, entschied mich jedoch dagegen. »Ich bin früh ausgezogen, wollte auf eigenen Beinen stehen«, antwortete ich. Gedankenverloren schob ich die Feta-Stückchen auf meinem Teller von links nach rechts. Ich hätte ihm wahrheitsgemäß berichten können, dass ich seinerzeit mehr oder weniger aus der Wohnung geflüchtet war, weil Mom ständig neue Männer mit nach Hause gebracht hatte. Aber ich wollte unser erstes Treffen nicht mit schlechter Stimmung versehen. »Ich hab nach dem Abitur BWL mit Schwerpunkt Tourismus studiert. Nebenbei habe ich in Hotels gearbeitet.«

»Du warst immer so ehrgeizig, Lina. Das hab ich an dir bewundert«, gestand Phil und schüttelte den Kopf. »Das mit uns wäre in dem ganzen Chaos damals falsch gewesen. Wir mussten erst mal zu uns selbst finden, um uns nicht gegenseitig kaputtzumachen.« Er schenkte mir einen so zärtlichen Blick, als würde er mich am liebsten küssen. »Lass uns das alles vergessen, jetzt, wo du wieder da bist. Es macht Spaß, Zeit mit dir zu verbringen. Es ist so wie damals.«

»Ja.« Ich lächelte. Phil war ein alter Freund, ein Vertrauter, mehr als das. Wie auf Knopfdruck waren die alten Gefühle wieder da. »Es ist schön, mit dir hier zu sitzen«, gab ich zurück. Als ich mir gerade so elegant wie möglich ein Feta-Stück in den Mund schieben wollte, vibrierte mein Handy auf der Tischplatte.

»Hey, Handys sind streng verboten, wenn wir uns treffen«, kommentierte Phil lachend. »Wir flirten hier schließlich!«

»Ist mir nicht aufgefallen«, neckte ich ihn und musste ebenfalls lachen. »Es ist nur eine Nachricht von meiner besten Freundin. Ich hab nicht oft von ihr gehört, seit ich weg bin. In Amsterdam haben wir uns fast täglich gesehen.«

»Kein Ding. Lies sie ruhig. Danach flirten wir weiter. Der Abend ist ja noch jung.«

Hi, Süße, nur damit du es weißt: Chirurgen sind speziell. Die schnippeln jeden Tag an Menschen herum. Das muss man erst mal können. Hab kein gutes Gefühl bei deinem Doc und meine Runen haben das eben bestätigt. Hab sie testweise für dich geworfen. Ansonsten ist hier alles wie immer. Ich hab einen neuen Typen über lovejoy. de kennengelernt. ;-) Erzähl dir bald mehr. Bin auf dem Sprung. Kuss Kuss

Rike – immer direkt und geradeheraus. Ich schmunzelte.

Phil musterte mich aufmerksam, während er weiteraß. »Wie geht es eigentlich deinem Freund damit, dass du so weit weg von ihm arbeitest? Ich gestehe, ich habe Gesa gefragt, ob du vergeben bist. Du bist mit einem Niederländer zusammen?«

»Nicht mehr. Er hat …« Ich vermied es, ihn anzusehen, und es war nicht gut, dass ich zusätzlich auch noch ins Stocken geriet.

Phil legte das Besteck auf dem Teller ab. »Er hat was?«

»Er, ich … wir haben uns getrennt.« In der Hoffnung, das Erik-Dilemma nicht näher ausführen zu müssen, steckte ich geschäftig das Handy weg.

»Hat er dir sehr wehgetan?«, spuckte Phil verächtlich aus, als würde er meinem Ex-Freund gern die Leviten lesen, was weder erwachsen gewesen wäre, noch seinem Beruf entsprochen hätte. Er war innerlich also der siebzehnjährige Hitzkopf geblieben.

»Ein bisschen«, log ich. »Es hat nicht gepasst.«

»Kenn ich.« Phil nahm das Messer in die Hand und spielte damit herum. »Es passt nicht immer, und dann sind da noch die Gefühle, die man mal für jemand anderen hatte. Man möchte genauso etwas Großartiges wieder erleben, was normalerweise nicht funktioniert.« Redete er von uns? Er griff nach der Gabel. »Übrigens, wenn du Hilfe in Bennickshoop brauchst, bin ich gern für dich da.«

»Danke.« Vergangenheits-Phil hatte es jedes Mal innerhalb kürzester Zeit geschafft, mich um den Finger zu wickeln. Der neue Phil war noch schneller. »Hast du eigentlich eine Freundin?« Ich konzentrierte mich darauf, das Gemüse zu inspizieren, als wäre ich eine Gartenexpertin. Es war mir unangenehm, dass ich ihn so unverblümt überfallen hatte.

»Nee. Welche Frau will schon mit einem Arzt zusammen sein, der ständig arbeitet?« Über die Schulter spähte er zum Barbereich, an dem sich eine Schar Touristinnen tummelte. »Und die da sind nicht mein Fall. Ich bin gern Single.«

»Es gibt jede Menge hübscher Krankenschwestern und Ärztinnen.« Irgendetwas musste ich sagen, oder?

»Meine letzte Beziehung mit einer Zahnärztin war, nennen wir es … steril.« Wir mussten beide lachen. »Spaß beiseite. Ich bin nicht auf der Suche und mir fehlt nichts. Bisher zumindest fehlte mir nichts«, korrigierte er sich. Seine Hand griff noch einmal nach meiner, dieses Mal hielt er sie fest umschlossen. Es kam mir vor, als wären wir wieder unzertrennlich. »Jetzt weiß ich, dass mir dein Lachen gefehlt hat. Ich liebe es, wenn du lachst.«

Abrupt ließ er mich los, um weiterzuessen, was eine so große Leere in mir auslöste, dass ich mich am liebsten auf der Stelle auf seinen Schoß gesetzt und ihn umarmt hätte. Ich blinzelte – o Gott, ich musste etwas sagen, und das am besten schnell. »Ich hab von dir geträumt«, murmelte ich. Doch nicht so was!

»Oh. Und?« Er richtete sich amüsiert auf. »Ich hoffe, ich habe nichts Verbotenes gemacht.«

»Es war nur eine Erinnerung«, ruderte ich zurück und spießte ein Feta-Stückchen nach dem anderen auf die Gabel. »Eine schöne«, ergänzte ich und steckte mir den Käse in den Mund, damit ich nicht noch mehr Unsinn redete.

»Handelte es sich dabei um unseren letzten Abend in den Dünen? Der geht mir bis heute auch nicht aus dem Kopf. Obwohl ich nie genau wusste, wo du warst, hab ich viel an dich gedacht.«

Ich hätte daraufhin zugeben können, dass es mir jahrelang genauso ergangen war, doch ich presste lieber die Lippen aufeinander, um mich der Vorstellung hinzugeben, wie Dr. Philipp Olsen auf dem Weg zur Straßenbahn, im Auto, am Operationstisch oder nachts im Bett an mich dachte.

Er tunkte das Stück Fleisch, das er gerade abgeschnitten hatte, in die thailändische Soße. »Weißt du noch, wie es war, wenn wir uns in den Ferien zum ersten Mal gesehen haben? Ich hatte immer schon auf dem Weg zu dir in die Pension Schmetterlinge im Bauch. Mein Herz spielte verrückt und da war dieser Nebel im Kopf, als wäre ich betrunken.« Er lächelte. »Wir waren ziemlich durchgedrehte Teenager.« Seine Grübchen vertieften sich und seine Augen strahlten mich an. »Mittlerweile sind wir zwar erwachsen, aber heute Abend hatte ich wieder dieses Kribbeln im Bauch, als ich zur Pension gefahren bin, um dich abzuholen.«

Meine Knie wurden weich und ich war froh, dass ich auf dem Samtsofa saß. Ich spürte es auch, und zwar überall. Es war dieses Gefühl, das ich ausschließlich bei ihm hatte.

Und es blieb den ganzen restlichen Abend, bis ich wieder aus dem Pick-up ausgestiegen war.

KAPITEL 5

Gegen dreiundzwanzig Uhr betrat ich die Pension, was für meine Verhältnisse und für einen Wochentag ziemlich spät war. Soweit ich wusste, hatte Phil gleich morgen früh um acht den ersten Operationstermin und bei mir konnte man es im Prinzip genauso nennen. Meine erste offizielle Teamsitzung zum Projekt »Rettet die Strandperle« stand an.

»Hallo, Linchen.« Nele saß auf dem Sofa im Aufenthaltsraum und las in einem Buch. Neben ihr auf dem Couchtisch stand eine dampfende Tasse Tee.

»Du bist noch wach?«

»Glaubst du, ich mache auch nur ein Auge zu, wenn ich nicht weiß, wie dein Abend war? War es schön? Was hat er gesagt? Warum hat er dich nie zurückgerufen?« Ganz die große Schwester – besorgt und neugierig zugleich.

»Erzähl ich dir. Aber zuerst: War es wirklich okay, dass du heute allein mit den Gästen warst?«

»Ich war nicht allein, Matti war da. Und ich lese schon seit über einer Stunde, also alles gut. Zu Hause mache ich das viel zu selten.« Sie klappte den dicken Schinken zu, in dem sie bis eben geschmökert hatte. »Die Gäste sind auf ihren Zimmern. Herr und Frau Fröhling haben sich ein Gesellschaftsspiel ausgeliehen« – sie zeigte auf die Spielekiste, die neben einem der

Regale stand –, »und sie haben eine Flasche Wein gekauft. Gesa hat anscheinend mit einem Winzer von der Mosel eine Übereinkunft. Der Keller ist voller Weinflaschen und der Wein muss gut sein. Die Fröhlings wollen bei Abreise zwei Kisten Riesling mitnehmen. Frau Meier hat sich wieder nach den schönsten Fotoplätzen für Sonnentüren erkundigt und Simon Berger ist ein richtiger Handwerker. Er hat mir und Matti geholfen, die defekte Treppenstufe der Veranda zu ersetzen.«

»Warum macht er so was?«

Sie zuckte mit den Schultern. »Er sagt, er hat seiner Mutter zu Hause auch immer viel geholfen und handwerkelt gern. Gesa wird jedenfalls Augen machen, wenn sie wiederkommt. Wir haben ein Paket Dielenbretter im Schuppen gefunden. Außerdem hat er diesen Teppichabsatz auf der Treppe, der so gewellt war, glatt gezogen und neu verklebt. Vorhin hat Sascha angerufen. Ich hatte ihm so viel zu erzählen wie noch nie. Er kam kaum zu Wort.« Sie rang nach Luft. »Und Matti liegt im Bett, ohne Handy, dafür ziemlich erledigt. Jetzt weißt du alles.«

»Himmel, die Organisation der Pension steht dir«, bemerkte ich. Meine Schwester wirkte nicht mehr leicht verbittert, sondern dynamisch. Irgendwie mädchenhaft. Ihre Augen leuchteten vor Tatendrang und mir ging das Herz auf.

»Ich freue mich auf morgen. Und ich finde, wir sollten unsere Wünsche endlich umsetzen.« Sie setzte sich aufrecht hin und ich sah sie unbehaglich an.

»Schon wieder Wünsche? Besser nicht.«

»Nicht schon wieder. Immer noch. Die Wunschzettel aus unserem Glücksglas, das du gefunden hast. Wir haben sie nie erledigt.« Feierlich hob sie die Teetasse. »Wir sollten uns darum kümmern.«

»Du meinst, wir sollten daraus so etwas wie eine Bucket List machen? Nach dem Motto: Was wir vor unserem Tod tun wollen?«

»Ja, nur ohne Tod. Wir tun's einfach. Hol doch mal das Glas.«

Obwohl ich eben noch stehend k. o. gewesen war, war ich plötzlich hellwach. In Amsterdam hatte ich keinen weiteren Zettel geöffnet, weil es mir falsch vorgekommen war, mir unsere alten Wünsche ohne meine Schwester anzusehen. Dem einzigen Menschen, der immer für mich da gewesen war. Vielleicht hatte ich aber auch Angst gehabt, dass das Lesen unserer Kindheitsträume mich in meinem einsamen Apartment überforderte. Ergeben lief ich die Stufen hinauf in mein Zimmer, zog die Schuhe aus und schlüpfte in meinen Pyjama. Dann griff ich nach dem Glücksglas. Wieder unten huschte ich barfuß durch die Küche, nahm Phils Schokokiesel von der Ablage und kuschelte mich neben Nele aufs Sofa. Sie reichte mir eine Decke, während ich das Glas öffnete.

»Bevor wir anfangen: Wie war's mit deiner Jugendliebe heute Abend?«

»Phil hat die Mom-Olsen-Sache angesprochen.«

»O nein.« Nele schlug die Hand vor den Mund. »Wenigstens lief das damals nicht lang. Weißt du noch, wie schamlos Mom damals mit Herrn Olsen im Palmencafé geflirtet hat? Das war übel, aber da wussten wir noch nicht, dass sie eine Affäre hatten und sich später heimlich in Hamburg getroffen haben. Mom hatte Olsen um den kleinen Finger gewickelt und es dann schnell wieder beendet, um zur nächsten Blüte zu flattern.« Nele seufzte. »Ich habe sie nie verstanden.«

»Für Phils Familie war es nicht schnell beendet. Die hatten lange Zeit familiäre Probleme deswegen. Seine Eltern waren sogar in Therapie. Für die Olsens ist fremdzugehen eben nicht normal«, stellte ich beschämt fest.

»Für mich und dich doch auch nicht!« Nele zog die Beine hoch auf die Couch. »Trotzdem hat der Olsen mitgemacht, es gehören immer zwei dazu. Aber klar, das Thema war dann heute natürlich ein blöder Start für Phil und dich.«

»Ja, das stimmt. Aber der Abend war trotzdem irgendwie schön.«

»Habt ihr euch geküsst oder wieso?«

»Nele! Nein, natürlich nicht.« Demonstrativ angelte ich einen Zettel aus dem Glas, um zu signalisieren, dass ich den Abend nicht weiter zerpflücken wollte.

»Als wäre ein Kuss so abwegig. Wer weiß, was noch alles kommt, Linchen. Ich bin jedenfalls auf alles gefasst«, sagte sie und lächelte. »Und ich stehe immer hinter dir.«

Ich warf ihr einen Luftkuss zu. »Das weiß ich. Danke.«

»Und jetzt lies!«

Ich las die bereits in Amsterdam auseinandergefalteten Zettel noch einmal vor, danach faltete ich die restlichen auf. Nele nahm ihren Block und den Stift vom Tisch.

»**Unsere Glücksliste**«, notierte sie fett als Überschrift auf der Seite und unterstrich es zweimal fein säuberlich. Sicher war sicher. »Fertig zum Diktat.«

1. Eine Katze (Lina)

»Warum siehst du mich so an?«, fragte ich. »Das ist immer noch so. Ich finde Katzen süß. Aber ich hatte nie Zeit dafür und war ständig an einem anderen Ort.«

Meine Schwester runzelte die Stirn. »Ich habe, wenn überhaupt, einen großen Hund an deiner Seite gesehen. Businessfrau mit Labrador oder so. Hab mich wohl getäuscht. Warum eine Katze?«

»Die Vorstellung, ein Kätzchen zu haben, hat mich glücklich gemacht. Tut sie immer noch. Ich glaube, Katzen sind richtige Glücksbringer. Das weiche Fell, die putzige Nase. Ich würde mich gern um jemanden kümmern, so wie du dich um Matti kümmerst. Klingt das doof?«

»Nein.« Mehr äußerte Nele nicht, als wollte sie meine Rede nicht unterbrechen.

»Gerade zuletzt war es ziemlich still in meiner Wohnung in Amsterdam. Wenn ich abends nach Hause gekommen bin, hat da niemand auf mich gewartet. Einen Hund könnte ich nicht lang allein lassen, mit einer Katze würde das funktionieren. Oder besser zwei Katzen. Ich mag Tiere sehr. Sie bringen Ruhe in den Alltag. Warum hatten wir früher nie ein Haustier?«

»Weißt du doch. Mom wollte keins und in der engen Wohnung in Berlin ging's nicht. Ich hätte das auch schön gefunden und mich sogar über eklige Fische gefreut. Aber wir durften ja nicht.«

Fische wollten in der Tat was heißen, denn Nele stand so gar nicht auf Tierarten, die in Aquarien oder Terrarien zu Hause waren. Als Letzte-Chance-Haustier war der Fisch bei ihr offenbar trotzdem akzeptiert.

2. Immer wieder Ferien bei Gesa und Hannes am Meer (Nele)

»Perfekt. Wir sind hier. Das können wir gleich streichen.«

»Wir sind noch nicht einmal eine Woche in Bennickshoop, Nele. Das ist weit von ›immer wieder‹ entfernt. Und sollen wir uns das nicht lieber bis zum Schluss aufsparen? Immerhin wissen wir, dass wir den einen Punkt schon erledigt haben. Nur ohne Hannes.«

»Leider.« Sie atmete schwer. »Gut, bewahren wir uns das als Joker auf. Falls wir sonst nichts zustande bringen, haben wir wenigstens Punkt zwei geschafft.«

3. Den Sonnenuntergang mit meiner großen Liebe erleben (Lina)

»Eigentlich ist das doch auch erledigt.« Nele setzte einen Haken hinter den Wunsch und lehnte sich zurück. »Das hast du mit Doc Phil gemacht, als er noch keiner war. Er war deine große Liebe.«

»Du willst einfach nur alles abhaken«, lachte ich. »Damals war er meine große Liebe, ja. Aber es ist ein Wenn-ich-mal-groß-bin-Wunsch«, gab ich zu bedenken. »Zählt das mit Phil dann, obwohl es so lange her ist?«

Meine Schwester legte den Stift an die Lippen, als wäre sie ein Schiedsrichter und hätte eine besonders folgenschwere Entscheidung zu treffen. »Ich fürchte, nein. Schade! Ich hatte gehofft, wir könnten wenigstens eine Sache heute Abend als erledigt markieren. Als Anreiz sozusagen.« Sie strich den Haken durch. »Sorry.«

»Nummer drei wird eher ein unlösbarer Wunsch. Wie und mit wem sollte ich das so schnell hier in Bennickshoop umsetzen? Das klappt doch nie.«

»Hey, sag niemals nie! Phil ist wieder da.«

»Ja, ist er.« Und ich hatte keine Ahnung, was das für mich bedeutete. »Lass uns weitermachen.«

4. Ein Buch schreiben (Nele)

»Du wolltest einen richtigen Roman veröffentlichen. Das fand ich damals schon klasse.«

»Ich habe immer mal wieder angefangen zu schreiben. Erst sollte es ein Fantasyroman werden, dann ein Thriller. Zwischendurch ein Liebesroman. Die Dateien liegen alle zu Hause auf meinem Laptop. Ich habe es nie besonders weit gebracht, geschweige denn zu Ende. Matti war oft krank, hatte

Lungenentzündung im Kindergarten, dann hatte er Scharlach, Magen-Darm, dann die ersten Probleme in der Grundschule, wir haben das Haus renoviert. Es war ständig etwas anderes.« Sie knibbelte an dem Block herum. »Oder es waren alles Ausreden.«

»Nein, du hattest wirklich viel um die Ohren. Aber jetzt hast du Urlaub, auch wenn du die Pension betreust. Warum schreibst du nicht zwischendurch oder abends auf der Veranda, wenn du Zeit hast? Jedes Wort zählt.«

»Ich habe keinen Laptop mit.«

»Das ist wirklich eine Ausrede, Nele. Gesa hat einen.« Ich wies auf das Gerät, das nebst Aufladekabel in einem der Bücherregale lag und verstaubte. »Du könntest dir die Dateien von Sascha schicken lassen, entscheiden, welches Projekt du umsetzen möchtest, und loslegen.«

»Wenn du das sagst, klingt das so einfach, Lina. Letztendlich klappt es dann doch wieder nicht.«

»Mit der Einstellung können wir alles direkt sein lassen.« Ich schlug die Decke zurück und rückte näher an meine Schwester heran. Hatte es wirklich diese Zettelchen gebraucht, damit wir wie zwei Erwachsene miteinander redeten und unsere Träume verwirklichten? »Du wolltest die Liste machen und sie abhaken. Wenn es dein Wunsch ist, zu schreiben, dann tu das.« Ich reichte ihr den Zettel.

In Neles Augen glitzerte ein feuchter Tränenfilm. Sie wischte sich mit dem Handrücken darüber. Ihre eigene Mädchenschrift auf dem Papier berührte sie genauso sehr wie mich. »Du hast recht.«

Ich gab ihr einen Kuss auf die Wange. »Ich hab dich lieb, Nele.«

»Ich dich auch.« Sie schnappte sich das nächste Briefchen und zeigte mir den Text.

Auch das noch.

5. Kitesurfen (Lina)

Es fiel mir schon schwer, die Worte vorzulesen, denn so gern ich den Surfern zusah, so groß war meine Angst davor, selbst in einer Welle unterzugehen und nie wieder aufzutauchen. Ich konnte nicht begründen, woher diese Panik kam, aber sie hatte mich mein Leben lang begleitet. Vielleicht, weil wir mit Mom und Dad nie richtig schwimmen gelernt hatten und ich mich im Hallenbad im Schwimmerbecken gerade so über Wasser halten konnte. Mom hatte das Schwimmenlernen als unnötige Zeitverschwendung abgetan und sich lieber ihren Männergeschichten gewidmet, als am Beckenrand auf uns zu warten. Und Dad war halt irgendwann weg gewesen, hatte sich komplett der Verantwortung entzogen. Soweit ich wusste, hatte er mit seinen neuen Kindern durchaus Schwimmkurse besucht. Wie dem auch sei, ich hatte es nie gemocht. Wenn Phil früher mit dem Brett aufs Meer gegangen war und seine halsbrecherischen Stunts vollführt hatte, hatte ich Angst um ihn gehabt. Ich war jedes Mal heilfroh gewesen, sobald er wieder zurück an Land kam.

»Du bist kreidebleich! Lina, du musst das nicht machen, wenn du nicht willst. Ich hab auch erst so richtig schwimmen gelernt, als Matti seinen Schwimmkurs hatte. Es macht Spaß, wenn man es gut kann. Ich dachte einfach, du hättest das schon längst irgendwo auf deinen Reisen abgehakt – und nur vergessen, es mir zu erzählen.« Nele kratzte sich am Kopf. »Du warst doch in so vielen Hotels mit Sonne und Meer. Da dachte ich …«

»Ich hab mich nie getraut. Nirgendwo«, gab ich zu und kaute auf meinem Daumennagel. »Aber ich werde mich überwinden! Es muss sich etwas ändern. Ich gehe auf die dreißig zu und laufe nur meinen Jobs hinterher. Es muss doch mehr geben als das.«

Beherzt griff ich nach dem Tütchen mit den Ostseekieseln und schob mir einen in den Mund, dann reichte ich die Kieseltüte an Nele weiter. Meine Kiefermuskulatur entspannte sich, als ich die Schokolade auf der Zunge schmeckte. Sie erinnerte mich an unsere Kindheit, Sorglosigkeit in den Ferien und Wohlgefühl.

»Lebst du denn nicht das Leben, das du dir gewünscht hast?«

»Nicht wirklich. Es ist ermüdend, kein Zuhause zu haben, Nele.«

»Aber du hast so viele Länder gesehen und so viel erlebt.«

»Und doch läuft alles auf dasselbe hinaus.«

»Auf was?«

»Alles ist nichts ohne die Liebe oder jemanden, mit dem man es teilen kann. Und alles ist nichts ohne Zeit.«

»Du spinnst.« Nele sah mich mit großen Augen an. »Ist das aus der Bibel?«

»Könnte auch aus einer Frauenzeitschrift sein. Aber es ist wahr.«

Andächtig aßen wir die Schokokiesel und hingen unseren Gedanken nach bis zum nächsten Zettel.

6. Jemandem das Leben retten (Nele)

»Na, klar! Du wieder. Größer ging's nicht, oder?«, sprudelte es aus mir heraus. Fast hätte ich vor Lachen das letzte Schokostück verschluckt. »Jemandem das Leben retten …«

»Ich hatte eben eine sehr soziale Ader.« Nele verdrehte die Augen gen Zimmerdecke. »Und ich wollte tatsächlich immer gern allen helfen.«

Das war heute noch so.

»Haken wir es als unerfüllbar ab.« Sie kritzelte ein X neben Punkt sechs. »Ich bin ja schließlich kein Rettungssanitäter.«

»Nein, nein. So läuft das nicht«, grätschte ich dazwischen. »Wer weiß, was passiert. Hast du selbst gesagt. Lass es bitte stehen.«

»Na gut, dann werde ich ab morgen nach einer Person Ausschau halten, die von mir gerettet werden will.« Sie lachte herzlich.

»Was ist mit dem Fröhling oder dem Kräuter, unseren Gästen?«

»Vor wem soll ich die zwei Herren denn bewahren? Vor ihren Frauen, weil sie ihnen neongelbe Regenjacken aufgeschwatzt haben?« Sie zwinkerte mir zu. »Lies bitte weiter.«

Als wollte sie ein Zeichen setzen, steckte sie sich demonstrativ zwei Kiesel auf einmal in den Mund.

7. Ein großes Fest organisieren (Lina)

»Oha! Hast du dabei deine eigene Hochzeit mit Phil im Sinn gehabt?«, fragte sie mit einem provokanten Augenaufschlag.

»Als Kind? Nicht wirklich«, gab ich lachend zurück. »Ich wollte einfach nur ein einziges Mal ein richtig großes Familienfest feiern, an das man sich mit neunzig Jahren bei Schwarzwälder Kirschtorte im Rollstuhl noch erinnert. Du weißt ja, dass selbst Weihnachten bei uns zu Hause immer ein Drama war.«

Es hatte meist im Streit geendet, weshalb unsere Eltern nie andere Leute eingeladen hatten und wir auch nirgendwo hingefahren waren. Mom hatte irgendwann mit Gegenständen um sich geworfen, weil Dad ihr so auf die Nerven gegangen war. Nie hatte einer von beiden im Streit nachgegeben und wir hatten dazwischengestanden. Ich gähnte und überlegte, ob ich ihnen böse war. Was, wenn sie nur nicht zueinander gepasst hatten und trotzdem für uns Kinder hatten zusammenbleiben wollen?

»Weißt du, dass Mom wieder heiraten möchte?«, riss Nele mich aus meinen Gedanken und kuschelte sich fester in ihre Decke.

»Zum dritten Mal, ja.« Ich spürte einen Stein in der Magengrube. »Lass uns das Thema vertagen. Irgendwie tut es mir nicht gut, darüber nachzudenken.«

»Ach, Linchen!« Nele lehnte sich an mich und wir schwiegen einen Moment. »Da steht nur Fest, es muss ja kein Familiending sein. Und wir hatten auch tolle Zeiten.«

Ich küsste sie auf die Wange und zog den nächsten Zettel aus dem Einmachglas.

8. Den besten Hefezopf der Welt backen (Nele)

»Endlich wieder etwas Lustiges. Besonders, da du alles hasst, was mit Backen oder Kochen zu tun hat.« Ich streckte mich. Die Müdigkeit ließ mich nicht mehr los. Nele rückte von mir ab, um zuerst den Wunsch zu notieren und sich dann einen Schluck Tee zu gönnen.

»Früher mochte ich beides total gern. Das hat sich erst geändert, als ich nur noch für die Mahlzeiten zuständig war. Ein Kind stellt dein Leben komplett auf den Kopf. Man gibt sich ein Stück weit auf. Oder besser gesagt, ich habe das getan. Als Mami brätst du halt häufiger Fischstäbchen in der Pfanne – und du weißt, ich hasse Fisch –, statt ein neues chinesisches Gericht im Wok auszuprobieren und mit deinem Mann ein Glas Wein zu trinken.« Sie holte tief Luft. »Aber ich würde es nicht anders wollen. Ich liebe Matti so sehr, wie ich noch nie jemanden geliebt habe. Ich würde für ihn sterben, Lina. Das ist mein absoluter Ernst.«

»Das glaube ich dir aufs Wort. Und ich mag panierten Fisch«, versuchte ich, das Gespräch aufzulockern. »Ich wusste

117

nur nicht, dass du das Kochen und Backen als so belastend empfindest.«

»So würde ich es nicht ausdrücken. Mir wurde teilweise der Spaß in der Küche genommen. Nicht so tragisch. Es ist so, wie es ist«, schloss sie und unterdrückte ebenfalls ein Gähnen. »Und jetzt kommt das Gute.« Triumphierend beugte sie sich vor und erzeugte mit dem Stift auf der Tischplatte einen kleinen Trommelwirbel. »Diesen Punkt kann ich bereits morgen abhaken. Ich habe Gesas altes Rezeptbuch in einem Küchenregal gefunden und backe ihren Hefezopf nach. Einen weiteren Tag ohne ihr berühmtes Hefegebäck überleben die Gäste eh nicht. Frau Meier hat schon danach gefragt. Hast du ihr Equipment gesehen?«

»Ja, sie ist sicher Fotografin. Und sie hat einen Hang zu Mittelaltermärkten, so wie sie angezogen ist.«

»Sie hat mir heute Morgen erzählt, dass sie das alles selbst näht. Macht sie gut. Sie hatte ein braunes Kleid mit einer schwarzen Corsage an. So würde man zwar nicht bei uns auf dem Jungfernstieg herumlaufen, aber zu ihr passt es.«

»Womöglich haben wir eine prominente Designerin oder Fotografin unter unserem Dach und wissen nichts davon.« Aufgeregt griff ich wieder nach den Kieseln.

»Das hätte Gesa uns sicher berichtet. Die Gäste erzählen ihr doch immer alles.« Froh, dass das Backthema vom Tisch war, deutete Nele auf das letzte Briefchen. »Und das?«

Ein einziger Zettel mit blassblauer Färbung war im Glas verblieben. Ich hatte ihn nicht auseinandergefaltet. »Das ist der von Hannes. Erinnerst du dich, als er sagte, dass er auch einen schreibt, weil er alles erreicht hat bis auf eine Sache?«

»Ja. Und dass wir den Zettel nicht lesen sollen, bis wir erwachsen sind.«

»Damals war ich so gespannt, was er aufgeschrieben hat, dass ich ihn am liebsten sofort geöffnet hätte.«

»Und dann haben wir es irgendwann vergessen – im Trubel um unseren Umzug.«

»Richtig.« Andächtig hielt ich das gefaltete Papier zwischen den Fingern. »Bereit?«

»Mach auf«, forderte Nele nervös.

»*Ich wünsche mir, dass mein Bruder sich mit mir versöhnt*«, las ich vor. Wir schauten uns überrascht an.

»Welcher Bruder? Onkel Hannes hatte gar keine Geschwister.«

»Doch, ich meine, er hatte einen Bruder, zu dem er allerdings keinen Kontakt pflegte. Ich habe mal so was mitbekommen, als Gesa und er sich darüber unterhielten. Es ist mir im Gedächtnis geblieben, weil ich es komisch fand, dass wir nichts davon wussten.«

»Und du hast es mir nicht erzählt?«

»Ich dachte, ich hätte mich vielleicht verhört, und es gab Wichtigeres zu der Zeit«, verteidigte ich mich.

»Ja, und das hieß Philipp Olsen.« Nele lächelte. »Schon okay. Wir können Gesa ja mal danach fragen«, schlug sie vor.

»Nicht der beste Zeitpunkt, sie im Zusammenhang mit alten Briefchen und einem Bruder, der nicht Teil ihres Lebens war, an Hannes zu erinnern.«

»Ich schreib es trotzdem auf. Wenn wir uns schon um die Wünsche kümmern, dann um alle. Haben wir eine Deadline, bis wann wir alles erledigt haben wollen?«

»Die drei Wochen, in denen du mit Matti hier bist. Schaffst du es, in der Zeit ein ganzes Buch zu schreiben?«

»Auf keinen Fall! Aber mit einhundert Seiten wäre ich zufrieden. Ist das in Ordnung? Ich hab ja schon ein bisschen was geschrieben.«

»Meinetwegen gern.«

119

»Mal sehen, wer von uns beiden zuerst seine Punkte abgearbeitet hat.« Nele schlug sich auf die Oberschenkel wie ein Bauarbeiter, der dazu aufrief, ein Haus fertigzustellen. »So, lass uns schlafen gehen. Morgen wird ein anstrengender Tag.«

Wir schreckten zusammen, als es in der Eingangshalle polterte. War der Garderobenständer von Geisterhand umgefallen? Zwei Sekunden später trat der Geist in Gestalt von Simon Berger vorsichtig in den Raum. Er war mit Jeans und Hemd bekleidet, genau wie heute Morgen. »Sorry, bin an dem Ständerding hängen geblieben. In der Willkommensmappe steht ja, dass man sich eine Wasserflasche aus der Küche nehmen kann und sich nur in eine Liste eintragen muss.«

»Simon«, grüßte Nele gelassen, während ich meine Kuscheldecke bis unter die Nase hochzog. »Nimm dir, was du brauchst. Wir schulden dir sowieso was für deine spontane Hilfe.«

»Ach was.« Er lächelte mir zu. »Danke und gute Nacht zusammen. Nacht, Lina.«

»Was tust du da, Linchen?«, prustete Nele los, als er außer Hörweite war. »Meinst du, der Berger hat noch nie eine Frau im Pyjama gesehen? Da wette ich aber tausend Euro dagegen. Er hat sicher schon Frauen mit und auch ohne Pyjama gesehen. Der Mann ist Anfang dreißig und lebt nicht im Zölibat.« Sie lachte noch, als ich die Decke langsam sinken ließ.

»Er war halt plötzlich da«, versuchte ich eine Erklärung.

»Alles klar.« Sie schaute so übertrieben verständnisvoll, als hätte mein Verhalten irgendetwas zu bedeuten. Was für ein Blödsinn! Es hatte natürlich überhaupt rein gar nichts zu bedeuten.

Unsere finale Liste sah so aus:

Unsere Glücksliste

1. Eine Katze (Lina)
2. Immer wieder Ferien bei Gesa und Hannes am Meer (Nele)
3. Den Sonnenuntergang mit meiner großen Liebe erleben (Lina)
4. Ein Buch schreiben (Nele)
5. Kitesurfen (Lina)
6. Jemandem das Leben retten (Nele)
7. Ein großes Fest organisieren (Lina)
8. Den besten Hefezopf der Welt backen (Nele)
9. Versöhnung mit Hannes' Bruder (Hannes)

Es war uns klar, dass Punkt neun in der Form nicht mehr umsetzbar war.

Aber wie hatte Nele gesagt: Sag niemals nie!

Wir waren voller Energie!

Kapitel 6

»Lass einfach mal los!«

(Me30)

Drei Tage später hatte sich das mit der Energie schon verändert.

»Me30 hat gut reden. Von wegen loslassen«, sagte ich am Freitagmorgen während unseres täglichen Telefonats zu Gesa. Sie war immer noch im Krankenhaus, weil Phil der Meinung war, dass es besser sei, sie weiterhin zu beobachten. Sie hatte nach dem Eingriff vermehrt über Kopfschmerzen geklagt und die Ärzte hatten deshalb entschieden, auf Nummer sicher zu gehen. Nele und mir war zugegebenermaßen auch wohler dabei. Ich schloss die Balkontür meines Zimmers. Hatte im Garten jemand den Bambus geschnitten? Er sah nicht mehr so verwildert aus wie am ersten Tag, sondern gesund und in Form gebracht. Nele hatte gar nichts von Pflanzenschnitt erwähnt. Allerdings hatten wir die letzten Tage nicht so viel reden können, weil wir beide eingespannt waren: ich im Job und sie in der Pension. Unseren Zielen auf der Glücksliste waren wir kein Stück nähergekommen. Nicht mal den Hefezopf hatte Nele gebacken, weil sie stattdessen zu Gesa ins Krankenhaus gefahren war, was Vorrang hatte.

Doch! Eine Sache hatte sie erledigt, beinahe hätte ich es vergessen. Sie hatte sich von Sascha die Dateien mit ihren begonnenen Geschichten schicken lassen und Gesas alten Laptop entstaubt. Seitdem saß sie bis in die Nacht hinein in der Hollywoodschaukel und tippte, wenn ich von der Arbeit kam. Womit sie listentechnisch leicht in Führung ging. Matti war um diese Uhrzeit sowieso meistens schon im Bett, weshalb ich am Wochenende unbedingt Extra-Zeit mit ihm verbringen wollte. Und ich wollte Nele in der Pension entlasten. So weit der Plan.

»Linchen, bist du noch dran? Hallo?«, fragte Gesa berechtigterweise. »Was möchtest du loslassen, was so schwierig is? Geht's um Erik aus Holland? Oder is der Job nichts für dich?«

»Eher generell. An nichts denken, sich mal keine Sorgen machen zu müssen.«

»Wär schön«, seufzte auch meine Tante angestrengt.

»Hast du Sorgen, Gesa?«

»Ne, nix Großes«, entgegnete sie.

»In deiner Kasse waren nur zwanzig Euro«, merkte ich trotzdem vorsichtig an.

»Deshalb war ich bei der Sparkasse. Wollt' auch Geld abheben.«

Es lag mir auf der Zunge, sie zu fragen, ob sie finanzielle Probleme hatte oder was die 18.000 Euro auf der Brigitte-Notiz bedeuteten, doch ich hielt mich zurück. Derartige Themen am Telefon anzusprechen kam mir nicht richtig vor. Vielleicht war es ja genau umgekehrt und sie hatte das Geld im Lotto gewonnen. Unwahrscheinlich, aber möglich. »Ich freu mich drauf, wenn wir endlich mit Decken über den Beinen auf der Veranda sitzen und Tee trinken können«, sagte ich stattdessen.

»Und Fotoboard zusammen gucken. Was hältst du denn nun von Me30?«

Obwohl Gesa mittlerweile ihre Ersatzbrille hatte, war das Vorlesen der täglichen Sprüche von Me30 so etwas wie unser gemeinsames Ritual geworden. Ich packte meine Schminksachen weg und stellte im Spiegel fest, dass ich für den Tag gerüstet war. Vorerst. »Manchmal hat Me30 nicht unrecht«, räumte ich ein, »wenn es denn ein Er ist. Oder es ist eine Frau.« Die Vorstellung gefiel mir. »Sogar die NEUES berichtet über die Bilder.«

»Me30, das anonyme Phänomen! ... Wärst du nich so versessen auf deine Karriere, würdest du mehr um dich herum erkennen. Verschieb mal deine Prioritäten, Linchen.« Täuschte ich mich oder wollte sie mir durch die Blume etwas mitteilen? »Es is so schön hier oben an der See. Lass doch mal deine Erwartung los, gegenüber dir und allen anderen. Phil is auch nich mehr der siebzehnjährige Junge mit den traurigen Augen, den du vor seiner Verantwortung im Möwenhotel retten musst.«

»Ich hab ihn nie gerettet.«

»Is auch nich deine Aufgabe.« Die Stimme meiner Tante klang streng. »Hab's Handy weggelegt. Was war noch ma auf dem Foto von Me30?«

Hatte sie das schon wieder vergessen? »Ein roter Luftballon am blauen Himmel, der höher als die Möwe fliegt, die im Vordergrund zu sehen ist. Das Bild hat was. Erklärt vermutlich auch die vielen Daumen hoch. Über fünfhunderttausend.« Ich nahm meine Handtasche vom Stuhl und verließ mit dem Handy in der Hand das Zimmer. Schnellen Schrittes ging ich die Treppe hinunter. »Wann kommst du zurück, Gesa?«

»Dein Phil will mich nich entlassen«, antwortete meine Tante missmutig. »Er is ein Wachhund, was mich betrifft.«

Nun wurde mir einiges klar. Ich schmunzelte. Sie war nicht gut auf Phil zu sprechen, weil er sie nicht nach Hause entließ. »Er ist nicht mein Phil«, korrigierte ich sie. »Wir waren nur zusammen essen. Seitdem hatten wir keinen Kontakt mehr.« Bis auf die sehr lieben Nachrichten, die er mir morgens und abends schickte, weil er laut seiner Aussage nicht wollte, dass ich mich in Bennickshoop einsam fühlte. Dabei waren doch Nele und Matti da. Es war trotzdem aufmerksam und süß von ihm. »Er ist viel beschäftigt und ich auch.«

»Dafür fragt er aber ziemlich oft nach dir.«

»Tut er das?« Warum freute man sich eigentlich immer über solche Aussagen, schoss mir durch den Kopf. Aber es war so, ich freute mich. Seit unserem Treffen war kein einziger Tag vergangen, an dem ich nicht darüber nachgedacht hatte, was aus Phil und mir hätte werden können, wenn wir unsere Teeniebeziehung hätten fortführen können. Gedankenverloren betrat ich die Küche und klemmte den Hörer zwischen Schulter und Wange ein, damit ich das Tablett mit den Bircher-Müsli-Schalen in den Frühstücksraum tragen konnte. Noch hatten sich keine Gäste eingefunden und ich wollte Nele unterstützen, bis ich losmusste. Meine Schwester zeigte mir im Vorbeilaufen den erhobenen Daumen, um zu signalisieren, dass sie alles im Griff hatte. »In Amsterdam war mein Leben so anonym, Gesa. Ich finde es schön, dass Phil nach mir fragt. Es fühlt sich an wie … zu Hause.« Obwohl ich nie eins hatte.

»Ihr seid hier immer zu Hause, Linchen. Was soll's. Phil is auch nur ein Junge«, gab meine Tante milder gestimmt von sich. Ich hinterfragte es nicht. Zum einen, weil die Zeiger der Uhr schon nach halb acht anzeigten, und zum anderen, weil ich durch das breite Frühstücksraumfenster Simon entdeckte, der auf der Wiese wie jeden Morgen seine Bewegungen ausführte. Beeindruckend und imposant. Das musste irgendeine asiatische Entspannungstechnik sein – vielleicht auch Kampfsport. Er winkte und brachte mich aus dem Konzept. Mindestens genauso sehr wie die erste Arbeitsmail, die auf meinem Display eintrudelte. Eine Mail von Fechner:

Petersen, bitte umgehend melden!

125

»Was is bloß los bei dir?«, hakte meine Tante nach. »Du sagst nix, Linchen, lässt dich zu leicht ablenken.«

In der Tat. Simon stand wie ein Flamingo auf einem Bein. Lustig war er ja.

»Entschuldige, mein Chef nervt schon am frühen Morgen. Ich ruf dich später wieder an, okay?«

»Nun gut.«

Nachdem wir uns verabschiedet hatten, vergewisserte ich mich, ob Nele weitere Hilfe brauchte, kam mir aber überflüssig vor, als ich sie im Frühstücksraum mit Frau Meier eine Landkarte studieren sah. Sie wedelte mit der Hand in meine Richtung, was wohl so viel wie »Hab einen schönen Tag« heißen sollte. Ich schnappte mir ein Croissant und machte mich auf den Weg nach draußen.

Vor der Eingangstür prallte ich mit Matti zusammen. »Auweia, hast du dir wehgetan?« Besorgt hielt ich ihn an den Armen ein Stück von mir weg, um ihn zu inspizieren.

»Hi. Nö. Hab's kaum gespürt«, bemerkte er so cool, wie er mit der breiten Kette um den Hals rüberkommen wollte. »Ich soll hier auf Simon warten.«

Erst da fiel mir das Werkzeug in seiner Hand auf. »Mit einem Hammer? Da hab ich ja eben richtig Glück gehabt.«

»Ja, Nägel hab ich keine gefunden.« Er beäugte mein Croissant so lange, bis ich es ihm anbot. Er nahm es dankbar entgegen.

»Warum frühstückst du nicht drinnen etwas?«

»Keine Lust«, raunte er mir zu und legte dann den Zeigefinger an die Lippen. »Sag Mama bitte nichts von dem Hammer.« Er versteckte das Werkzeug hinter dem Rücken. »Sonst denkt sie wieder, ich stelle irgendeinen Blödsinn an.«

»Tust du das denn?« Ich wartete gespannt auf seine Antwort, während er auf den Ballen wippte.

»Manchmal. Wenn wir in Hamburg sind.« Er ließ sich auf den Verandastufen nieder und legte den Hammer neben sich. »Dann kommen Mama und Papa und hauen mich wieder raus. Gemeinsam.« Betreten zog er die Ärmel seines dunklen Pullovers in die Länge, bis seine Hände gänzlich in dem Sweatstoff verschwanden.

Man musste kein Psychologe sein, um zu erkennen, dass sein Verhalten einen Hintergrund hatte. Es gefiel ihm offenbar, dass seine Eltern zusammenhielten, wenn es um ihren Sohn ging. »Ich habe gehört, dass du geklaut hast.« Obwohl ich losmusste, setzte ich mich neben ihn. Manchmal musste man Prioritäten verschieben. »Willst du ein Dieb sein?«

»Ich hab einfach keinen Bock auf alles. Wenn ich eine Schwester oder einen Bruder hätte, so wie du und Mama, dann wär es vielleicht anders. Ich bin immer allein!«

»Aber glaubst du wirklich, das ändert sich, wenn du eine rosa Sonnenbrille klaust?«

Er musste lachen, obwohl er krampfhaft versuchte, das Glucksen zu unterdrücken. »Glaub ich nicht, das ist blöd!«, gab er mit einem schiefen Grinsen auf dem Gesicht zu. »Aber dadurch hab ich viele Freunde.«

»Leute, die cool finden, dass du klaust, sind keine Freunde. Oder glaubst du, die kommen dich später auch im Gefängnis besuchen?«

Er kratzte sich mit dem Ärmel an der Nasenspitze. »Ich denk drüber nach.«

»Außerdem … ich hab eine Schwester und bin trotzdem oft allein.«

»Du?« Er starrte mich mit offenem Mund an, dann glitt sein Blick zu Boden.

»Natürlich. Nele kann doch nicht ständig bei mir sein. Hast du deinen Eltern mal gesagt, wie du dich fühlst? Ich bin mir sicher, dass deine Mutter und dein Vater dir zuhören würden.

Du bist für sie das Wichtigste auf der Welt.« Ich erinnerte mich, wie ich als Kind gezweifelt hatte, ob meine Eltern mich lieb hatten. Wir hätten in der Familie mehr reden müssen. Aber Mom hatte Affären gehabt und war nie der Typ für offene Gespräche gewesen. Ganz anders als Nele oder Sascha. »Deine Eltern lieben dich«, versicherte ich ihm. »Und du kannst auch immer mit mir sprechen, wenn du willst.«

»Danke.« Er schaute beklommen auf seine Schuhe. »Ich wünschte, ich hätte wenigstens ein Haustier. Eine Katze oder einen Hamster. Aber ich trau mich nicht, davon anzufangen. Wir haben schon genug Ärger zu Hause.«

»Katzen sind großartig. Wenn du versprichst, dich um sie zu kümmern, lässt sich das bestimmt einrichten. Wir reden mal mit deiner Mama, okay? Ich arbeite heute noch und dann hab ich zwei ganze Tage frei.«

Seine Mundwinkel bogen sich leicht nach oben.

»Wollen wir morgen was zusammen unternehmen? Hast du eine Idee?«, wechselte ich das Thema. Ich wollte ihn auf keinen Fall enttäuschen, weder in der Haustiersache noch beim Freizeitprogramm. »Wir könnten ins Kino gehen«, schlug ich vor, »oder was immer dir Spaß macht.«

»Wandern!« Er spielte mit dem Hammer. »Simon könnte mitgehen.«

Simon? »Prima. Ich mag Wandertouren, besonders die weiten.« Jeder definierte »weit« schließlich anders, oder? Mit dem Auto, mit der Bahn … Zugegeben, Wandern war nicht meine große Leidenschaft. Ich hatte mich eher popcornessend in einem Sessel beim Kartenspielen gesehen – nicht über Stock und Stein durch den Wald springend. Aber wenn er das wollte, bitte. Meinetwegen. Ich war dabei! »Wir könnten Pilze sammeln.«

»Welche?« Er hob fragend die Brauen, als hätte ich mich gerade aus dem Mensch-ärgere-Dich-nicht-Spiel rausgeschmissen. Nur, weil ich kein Naturkunde-Experte war. Noch nicht – denn ich würde mich einlesen und ihn mit meinem Fachwissen verblüffen.

»Musst du nicht los?« Er sah demonstrativ auf seine Smartwatch.

Das konnte morgen heiter werden.

***

Die Lage der Strandperle war einmalig, da konnte sich niemand drüber beschweren. Von meinem Mahagonischreibtisch aus blickte ich in den wolkenlosen Himmel über dem Meer. Nachdenklich fuhr ich den PC hoch. Wir mussten eine Lösung für die schlechten Bewertungen finden, es half alles nichts. Heute Morgen waren schon wieder zwei auf den Hotelbewertungsseiten gelandet. Tom stand in Kontakt mit Travelmaker, doch selbst wenn die Seiteninhaber sich darauf einließen, uns zu helfen, konnten wir nicht alle negativen Kritiken löschen.

Mein Handy vibrierte. Normalerweise behielt ich es in meiner Arbeitstasche, aber heute hatte ich es auf den Schreibtisch gelegt. Eine Nachricht von Phil:

Guten Morgen, Lina. Hast du heute Nachmittag schon etwas vor?

Schreib, du bist verabredet, rief die imaginäre Rike in meinem Kopf. *Ich sage nur: Chirurg. Die ticken seltsam.* Wenn ich jetzt bei Rike in Amsterdam wäre, würde sie bestimmt eine Räucherkerze anzünden und ihre Steine beschwören, um das drohende Unheil abzuwenden. Ich schmunzelte, denn dieses Mal war es völlig unnötig, sich Sorgen zu machen, schließlich kannte ich Phil. Außerdem konnte ich mit seiner Hilfe eventuell sogar einen meiner Punkte auf der Glücksliste abhaken.

Ich tippte todesmutig in mein Handy: Hi, Phil, wenn du später eine Runde Kitesurfen gehst, komme ich mit. Bereits beim Abschicken spürte ich die altbekannte Wasserpanik in mir aufsteigen, über die ich eben noch großzügig hinweggesehen hatte. Ich würde ertrinken, keine Frage. Doch bevor das Gedankenkarussell an Fahrt aufnehmen konnte, wurde es durch meine Assistentin Melanie gestoppt, die in mein Büro stöckelte, ohne anzuklopfen.

»Moin. Sitzt du?«, fragte sie überflüssigerweise. »Wir haben ein Problem: Durch die niedrigen Preise haben wir wieder etwas mehr Buchungen, aber natürlich deutlich weniger Umsatz als letztes Jahr zur Startzeit. Wenn das so weiterläuft, müssen wir früher oder später Leute entlassen.« Sie schwenkte das Tablet, von dem sie die Informationen abgelesen hatte. Ihr Pferdeschwanz bewegte sich genauso empört auf und ab wie ihre Stimmlage. »Außerdem haben wir unsere knapp fünfhundert Bewertungen analysiert. In den schlechten werden Lügenmärchen aufgetischt. Da beschwert sich ein Gast zum Beispiel über Risse und Schimmel im Bad, obwohl das in keinem unserer Zimmer und Suiten der Fall ist.«

»Warum macht jemand so etwas?«

»Tom hat mit Travelmaker und Holidayplanner telefoniert, ist aber noch nicht weitergekommen.«

»Persönliche Gespräche sind super, wir müssen das Ergebnis der Gespräche aber auch schriftlich zusammenfassen, damit wir etwas in der Hand haben.«

»Natürlich. Aber dadurch erfahren wir auch nicht, wer die Übeltäter sind. Wir brauchen Namen.« Melanie setzte sich graziös in den runden Drehsessel auf der anderen Seite meines Schreibtischs. »Tom hat erzählt, dass die Dame von Holidayplanner meinte, sie könnten nicht bei jeder Kritik verifizieren, ob die Rezensenten sich im Hotel aufgehalten haben oder nicht. Leider. Für unsere Strandperle trudeln in der Woche ungefähr fünf negative Bewertungen ein, immer von unterschiedlichen E-Mail-Adressen.« Sie seufzte schwer. »Und jetzt sag du mir, wie wir in dieser Sache noch zu einem Happy End kommen sollen.«

»Meinst du, es handelt sich um einen gezielten Angriff, oder könnten die Beiträge auch purer Zufall oder eine Verwechslung sein?«

»Lina, das ist doch keine Verwechslung! Da will uns jemand was.«

»Sehe ich auch so. Ich wollte nur deine Meinung hören.«

»Seit du da bist, sind wir wie Geheimagenten. Macht Spaß, aber so langsam müssen wir Ergebnisse liefern.« Melanie nahm den schmalen Stift in die Hand, um auf ihrem Tablet zu klicken. »Warum übergeben wir die Verleumdungen nicht der Polizei? Die kommen mit ihren Methoden wahrscheinlich schneller ans Ziel als wir. Wir sind nicht geschult für so was.«

»Mag sein. Aber wie stehen wir da, wenn eine staatliche Institution untersucht, warum die Strandperle im Internet grottenschlecht abschneidet? Als würden wir keine Kritik akzeptieren. Ich weiß nicht, ob das gut für uns ist. Außerdem haben wir in Deutschland Meinungsfreiheit und es geht nur um Bewertungen. So was nimmt die Polizei nicht ernst. Nein, die Polizei ist Plan B. Zuerst versuchen wir es auf eigene Faust!«

»Hast recht.« Melanie nickte. »Heute Morgen hab ich auf dem Weg hierher ein neues Plakat entdeckt – und zwar eins, auf dem die Bürgerinitiative dazu aufruft, unser Hotel zu boykottieren. Das ist definitiv nicht gut für uns. Das Poster war an einer Litfaßsäule befestigt. Gibt ja bloß eine, die große beim Strandaufgang. Die haben sogar eine Website. Warte mal …« Flink tippte sie etwas in die Suchmaschine ein und drehte mir das Tablet zu.

Ich überflog die Seite, deren Inhalt mir nur allzu bekannt vorkam. Sie hatte dieselbe Aufmachung wie Angelmeiers Flyer.

Die Möglichkeit, dass er oder die Initiative etwas mit den Internetbewertungen zu tun haben könnten, hatte ich eigentlich verworfen. Vielleicht war das falsch. Man brauchte keine allzu große Fantasie, um sich vorzustellen, wie der ausgediente Lehrer grimmig an seinem Rechner saß und sich vernichtende Texte ausdachte. Die besagten Kritiken enthielten allerdings unzählige Rechtschreibfehler und ein Pedant wie Angelmeier hätte das nie absichtlich gemacht, es passte überhaupt nicht zu ihm. Immerhin war er früher schon total pingelig gewesen und hatte die Sandkörner am Strand gezählt. Damit war er jedoch wieder raus aus der Verdächtigenkartei. »Wir sollten checken, wer noch zur Bürgerinitiative gehört«, murmelte ich und kam mir vor wie bei der Mordkommission.

»Ist erledigt.« Melanie machte ihrem Assistentinnenposten alle Ehre. »Die Köpfe des Ganzen sind Herr Jansen und Herr Angelmeier«, triumphierte sie.

Dass Jansen mit von der Partie war, wunderte mich nicht. Die beiden Männer waren seit jeher befreundet und vertraten häufig dieselbe Meinung. »Aber Jansen sitzt nicht den ganzen Tag vor seinem Laptop. Er hat eine Bäckerei, steht noch selbst hinter der Ladentheke und hat mit moderner Technik nichts am Hut. Er muss an die achtzig sein.«

»Die Initiative hat drei Mitläufer«, fuhr Melanie fort. »Auch alle um die siebzig beziehungsweise achtzig Jahre alt. Also wahrscheinlich erst mal zu vernachlässigen.«

»Für unser Internetproblem ja, aber nicht für unser Ansehen im Ort. Wir können nur beten, dass es nicht noch mehr Anhänger werden.«

»Was uns wieder zu deinem Tag der offenen Tür führt, um eine nachhaltige Verbindung zu den Leuten herzustellen«, gab Melanie zurück. »Steht Mittwoch übernächster Woche noch? Dann leite ich den Termin schon mal an die Presse weiter. Wir könnten übrigens kleine Mitbringsel verteilen.« Ihre Augen leuchteten beim Wort Mitbringsel so hell, dass klar war, wie sehr sie – neben Mode – Dekoration liebte. »Ich organisiere zurzeit die Hochzeit meiner Cousine«, berichtete sie unaufgefordert und machte es sich bequem, »da haben wir auch so etwas wie Goodies für die Gäste. Wir haben Fotos vom Brautpaar auf Schokolinsen drucken lassen und …«

»Klingt gut«, unterbrach ich ihre Ausführungen, weil mir ein spontaner Einfall kam. »Vielleicht binden wir die Bäckerei Jansen mit ein. Der alte Jansen könnte Törtchen für uns kreieren, die wir den Besuchern in Klarsichttüten verpackt mitgeben. Mit unserem Logo aus Schokolade. So was konnte er früher gut, er ist sehr kreativ. Könnte ihm Freude machen und wir schlagen ihn mit seinen eigenen zuckersüßen Waffen.«

»Genial!«

»Wir sollten auch die anderen Hotels miteinbeziehen. Kontakte herstellen, Aktionen überlegen. Das wäre einer der kniffeligen Punkte, die ich dich bitten würde zu übernehmen.«

»Die Inhaber der umliegenden Hotels kenne ich. ›Miteinander statt gegeneinander‹, unser neues Motto wird gut bei ihnen ankommen. Vielleicht möchten sie ihre Broschüren bei uns auslegen oder eine Präsentation halten. Das Möwenhotel soll diese wahnsinnig tolle Bioküche haben.« Melanie sprühte vor Begeisterung.

Ich beglückwünschte mich dazu, eine Assistentin wie sie zu haben. Gemeinsam würden wir das Event schaukeln und ganz nebenbei konnte ich anschließend Nummer sieben – ein Fest organisieren – auf der Glücksliste abhaken. Vielleicht wäre ich mit meinen Punkten sogar schneller fertig als Nele. Nicht, dass das wichtig wäre, aber sie hatte diesen geschwisterlichen Wettstreit schließlich ausgerufen. »Fehlt nur noch die Budgetzusage von Fechner.«

Meine Superassistentin verzog den Mund. »Der wird den Teufel tun und viel Geld in unseren Vorschlag stecken.«

»Aber es ist doch sein Anliegen, dass es hier gut läuft. Bennickshoop ist quasi seine Heimat, wie er in der Ansprache gesagt hat. Wenn er auch nie hier gewohnt hat. Seine Familie stammt von hier.«

»Er ist ein Sparfuchs und ein echt harter Brocken. Aber die Hoffnung stirbt bekanntlich zuletzt. Wundert mich sowieso, dass er nicht jeden Tag bei dir nachfragt, wie es läuft. Er versteht es normalerweise, Druck aufzubauen.«

Da war was dran. Fechners Mail von heute Morgen fiel mir ein. Ich öffnete mein Mailprogramm und registrierte, dass zwei weitere Fechner-Mails in meiner Inbox eingetrudelt waren. Vorsichtig klickte ich auf die letzte von vor gut einer Minute.

Petersen, wie weit sind Sie? Wir müssen DRINGEND handeln!

Dringend in Versalien. So viel zu Druck.

»Ich antworte ihm, nenne ihm grob das veranschlagte Budget und bitte um Freigabe. Wünsch uns Glück«, sagte ich zu Melanie und drückte mir ebenfalls die Daumen.

Kaum hatte ich die Mail versendet, erhielt ich eine Rückmeldung.

Petersen, tun Sie alles, was nötig ist.

»Er hat Ja gesagt.« Ungläubig sah ich zu Melanie, dann auf die Mail.

Meine Assistentin schien genauso perplex zu sein wie ich. »Das läuft ja fast zu rund, um wahr zu sein.«

»Wer ist rund?« Tom betrat den Raum, langsam und zurückhaltend, wie es seine Art war. Schüchtern blieb er neben Melanies Stuhl stehen, bis ich ihn dazu aufforderte, sich eine Sitzgelegenheit aus einem der Besprechungsräume nebenan zu holen. Hölzern war kein Ausdruck für sein Verhalten. Hier musste anscheinend jeder – außer Melanie – aus dem Dornröschenschlaf geweckt werden.

»Tom, kann man die IP-Adressen der Einträge bei Travelmaker und Holidayplanner zurückverfolgen?«, fragte ich ihn.

»Ohne polizeiliche Anordnung oder richterlichen Beschluss wird das schwierig. Stellt euch mal vor, wir finden über illegale Wege heraus, dass es sich um jemanden aus der Dorfgemeinschaft handelt«, gab er zu bedenken.

»Nein, das geht gar nicht. Das müssen wir anders angehen. Wer von den Kollegen kommt eigentlich aus Bennickshoop? Vielleicht können wir ein paar Interviews mit unseren Mitarbeitern führen und herausfinden, ob ihnen im Dorf etwas aufgefallen ist.«

Melanie hob die Hand. »Außer mir ist kaum jemand von hier. Die meisten wurden extern rekrutiert, weil man auf ›spezielle Standards‹ gesetzt hat. So wurde es ausgedrückt.«

Standards. Das klang nicht nach Fechner. Diese Redewendung war wohl dem ehemaligen Hotelmanager Ahrenz zuzuschreiben.

»Wir stürzen uns die ganze Zeit nur auf die Bewertungen, Leute«, gab Tom zu bedenken. »Es ist doch mehr Verbesserungspotenzial im Hotel vorhanden als das. Wir sind nicht perfekt. Die aktuell offenen Stellen sollten wir wirklich mit regionalen Kräften besetzen. Eine ist bei mir im Marketing frei und drei im Service.«

»Absolut. Ich rede mit der Personalabteilung und kümmere mich um den Punkt Naturschutz, der von der Bürgerinitiative so stark bemängelt wird.«

»Das mit den SUVs ist Unfug. Und das Hotel ist neu, natürlich hat man auf Nachhaltigkeit geachtet«, entgegnete Melanie. »Etwas anderes kann man sich heutzutage gar nicht erlauben.

Ich weiß nicht, was die alten Herren mit ihren Vorwürfen erreichen wollen.«

»Ich auch nicht.« Tom schüttelte den Kopf. »Aber immerhin
haben wir jetzt erste Ansätze, um den Karren aus dem Dreck
zu ziehen. Los!« Er sprang auf. Sein entschlossenes Auftreten
veranlasste Melanie dazu, ebenfalls aufzuspringen. Trotz
Stöckelschuhen.

Befreit atmete ich auf, als ich wieder allein im Büro saß. Die
Aufgaben waren verteilt. Ich schaute auf mein Handy. Melanie
hatte mir die Nummer der Haus-und-Hof-Werbeagentur
geschickt und Phil hatte mir ebenfalls geantwortet. Mein
Herzschlag beschleunigte sich rapide.

> Du willst kiten? Bist du sicher, Prinzessin? Ich hab dir
> das früher so oft angeboten, aber du wolltest nie. Freut
> mich, dass du es versuchen willst! Wir machen aber
> zuerst Kitekontrolle. Trocken.

Trocken hieß dann wohl so viel wie: kein Kontakt mit dem
Nass. Kam mir zwar sehr entgegen, bedeutete aber auch, dass
die Fantasie, in der ich mich aufs Brett schwang und schwerelos
auf dem Wasser schwebte, vorbei war. Na ja, am Ende meiner
Fantasie fiel ich meistens sowieso vom Surfbrett und ertrank
jämmerlich in den Fluten. Immerhin das bliebe mir vorerst
erspart. Ich willigte ein.

> Alles klar. Freu mich auch.

> Wir werden zwei bis drei Stunden für die Kontrolle
> brauchen. Es sei denn, du bist schon mal gesegelt oder
> hast eine Lenkmatte gesteuert. Hast du?

Was, bitte schön, war eine Lenkmatte?

Nein, hab ich nicht.

Ich verdrehte die Augen. Das bedeutete wohl auch, dass mehr als die Trockenaktion heute nicht drin wäre. Dabei wollte ich gar nicht richtig Kiten lernen, sondern nur kurz meinen inneren Schweinehund besiegen und ein Häkchen setzen.

Fünf Uhr am Strand? Ich freu mich riesig auf dich! Du weißt ja, wo wir immer sind. Es hat sich nichts geändert. Gar nichts.

Dazu ein Kuss-Smiley.

Ein Kuss-Smiley. Warum machte er das? Ich war mir nicht sicher, ob es ihm etwas bedeutete, aber seine täglichen Nachrichten, Smileys und Herzchen erzeugten – so blöd es klang – ein schönes Gefühl in mir.

***

Als ich am Spätnachmittag am Strand eintraf, war Phil bereits auf dem Wasser. Weitere Surfer standen an der Surfstation und unterhielten sich. Der wildromantische Naturstrand mit dem hellen, beinahe schneeweißen Sand zählte zu den schönsten Stränden Deutschlands, was ich bestätigen konnte. Besonders an den Stellen, an denen der Darßwald angrenzte. Dort sah es aus wie in der Karibik. Allerdings war der Wind deutlich kräftiger. Dafür spülte das Meer oft Treibholz, Muscheln und sogar vereinzelt auch mal Bernstein an den Strand. Die Bäume und Sträucher hier kannten lediglich eine Wuchsrichtung, die vom Wind bestimmt wurde. Diese zur Seite geneigten Windlooper, Windflüchter, prägten das Landschaftsbild genauso wie die Surfstation, eine alte Bretterbude, die seit Ewigkeiten eine feste Instanz war. Daneben stand – im Boden verankert – ein Zelt aus dichtem Stoff. Ein Wunder, dass Bretterbude und Zelt in all den Jahren nicht weggeweht worden waren.

Ich ließ mich mit meinem kurzen Arbeitsrock im Sand nieder und wartete. Die hohen Schuhe hatte ich am Strandaufgang ausgezogen. Dummerweise hatte ich es nicht geschafft, in die Pension zu fahren und mich komplett umzuziehen, weil ich pünktlich sein wollte. Wie ich so dasaß und Phil hoch über den Wellen durch die Luft fliegen sah, wurde mir augenblicklich klar, dass ich das Kiten unterschätzt hatte. Auf dem Steg beim Rettungsschwimmerturm bildete sich eine Menschentraube, die ihn und die anderen Wagemutigen bewunderte. Es sah atemberaubend aus, wie sie auf den Wellen durch das Meer glitten.

Mich selbst sah ich weniger gleiten. Folglich musste ich mich zwei Mal kräftig räuspern, um meine Stimme zu reaktivieren, als Phil aus dem Wasser auf mich zulief. Unmittelbar vor mir hielt er an und schüttelte seine nassen Haare aus. Einzelne Tropfen spritzten auf meine nackten Beine und ließen mich erschaudern.

»Hey, du willst es wirklich wagen?«, fragte er erwartungsvoll. Er trug Boardshorts, oberkörperfrei.

»Eigentlich nicht, aber ich tu's«, antwortete ich fest entschlossen und blickte mich um. Die meisten Surfer, die hier herumliefen, waren tätowiert. Einer hatte sogar eine großflächige Zeichnung auf dem Rücken, einen Friedhof oder so. Nicht besonders beruhigend. An Phils Körper dagegen befand sich kein einziges Tattoo. Ich dachte an Simon und die Tätowierungen auf seiner Hand. So etwas hatte ich noch nie bei einem Mann gesehen. Keine Ahnung, warum ich ausgerechnet in diesem Moment darüber nachdachte. Eine Übersprunghandlung wahrscheinlich.

»Am besten ziehst du den Wetsuit einer Bekannten an. Müsste passen. Ihr habt eine ähnliche Statur. Die meisten haben ihre Wechselkleidung in der Bretterbude. Ich kann dir was organisieren.«

»Auf keinen Fall«, entgegnete ich und hob abwehrend die Hände. Erstens hatte ich keine Lust, einer Unbekannten etwas schuldig zu sein, zweitens erst recht keiner mit angeblich ähnlicher Statur – komischer Ausdruck – und drittens hatte er doch »trocken« geschrieben. Wozu brauchte ich dann einen »Nass«-Anzug?

»Typisch Lina«, meinte er lachend. »Diskutieren sinnlos, ich hab's geahnt. Lass uns anfangen.« Er verschwand in der Bretterbude und kam mit einer Art Kinderlenkdrachen zurück, der ganz lustig aussah. Die Sache schien folglich nur halb so berauschend zu werden, wie ich sie mir vorgestellt hatte. Geduldig erklärte er mir, wie ich das Ding am Strand fliegen können sollte, bevor etwas anderes auch nur denkbar wäre. »Hast du früher mit deinem Papa Drachen steigen lassen? Das ist so ähnlich.«

Hatte ich jemals irgendetwas allein mit meinem Dad getan? »Nein.«

»Oh, okay. Dann machen wir beide das zusammen.«

Er sagte es so liebevoll, dass ich nicht anders konnte, als ihm einen dankbaren Kuss auf die Wange zu drücken. Einfach, weil er da war. »Danke, Phil.«

Er lächelte, als er meinen Blick bemerkte. »Wenn das Drachensteigen klappt, versuchen wir es im Wasser und zu guter Letzt auf dem Brett. Du musst im Meer sicher aufstehen, die Wellen einschätzen und den Kite kontrollieren können.« Geduldig bemühte er sich, mir die Windrichtungen, die Lenkstange und den Einfluss meiner Bewegungen auf die Steuerung zu erklären.

Es war unerwartet mühevoll, die Lenkmatte im auffrischenden Wind oben zu halten. Mit aller Macht zog sie mich erst hierhin, dann dorthin. Fraglich, wer hier die Kontrolle über wen hatte. Meine Oberarmmuskulatur zitterte und ich bekam Angst, dass mir in nicht allzu ferner Zukunft die Arme abfallen könnten, wenn das noch länger so weiterginge.

»Hey, yo. Was geht ab, Phil?«, rief ein Typ mit Bart, deutlich jünger als wir, von der Surferstation aus zu uns herüber. »Hat sie getrunken?« Er lachte.

Ging ja gut los. Surferfreunde würde ich mir schon mal keine machen, womöglich wollte ich aber auch keine.

»Halt die Klappe!«, grölte Phil belustigt zurück. Dann sagte er: »Hör nicht auf den Kerl. Junges Gemüse!« Er sah mich entschuldigend an und fasste mich um die Hüfte. »Darf ich?« Sanft schob er mich in eine Position, aus der heraus das Steuern des Drachens leichter wurde.

Sachte legte er seine Hände auf meine, die die Bar umklammerten. Ohne zu führen, ließ er mich lenken. Mittlerweile stand ich mit den Füßen im Meer. Untenherum kam ich der Sache näher, obenherum war der Drache im Sturzflug.

Beherzt griff Phil ein und zog ihn wieder heran. »Nicht aufgeben!«, feuerte er mich leise an, und ich spürte seinen warmen Atem in meiner Halsbeuge. Behutsam half er mir, mich in einer Einheit mit dem Wind und dem Segelschirm zu bewegen. Als es funktionierte, fühlte es sich großartig an. »Konzentrier dich nur darauf, dass er oben bleibt«, raunte er mir zu. »Der Schirm reagiert zeitverzögert. Das heißt, du brauchst Fingerspitzengefühl am Trapez. Kitesurfen ist kein Kraftsport, es ist ein Gefühlsport.« Durch den dünnen Stoff meiner Bluse spürte ich seine feste Brust an meinem Rücken, was es schwer machte, mich zu fokussieren. Ich dachte an die Glücksliste und ob ich es jemals schaffen würde, alles abzuhaken. Nele würde antworten, dass es nicht schlimm war, wenn das ein oder andere danebenging. Aber für mich war es schlimm! Für mich war die Glücksliste der Start in ein neues Leben, das mit meiner Abreise aus Amsterdam begonnen hatte.

»Jetzt machst du es richtig gut«, lobte Phil mich, obwohl ich seit einigen Minuten nur intuitiv agierte. Nicht nachzudenken war wohl der Schlüssel zu allem.

»Können wir aufs Wasser?«, flüsterte ich aufgeregt.

»Warum so eilig?«

»Ist so eine Sache zwischen Nele und mir.«

»Und es ist eine Sache von mir, dass ich denke, du solltest warten. Ehrlich, Lina. Wir haben nicht einmal Bodydrag geübt. Das ist, wenn du vom Schirm durchs Wasser gezogen wirst, ohne Brett. Es gibt ein paar Dinge, die man vorher können sollte. Sonst ist es zu gefährlich.« Er schob mich leicht nach rechts. »Worum geht es zwischen deiner Schwester und dir?«

»Wir haben eine Liste unser Leben betreffend angelegt«, gab ich betreten zu und überließ ihm nun vollends die Steuerung, um meine Arme zu entlasten. »Ich würde gern alles schnellstmöglich abarbeiten.« Die Ausläufer der Wellen umspielten meine Füße.

»Eine Bucket List? Komme ich darauf vor?« Er kniff die Augen zusammen und grinste. »Darf ich sie mal sehen?«

»Die Antwort auf alle deine Fragen lautet: Nein.« Ich musste lachen.

»Na gut, Prinzessin.« *Prinzessin* hatte er mich früher oft genannt und ich hatte ihn meistens dafür in die Seite gestupst, weil ich das Wort nicht mochte. Das war immer noch so. Es hörte sich abwertend an, obwohl das bestimmt keine Absicht war. »Du musst zuerst die Matte, dich und dann das Brett beherrschen. Hilft alles nichts.«

»Hey, ist das eine Anfängerstunde?« Phils bärtiger Surferfreund von eben schlenderte barfuß auf uns zu. »Seit wann gibst du denn auch Kurse?«, fragte er und fuhr sich über den langen Ziegenbart. »Oder willst du das Tandem mit ihr ausprobieren?«

»Das ist Lars, unser jüngster Surflehrer«, stellte Phil ihn mir vor.

Der Typ grüßte mit erhobener Hand, obwohl Phil anscheinend vergessen hatte, ihm zu sagen, wer ich war. Vielleicht weil er nicht wusste, wie er mich bezeichnen sollte: seine Freundin, seine Ex-Freundin, sein Kumpel, sein Garnichts?

»Du meinst, Tandem wäre angebracht bei ihr?«

»Wenn du das mit zwei Leuten auf dem Board schon gemacht hast, dann ja.« Lars stemmte die Hände in die Hüften.

»Gibt kaum was, was ich nicht gemacht hab.«

»Zieh dir nur nicht wieder so ein Ding zu.« Er deutete auf Phils Narbe über dem Schlüsselbein.

»Bestimmt nicht. Lina, wir haben ein neues Zweier-Kite«, erklärte Phil mir. »Damit können Anfänger direkt mit einem erfahrenen Surfer raus.« Er überlegte kurz und zuckte dann mit den Schultern. »Also, wenn du willst …«

Adrenalinjunkie, rügte Rike ihn in meinem Kopf. Es war beinahe meine Pflicht, ihr zu widersprechen und den Junkie in Schutz zu nehmen.

»Wetsuits hängen drüben genug.« Lars linste auf meinen Rock und sah dann wieder Phil an. »Wenn du denkst, dass es mit ihr Sinn macht.« Hallo? Ich war anwesend und hörte zu. »Ich muss los. Nachtschicht in der Fabrik.« Er wandte sich zum Gehen.

»Am Strand wird sie den Kick nicht erleben«, rief Phil ihm hinterher. »Und dann hat sie da so eine Liste mit ihrer Schwester«, fügte er leiser an mich gerichtet hinzu und legte den Kopf schief. »Darum geht es doch, oder?«, hakte er nach. »Um deine Liste.«

»Irgendwie ja.« Ich zog die Nase kraus. »Worum geht es dir beim Kiten?«

»Viele meiner Freunde betreiben den Sport mit Herzblut. Ich mach es eigentlich nur wegen dem Kick«, antwortete er frei

142

heraus. »Ich brauch das total, um runterzukommen. Den Kopf durchblasen. Auf dem Brett fällt der krasse Leistungsdruck von mir ab, den ich sonst habe. War schon immer so. Ist bei mir Wellness für die Seele.«

»Waghalsige Wellness.«

»Damals brauchte ich es als Ausgleich zu meinem Vater und dem Möwenhotel, heute als Ausgleich zur Klinik und den Operationen. Man muss in unserem Job was tun, sonst dreht man durch.«

Was hab ich dir gesagt, meldete sich die imaginäre Rike. *Er springt von einem Kick zum nächsten.*

»Ich denke, du brauchst dich nicht extra umzuziehen, wir machen ja nicht viel. Einmal raus aufs Wasser mit dem Tandem und das war's. Wir bleiben vorn in Strandnähe, versprochen. Und, Lina? Ich find's schön, dass wir das Erlebnis miteinander teilen. Bisher war Kiten für mich ein reiner Solosport.«

»Hm.« Bammel hatte ich nach wie vor, trotz seiner überschwänglichen Rede.

Er hielt eine Hand in der Hüfte, die andere lenkte die Matte am Himmel. »Du kannst deine Herausforderung meistern und … ich bin bei dir.«

Er war für mich da. Ich hätte ihn knutschen können, doch statt einer Umarmung hielt er mir lediglich die Hand zum Einschlagen hin. Mit der anderen balancierte er nach wie vor den Drachen, den ich schon längst ad acta gelegt hatte.

High Five!

Als wir endlich im Wasser waren – ich immer noch im Rock –, verkroch sich mein Mut jedoch in den letzten Winkel meiner Seele und weigerte sich, wieder hervorzukommen. Mit den Füßen stand ich zwischen Phils Beinen auf dem Brett, seine Arme und sein Körper umschlossen mich. Mit einer Art Hüftgurt war ich mit ihm verbunden, besser gesagt, an ihm befestigt. Letzteres hätte ich schön gefunden, aber den wackeligen Untergrund des

Brettes empfand ich als weniger angenehm. Wir lagen mit dem Rücken im Meer, der Rock klebte an mir wie eine zweite Haut und Phil instruierte mich, dass wir uns jeden Moment aufstellen müssten. Mein Herz setzte kurz aus. Doch als der Wind uns schließlich den Auftrieb gab und wir uns aus dem Wasser hoben, hätte ich beinahe gejauchzt vor Freude. Irre! Das Gefühl war unbeschreiblich.

Vorsichtig fuhr Phil mit mir los, zumindest dachte ich, er wäre vorsichtig. Bis das Board unter unseren Füßen stetig schneller wurde und er sich mit mir in die Luft hob, was ich anfangs auch noch toll fand. Dann übernahm mein Magen die Kontrolle und ich wäre am liebsten vom Brett gesprungen. Ich versuchte, ihm etwas zuzurufen, doch er verstand mich nicht. Irgendwann waren wir weiter draußen auf dem Meer und die Wellen wurden höher, der Wind wilder. In meinem Kopf lief diese Dokumentation ab, die ich mal im Fernsehen gesehen hatte – über die größten Wellen Mexikos und die weltbesten Surfer. Ich war kein weltbester Surfer! Ich war Lina Petersen. O mein Gott! Wo wollte Phil mit mir hin? Erneut hoben wir ab und drehten uns im Wind, dann landeten wir wieder. Ich ruderte hektisch mit den Armen, was Phil so irritierte, dass er zurück in Richtung Strand steuerte. Als ich versuchte, so zu lenken, dass das Brett langsamer wurde, geriet der Schirm auf Abwege und kippte bedenklich. Blitzschnell griff Phil wieder ein, aber der Drache berührte bereits das Wasser. Mit einem einzigen Handgriff klickte er den Hüftgurt los, woraufhin nur noch er mit dem Kite verbunden war. Ich wackelte, strauchelte und dann fiel ich. Er hatte mir zwar vorher erklärt, dass es eine Sicherheitsmaßnahme war, die unerfahrene Person vom Kite zu lösen. Doch dass ich direkt in eine Welle plumpsen würde, hatte er mir nicht erklärt. Zum Glück nur eine kleine – trotzdem hatte ich das Gefühl, einmal komplett links gedreht zu werden, wie in einer Waschmaschine. Ich schlug mit dem Knie auf dem Meeresgrund auf. Mit Schwung tauchte ich nach oben und prustete das Wasser aus meinen Lungen. Verschwommen nahm ich wahr, dass Phil den Schirm wieder in der Luft hielt und seelenruhig an den Strand fuhr, während ich kämpfte und erneut feststellen musste, wie schlecht ich schwimmen konnte. Ich hatte es einfach nie richtig gelernt.

Als ich endlich auf dem Trockenen ankam, ließ ich mich ermattet in den Sand fallen. Das war zu viel für einen Tag. Ich schloss die Augenlider, mir wurde schummerig.

Nach einer Weile öffnete ich sie und blickte direkt in ein Paar sehr blaue Augen, die mir äußerst bekannt vorkamen. Ich empfand unendliche Erleichterung, dieses mir vertraute Kornblumenblau zu sehen, auch wenn es seltsam war.

»Warum starrst du mich so an, Lina? Und was ist hier los?« Während Simon sich über mich beugte und meine Hand hielt, als fühlte er meinen Puls, fragte ich mich, ob es Phil gut ging. »Du blutest ja!«

»Ach, das.« Beim Aufschlagen auf den Meeresgrund hatte ich mir eine kleine Schürfwunde zugezogen, die Simon genauer unter die Lupe nahm. »Was tust du hier, Simon?«

»Ich bin Arzt«, bemerkte er zu meiner Verwunderung. »Geht es dir sonst gut? Keine Schmerzen? Das hat echt wild ausgesehen. Wild wie in ›unkontrollierbar wild‹.«

Es war das zweite Mal, dass Simon Berger mich fragte, ob ich in Ordnung sei, und das zweite Mal, dass ich bei der Frage flunkerte. »Mir fehlt nichts«, antwortete ich und überprüfte, ob alle meine Gliedmaßen da saßen, wo sie hingehörten, während Phil auf uns zu schlenderte.

»Das Knie ist nicht tragisch, wenn sonst nichts ist«, stellte Simon fest. »Allerdings war das echt verantwortungslos«, blaffte er Phil an. Ich konnte seine Wut über den kleinen Unfall förmlich greifen. »Es sah nicht so aus, als könntest du gut schwimmen, Lina. Das muss dein Trainer doch gewusst haben.«

»Was für ein Trainer und wer bist du überhaupt?«, verteidigte sich Phil. »Davon mal abgesehen, bin ich Chirurg und es ist alles okay mit ihr. Erkenne ich auf den ersten Blick.«

Ich richtete mich auf und schaute von einem Arzt zum anderen.

»Chirurg also. Dann solltest du wissen, dass wir Menschen retten und nicht auf den OP-Tisch befördern wollen. Ich hab euch beobachtet.«

»Ist das dein Stalker?«, fragte Phil an mich gewandt.

»Richtig, so wie all die anderen Stalker, die hier unten am Strand stehen und euch beim Surfen zusehen.« Simon verdrehte die Augen.

Ich brachte noch immer keinen Ton heraus. Ich hätte allerdings sowieso nicht gewusst, wie ich den Schlagabtausch hätte beenden können.

»Jetzt halt mal die Luft an. Das war nicht so geplant und sie war nicht ernsthaft gefährdet. Zumindest nicht von mir.« Phil tippte sich entschieden auf die Brust. »Außerdem war das ein Tandem und ich habe keine Erfahrung damit.«

Das hatte er mir verschwiegen.

»Warum fährst du dann mit ihr auf dem Ding?« Simon hob herausfordernd die Brauen. Phil schwieg. »Dieses Mal keine lässige Antwort?« Simon Berger entpuppte sich als richtiger Rebell.

»Mach mal nicht so ein Drama, Kollege.« Phil hob unschuldig die Hände. »Sie hat halt rumgezappelt. Oder, Lina, stimmt doch? Du hast gezappelt.« Er sah mich auffordernd an.

»Jetzt schieb es nicht ihr in die Schuhe. Bei jemandem, der keine Ahnung hat, was er tut, wäre ich auch nervös geworden.« Der sonst so ruhige Simon wirkte, als würde er Phil am liebsten einmal durchschütteln.

»Ich war vielleicht etwas angespannt«, gestand ich kleinlaut, weil ich mich mitverantwortlich fühlte.

»Siehst du!«, wollte Phil die Diskussion beenden. Man merkte ihm an, dass er genug davon hatte. »Und normalerweise sind die Dinger safe.«

»Das Brett ist hier nicht das Problem! Helm trägt sie auch keinen – dafür, dass du so weit draußen mit ihr warst. Das ist Pflicht.«

»War falsch. Jaja«, gab Phil sich in diesem Punkt geschlagen. »War nicht geplant, so weit rauszufahren. Das hab ich doch schon gesagt.«

Warum hast du es dann gemacht? Angeber, meldete sich Rike in meinem Kopf zu Wort.

»Ich wollte, dass sie das Kiten schafft und die Angst vorm Wasser verliert.« Er streifte ein paar Algen ab, die sich in seinen Boardshorts verfangen hatten. »Und natürlich wegen der Liste.« Sein schiefes Lächeln kam mir etwas weniger charmant vor als sonst. »Tut mir leid, Lina.« Die bernsteinfarbenen Augen drückten echtes Bedauern aus.

Simon sah das wohl anders und begann zu lachen. »Nichts für ungut, Doktor. Aber das sind für mich alles keine Gründe.« Vorsichtig steckte er seine Kamera, die bis eben unbeachtet im Sand gelegen hatte, in seinen Rucksack. »Oder hast du dich freiwillig in Lebensgefahr gebracht, Lina?« Schweigen. »Hast du?«

»Nun übertreibt er aber.« Phil stöhnte. »Ich pack mal den ganzen Kram weg. Wenn du Lust auf ein Getränk mit mir hast, Prinzessin, komm nachher rüber zur Surfstation. Sofern dein Schatten das erlaubt.« Sein abschätziger Blick wanderte über Simons Körper. Nach diesen Worten ließ er mich im Sand sitzen, was mir überhaupt nicht gefiel. Allerdings war ich ein Stück weit selbst schuld an der Misere.

Simon half mir auf und schüttelte den Kopf. »Kennt ihr zwei euch schon länger?«

Ich zuckte mit den Schultern. Am liebsten hätte ich losgeheult, klopfte mir aber stattdessen den Sand von meinem Rock. »Was machst du hier?«, fragte ich ihn mit belegter Stimme.

»Urlaub. Nein, Quatsch. Ich war auf Erkundungstour durch die Landschaft. Darßwald, wie du mir empfohlen hast. Ich wollte euch nicht nerven, aber es sah so aus, als bräuchtest du Hilfe. Nichts für ungut. Ich lass dich dann mal.« Er hob seinen Reiseführer auf, der ebenfalls im Sand gelandet war. »Kommst du klar?«

Kam ich? Definitiv hatte ich keine Lust mehr auf Abenteuer, und noch weniger wollte ich allein sein. »Ich bin mit dem Auto da. Falls du mit mir mitfahren möchtest«, bot ich ihm zaghaft an. Er hätte allen Grund gehabt abzulehnen.

»Gern. Hast du eine Plastiktüte dabei?«

Konnte er sich nicht einmal wie ein ganz normaler Beifahrer benehmen?

»Für den Sitz«, erklärte er in Anbetracht meiner nassen Kleidung.

KAPITEL 7

»Alles okay?«, erkundigte sich Simon noch einmal, bevor er aus meinem Wagen stieg.

Ich nickte, schaute an mir herunter und musste nun doch lachen. »Ich bin nass und mein Knie blutet. Also nicht alles.«

Mein neuer Lieblingsbeifahrer lächelte. »Hey, weißt du was? Ich habe Matti versprochen, dass wir heute Abend zusammen die Feuerschale im Garten testen. Magst du auch kommen und mit uns am Feuer sitzen?« Er öffnete die Wagentür. »Deine Schwester und Frau Meier wollten auch vorbeischauen.«

»Du und Matti, ihr versteht euch gut, oder?« Mir war heute Morgen schon aufgefallen, wie sehr mein Neffe Simons Gesellschaft genoss.

»Das kann man so sagen, ja. Eigentlich wollte ich nur mal raus aus Hamburg. Keine Menschenseele hören und sehen, bevor mir die Patienten nach der Praxiseröffnung die Tür einrennen. Ich steige in eine Gemeinschaftspraxis in der Stadt ein. Alles Hausärzte. Deshalb dieser Einsiedlerurlaub in Bennickshoop. Aber es kommt ja meistens anders, als man denkt.« Er lächelte wieder. Überhaupt tat er das ziemlich oft. »Dein Neffe ist ein aufgeweckter Junge. Ich mag ihn.«

»Ich auch«, stimmte ich ihm zu. »Ich meinte bloß, dass nicht jeder seine Freizeit mit einem fremden Jungen verbringen würde.«

»Och, das passt schon. Ich hab lange in der Jugendhilfe in Hamburg gearbeitet. Mir hat die Arbeit mit den Kids immer viel Spaß gemacht. Und Matti erinnert mich manchmal an mich selbst. Man will in dem Alter doch nur cool sein und wahrgenommen werden.«

»Heute wirkst du eher so, als wäre dir egal, was andere von dir denken.«

»Ist es auch. Meistens.« Er stieg aus. Erst als ich um das Auto herum auf seiner Höhe angekommen war, redete er weiter. »Solange ich nicht wie ein Idiot rüberkomme, bin ich zufrieden. Ich bin mehr oder weniger ohne Vater aufgewachsen, weil er viel gearbeitet hat und ständig abwesend war. Wie das als Arzt so ist mit eigener HNO-Praxis in Buxtehude, seinem Heimatort. Zusätzlich hat er lange im Krankenhaus in Altona operiert, oft dort übernachtet. Ich hab mich meistens allein mit meiner Mutter durchgeschlagen. Eine Vaterfigur ist als Kind eigentlich wichtig. Aber es nutzt ja nichts. Irgendwann habe ich versucht, jede Situation so zu akzeptieren, wie sie ist.«

»Hm. Und das gelingt dir? Auch in schwierigen Momenten?« Ein betroffenes Krächzen verließ meine Kehle, da ich selbst mich damit schwertat, Gegebenes hinzunehmen.

»Man kann immer versuchen, sein Bestes zu geben. Meine Theorie. Es bringt ja nichts, sich kaputtzumachen oder sich selbst schlecht zu verhalten, bloß weil man Schlechtes erlebt hat. Lieber akzeptieren. Es ist, wie es ist. Damit bin ich im Leben bisher ganz gut gefahren.«

Ich antwortete nicht, stattdessen wanderten meine Gedanken zu Phil und ich überlegte, was mich an der Situation vorhin am Strand so verstört hatte. Selbst in diesem Augenblick verspürte ich noch den Stich in der Magengegend.

Wir gingen die Verandastufen hinauf und meine Beine streiften die bunten Hortensienblüten.

Vor der Eingangstür hielt Simon inne. »Du hast nicht geantwortet. Kommst du später zum Feuer?«, erinnerte er mich an sein Angebot, bevor er die Pforte für mich öffnete.

Warum eigentlich nicht? »Gern.«

Drinnen war es ruhig. Die Abendsonne sandte ihre orangefarbenen Strahlen durch die Fensterscheiben und malte gelb-rote Lichtreflexe an die Wände. Ich fand Nele mit einem Buch auf dem Schoß im Aufenthaltsraum vor. Nachdem ich ihr berichtet hatte, was vorgefallen war, machte sie sich zuerst Sorgen, prustete aber los, als ich eine Handvoll nassen Sand aus meiner Rocktasche zog. Sie bezeichnete mich als begossenen Pudel, womit sie in jeglicher Hinsicht recht hatte, und schickte mich zum Umziehen, als sie das Meerwasser neben meinen Füßen bemerkte.

Um die frische Seeluft einzulassen, öffnete ich in der Drei zuallererst die Balkontür. Kurz darauf hörte ich Simon und Matti unten auf der Wiese schwatzen. Mein Neffe klang glücklich und das unbeschwerte Gelächter wirkte sich positiv auf meine eigene Laune aus. Es gefiel mir, dass Matti seine Ferien dank unseres Pensionsgastes voll und ganz genoss. Gleichzeitig merkte ich, dass mir dieser Gast langsam, aber sicher auch mehr ans Herz wuchs, als mir lieb war. Simon kam mir seltsam vertraut vor, als würde ich ihn aus einem früheren Leben kennen, was Rike natürlich sofort hinterfragen würde, wenn sie es wüsste. Die Vorstellung, wie wir gleich alle zusammen um die Feuerschale säßen, brachte mich dazu, eins von den Liedern anzustimmen, die mein Onkel früher immer gesungen hatte: »What a wonderful world« von Louis Armstrong. Als ich merkte, wie ich mich im Takt der Musik hin und her wiegte, stoppte ich die musikalische Einlage irritiert. Jetzt tanzte ich schon allein durchs Zimmer. Simon, Nele, Matti, die Pension, Bennickshoop – das alles machte etwas mit mir.

Ich hörte, wie Matti unter Simons fachkundiger Anleitung Holzscheite stapelte und Feuer entfachte. Das gemütliche Knistern stieg bis zu mir herauf. Man sah leuchtende Funken emportänzeln.

»Das ist megagenial!«, rief Matti.

Am liebsten wäre ich direkt hinuntergelaufen, um zuzusehen. Doch als ich endlich frisch geduscht mit Kapuzenpulli und Jeanshose bereitstand, spürte ich, wie sehr mir die abenteuerliche Fahrt mit Phil noch in den Knochen steckte. Ermattet sank ich aufs Bett, während die Stimmen weiter zu mir hoch drangen und zahlreicher wurden. Irgendwann diskutierten Nele und Frau Meier über das Familienleben als solches, wobei sich herausstellte, dass Frau Meier eine Tochter in Mattis Alter hatte. In Bennickshoop sei sie wegen einer kreativen Schaffenspause. Wie wir vermutet hatten, war sie Fotografin und besaß einen eigenen Fotoladen in Hannover. Ich gähnte. Jetzt bloß nicht einschlafen. Auch wenn mein Körper sich nach einer Mütze Schlaf sehnte, war es interessanter zu lauschen, als wegzunicken. Nach etwa einer Stunde Dösen fühlte ich mich fit genug, schloss die Balkontüren und machte mich auf den Weg nach unten.

»Ist der Abend schon beendet?«, fragte ich enttäuscht, als meine Schwester mir in der Eingangshalle mit Matti entgegenkam.

»Nö. Wir wollen nur ein Stockbrotrezept von Frau Meier testen. Mach mit!« Matti trug ein weißes Shirt und eine kurze Hose. Seine Mundwinkel zeigten nach oben, seine Augen funkelten.

Nele legte einen Arm um ihren Sohn und drückte ihm einen Kuss auf die Stirn, den er peinlich berührt – wohl wegen zu viel Liebesbekundung in dem Alter – abwischte.

»Hast du Hunger?«, fragte mich Nele. Ich wollte gerade mit »Nein!« antworten, als sich mein Magen protestierend meldete. »Also ja«, vermutete sie richtig. »Mach's dir draußen bequem, Linchen, wir sind gleich zurück.«

Und da war es! Das heimelige Gefühl, nach dem ich überall auf der Welt gesucht hatte. Es war hier – in Bennickshoop. Beinahe wäre ich gestolpert, während ich den beiden hinterherschaute und mir ganz warm ums Herz wurde.

»Bring dir eine Decke mit«, rief Simon mir zu. »Ist frisch draußen. Nicht, dass du dich erkältest.« Er wirkte besorgt. Vielleicht seinem Beruf geschuldet. Im Gegensatz dazu hatte sich Phil – alias Doktor Olsen – heute Nachmittag nicht sonderlich um mein Wohlergehen bemüht, dachte ich und bekam ein schlechtes Gewissen. Weil ich nicht so über ihn denken wollte und er sich wegen des halsbrecherischen Wellenritts sicher Vorwürfe machte. Vor Simon hatte er das bestimmt nicht zeigen wollen.

Früher war Phil mitfühlender gewesen. Er hätte sich niemals so zurückgehalten wie eben, schoss es mir durch den Kopf. Er hätte Angst um mich gehabt und man hätte es gemerkt.

Verklärte Nostalgie, diagnostizierte die imaginäre Rike daraufhin sachlich.

Ich nahm zwei flauschige Decken aus der großen Holzkiste in der Eingangshalle, als Frau Meier an mir vorbeiging, um sich auf ihr Zimmer zurückzuziehen. Sie sei müde vom vielen Spazieren und Fotografieren, die Gegend sei ein regelrechtes Paradies. Man wisse gar nicht, wo man zuerst hinschauen solle. Sie sprach mir aus der Seele.

Ich räusperte mich dezent, bevor ich Simon ansprach. Mit einem Kissen im Rücken thronte er auf dem gelben Sonnenstuhl und sah ins Feuer. »Frau Meier kommt nicht mehr zum Stockbrotessen«, informierte ich ihn.

»Ja, sie wollte ihre morgige Fotoroute planen.« Kurze Pause, dann atmete er tief ein. »Lina, das mit dem Surfen heute«, begann er sachte, »das hätte ins Auge gehen können. Ich hab mir echt Sorgen um dich gemacht.«

Ich nickte. Sprechen konnte ich nicht, weil mich die Erinnerung an das Brett unter meinen Füßen, den Wind und die Geschwindigkeit, mit der wir über das Wasser gejagt waren, schwer schlucken ließ. Meine Finger zitterten allein beim Gedanken daran, wie die Welle über mir zusammengeschlagen war. Ich ließ mich auf dem Stuhl neben ihm nieder und kämpfte gegen das Panikgefühl an, das sich in mir meldete, obwohl der Moment im Wasser längst vorüber war.

Simon beugte sich zu mir und drückte verständnisvoll meine Hand. »Ist ja alles gut gegangen. Denk nicht mehr dran.«

Ich kaute auf meiner Unterlippe und sah dankbar in den Sternenhimmel, den ich in Amsterdam nie so bewusst wahrgenommen hatte. Es war nicht stockdunkel, aber dunkel genug, um das Glitzern am Himmel zu sehen. »Das ist wunderschön.«

»Das ist es. Erkennst du das Sommerdreieck?«

Erst da bemerkte ich, dass Simon immer noch meine Hand hielt und mich das nicht im Geringsten störte. »Ist das ein Sternbild?«

»Nicht direkt. Es sind drei einzelne Sterne. Sie heißen Altair, Deneb und Wega und strahlen im Sommer nachts am hellsten. Wenn man sie verbindet, bilden sie ein Dreieck. Warte, ich zeig's dir.« Er ließ meine Hand los, stand vom Stuhl auf und ging neben mir in die Hocke. Seine Wange war mit einem Mal ganz nah an meiner und ich nahm seine gleichmäßige Atmung wahr. Er streckte den Arm aus und wies auf einen leuchtenden Punkt am Himmelszelt. Tatsächlich konnte ich ein Dreieck aus funkelnden Sternen erkennen. Das war so klischeehaft romantisch, dass ich mich wunderte, warum meine imaginäre Rike die Szene nicht kommentierte.

»Ich habe mich noch nie tiefergehend mit Astronomie beschäftigt.« Neugierig beugte ich mich vor, schaute hinauf in die Nacht und dann zu Simon, dessen Gesicht mir so unglaublich nah war. Er war hübsch, wenn man das über einen Mann so sagen durfte. Die langen, dunklen Wimpern und die geschwungenen Lippen, die sich so gut wie immer zu einem leichten Lächeln nach oben bogen. Wie es wohl wäre, ihn zu küssen? Verstohlen senkte ich den Blick, hörte das Pochen meines Herzens und wickelte mich fester in die Decke. »Ich glaube, das war mein erstes und letztes Mal auf einem Surfbrett«, sagte ich zur Abkühlung des gefühlvollen Moments.

»Warum hast du es getan, wenn es dir keinen Spaß macht?« Simon richtete sich auf und griff nach dem Schürhaken neben der Feuerschale.

»Nele und ich haben eine Art Liste aus unserer Kindheit ausgegraben. Dinge, die wir erledigt haben wollten, wenn wir groß sind. Nichts davon hatten wir bisher geschafft. Es war deprimierend, unsere alten Wünsche zu lesen.«

»Und deshalb hat euch der Ehrgeiz gepackt?« Simon warf ein Holzscheit ins Feuer und drehte sich gespannt zu mir um.

»Es sind neun Punkte, die uns aus verschiedenen Gründen sehr am Herzen lagen. Immerhin, das Kitesurfen ist erledigt. Ich wollte meine Angst besiegen.«

Nachdenklich verzog er die Lippen. »Versteh mich nicht falsch. Ich finde es toll, dass ihr beide das jetzt nachholt, das ist bestimmt befreiend. Aber für mich wäre das nichts. Ich glaub nicht daran, dass sich das ganze Leben ändert, nur weil man etwas abhakt, was man sich irgendwann mal vorgenommen hatte. Ich wollte früher Stuntman werden. Wäre schräg, wenn ich das nun umsetzen würde. Ich glaub noch nicht einmal daran, dass man morgen glücklicher ist, wenn man genau das bekommt, was man sich heute wünscht.«

Verunsicherte er mich gerade und warf meine Ziele auf der Glücksliste über Bord? Dabei sollte das Erfüllen all dieser Wünsche doch einen Neuanfang für mich und vielleicht auch für Nele markieren. Ich wusste selbst, dass das unrealistisch klang – aber ich glaubte nun einmal an den positiven Effekt dieser Liste. Den Glückseffekt. Oder sagen wir so: Ich wollte daran glauben.

Und außerdem, warum sollte ich morgen mit einem Fahrrad nicht glücklicher sein als heute, wenn ich mir eins gewünscht hatte? Seine Aussage hinkte.

»Kommt darauf an, wie materiell der Wunsch ist, okay«, relativierte Simon, weil er mir offenbar ansah, dass ich seine These bezweifelte. »Möchtest du was trinken?« Er griff in die Kühlbox, die neben seinem Stuhl stand. »Nele hat vorgesorgt: Bier, Weinschorle aus der Dose oder lieber ein Wasser?«

»Ich nehme die Weinschorle, danke.«

Umsichtig reichte er mir die rosafarbene Büchse und öffnete danach ein Bier für sich.

»Also, woran glaubt Simon Berger – wenn schon nicht an Träume, Ziele und Wünsche? Die Dinge, aus denen das Leben gemacht ist?«, fragte ich mit leichter Ironie in der Stimme.

»Tiefsinniges Thema, Frau Petersen.« Simon trank einen Schluck aus der Flasche und dachte nach. »Vielleicht sind das gar nicht die Dinge, aus denen das Leben gemacht ist – wie du es nennst. Ich glaub daran, dass man sich Zeit für das nehmen sollte, was man liebt. Für Freunde und Familie.« Vorsichtig stellte er die Bierflasche neben seinen Füßen ab und lehnte sich zurück. »Kiten scheinst du nicht sonderlich zu lieben.«

»Erwischt.« Ich knuffte ihn spielerisch gegen den Oberarm. »Aber an alles andere glaube ich auch. Deshalb hoffe ich, dass Gesa bald zurückkommt.« Die Schorle prickelte kühlend an meinen Lippen und entlockte mir ein schweres Seufzen. »Wir waren irgendwie nicht für sie da. Als mein Onkel gestorben

ist, war ich zu beschäftigt, um zur Beerdigung zu kommen.«
Ich lachte bitter auf, weil mir meine damalige Priorität heute
wie ein schlechter Witz vorkam. »Im Nachhinein unverzeih-
lich. Dabei haben wir gar nicht so viele Verwandte, weil meine
Eltern außer Gesa keine Geschwister haben und …« Ich geriet
ins Stocken, setzte wieder die Dose an den Mund und wunderte
mich, dass ich freiwillig so viel Persönliches erzählte. »Freunde
haben sie auch nicht viele«, fuhr ich fort. »Meine Mom hat so
ziemlich alle vergrault, weil sie sich immer an die Männer ihrer
Freundinnen rangeschmissen hat.« Meine Stirn legte sich in
Falten. »Es gab viele Meinungsverschiedenheiten, unterschiedliche Ansichten.«

»Das war als Kind bestimmt nicht einfach.«

»Nicht nur als Kind.« In der Hoffnung auf Ruhe und
Beständigkeit sah ich wieder hinauf zu den Sternen. »Nach den
Sommerferien wäre ich jedes Mal gern bei Gesa und Hannes
geblieben. Es war immer schrecklich, wenn wir abgeholt wurden. In Bennickshoop war alles so friedlich. Genau wie jetzt.
Die Welt steht still.« Und dann sprudelten die Worte nur so
aus mir heraus. Binnen kürzester Zeit hatte ich Simon von den
Affären meiner Mom, der zweiten Familie meines Dads und
sogar vom Erik-Desaster berichtet. Was war nur mit mir los?

»Wie war dein Onkel Hannes denn so?«

»Als wir noch klein waren, hat er sich immer neue Spiele
und Abenteuer für uns ausgedacht. Wir haben mit ihm ein
Baumhaus im Garten gebaut. Oder haben am Strand übernachtet.« Ich verfolgte, wie die Flammen des Feuers nach oben in die
Dunkelheit züngelten. »Wir haben den Mond und die Sterne
beobachtet, so wie wir heute Abend. Nur damals haben wir auf
dem Rücken im Sand gelegen.« Ich kicherte. Simon hörte mir
aufmerksam zu, ohne mich zu unterbrechen. »Nele hat sich die
ganze Zeit beschwert, dass sie so viele Sandkörner in den Haaren
hat.« Ich zupfte an meinen eigenen Locken. »Wir waren fünf

oder sechs Jahre alt. Mein Onkel hat auf eine Sternschnuppe gewartet, es war die richtige Nacht dafür. ›Jeden Moment blitzt eine am Himmel auf, dann fotografier ich sie. Ihr werdet sehen, Kinners‹, hat er gebrummelt. Wir haben nicht geglaubt, dass es möglich wäre.« Die Blubberbläschen der Weinschorle taten gut.

»Und, hat er es geschafft?«

»Er hat das Stativ und die Kamera ständig neu ausgerichtet. Und … ja, er hat einen Sternenschweif aufs Bild bekommen.«

Zufrieden prostete Simon mir mit seinem Bier zu. »Sehr gut.«

»Er mochte die Fotografie total gern. So ähnlich wie Frau Meier. Hast du ihr Equipment gesehen?«

»Ja, sie hat die allerneueste Ausstattung. Richtig teures Zeug. Ich kenne mich ein wenig damit aus. Aber sie hat ja auch einen Fotoladen.«

»Hannes hat als Maler gearbeitet und nur in seiner Freizeit fotografiert.«

»Ist bei mir auch so. Das Schöne an der Fotografie ist, dass man die Welt mit anderen Augen betrachten darf. Neuer Blickwinkel, neues Objektiv, der richtige Lichteinfall, das Motiv.«

»Ja, das Motiv kannst du dir in deiner Hausarztpraxis später nicht aussuchen«, witzelte ich.

»Genau.« Er musterte mich gedankenverloren. »Ich könnte mal ein Foto von dir machen.«

»Oje, besser nicht.« Erschrocken hielt ich die Hand vor den Mund. »Hannes hat immer gesagt, dass er nur Landschaften fotografiert, keine Menschen.« Ich rutschte auf meinem Stuhl weiter nach hinten, damit ich die Beine auf den Sitz ziehen konnte. »Er wollte partout keine Bilder von uns schießen.« Ich grinste, als ich mich daran erinnerte, wie Nele und ich uns ihm vor die Linse geworfen hatten. »Mom dagegen hat permanent versucht, meine Schwester und mich wenigstens auf einem Foto festzuhalten.«

»Hatten deine Tante und dein Onkel keine Kinder?«

»Sie konnten keine bekommen. Und Hannes hatte ohnehin keine richtige Familie – seine Eltern sind früh gestorben und zu seinem Bruder hatte er keinen Kontakt«, verriet ich Simon die neuesten Erkenntnisse.

»Sein Name, Johannes, steht am unteren Bildrand der drei Leinwände im Aufenthaltsraum. Windmühle, Wald und Meer. Ich hab sie mir schon mehrmals angeschaut. Saubere Arbeiten, gefallen mir sehr.«

»Einmal war jemand von einer Hamburger Galerie in der Pension und wollte genau diese Leinwände haben. Aber Hannes wollte nicht verkaufen.«

Simon stand auf. »Ich habe sie abfotografiert, weil sie mich interessiert haben.« Er zückte sein Handy und tippte darauf herum. »Ich hoffe, das war okay.«

Ich nickte.

»Aber ein Nachname steht nicht drauf«, merkte er an und zeigte mir die herangezoomte Version des Waldbildes.

»Nein?« Verwundert kratzte ich mich an der Nase. »Jetzt, wo du es sagst – seinen ursprünglichen Nachnamen kenne ich gar nicht. Ich weiß nur, dass er Gesas Namen bei der Heirat angenommen hat. Aber wir haben nie groß darüber geredet. So was war ja eher ungewöhnlich für die damalige Zeit.«

»Ist es heute noch. Wo kam Hannes eigentlich ursprünglich her?«

»Soweit ich weiß, aus Buxtehude wie dein Vater. Du sagtest doch, er hatte eine HNO-Praxis dort, oder? Hab ich mir gemerkt.«

»Aber hallo! Ihr zwei schaut aus, als hättet ihr euch eben eine Zitrone geteilt«, beschwerte sich Nele, die mit einer Schüssel

Teig im Arm zurück nach draußen kam. Matti trug eine kleine Bluetooth-Box in der Hand, die leise Loungemusik spielte.

Schnell steckte Simon das Handy weg.

»Ich dachte, hier findet eine Lagerfeuerparty statt.« Nele formte einen Schmollmund. »Habt ihr die Stöcke besorgt? Wir haben Alufolie mitgebracht.« Schon übernahm meine große Schwester wieder die Organisation.

»Die Äste liegen bei der Bank.« Simon zog ein Taschenmesser aus der Hosentasche. »Ich muss sie nur noch in Form schnitzen.« Er holte die Stöcke und reichte Matti das Messer. »Möchtest du es mal versuchen?«

»Jaaa! Das ist aufregend«, freute sich Matti. »In Hamburg machen wir so was Cooles nie.«

Ich warf meiner Schwester einen forschenden Blick zu und hoffte, sie würde ihn nicht als vorwurfsvoll deuten. »Warum nicht?«

»Ich weiß auch nicht«, antwortete sie und setzte sich auf den blauen Stuhl neben mich.

»Manchmal bewirkt eine Luftveränderung wahre Wunder.« Simon zeigte Matti, wie man das Taschenmesser benutzte.

Ich beobachtete die beiden andächtig. »Wie kommt es eigentlich, dass jemand wie du Arzt geworden ist?«

»Ich hätte auch eher auf Kampfsporttrainer mit spirituellem Einschlag oder Yogalehrer mit Kampfsportambitionen getippt, was auf dasselbe hinausläuft«, gab Nele amüsiert zu, während sie Alufolie um den ersten Stock friemelte. »Simon, du kommst immer so rüber, als ob du deine Probleme wegatmest, sie in einen Sandsack haust oder, Möglichkeit drei, gar keine hast.«

»Danke für die passgenaue Analyse meiner Persönlichkeit.« Simon lachte. »Vergiss Variante drei, es ist ein Mix aus eins und zwei. Und welchen Beruf hattest du mir zugedacht, Lina?« Er wandte sich mir zu.

160

Sollte ich etwa ernsthaft zugeben, dass ich ihn zuerst für einen Serienkiller, dann für einen Berufswanderer und später für einen Förster gehalten hatte? »Weiß nicht.« An Neles Gesichtsausdruck erkannte ich, dass sie sich zusammenreißen musste, um nicht laut loszulachen.

»Ich hab Medizin in Mainz studiert und dort promoviert. Der Doktortitel ist also legal erworben, es gibt auch sonst keine Eskapaden in meinem Lebenslauf.« Er hatte ein schönes Lachen. »Nur, falls du eben andeuten wolltest, dass du mir das Medizinstudium nicht zugetraut hättest, Lina. Du hast so geguckt.« Seine Mundwinkel hoben sich wieder und an seinen Augen bildeten sich lustige Fältchen.

»Ach was«, wiegelte ich ab.

»Ich hoffe sehr, dass meine Patienten mir ein bisschen mehr vertrauen.« Bedächtig bestückte er die Stöcke mit Teig und schien sich nur noch auf das zu konzentrieren, was er tat. In einem Seminar für Führungskräfte hatte ich mal gehört, dass es gut war, sich auf eine Tätigkeit zu fokussieren, anstatt – wie ich – immer alle Aufgaben gleichzeitig ausführen zu wollen. Ich dachte noch darüber nach, als Nele mich mit einer Alufolienkugel bewarf. »Hey!« Womit mein Versuch, nichts anderes zu tun, als achtsam in mich hineinzuatmen, gescheitert war.

»Aufwachen, Dornröschen!«, rief meine Schwester belustigt. »Wie war denn nun das Kiten für dich unterm Strich? Das reimt sich sogar.« Als hätte ich ihr nicht eben schon alles bis ins peinlichste Detail geschildert. Gut, das eine oder andere hatte ich weggelassen und ein bisschen beschönigt. Ich hatte ihr zum Beispiel gesagt, dass es zumindest lässig ausgesehen hatte. Bei den anderen Kitesurfern, nicht bei mir.

»Wasser ist nicht mein Element«, erwiderte ich. »Aber …« Ich hob den Zeigefinger und zog die Glücksliste, die ich seit deren Erstellung hütete, aus meiner Hosentasche. Einen kleinen Bleistift hatte ich auch eingepackt. Feierlich strich ich Punkt fünf durch und wartete auf den Trommelwirbel. Nele blies lediglich die Backen auf und Matti tat es ihr gleich, obwohl er nicht wusste, worum es ging.

»Wir tun es tatsächlich«, flüsterte meine Schwester ehrfürchtig.

»Mama, was immer das ist, macht bloß keinen Blödsinn«, mahnte Matti wie ein Großer. Wie sich manchmal die Rollen verschoben, war schon witzig. »Soll ich den Teig ins Feuer halten, Mama?«

»Gebacken wird über der Glut. Beobachte, wie schnell es anbräunt, und bewege den Stock – je nachdem – hoch oder runter.« Simon richtete Mattis Brot über der Feuerschale aus und blinzelte dann in unsere Richtung. »Ihr habt mich neugierig gemacht. Was steht noch auf der Liste?«

Ich erhob mich und hielt ihm das Stück Papier so hin, dass er alles lesen konnte.

»Oho«, murmelte er in seinen Dreitagebart. »Den Sonnenuntergang mit deiner großen Liebe anschauen, Frau Petersen? Das ist romantisch.« Lächelnd reichte er mir einen Stock und ich näherte mich dem Feuer, sodass ich den rohen Teig darüber halten konnte. »Dein Buch möchte ich unbedingt lesen, wenn es fertig geschrieben ist, Nele«, zählte er weiter auf.

»Wir haben uns erst einmal auf hundert Seiten geeinigt«, warf sie ein.

Doch statt etwas zu entgegnen, runzelte Simon skeptisch die Brauen. »Was soll das denn sein?«

»Hundert Seiten?! Das ist eine ziemliche Herausforderung, wenn du mich fragst«, verteidigte sich meine Schwester und kreuzte die Arme vor der Brust. »Ein ganzes Buch zu schreiben, dauert Monate. Allein die Recherchearbeit verschlingt Unmengen von Zeit, Simon.«

»Entschuldige. Das meinte ich nicht. Ich meinte den letzten Punkt auf eurer Liste.« Dieses Mal wickelte er zuerst den

Teig und dann die Alufolie um das Stockende. Das würde nicht gut gehen. »Du hast mir doch erzählt, dass euer Onkel nicht mehr lebt, Lina.«

»Stimmt. Er hatte diesen Wunsch weit vor seinem Tod auf dem Zettel notiert.« Ich steckte den Zettel mit einer Hand in die Hosentasche und nahm Simon langsam den Stock aus der Hand. »Ich helf dir mal.«

»Oh«, machte er, »sorry, ich bin schusselig. Wir wollen Brot backen und nicht die Folie verkohlen, richtig? Schön, dass ihr bei eurer Glücksliste auch an euren Onkel gedacht habt.«

»Wir wissen natürlich, dass der letzte Punkt nicht umsetzbar ist.«

»Natürlich«, erwiderte er und hielt den Mund geöffnet, als wollte er noch etwas hinzufügen, was er nicht tat. Nach einer Weile meinte er: »Welcher Punkt auf der Liste ist als Nächstes dran?«

»Ich arbeite mit Hochdruck an meinem Buch«, gestand Nele, »allerdings musste ich mir heute erst einmal einen Schreibratgeber in der Buchhandlung besorgen. Sie hatten sogar vier zur Auswahl.«

»An einem Ort wie diesem wundert mich das nicht.« Ich zuckte mit den Schultern. »Überleg mal, wie viele Künstler hierherkommen.«

»Ja, aber ich bin keiner.« Resigniert griff Nele nach einem Stock.

»Doch, bist du«, widersprach ich heftig. »Du erschaffst etwas. Du bist Künstlerin, Mutter, Pensionsleiterin, meine Schwester, mein Herzensmensch und so viel mehr.«

Nele wurde knallrot und ich hätte sie dafür am liebsten an mich gedrückt und geknuddelt, so wie früher. Wir zwei gegen den Rest der Welt!

»Das nenn ich mal eine Liebeserklärung. Und was ist *dein* nächster Punkt?«, wandte sich Simon an mich.

163

»Ich muss auf der Arbeit ein Fest veranstalten, so eine Art Tag der offenen Tür. Wir haben ziemlich große Probleme mit unserem Ruf und dem Umsatz. Auch hier im Ort steht die Strandperle in der Kritik. Deshalb wollen wir den Leuten etwas bieten.« Während meiner Rede beschleunigte sich mein Puls in einen unnatürlichen Bereich. Ich sah Fechner vor meinem inneren Auge schimpfen, seinen Kopf tomatenrot anlaufen und Melanie einen Ohnmachtsanfall erleiden. Dieser Tag der offenen Tür musste der Knaller werden – im positiven Sinne.

»Ihr seid nicht zu stoppen«, bemerkte Simon beeindruckt und verschränkte in seiner gewohnt entspannten Art die Hände miteinander, weshalb sich mein Herzschlag fast wieder normalisierte. Aber eben nur fast.

»Mama, was ist eigentlich eine letzte Mahnung?«, fragte Matti in dem Moment und hielt mit der freien Hand eine zerknitterte Rechnung hoch, die unübersehbar in fetten Druckbuchstaben die Aufschrift »LETZTE MAHNUNG« und Gesas Adresse in der Kopfzeile trug. »Hab ich gefunden.«

KAPITEL 8

»SCHÖNHEIT FINDET MAN ÜBERALL. MAN MUSS NUR HINSEHEN.«

(ME30)

Es war spät geworden gestern Abend, weshalb Nele und ich es vorgezogen hatten, der Mahnungssache erst heute in Ruhe auf den Grund zu gehen. Samstagmorgen – ich hatte frei, und unsere erste Woche an der Ostsee war so gut wie beendet. Wir saßen auf der Veranda in der Hollywoodschaukel. Die Vögel zwitscherten, der Himmel war blau und die Luft merklich kühler als noch vor ein paar Tagen. Nele und ich hatten eine karierte Steppdecke über unsere Beine gebreitet und ich genoss die wohltuende Idylle, die mich umgab. Es war ruhig hier und so anders als in Amsterdam, wo Hektik und Lärm den Alltag bestimmten, obwohl ich die pulsierende Hauptstadt immer gemocht hatte. Nachdenklich trank ich einen Schluck von meinem Kaffee und drehte das Schreiben in der Hand, das Matti beim Stöbern im Keller gefunden hatte.

»Dass sie so etwas nicht in ihrem Büro aufbewahrt. Sie hat doch eins.« Nele linste interessiert über meine Schulter und hätte mir dabei fast ihren Tee in den Schoß gekippt. »Das ist kurios.« Absender der Mahnung war ein Weinhändler an der Mosel. Datiert vergangene Woche, endgültige Fälligkeit der ausstehenden Summe von 514,89 Euro inklusive Mahngebühren war am Montag gewesen. Der Montag, an dem Nele und ich angereist waren und an dem Gesas Unfall passiert war.

»Vielleicht hat sie bei der Bank nur schnell die Zahlung anweisen wollen und ist dann unglücklich gegen die Glastür gelaufen«, mutmaßte ich. Ich hatte am Morgen bereits vor dem Frühstück im Internet recherchiert und den Weinhändler ausfindig gemacht. Der Mann war ziemlich sauer gewesen, weil der Betrag bisher nicht beglichen worden war, weshalb ich ihm am Telefon versprochen hatte, dies umgehend nachzuholen.

»Vielleicht wollte sie nicht, dass wir ihre Schulden übernehmen, und hat es uns deshalb nicht gesagt. Danke, dass du das Geld vorgestreckt hast.« Nele strich mir über den Arm.

»Ist schon okay. Du denkst, sie wollte das geheim halten? Wir hätten ihr doch geholfen. Besonders jetzt, wo sie im Krankenhaus liegt.«

»Na ja, so hoch ist die Summe nicht. Vielleicht hat sie es als nicht so wichtig erachtet und das Schreiben deshalb in den Karton gepackt, anstatt es ordentlich abzuheften. Ich weiß nicht.« Nele trank ihren Tee aus, um die Tasse auf dem Verandaboden abzustellen. Dann nahm sie mir das Papier aus der Hand. »Aber ich finde, wir sollten an dem Ort nachsehen, an dem Matti die Mahnung gefunden hat. Sicherheitshalber.« Wie auf Kommando erhoben wir uns gleichzeitig. Die Schaukel gab ein knirschendes Geräusch von sich, als wollte sie uns daran hindern, weiter nachzuforschen.

Wir gingen zuerst in den Frühstücksraum, wo Matti Herrn Fröhling mit einer Kanne Kaffee begrüßte, was der dankend annahm. »Ein richtig familiäres Haus haben Sie hier. Jeder hilft mit. Sehr vorbildlich!«

»Danke, wir geben es unserer Tante gern weiter«, erwiderte Nele professionell und wandte sich dann an ihren Sohn. »Ist es okay, wenn wir dich noch ein paar Minuten mit den Gästen allein lassen?«

Er nickte und mir fiel auf, dass er wieder weder ein Totenkopfshirt noch das Handy in der Hand oder die Kopfhörer in den Ohren trug. Außerdem zeigten seine Mundwinkel verdächtig oft nach oben, so wie in diesem Moment, wenn man ihm Verantwortung übertrug. Er hob das Näschen und seine blonden Haare leuchteten in der Sonne. Hier oben an der See hatte er richtig rosige Bäckchen bekommen. Ich freute mich darüber. Fix prüfte ich, ob auf dem Büfett alles in Ordnung war, bevor wir den Raum verließen. Alles okay …

Was man vom Keller nicht behaupten konnte. Welch ein Durcheinander! Dabei war Gesa doch sonst immer so gut organisiert gewesen. Wenigstens mussten wir nicht lange suchen, um den von Matti beschriebenen Schuhkarton zwischen den Apfelsaftpaketen zu finden, wo er die Mahnung entdeckt hatte. Er war einfach ein neugieriger kleiner Kerl – und vielleicht war das auch gut so.

Zusätzlich zu der Winzerrechnung beinhaltete die Kiste eine circa zehn Jahre alte Mahnung zur Reparatur des Hausdachs in Höhe von knapp zwanzigtausend Euro. Wir sahen uns verblüfft an.

»Die … ist doch hoffentlich bezahlt«, stotterte meine Schwester und machte große Augen.

Vor Schreck sog ich den Sauerstoff so scharf in meine Lungen, dass es brannte. Ich versuchte, mich an die Notiz zu erinnern, die Brigitte uns am ersten Tag dagelassen hatte.

28. 6., 28. 8.

18.000 Euro

167

Brigitte Getränke

Angelmeier

Dach

Egal, wie ich die Zahlen im Kopf drehte und wendete, sie ergaben im Zusammenhang mit den Rechnungen keinen Sinn. Ich hoffte inständig, dass es nicht noch mehr offene Posten als den beim Winzer gab.

»Ich rufe bei dem Dachdeckerfachbetrieb an«, meinte Nele resolut und zog ihr Handy aus der hinteren Hosentasche. Sie gab die Nummer ein, die auf dem Schreiben stand, und wanderte in Richtung Treppe, wo der Handyempfang besser war. Als sie zurückkam, bestätigte sie, dass die alte Mahnung längst beglichen sei. »Trotzdem komisch. Warum bewahrt Gesa sie hier unten auf?«

»Vielleicht verwahrt sie alles in dem Karton auf, was zusammengehört. So wie ich das mit unseren Kindheitserinnerungen gemacht habe. Ist aber im Grunde auch egal. Sie hat Schulden – und wenn es nur die offene Rechnung beim Winzer ist«, schloss ich. »Ich hoffe einfach, dass sie keine größeren finanziellen Probleme hat.«

»Da ist noch mehr drin«, wandte Nele ein, und mein Herz rutschte in die Hose.

»Warte.« Ich hielt sie am Handgelenk fest, als sie einen Briefumschlag mit der Aufschrift »Original« aus dem Karton hervorziehen wollte. Eine Gänsehaut wanderte über meinen ganzen Körper, als ich sah, dass es Hannes' Handschrift auf dem Umschlag war. Der Brief war an der dafür vorgesehenen Stelle verklebt, aber oben aufgeschlitzt worden. »Das dürfen wir uns auf keinen Fall ohne Gesa ansehen. Ich fühle mich nicht wohl dabei. Wir haben schon so viel herumgeschnüffelt, ohne sie zu fragen.«

»Ja, aber es war eine Notsituation«, verteidigte Nele uns beide, ließ den Umschlag dennoch schuldbewusst aus den Fingern gleiten. »Du hast recht. Ich möchte auch nicht ohne ihr Einverständnis ihre Sachen durchforsten. Die Mahnung hat Matti rein zufällig gefunden, das ist so passiert. Über die achtzehntausend Euro auf der Notiz sollten wir trotzdem mit ihr reden, sobald sie wieder gesund ist. Wir sollten sie ohnehin fragen, ob wir ihr bei irgendetwas unter die Arme greifen können.«

Ich stimmte ihr zu, obwohl ich das Gefühl nicht loswurde, dass in der Romantikpension etwas ganz und gar nicht romantisch lief. »Es ist schade, dass sie nicht bei uns sein kann«, sagte ich bekümmert. »Ich will sie am Telefon nicht wegen der fünfhundert Euro, die ich vorgestreckt habe, in Verlegenheit bringen.«

»Ja, das möchte ich ihr im Krankenhaus, wenn ich an ihrem Bett sitze, auch nicht sagen. Es reicht, wenn sie wieder hier ist.« Nele steckte die Mahnung des Winzers zurück zu den anderen Unterlagen, als mein Handy klingelte.

Ein Anruf von Rike. Ich bedeutete meiner Schwester, dass ich zum Telefonieren nach oben gehen würde, woraufhin sie Gesas Kiste sorgsam verschloss und zurück an ihren Platz stellte. Sie schien erleichtert, dass wir uns erst einmal nicht mehr damit beschäftigen würden, und ich war es auch.

»Rike!«

»Mensch, Lina, wir hören uns viel zu selten«, beschwerte sich meine beste Freundin durch die Leitung. Ein seltsamer Laut entwich ihr, der sich so anhörte, als hätte sie einen dicken Kater – und damit meinte ich nicht das Haustier. »Diese Kopfschmerzen bringen mich noch um. Sag mal, vermisst du mich eigentlich gar nicht?«, piepste sie in Rike-Manier.

Ich verschwieg ihr, dass ich ihre Stimme nicht vermissen konnte, da sie mich ja täglich in meinem Kopf begleitete. Weil ich nicht genau wusste, wo ich anfangen sollte zu erzählen, räusperte ich mich erst einmal. »Sorry.«

»Bist du erkältet?«, erkundigte sie sich besorgt.

»Was? Nein. Ach, Rike, hier ist immer noch so ein Chaos ... und du fehlst mir total!« Ich spürte einen Stich in der Herzgegend. Wie gern hätte ich jetzt mit ihr Toast mit Hagelslag, den landestypischen Schokostreuseln, gegessen und mich auf ihrem orangefarbenen Sofa ausgestreckt.

»Liegt das Chaos an deinem Doktor Olsen? Ist da mehr passiert?«, hakte sie nach und schlürfte an einem Getränk. Wie ich sie kannte, war es ein doppelter Espresso – zum Wachwerden. Ein einfacher Kaffee reichte bei ihr am Wochenende meistens nicht. Ich hoffte, sie war zumindest allein im Apartment und hatte keinen Mann für eine Nacht mit nach Hause genommen. Doch dann hätte sie mich vermutlich nicht angerufen. Wobei das auch schon vorgekommen war. »Habt ihr euer Wiedersehen mittlerweile mit einem Kuss besiegelt?«, neckte sie mich.

»Doktor Olsen hat mich beim Kitesurfen ganz gewaltig auflaufen lassen. Das war's bisher«, berichtete ich und spähte beim Vorbeigehen in den Frühstücksraum, wo nach wie vor alles nach Plan lief. »Und mein Job in der Strandperle ist ein Fass ohne Boden. Nichts funktioniert so, wie es soll.«

»Das gibt sich, du bist noch nicht mal eine Woche da«, meinte Rike zuversichtlich und ging dann auf das wohl spannendere Thema ein. »Du warst mit dem Doc beim Kitesurfen? Schick mir mal ein Bild – vom Meer, von dir und Mister Medizin, wenn du kannst.«

Ich lachte herzlich und die bis eben da gewesene Anspannung fiel endlich von mir ab, weshalb ich mir erlaubte, noch etwas länger auf der Hollywoodschaukel mit Rike am Ohr zu verschnaufen. Ich scrollte durch meine Aufnahmen und schickte ihr ein Strandbild von gestern – vor dem Surfen –, das sie mit einem Ausruf des Entzückens kommentierte. Zu Recht, es war wirklich traumhaft schön – nicht nur auf dem Bild. »Wo soll ich denn jetzt ein Foto von Phil herbekommen?« Ich klickte auf den Messenger, doch sein Profilfoto zeigte lediglich den Ausschnitt eines Surfbretts. »Ich hab kein Bild von ihm. Tut mir leid«, entschuldigte ich mich ehrlich bemüht, da ich wusste, wie sehr Rike solche Themen mochte, besonders an einem Samstagmorgen nach einem ausgedehnten Kneipenbesuch am Vorabend.

»Kein Problem.«

»Warst du gestern irgendwo unterwegs?« Ich dachte an Amsterdam bei Nacht, an das Ausgehviertel, die Grachten, die zahlreichen Brücken und Lichter der Stadt, in der ich die letzten Jahre gelebt hatte. Ich vermisste all das. Aber nicht so sehr, wie ich die Zeit mit meiner Schwester und Matti, das Meer oder den Geruch frischer Pensions-Croissants vermissen würde, falls ich die Rettung der Strandperle aufgäbe und zurück nach Holland ginge.

»Ich war im *Downunder* mit so einem Kerl von der Plattform. Du weißt schon.«

»Nein, weiß ich nicht. Erzähl.«

»Okay, aber sag mir zuerst noch mal, wie das Krankenhaus heißt, in dem dein Doc arbeitet.«

Ich schmunzelte. Hätte ich mir denken können, dass sie nicht so leicht aufgab.

»Haben die eine Website? Ich habe zufällig mein Tablet hier liegen.« Zufällig. »Hast du ihn noch gar nicht gegoogelt oder auf den sozialen Medien gestalkt, seit du ihn wiedergetroffen hast? Wie kann man nur so diszipliniert sein? Ich hätte inzwischen längst jede Einzelheit über ihn in Erfahrung gebracht. Sein Lieblingsparfum, seine Einstellung zur Kirche, zu Netflix, seine sexuellen Neigungen, wie er seinen Kaffee mag, einfach alles. Das ist doch heutzutage ein Kinderspiel.«

»Dann kannst du das ja stellvertretend für mich nachholen. Er arbeitet im Graal-Müritzer Krankenhaus.«

»Bingo! Hab ihn schon. Philipp Olsen. So viele Krankenhäuser gibt es da oben ja nicht«, triumphierte Rike. Sie war unverbesserlich. »Ohooo! Der sieht aus wie der Hauptdarsteller aus ›Emergency 911‹. Bei dem wäre jede gern mal Patientin.« Sie stieß einen Pfiff aus. »Ich hab ihn mir exakt so vorgestellt. Sexy!«

Neugierig googelte ich nun selbst nach dem Foto und stellte fest, dass Phil darauf perfekt getroffen war. Wie das Titelbild einer Boulevardzeitschrift, der neue Bachelor oder irgendein anderer Fernsehstar – da hatte Rike tatsächlich recht. Ich konnte mir gut vorstellen, dass Krankenschwester Lizzy nicht die einzige Frau war, die von seinen begnadeten Händen schwärmte. Ich selbst bekam jedoch gerade zum ersten Mal keine verschwitzten Hände oder Herzstolpern beim Blick in seine warmen braunen Augen auf dem Display. »Da läuft nichts zwischen uns«, dementierte ich mit fester Stimme, obwohl Rike nichts dergleichen behauptet hatte.

»Ich könnte total verstehen, wenn da etwas liefe«, kam es prompt aus dem Hörer. »Sehen wir der Tatsache ins Auge, Lina. Der Typ ist heiß. Aber leider kenne ich solche Männer. Die sind …«

»Da läuft nichts«, bekräftigte ich noch einmal. »Die Optik allein zählt sowieso nicht.«

»Für manche Dinge durchaus.«

»Jetzt spannst du mich auf die Folter. Erzähl endlich, wo du gestern warst.«

»Ich habe mich mit jemandem von lovejoy.de getroffen.«

»Ein Blind Date?«

»Nein. Die Milch!«, kreischte sie plötzlich in den Hörer und brachte damit fast mein Trommelfell zum Platzen. »Ich hab die Milch auf dem Herd vergessen.« Es schepperte – vermutlich hatte sie versucht, den Topf von der Platte zu ziehen und ihn dann fallen lassen. »Ich meld mich gleich noch mal, okay?«

»Kein Thema.«

Sie legte auf und ich konnte nur noch verdutzt das Telefon weglegen. Rike war ein Tausendsassa. Eine wilde Hummel. Sie hatte sicher nicht nur nebenbei Milch gekocht, sondern auch noch die Wäsche gefaltet und das Bad geputzt. Ich atmete tief aus und erkannte halb von der Hecke verdeckt Frau Meier, die mit ihrer Hightechkamera den Schwimmteich in Szene setzte. So wie sie jeden Tag Details der Pension fotografisch hervorhob. Dabei strahlte sie eine bemerkenswerte Zufriedenheit aus. Als nun auch die Fröhlings einträchtig das Haus verließen, ging ich davon aus, dass das Frühstück beendet war. Ich stand auf, um Nele drinnen zur Hand zu gehen.

»Hey, ich hoffe, du hast heute nichts Lebensgefährliches geplant«, scherzte Simon, der in diesem Moment auf die Veranda trat. Er hatte Wanderschuhe an den Füßen und hielt eine dicke Wollweste in der Hand. Eindeutiger konnte man seine Pläne nicht demonstrieren.

Und wer hatte Matti auch eine große Wandertour versprochen? Richtig, ich. Dummerweise war ich bisher noch nicht dazu gekommen, mich mit dem Projekt Naturkunde und Pilze sammeln auseinanderzusetzen.

»Könnte eventuell gefährlich werden. Oder kennst du den Unterschied zwischen Pfifferlingen, Champignons und Fliegenpilzen?«

»Einer hat Pünktchen, die anderen nicht.« Simon grinste. »Matti hat mir schon erzählt, dass du mit uns wandern kommst. Find ich gut.«

»Du bist dabei?« Es freute mich. Obwohl ich hoffte, er bildete sich kein vorschnelles Urteil über mich und stempelte mich als Couch-Potato ab (die ich war). Meine weiteste Wandertour in Amsterdam war der Weg zur Arbeit und zurück gewesen, also quasi einmal um den Block – nicht gerade die Route einer echten Wanderratte. Außerdem hatte ich ziemlich oft den Bus genutzt – aber das musste ja keiner wissen. »Spazieren macht Spaß!«, beteuerte ich und klang, als müsste ich mich selbst überreden. »Ich helfe Nele schnell beim Abräumen des Frühstücks und zieh mich danach um. Dann können wir los.« Ich verließ das Wandererfachgespräch, bevor er merkte, dass ich nicht vom Fach war. In der Eingangshalle kam mir Frau Kräuter entgegen, die mir höflich zunickte. Der Frühstücksraum hatte sich geleert, nur Herr Kräuter studierte noch die Tageszeitung bei einer Tasse Tee.

Als ich eine der silbernen Wurstplatten in die Küche balancierte, vibrierte das Handy in meiner Stoffhose. Rike hatte mir ein Foto ihres Dates geschickt. Auf dem Weg zurück öffnete ich es. Es war ein Screenshot von der Plattform lovejoy.de und zeigte einen glatzköpfigen, aufgepumpten Kerl mit dem Profilnamen »Rocket«, was übersetzt so viel wie »Rakete« bedeutete. Ich musste zweimal blinzeln und lachte dann laut los.

Herr Kräuter drehte den Kopf in meine Richtung und freute sich über meine ausgeprägt gute Stimmung. »Hach, wär ich auch noch mal so jung«, nuschelte er in seine Zeitung.

War ich mit Ende zwanzig noch so jung? Es kam vielleicht nur auf die richtige Einstellung an. Erneut betrachtete ich das Foto, das Rike mir geschickt hatte. Einstellung hin oder her …

Welcher erwachsene Mann nennt sich selbst Rakete, fragte ich mit einem Smiley.

Ich will ihn ja nicht heiraten, schickte sie zurück sowie irgendwelche Smileys, deren unanständige Bedeutung ich nur erahnen konnte. Wohl der einzige Grund, weshalb sie sich mit der Rakete traf. Rike war der überzeugteste Single, den ich kannte. An einer dauerhaften Zweierbeziehung hatte sie kein Interesse. Deshalb trieb sie sich laut eigener Aussage auf Seiten wie lovejoy.de herum. Dort gab es jede Menge Männer, die nichts anderes als Sex im Kopf hatten. Meistens nicht einmal eine graue Zelle. Zumindest sah die Rakete so aus – ohne ihr zu nahe treten zu wollen.

Ich konnte mich dafür nicht erwärmen, suchte immer noch die große Liebe – die mit den Schmetterlingen im Bauch und dem Herzklopfen bis zum Hals. Das zufällige Kennenlernen, bei dem man sich tief in die Augen schaute, sich verliebte und nicht mehr ohne den anderen leben wollte. Das Kribbeln, das jedes Wiedersehen in einem auslöste. Herzschmerz und Drama, wenn es nicht funktionierte. Rike hatte diese Achterbahnfahrt der Gefühle bewusst verlassen und ich wusste nicht, was klüger war. An die Liebe zu glauben oder nicht?

Ich schickte ihr ein rosa Herzchen und schrieb: Viel Spaß mit Rocket, Süße! Brich ihm nicht das Herz.

Zurück kam ein lachender Smiley, ein Bett und: Pass auf dich auf. Kuss Kuss!

Ich löschte das Bild von Rakete und sah mir meine Aufnahme vom Strand an. Es war schön! So bald wollte ich auf keinen Fall wieder aus Bennickshoop weg, aufzugeben war keine Option. Egal wie unrealistisch es war, den Job in der Strandperle erfolgreich zu meistern. Zumindest würde ich nicht aufgeben, solange Gesas Gesundheitszustand sich nicht gebessert hatte. Ich nahm mir vor, mit Phil über das Luxushotel zu reden. Immerhin kannte er hier alle, vielleicht hatte er eine zündende Idee, was ich tun könnte. Zwar war ich noch sauer auf ihn, aber nicht mehr so sehr wie gestern direkt nach dem Kiten. Er hatte mir heute früh eine siebenminütige Sprachnachricht geschickt, in der er sich für die Tandem-Aktion entschuldigt hatte. Außerdem hatte er wissen wollen, ob mir etwas fehlte, was ich mit »Nein« beantwortet hatte. Doch das stimmte nicht ganz. Irgendetwas fehlte mir tatsächlich, ich konnte es nur nicht benennen.

Während ich die grüne Cargohose – die einzige Hose, die halbwegs als Wanderhose durchging – und meine Turnschuhe anzog, wählte ich Gesas Nummer. Ich wollte wenigstens einmal kurz mit ihr sprechen, bevor ich losmusste. Nele war diese Woche zwei Mal bei ihr im Krankenhaus gewesen. Wegen des Jobs war es mir nicht möglich gewesen, sie zu besuchen. Deshalb waren mir die täglichen Anrufe umso wichtiger.

»Linchen, der Spruch is wieder klasse. Wenn ich nich so alt wär, würd ich mich glatt in diesen Me30 verlieben«, sagte meine Tante äußerst vergnügt – obwohl sie ja aktuell im Krankenhausbett lag.

»*Schönheit findet man überall.* Das ist mir zu pathetisch«, gab ich zu. »Was will er uns damit sagen?«

»Das sieht man doch auf'm Bild.«

»Gelbe Blumen, die aus einem Mauerwerk wachsen? Ja, und?« Ich stutzte. »Genau solche hab ich in der alten Steinmauer bei dir im Garten gesehen. Dein Steinkraut. Sag mal, ist das auf dem Foto nicht die Lehne unseres Sonnenstuhls, der normalerweise neben der Feuerschale steht?« Leider war der Stuhl nicht komplett erkennbar. Aber da war dieser feine Riss in der Lehne, an der Stelle, wo das Holz aufgeplatzt und neu verklebt worden war.

»Solche Stühle gibt es wie Sand am Meer. Seh'n alle gleich aus.«

»Trotzdem merkwürdig.« Ich nahm mir vor, die Steinmauer und den Pensionsstuhl später mit dem Me30-Bild zu vergleichen. »Fotografieren kann Me30 aber wirklich gut. Kein Wunder, dass er ein gefeierter Internetstar ist. Wir haben übrigens auch einen Gast, die sehr viel fotografiert. In und um die

Pension.« Während ich es aussprach, erkannte ich es. »O mein Gott, Frau Meier ist Me30!«

»Wie bitte?«

»Erinnerst du dich an sie? Sie ist aus Hannover, trägt dauernd Mittelalterkleider.« Irgendwie war ich froh, dass ich mit Gesa über die geheimnisvolle Frau spekulieren konnte. So lief ich wenigstens nicht Gefahr, mich wegen der 500 oder 18.000 Euro zu verplappern.

»Natürlich erinner ich mich an meine Gäste!«

»Sie könnte Me30 sein, Gesa! Denkst du nicht? Das ist sensationell, das muss ich Nele erzählen«, sagte ich und band mir hastig die Schnürsenkel zu. Hoffentlich war die Strecke nicht zu steinig. Die Schuhe hatten nur dünne Sohlen und zu allem Überfluss waren sie auch noch weiß.

»Ne, ne, da glaub ich nich daran. Reine Mutmaßung. Behalt das lieber für dich, Linchen.«

»Du musst zugeben, dass da was dran sein könnte.«

»Nee, das is albern.« Meine Tante schnalzte mit der Zunge. »Lass mich ma meine Gäste kennen. Ich werd Philipp heut bitten, mich zu entlassen. Es geht mir gut. Ich will nach Hause.« Sie atmete ein paarmal kräftig ein und aus, als müsste sie überlegen, ob sie mir weitere Details anvertrauen sollte oder nicht. »Philipp wollt' einen Demenztest mach'n, Linchen. Stell dir vor: Ich und dement! Mit mir is alles in Ordnung.« Ihre resolute Stimme ließ keinen Zweifel zu. »Ich hatte nur … Stress.«

Demenztest. Ich würde definitiv mit Phil reden müssen. Wie kam er dazu, meiner Tante diese Untersuchung vorzuschlagen? Ja, am Unfalltag waren wir auch unsicher gewesen, was mit Gesa los war – die unbezahlte Rechnung, die seltsame Notiz von Brigitte. Aber wenn ich Schulden hätte, würde mich das genauso belasten, selbst wenn es nur zwanzig Euro wären. Klar hatte sie Stress.

»Lina, bist du fertig?«, rief Matti ungeduldig von unten.

177

»Komme! – Ich muss Schluss machen, Gesa. Wir gehen wandern.«

»Wie schön.« Ich hörte sie am anderen Ende der Leitung kauen. »Und ich ess Krankenhauszwieback.« Ich wusste, dass sie es überspitzt meinte. Sie konnte das Nichtstun genauso wenig ertragen wie ich. »Viel Spaß, Linchen. Bis später.«

Auf der Veranda drückte mir Matti zur Begrüßung einen Rucksack in die Hand. »Den soll ich dir von Mama geben. Sie schreibt im Aufenthaltsraum an ihrem Buch weiter«, verkündete er nicht ohne Stolz.

»Deine Mama ist cool. Was ist da drin?« Der Rucksack fühlte sich an, als hätte Nele uns Backsteine eingepackt.

»Proviant, Blasenpflaster für dich, etwas zum Trinken und ich habe ein bisschen Werkzeug mitgenommen.«

Ich hatte die oberste Schlaufe gelöst und einen Hammer nebst Zange ertastet. »Ein bisschen? Was haben wir vor, Matti? Ich dachte, wir laufen nur rum.«

»Zur Info: Wir laufen nicht nur rum. Wir wandern! Und wir bauen was«, bemerkte er naseweis. »Wobei … du darfst beim Bauen zuschauen. Wir sind eh so gut wie fertig.« Welch eine Ehre! Er wedelte mit dem Handy vor meiner Nase herum. »Ich werde Fotos machen. Damit ich nicht vergesse, was ich gebaut habe, wenn ich wieder nach Hamburg zurückmuss.«

»Speicher es dir lieber hier ab, Kumpel.« Simon tippte sich an die Schläfe. »Glaub mir – das, was du hier oben gespeichert hast, begleitet dich dein Leben lang.«

»Du fotografierst doch auch alles – sogar jede Ameise, die vorbeikommt.« Matti legte den Kopf schief. »Na, vielleicht keine Ameisen. Aber Hotels und komische Läden.«

»Das muss ja ein extrem leidenschaftlich betriebenes Hobby sein, wenn du freiwillig Hotelbauten fotografierst.« Ich runzelte die Stirn.

»Ja, und das, obwohl du gar nicht darin wohnst.« Matti formte mit den Händen ein Haus. »Wir haben vorgestern mit den Fröhlings eine Dorfwanderung unternommen. Er hat auch die Strandperle geknipst, aber dich haben wir nicht gesehen.«

»Das nennt man ›Fotos machen‹«, verbesserte Simon ihn.

»Knipsen tun Omis. Ich interessiere mich halt dafür und ich reise gern. Klar fotografiere ich Hotels auf meinen Reisen.« Er nestelte an seiner Jackentasche und zog einen Reiseführer nebst Wanderkarte hervor. »Heute aber nicht. Frau Meier sieht man allerdings wirklich nie ohne Kamera.« Er deutete mit dem Kopf zum Garten.

»Guten Morgen.« Jacqueline Meier winkte uns zu, als hätte sie mitbekommen, dass über sie gesprochen wurde. Sie hatte sich samt Equipment am Blumenbeet installiert und eine Rose ins Visier genommen. Zusätzlich hatte sie zwei Stühle daneben dekoriert. Jackpot, das sagte ja wohl alles! »Ich probiere etwas aus«, erklärte sie ungefragt.

»Ist mir klar«, entgegnete ich wissend.

»Ich hoffe, das stört Sie nicht?« Ihr mittelalterlicher Rock schwang glockenförmig um sie herum. Sie hatte durchaus Starpotenzial.

»Wir sind sowieso gleich weg«, flötete ich zurück und beobachtete sie so unauffällig wie möglich. Ich schulterte den Rucksack, den Simon mir daraufhin abnahm.

»Gib ihn mir, ich trage ihn gern und packe meine Sachen noch obendrauf, wenn das okay ist.«

Eine Viertelstunde später marschierten wir los. Simon, ganz der versierte Wanderer, mit Karte in der Hand, während Matti sich auf die Navigations-App seines Handys verließ. Nur ich hatte keinen Plan, wo unser Ziel lag. Zu Fuß hatte ich Bennickshoop leider selten erkundet, obwohl Onkel Hannes uns stets dazu animiert hatte. Zugegebenermaßen hatten wir

179

die wunderlichsten Orte gefunden und immer viel Spaß gehabt, wenn wir mit ihm spazieren gewesen waren. Einmal waren wir an einem versteckten Aussichtspunkt angelangt, von dem aus man die komplette Steilküste überblicken konnte. Wir hatten kleine Uferschwalben entdeckt, die laut Hannes nur etwa zwölf Zentimeter groß wurden, bei einem Gewicht von fünfzehn Gramm. Winzig. Wie enthusiastisch er uns erzählt hatte, dass die Schwalben ihre Nester in den lehmigen Steilwänden bauten, weil ihr natürlicher Lebensraum zerstört wurde. Mit dem Fernglas hatten wir die Nester näher betrachtet. Ich wunderte mich, dass ich mir diese Details so genau gemerkt hatte. Aber die Szene erschien mir mit einem Mal so deutlich vor Augen, als wäre es gestern gewesen.

Ich streckte meine Hand aus und streifte im Vorbeigehen das hohe Seegras. Ein Schild am Wegesrand wies diesen Bereich als Naturschutzgebiet aus, wie so ziemlich alles hier oben. Der Duft des blühenden Sanddorns, der sogenannten Zitrone des Nordens, stieg mir süß-säuerlich in die Nase. Die Frucht war eine absolute Vitaminbombe, weshalb sie sich bei Gesa in vielen Leckereien wiederfand, unter anderem in Suppe und Marmelade – sogar in ihren Keksen. Ich atmete den Pflanzengeruch ein. So ähnlich musste es auf einem Pilgerpfad sein. Langsam konnte ich die Faszination nachvollziehen. Kräuter und Blüten, die unterschiedlich dufteten, Natur pur. Die Vorstellung von mir mit einem Pilgerstab in der Hand wurde jäh von der Umfassung meiner Turnschuhe unterbrochen, die hart an meinen Fersen scheuerte. Ich hatte sie bislang kaum getragen. Wann auch?

»Bist du schon einmal gepilgert?«, fragte ich Simon mit leicht schmerzverzerrtem Gesicht, was mir einen verwunderten Seitenblick einbrachte. »Santiago de Compostela?«, nannte ich das bekannteste Pilgerziel.

»Nein, nicht so mein Ding«, antwortete er, das Gesicht in der Landkarte vergraben. Er wies uns an, auf eine geteerte

Strecke abzubiegen, die aufgrund der immensen Anzahl an Wegweisern an eine Touristen-Fahrradroute erinnerte. Es gab viele Feldwege, die von dort aus direkt in den Wald hineinführten und so aussahen, als würde man nie wieder herausfinden. Wie bei der Geschichte von Hänsel und Gretel. Und wie befürchtet verließen wir den sicheren Pfad, um auf einem einsamen grünen Waldweg ins Nirwana zu steuern.

»Sind wir hier richtig?«, wollte Matti nach ungefähr zehn Minuten wissen und hielt prüfend sein Handy in die Luft. Mich brauchte er nicht zu fragen, ich hatte keinen Plan. »Das Navi findet den Ort nicht, Simon.«

»Gibt ja auch keine Straßen hier.« Simon deutete auf das mannshohe Seegras, das uns umgab, und die spitzen Baumwipfel. »Da lob ich mir meine guten alten Karten.«

Wie an den vorherigen Tagen stand keine Wolke am Himmel, nur ein heller Schleier durchzog das sommerliche Blau. Der Wind wehte uns frisch um die Nase, was ich nach der ersten Bürowoche in der Strandperle sehr angenehm fand. Je weiter wir in den Wald hineinkamen, umso mehr verzogen sich die bedrückenden Gedankenfetzen in meinem Kopf. Weder Erik noch der neue Job oder Phil schienen darin Platz zu finden. Es gab nur das Grün des Waldes. Ich spürte meine Oberschenkelmuskeln und suchte die dunkle Erde mit den Augen nach Pilzen ab.

»Herrlich ist das hier draußen! Das ist der Grund, warum ich keine Fitnessstudios mag«, bekundete Simon neben mir und atmete tief ein. »Viele meiner Kollegen gehen zum Eisenwerfen, wie sie das nennen, oder Bankdrücken. Ich bin lieber draußen.«

»Ich finde es auch viel angenehmer, als vor dem Computer zu sitzen.« Selbst meine Fersen gewöhnten sich langsam an den Druck der Turnschuhe und schmerzten nur noch hin und wieder.

»Es geht mich ja nichts an, aber du siehst immer ziemlich angestrengt aus, wenn du von der Arbeit kommst.«

»Find ich auch«, steuerte Matti bei und schaute sich beunruhigt um, als suchte er etwas Bestimmtes zwischen Sträuchern und Baumstämmen, was jedoch nicht auffindbar war.

»Meine Aufgabe ist, das Image der Strandperle zu verbessern. Unser Umsatz ist so rückläufig, dass wir Sorgen haben, uns keine Neueinstellungen für wichtige Bereiche mehr leisten zu können und stattdessen irgendwann Kündigungen aussprechen zu müssen. Wir haben die Preise gesenkt, weil die Buchungen ausblieben. Viele schlechte Bewertungen im Internet, da führte eins zum anderen. Mir gehen die Ideen aus, wie man das ändern kann, und den Mitarbeitern geht die Luft aus.« Ich stöhnte, weil wir einen kleinen Hügel hinaufliefen. Dabei klang ich, als ginge vor allem mir selbst die Puste aus.

»Ich kenne mich nicht aus mit deinem Geschäft, aber mir fällt auf, dass in der ganzen Region keine geführten Wanderungen angeboten werden. Warum macht das niemand? Die Kosten hätte man über eine geringe Teilnehmergebühr schnell wieder raus. Die Touristen kommen wegen der Natur hierher, nicht nur wegen einem tollen Hotel. Dass sie sich hier wie zu Hause fühlen, gehört doch ebenfalls zum Image.«

Die Sonne, die zwischen den Ästen hindurchblitzte, blendete mich und ich hielt meine Handfläche wie einen Schirm über meine Brauen. Die Idee, den Hotelgästen mehr Heimatgefühl zu vermitteln, war super. So konnten sie ihren Urlaubsort erleben, fuhren mit einem vertrauten Gefühl nach Hause und kehrten mit größerer Wahrscheinlichkeit zurück. »Das ist richtig gut, Simon! Wir müssen bei der Strandperle mehr in Richtung Gefühle denken. Danke!« Vor Freude fiel ich ihm um den Hals und erschrak selbst über diesen impulsiven Ausbruch. Aber es war entlastend, mal mit jemandem außerhalb der Firma über unseren schier unbezwingbaren Aufgabenberg zu sprechen.

Langsam ließ Simon mich los und ich trat etwas verlegen einen Schritt nach hinten.

»Sorry«, entschuldigte ich mich.

Er schmunzelte. »Du brauchst dich nicht zu entschuldigen.«

»Wenn du jetzt noch einen Vorschlag hast, wie man negative Internetbewertungen löscht, bist du mein absoluter Tagesheld. Neben Matti.«

Er sah mir unergründlich tief in die Augen. Die Sonne ließ die Farbe seiner Iris so dunkelblau schimmern wie einen Ozean. »Ich wäre gern dein Held, aber da habe ich leider keine Idee. Würde es helfen, mit den Erstellern der Beiträge zu sprechen?« Er drehte sich zu Matti um. »Hier muss es übrigens sein.«

Mein Neffe stand mittlerweile auf den Zehenspitzen und spähte umher. Simon stellte sich neben ihn und tat es ihm gleich.

»Niemand weiß, wer dahintersteckt oder woher die Verrisse stammen. Wie bei diesem Me30, von dem man auch nichts weiß. Wobei ich einen todsicheren Tipp habe, wer sich dahinter verbirgt«, ergänzte ich leise.

»Hinter wem?« Er drehte sich zu mir um. »Entschuldige bitte, ich war abgelenkt.«

»Hinter diesem Fotoboard-Star«, kam Matti ihm zu Hilfe. »Me30. Gesa ist sein größter Fan. Der veröffentlicht Fotos und Texte im Internet und teilt sie. Weil so viele die Bilder liken und auch wieder teilen, ist er ein Star!«

»Hab ich nix gegen, wenn jemand so was tut. Konzentrieren wir uns aber lieber auf die reale als auf die virtuelle Welt, oder?« Er hob die Hände in die Luft und zeigte nach rechts wie ein Fluglotse. »Wir müssen laut Karte da lang.«

Matti lief vor und versuchte, sich zwischen dem Gestrüpp zurechtzufinden.

Hoffentlich gab es hier so eine Art Ausgang. Es wurde stetig dusterer, je tiefer wir in den Wald gelangten. Das Telefonat mit Gesa ging mir nicht aus dem Kopf, und da ich einen Arzt an meiner Seite hatte, sprach ich ihn darauf an. »Wie kann man feststellen, ob jemand dement ist?«

»Warum willst du das wissen?« Simon sah mich fragend an, fuhr aber sachlich fort, als ich nicht direkt reagierte. »Oft stellt man bei Menschen mit Demenz fest, dass sie insbesondere Mühe mit dem Kurzzeitgedächtnis haben. Sie können sich zum Beispiel nicht mehr an Termine erinnern, die sie kürzlich vereinbart haben.«

»Aber das ist doch hin und wieder normal.«

»Na ja, sie verlegen Dinge, machen falsche Anschuldigungen oder sehen etwas, was nicht da ist. Dabei sprechen wir vom Anfangsstadium. Heutzutage gibt es sehr gute psychometrische Tests, beispielsweise den Uhrentest, um herauszufinden, ob eine Demenz vorliegen könnte. Sorgst du dich konkret um jemanden?« Er war stehen geblieben, was mich nervös machte.

»Habt ihr das mit der Mahnung heute Morgen mit Gesa klären können?«

»Im Prinzip ja, aber nicht mit Gesa.« Simon war Gast in unserer Pension, und auch wenn wir viel Zeit miteinander verbrachten, war er kein Angehöriger oder enger Freund. War es überhaupt in Ordnung, mit ihm darüber zu reden? Matti tollte vor uns herum, mittlerweile mit zwei dicken Ästen bewaffnet, und schien von unserem Gespräch nichts mitzubekommen. Was genau zeichnete denn einen engen Freund aus? Wie lange musste man jemanden kennen, um ihn so bezeichnen zu können? »Ich bin mir nicht sicher, ob ich mir Sorgen um unsere Tante machen muss«, sagte ich und fühlte, dass Simon mich trotz meiner schwammigen Antwort verstand.

»Hat ein Arzt eine fundierte Diagnose gestellt oder ist das nur dein Bauchgefühl?«

»Eigentlich ist es das Bauchgefühl des Arztes, nicht meins. Gesa bestreitet, dass sie ein Problem mit dem Gedächtnis hat.«

»Das ist nicht ungewöhnlich. Die meisten Patienten leugnen es aus Scham.« Er legte den Zeigefinger an die Lippen.

»Wie läuft denn so ein Uhrentest ab?«

»Beim Uhrentest lässt man den Patienten Uhrzeiten zeichnen. Dabei kommt es auf die Ziffern und Zeiger, aber auch auf die Abstände zwischen den Zahlen und auf die Lesbarkeit an. Je fortgeschrittener die Demenz ist, umso unkenntlicher wird die Uhr. Ein solcher Test allein reicht jedoch zur Diagnose nicht aus. Es gibt zu viele Zustände, die kurzfristige Vergesslichkeit hervorrufen können. Stress, Aufregung, Ärger, sogar positive Überraschungen ... eigentlich bringen uns alle veränderten Gemütszustände in eine neue Verfassung.«

»Klingt kompliziert. Sie hatte Stress, sagt sie, und sie trauert immer noch, glaube ich.«

»Wegen Hannes«, schlussfolgerte Simon, und wir schwiegen ein paar Minuten. Tod und Krankheit waren nirgendwo auf der Welt das richtige Gesprächsthema. »Sobald sie wieder da ist, solltet ihr zu ihrem Hausarzt gehen und das Thema in Ruhe abklären. Wenn es überhaupt etwas abzuklären gibt. Nach einem Unfall kann es immer sein, dass erst einmal kleine Lücken im Gedächtnis auftreten. Unser Gehirn schaltet in den Notmodus, was gut ist. Und um dich zu beruhigen, so wie ich deine Tante letzte Woche kennengelernt habe, hat sie auf mich nicht dement gewirkt. Überhaupt nicht.«

Beim Telefonat vor einer Woche auch nicht, dachte ich erleichtert. Phil übertrieb bestimmt, womöglich aus Vorsicht. »Stimmt.«

Etwas wortkarger wanderten wir dann so lange zwischen Bäumen, Seegras und dem Meeresrauschen umher, bis Matti aufschrie, als wäre er barfuß auf einen spitzen Stein getreten.

185

»Da ist es!«, brüllte er, als müsste er einen Bären in die Flucht schlagen. Gab es Bären an der See? Ich sah mich um. »Gott sei Dank. Ich dachte schon, wir würden es nie mehr wiederfinden«, jubelte er.

»Ich wusste, dass wir ganz nah dran sind«, erwiderte Simon.

»Nah dran an was?« Ich konnte nichts, aber auch rein gar nichts von tragender Bedeutung vor mir erkennen. Nur einen Stapel Holz und ein paar Bretter. Simon und Matti klatschten sich ab wie bei einem gewonnenen Basketballspiel.

»Ohne dich wären wir verloren gewesen, Kumpel.« Ich hätte geschworen, dass mein Neffe bei Simons Lob automatisch um zehn Zentimeter in die Höhe wuchs und dem Seegras Konkurrenz machte.

»Könnte mich bitte jemand aufklären, wovon hier die Rede ist?«

»Wir haben ein Versteck gebaut. Einen richtigen Unterstand!« Matti war nicht zu bremsen und rannte los, über die Wiese auf den Bretterstapel zu.

Ich hielt kurz an, um meinen Füßen eine Ruhepause zu gönnen und den vermeintlichen Unterstand zu betrachten. »Wozu brauchst du so was?«

»Braucht nicht jeder Junge so etwas? Einen geheimen Rückzugsort, den man nicht sofort findet?«, beantwortete Simon meine Frage mit einem Augenzwinkern. »Und jedes Mädchen natürlich auch.«

»Es ist mein eigenes Haus.« Matti war Feuer und Flamme, kam zurück und zog mich an der Hand mit sich. »Ohne Mama und Papa, die sich sowieso dauernd meinetwegen streiten. Da wohne ich ganz allein drin und du bist eingeladen, mich zu besuchen.« Er duckte sich, um zwischen die Holzstapel und das Bretterdach zu passen.

Nicht gerade geräumig, das Holzhaus. Drei Mann waren auf jeden Fall zwei zu viel.

»Ich hab eine Decke hier.« Er zog eine von Gesas roten Fleecedecken aus einer Ecke.

»Deine Eltern streiten sich nicht wegen dir«, griff Simon dankenswerterweise das Thema auf, das ich nicht einfach so unter den Tisch hätte fallen lassen dürfen. Ich war die lausigste Tante der Welt und schämte mich dafür.

Alte Gefühle, denen ich bislang keinen Raum gegeben hatte, krochen in mir hoch. »Es ist normal, dass Eltern unterschiedliche Meinungen haben. Warum sollte das deinetwegen sein? Streit ist keine Katastrophe«, fügte ich hinzu. Obwohl mir die Streitereien meiner eigenen Eltern jedes Mal wie ein Weltuntergang vorgekommen waren. »Auch, wenn es sich so anfühlt«, ergänzte ich deshalb und schluckte.

»Aber ich weiß nicht einmal, warum sie ständig unterschiedlicher Meinung sind. Ich glaube, das wissen sie selbst nicht. Mama ist oft schlecht drauf. Hier ist sie ganz anders. Und Papa ist nie da. Und wenn, dann macht er alles falsch, sagt Mama. Ich hab keine Ahnung.« Geknickt hockte er sich auf die Decke, die er auf dem Boden seines Unterstandes ausgebreitet hatte. »Ich hab noch eine zweite.« Er reichte Simon eine weitere Decke, die dieser auf dem Waldboden auslegte, damit wir beide uns draufsetzen konnten.

Für den angeblich so gleichgültigen Jungen, der ins kriminelle Milieu abzudriften drohte, war Matti sehr vorausschauend. Es war nicht selbstverständlich, dass er sich uns gegenüber geöffnet hatte, was eventuell weniger an mir als an Simon lag. Ich betrachtete Simon Berger verstohlen von der Seite, bis er es bemerkte und ich ertappt den Kopf wegdrehte.

»Liebesbeziehungen sind oft nicht leicht, Matti«, sagte ich unsicher, weil ich selbst kein leuchtendes Vorbild in diesen Dingen darstellte. »Manchmal mag man sich mehr und manchmal weniger, besonders wenn man schon lange zusammen ist.

Bei Freundschaften ist das so ähnlich. Du willst auch nicht immer dasselbe wie deine Freunde. Menschen sind unterschiedlich, wollen unterschiedliche Dinge und haben verschiedene Ansichten. Das zwischen deinen Eltern hat nichts mit dir zu tun, da bin ich mir ganz sicher.«

»Aber mein Name fällt immer, wenn sie streiten. Mama wirft Papa vor, dass er nichts mit mir unternimmt, und er sagt dann, dass er doch das Geld für uns alle verdient.«

»Siehst du, das meine ich. Es geht um äußere Umstände, nicht um dich.«

»Meinst du, sie können das besser hinbekommen? Irgendwann?«, fragte er mit großen Augen.

Während ich noch überlegte, was ich antworten sollte, hörte ich Simon sagen: »Alles kann sich ändern, Matti. Positiv und negativ. So ist das nun mal. Es ist immer alles drin.« Diplomatisch gelöst, Herr Berger. Er zog eine Papiertüte mit drei Croissants aus seinem Rucksack. »Hab ich vom Frühstück mitgehen lassen«, raunte er ihm verschwörerisch zu. »Sag es keinem.«

Endlich lachte Matti wieder. Simon verteilte die Croissants und wir setzten uns automatisch Rücken an Rücken, um uns gegenseitig zu stützen. »Das hast du gut gemacht vorhin«, flüsterte er mir zu, während Matti in seinem Häuschen aß.

»Danke.«

Wir schauten uns über die Schulter hinweg an. Sein Blick ruhte auf meinem Mund, sein Oberarm berührte meinen. Ich hatte das Bedürfnis, ihm nahe zu sein. Näher als gewöhnlich. Einmal mehr registrierte ich das Blau seiner Iris im Kontrast zu den dunklen Haaren und nahm das Tattoo auf seiner Hand wahr, als er sich neben mir auf dem Boden abstützte. Er beugte sich vor, um mir eine Locke aus dem Gesicht zu streichen. Seine Fingerkuppen hinterließen eine warme Spur auf meiner Haut.

Verlegen räusperte ich mich. »Was bedeuten die Motive um dein Handgelenk eigentlich?«, lenkte ich ab.

»Die Tattoos?« Er lächelte und es gefiel mir, wie offen und von Herzen kommend es sich anfühlte. Hier mitten im Wald, wo es nichts gab außer uns. »Das hier ist eine Schlange, die sich ums Handgelenk windet wie eine Ranke. Etwas abstrakt, damit es zu den anderen Tätowierungen passt. Sie ist ein mystisches Wesen und das Symbol der Medizin. Du hast sicher schon oft den Asklepiosstab gesehen, um den ebenfalls eine Schlange gewunden ist. Ist auf fast allen Apotheken abgebildet.«

»Ja, klar – das kennt man. Und die anderen beiden Zeichen?«

»Das sind keltische Symbole. Das eine ist eine sogenannte Triqueta.« Er deutete auf das erste, das aus drei ineinander verwobenen Ovalen mit spitzen Enden bestand. »Sie steht für Körper, Geist und Seele. Mein Vater hat immer gesagt, es sei wichtig, dass diese drei Ebenen im Einklang sind. Das stimmt tatsächlich, zumindest für mich. Das andere ist eine Triskele. Auch wieder die Zahl drei, es ist ein Spiralmotiv. Angeblich soll sie vor Unglück, Sorgen und Ängsten schützen. Ob das hilft, weiß ich nicht. Sicher alles Aberglaube, aber ich hab die Tätowierungen schon, seit ich achtzehn Jahre alt bin und mein Vater es mir quasi erlaubt hat. Damals stand ich auf keltische Symbole und wusste bereits, dass ich Arzt werden wollte.«

»Dein Vater ist dir sehr wichtig, oder? Du erwähnst ihn oft. Obwohl er früher nie Zeit für dich hatte.«

Matti blickte von seinem Croissant auf.

»Sicher. Er war mein Vater.«

»Wie meinst du … war? Oh … Ich wusste nicht, dass er …« Ich schlug die Hand vor den Mund. »Ist er verstorben? O nein. Mein Beileid.«

»Meins auch.« Selbst Matti schien das nicht gewusst zu haben.

»Danke, ist schon zehn Jahre her. Nach der Klage auf Schadensersatz, bei der es um einen Behandlungsfehler ging …« Simon lehnte sich vor und stützte sich auf den Knien ab, weshalb ich seinen Rücken nicht mehr an meinem spürte. Es fühlte sich leer an. »Grobe Fahrlässigkeit, war nicht wegzudiskutieren. Ich erspar dir die Details lieber. Aber er war kein schlechter Mensch, er war nur überarbeitet. Durch den Fehler waren wir von heute auf morgen komplett pleite. Trotzdem hat er das restliche Geld, das er noch zahlen musste, aufgetrieben und seine Schuld beglichen. Zwanzigtausend Euro.« Er schwieg eine Weile, als würde er auf irgendetwas warten oder etwas Wichtiges hinzufügen wollen. »Der Prozess hat ihm das Herz gebrochen, ihn gleichgültig gemacht. Er hatte einen tödlichen Autounfall … Wenn es denn ein reiner Unfall war.«

»Mein Gott, Simon.« Ich konnte nicht weiteressen. Erst, als er sich wieder an mich lehnte, entspannte ich mich. Ich hätte ihn gern gedrückt, aber das ging aus meiner Position heraus nicht.

»Es ist okay«, sagte er und biss in sein Croissant.

»Tut mir sehr leid wegen deinem Vater. Das ist schrecklich.«

»Ja, aber auch echt lange her. Wirklich. Mach dir keinen Kopf. Schaut mal, da drüben ist ein Eichhörnchen!« Simon wies auf einen Baum und Matti versuchte, das flinke Tier mit seinem Handy zu fotografieren.

»Och, Mann, zu spät«, vermeldete er enttäuscht, weil auf dem Bild nur der Laubbaum zu sehen war. Kein Eichhörnchen. Er lief zum Baum und hielt Ausschau nach einem weiteren Waldbewohner. Während Simon und ich aneinandergelehnt unsere Croissants weiteraßen und es sich einfach nur gut anfühlte, wie sich unsere Körper berührten, vibrierte mein Handy im Rucksack. Komisch, dass es hier, wo sich Fuchs und Hase gute Nacht sagten, überhaupt Empfang gab. Und schade irgendwie. Ich war drauf und dran, das Telefon zu ignorieren.

190

Es passte nicht in den Wald, nicht in unseren gemeinsamen Moment und erst recht nicht zu den intimen Gesprächen, die wir bis eben geführt hatten.

Aber es konnte eine Nachricht von Nele oder Gesa sein. Vielleicht war etwas passiert.

War es nicht. Die Mitteilung kam von Phil.

Gute Neuigkeiten: Gesa wird morgen entlassen. Wer von euch holt sie ab? LG

Gefolgt von einem weiteren Vibrieren:

Sollen wir beide uns heute Abend an unserem alten Platz am Strand treffen? Acht Uhr wie früher? Ich freu mich.
PS: Es tut mir immer noch leid wegen des Tandems.

»Was Wichtiges?«, wollte Matti wissen, der mich dabei beobachtete, wie ich mit meinem Handy hantierte, während er seins weggesteckt hatte.

»Ich bin mir nicht sicher«, antwortete ich gedankenverloren. »Ich meine … ja. Ja, natürlich. Gesa kommt morgen nach Hause. Phil hat aus dem Krankenhaus geschrieben.« Da Simon immer noch nicht wusste, wer Philipp Olsen war, setzte ich erklärend hinzu: »Der Kitesurfer vom Strand. Er ist der behandelnde Arzt meiner Tante.«

»Ah, okay. Schön, dass Gesa wieder nach Hause kommt. Das freut mich total für euch!«

»Ja, und Philipp, also, er ist auch …« Ich wusste nicht, warum ich es dazusetzte. Vielleicht wollte ich klare Verhältnisse schaffen. Auf jeden Fall wollte ich ehrlich sein. »… mein Jugendfreund.« Ich merkte, wie es kühler zwischen uns wurde. Simons Rücken verließ meinen nun endgültig.

Er stand auf. »Okay«, wiederholte er, ohne näher auf das Gesagte einzugehen. Er packte die leere Croissanttüte in den Rucksack und legte die Decke zusammen. »Wir sollten zurückgehen, es soll bald regnen.«

»Lina«, sprach Matti mich von der Seite an. »Das mit meinem Unterstand bleibt unser Geheimnis, ja? Es ist mein Geheimversteck.«

KAPITEL 9

Ich rieb meine Beine mit einer Rosskastaniencreme ein, die ich in Gesas Badezimmerschrank gefunden hatte, und nahm mir vor, den Rest des Tages nichts anderes mehr zu tun, als die Füße hochzulegen. Wenn ich irgendwohin gehen müsste, dann nur in Flipflops.

Nele hatte sich seit dem Morgen im Aufenthaltsraum eingeigelt und schrieb an ihrem Manuskript. Der Arbeitstitel lautete »Der Schlüsselmörder« und ich fragte mich, wie ausgerechnet meine Nele auf so eine blutige Idee kam. Neben sich auf dem Sofa hatte sie diverse Papierstapel, bunte Stifte und einen Ratgeber mit der Aufschrift »Schriftsteller werden in 30 Tagen« aufgetürmt. Sie war voll in ihrem Element.

»Hi, du siehst erholt aus. Wandern scheint was für dich zu sein.« Zufrieden schob sie den Laptop zur Seite und beugte sich zum Tischchen vor, auf dem eine Teekanne stand. Ihre roten Locken hatte sie zu einem lässigen Dutt hochgezwirbelt.

»Ich bin selbst überrascht, wie gut mir das Laufen getan hat. Mir. Meinen Füßen weniger.« Ich wies auf die Flipflops.

»Das liegt daran, dass du sonst nie Sport treibst«, antwortete meine Schwester belustigt. »Ich habe übrigens mit Sascha telefoniert, als ihr weg wart. Wir haben uns ewig nicht mehr so gut unterhalten.«

Ich kuschelte mich neben sie. »Da bin ich gespannt. Ich hab auch Neuigkeiten, aber du zuerst.«

»Sascha meinte, ich wäre so lebendig. Stell dir vor, er hat ›lebendig‹ gesagt. Ich denke, das Wort passt. Es ist *meine* Aufgabe, mehr mit meinem Leben anzufangen. Nicht seine. Er findet aufregend, was ich tue, und wollte wissen, was ich schreibe und wie ich das Buch veröffentlichen möchte.« Sie strahlte mich an. »Und natürlich, wie wir die Pension ohne Gesa managen.« Ihr Lächeln wurde verlegen. »Er hat mich ›Powerfrau‹ genannt.«

Das war süß. Kaum zu glauben, dass die beiden zu Hause so viel stritten. »Warum habt ihr bloß diese Meinungsverschiedenheiten? Du weißt doch, wie Matti sich fühlen muss, wenn ihr streitet.«

»Ist das ein Vorwurf?« Nele gab sich keine Mühe, ihre Emotionen zu verbergen.

»Nein, aber …«

»Warum sagst du so etwas? Es ist nun mal nicht leicht, wenn ein kleiner Mensch dazukommt. Du hast keine Ahnung!«

Einen Moment lang wusste ich nicht, wie ich darauf reagieren sollte. Ich wollte sie nicht verärgern, aber auch nicht klein beigeben. »Ich hab's nicht böse gemeint«, erwiderte ich trotzig, weil ich mich angegriffen fühlte. »Ich wünschte nur manchmal, ich hätte auch so ein Glück wie du. Zuletzt hab ich mir das vor zwei Stunden im Wald mit deinem Sohn gewünscht.« Es war vermutlich falsch, das so unverblümt hinauszuposaunen, aber es entsprach der Wahrheit. Ich wagte nicht, sie anzusehen.

Einige Minuten hing jede von uns ihren Gedanken nach, keine wollte einen erneuten Disput entfachen. »Du hast ja recht. Es ist nur manchmal verdammt schwer. Auch wenn Matti ein Schatz ist«, sagte Nele dann. »Bis auf die dicke Silberkette, die er oft um den Hals trägt … und die Totenkopfklamotten.« Das war ein verstecktes Friedensangebot an mich.

»Du meinst die Gangsterkette?«

Wir lächelten beide.

»Tut mir leid, Lina. Ich weiß nicht, woher ständig diese komischen Gefühle wie Neid und Eifersucht auf die Freiheiten anderer bei mir kommen. Das ist so unnötig und vor allem falsch. Manchmal bin ich auch eifersüchtig auf Saschas Job und dadurch unzufrieden. Weil er in einem feinen Büro sitzt und nie zurückstecken musste wie ich. Ich dachte immer, er macht, was er will. Dabei stimmt das nicht. Er arbeitet ja nicht für sich, sondern für unsere Familie, und das nicht zu knapp. Er hat gesagt, er möchte, dass es uns gut geht, und dass er gern auch mal zu Hause bleiben würde, so wie ich das kann. Sich den Tag einteilen, selbst wenn ein Großteil durch Matti fremdbestimmt ist.«

»Habt ihr vorher nie über so was gesprochen, du und Sascha? Oder darüber, wie ihr euch die Kinderbetreuung aufteilen wollt?«

»Nicht so richtig. Wir waren jung und sind da einfach reingerasselt. Ich war noch nie so lange weg wie jetzt. Eigentlich war ich überhaupt noch nie allein weg, seit Matti auf der Welt ist.«

Ich dachte an Simons These von der Luftveränderung. Es schien sich zu bewahrheiten: Etwas Neues auszuprobieren war gut, auch für Nele.

»Sascha wird uns abholen, wenn der Urlaub vorbei ist. Dann seht ihr zwei euch noch, ist ja auch schon lange her.« Sie sah mich zuversichtlich an. »Aber genug von mir. Was sind deine Neuigkeiten?«

»Gesa wird morgen aus dem Krankenhaus entlassen.«

»Ach, echt?«, bemerkte Nele gedankenverloren, anstatt in Jubel auszubrechen.

Zum Beweis nahm ich mein Handy aus der Tasche und zeigte ihr Phils Nachricht.

»Mhm. Denkst du, Gesa möchte direkt wieder die Pension übernehmen, wenn sie zurückkommt?«

Es hörte sich so an, als hätte meine Schwester Angst, dass unsere Tante in alter Manier sofort wieder alles managen würde. Eigentlich dachte ich, Nele wäre froh, zumindest einen Teil der Pensionsarbeit abgeben zu können. Offenbar nicht.

»Niemand von uns kann Gesa dauerhaft in Bennickshoop zur Hand gehen.« Ich wollte nicht, dass Nele sich falsche Hoffnungen machte – auf was auch immer. Sie würde bald abreisen, das hatte sie eben selbst gesagt. »Wir müssen vielleicht sogar gemeinsam mit Gesa jemanden suchen, der ihr hilft. Eine Aushilfe stundenweise oder zumindest eine Reinemachefrau.«

»Ich wünschte, die Pension wäre nicht so weit weg. Es macht mir Spaß, mich um die Gäste zu kümmern«, sagte Nele bedauernd.

»Du könntest etwas Ähnliches in Hamburg finden«, schlug ich vor.

Sie stöhnte. »Vielleicht.«

»Nele, das klappt bestimmt. Ich helfe dir bei der Stellensuche.«

»Danke. Aber zuerst backe ich morgen früh diesen Hefezopf für Gesas Rückkehr. Du weißt schon, den besten der Welt. Das habe ich ja immer noch nicht gemacht und damit hätte ich dann Punkt acht abgehakt, meine Liebe.« Sie zeichnete mit einem ihrer Buntstifte einen Haken in die Luft.

»Du bist ein alter Streber«, zog ich sie auf und hoffte, sie würde die Idee, sich eine vergleichbare Anstellung in Hamburg zu suchen, zu Hause nicht gleich wieder verwerfen.

»Lass uns Simon zu Gesas Willkommenskaffee einladen, Linchen. Wir werden im Frühstücksraum sitzen, was bedeutet, die Gäste können ohnehin dazustoßen. Simon hat uns hier echt geholfen: Er hat die Verandastufe repariert, die Treppe, die Kaffeemaschine, den Schwimmteich vom Gestrüpp befreit und die Steinmauer entmoost. All so was. Hast du das gesehen? Simon hat ein Anrecht auf Kuchen, Linchen!« Sie grinste.

Etwas beschämt schüttelte ich den Kopf, weil mir das mit der Mauer und dem Teich noch gar nicht aufgefallen war. Dabei hatte ich mir die alte Steinmauer mit den gelben Blumen doch schon allein wegen Me30 unbedingt genauer anschauen wollen.

»Du bist in der Woche den ganzen Tag auf der Arbeit. Wie solltest du das sehen? Ist doch nicht schlimm.«

»Wir laden Simon offiziell ein«, stimmte ich zu. »Ich werde bei Jansen einen zusätzlichen Kuchen bestellen, damit wir genug für alle haben. Oder besser zwei?«

»Besser ist das. Mein Hefezopf ist sicher schnell weg«, mutmaßte Nele und stupste mich herausfordernd in die Seite. »Ich schreib noch ein bisschen.« Sie schlug die Beine zum Schneidersitz unter und angelte nach dem Laptop. Bisher hatte sie nur ab und zu ihre erreichte Seitenzahl durchgegeben, die Geschichte jedoch für sich behalten.

»Wie ist die Story deines Romans?« Ich rückte zu ihr auf.

»Also, ein Mann findet in der Hamburger Innenstadt einen Haustürschlüssel auf der Straße«, begann sie nervös, sicher weil sie – außer mit Sascha – noch mit niemandem darüber gesprochen hatte. »Doch statt ihn ins Fundbüro zu bringen, probiert er ihn an der nächstgelegenen Tür aus. Das würde doch normalerweise keiner machen, oder? Der Schlüssel passt und der Mann geht hinein. Und dann ...« Sie stockte und streichelte über ihr Arbeitsgerät, bevor sie den Laptop aufklappte.

»Wird er umgebracht? Bringt er jemanden um? Ich möchte wissen, wie es weitergeht.«

»Das behalte ich für mich. Du sollst es ja noch als meine Testleserin lesen. Natürlich nur, wenn du willst.«

»Wow, danke. Das ist eine Ehre, ich will auf jeden Fall!«

»Schau mal.« Sie klickte auf ein Bild auf ihrem Desktop. »Das ist ein Schnappschuss, den Frau Meier von unserer Eingangspforte gemacht hat. Sie hat mir das Foto überlassen.

So was könnte ich mir gut als Buchcover vorstellen. Passt zum Schlüsselmörder. Was meinst du?«

»Frau Meier ist Me30!«, platzte ich heraus und stürzte mich hitzig auf ihren Laptop, um das Foto aus der Nähe betrachten zu können. Sie starrte mich verblüfft an. Wahrscheinlich hätte ich genauso geguckt, wenn sie eine Prominente in unserem Haus enttarnt hätte. »Ich wollte es dir schon die ganze Zeit erzählen, ich bin mir zu einhundert Prozent sicher.«

»Du denkst, Frau Meier ist der gefeierte Fotoboard-Star?« Nele schien ebenso wenig davon überzeugt wie Gesa. »Du spinnst!«

»Sieh dir den letzten Beitrag mal ganz genau an. Da ist unsere Steinmauer abgebildet.«

»Frag Frau Meier doch einfach«, erwiderte meine Schwester amüsiert. »Ich tippe übrigens auf nein. Und wieso sollte sie unsere Mauer knipsen?«

»Wirst schon sehen! Ich frag sie, sobald sie mir über den Weg läuft.«

Es war der junge Jansen, der mich eine halbe Stunde später in der Bäckerei bediente. Mitte vierzig und das Ebenbild seines Vaters: hochgewachsen, die gleichen verbitterten Mundfalten und der gleiche überhebliche Blick. Ähnlich wie Lehrer Angelmeier hatte auch der alte Jansen mir früher Furcht eingeflößt. Beide hatten ständig etwas zu meckern gehabt. Daher war es nicht verwunderlich, dass sie gemeinsame Sache gegen die Strandperle machten. Leider war Jansen seit jeher der einzige Bäcker im Ort und als Kind hatte ich keine Lust gehabt, mit dem Fahrrad bis ins Nachbardorf zu radeln. Auch wenn die Strecke malerisch war, vorbei an der alten Windmühle und dem großen Segelschiff aus Holz, das für die Kinder neben dem Spielplatz erbaut worden war.

»Lina! Hab gehört, dass du wieder da bist«, begrüßte Peter Jansen mich überschwänglich, was die Vermutung nahelegte, dass sich nicht nur meine Anwesenheit, sondern auch mein Jobprofil, meine Konfektionsgröße und mein Leibgericht herumgesprochen hatten. Bennickshoop war eben ein Dorf. »Ist die Anzahl der Brötchen für die Romantikpension morgens nicht mehr recht?«, fragte er scheinheilig. »Wie geht's Gesa?«

»Hallo, Peter, doch, doch, alles bestens.« Nele und ich waren für den Lieferdienst, den er anbot, sehr dankbar. Keine von uns hätte die Möglichkeit, vor dem Frühstück der Gäste zusätzliche Besorgungen zu tätigen. »Gesa wird morgen aus dem Krankenhaus entlassen. Deshalb möchte ich gern einen Kuchen bei euch bestellen. Oder zwei.«

»Ja, das mit dem Unfall hab ich gehört«, sagte er. Natürlich hatte er das, alles andere hätte mich stutzig gemacht. Der Alarm des Backofens unterbrach uns und Peter Jansen schlüpfte in die dicken Ofenhandschuhe, um die Brötchenbleche herauszuziehen. »Welche Kuchen möchtest du bestellen?«

»Ich nehme einen Käsekuchen. Den liebt sie. Dazu eine Schwarzwälder Kirsch?«

»Gute Wahl. Mach ich dir.« Er legte die Handschuhe beiseite und notierte es in seinem Heft auf dem Tresen. »Sag bitte eurem Doktor Berger einen herzlichen Gruß von mir, wenn du ihn siehst. Das Mittel gegen Haarausfall, von dem er gesprochen hat, wirkt Wunder, und das so schnell! Er meinte zwar, diese Mittel helfen meistens nicht, aber bei mir war das Gegenteil der Fall.« Jansen junior posierte und fuhr sich durch die lichte Haarpracht. Am liebsten hätte er seine eigene Schönheit offensichtlich im Spiegel begutachtet. »Würde mich auch interessieren, ob der Berger in seiner Recherche weitergekommen ist. Er sagte, er schreibe für ein Reisemagazin.«

»Sagte er das?« Es war nicht schwer zu erraten, dass ich nichts davon wusste, weshalb der Bäcker das Kreuz durchdrückte und noch größer wirkte, als er war.

»Er wollte Infos für seine Recherche von mir, bestimmt weil ich mich hier so gut auskenne. Es ging um die Unterkünfte im Ort. Ich hab sogar gesehen« – er beugte sich mit einem vertraulichen Augenzwinkern zu mir über den Tresen –, »wie er da drüben am Stehtisch auf dem Laptop getippt hat. Er hatte Fotos von der Strandperle auf seinem Bildschirm geöffnet. Tolle Aufnahmen, kann man nicht anders sagen.«

Sollte es mich beunruhigen, dass Simon das Hotel, in dem ich arbeitete, fotografiert hatte – vielleicht sogar einen Artikel darüber schrieb, ohne mit mir zu sprechen? »Ich weiß von nichts.«

»Erzählt er wohl nicht jedem«, merkte Jansen an.

Nein, nur seinen allerallerbesten Freunden ... Ich ließ mir nicht anmerken, wie gern ich wegen seines Kommentars die Augen verdreht hätte. Aber es enttäuschte mich auch, dass Simon etwas vor mir verheimlichte. Er hatte zwar keine Verpflichtung, mir jede Einzelheit aus seinem Leben zu schildern, doch nachdem wir uns heute so nah gekommen waren, fühlte es sich verletzend an.

»Apropos Strandperle.« Da mir mein Job sowieso ständig im Kopf herumging, sprach ich Jansen darauf an. »Ich arbeite ja jetzt da.«

»Schon gehört«, murrte er.

»Wir überlegen, ob wir für einen Tag der offenen Tür zweihundert Törtchen bei euch ordern, mit Logo drauf. Wäre das möglich?«

»Für die Strandperle?«, fragte er, als spräche ich Chinesisch. Er sah von einem Käsekuchenstück auf, das er zum besseren Transport auf einen Pappteller legte und in buntes Papier mit der Aufschrift »Jansen« einschlug. »Kann ich dir nix zu sagen,

Lina. Das musst du mit meinem Vater bereden. Aber er ist dieses Wochenende nicht da.«

Ernsthaft jetzt? Sein Vater hatte noch das Sagen? War Peter kein Miteigentümer? »In Ordnung.«

»Am besten machst du das persönlich, nicht am Telefon«, riet er mir. »Das schenk ich dir.« Er reichte mir das eingewickelte Kuchenstück. »Kannst den Käsekuchen gleich mal vorkosten. Den großen und die Schwarzwälder Kirschtorte liefern wir euch morgen früh mit den Brötchen an.«

Echt freundlich. »Danke. Ich melde mich dann bei deinem Vater wegen der Törtchen«, antwortete ich und versuchte, meiner Aussage eine beschwingte Note zu geben.

Peter Jansen zog eine Augenbraue hoch. »Viel Erfolg dabei.«

***

Zur vereinbarten Zeit fand ich Phils und meinen alten Stammplatz am Strand schnell wieder, obwohl ich mir dabei vorkam, als wäre ich mit einer Zeitkapsel in die Vergangenheit gereist. Wieder war ich barfuß und wieder wartete ich auf Phil.

»Sorry, ich konnte in der Klinik nicht eher weg«, sagte er fünf Minuten später, küsste mich auf die Wange und ließ sich neben mir in den weichen Sand fallen. Den Motorradhelm legte er auf der anderen Seite ab. »Lina, ich muss mich noch mal bei dir entschuldigen wegen gestern. Ich hätte mit dir auf dem Wasser vorsichtiger sein müssen. Das war blöd von mir.«

»Ich hatte eingewilligt. Es war auch meine Verantwortung.« Ich fröstelte. Wie unüberlegt von mir, keine Weste mitzunehmen, nur weil ich dieses Sommerkleid hatte anziehen wollen, um hübsch auszusehen. Für ihn. Immer noch.

»Du frierst ja.« Phil entledigte sich seiner Bikerjacke und hängte sie mir über die Schultern. Dabei umarmte er mich liebevoll. »Die ist gefüttert. Ich hoffe, sie hilft dir.« Aufmerksam begutachtete er mich aus der Nähe, als könnte er immer noch nicht glauben, dass ich in Bennickshoop war. »Du trägst mein Armband«, stellte er fest und befühlte sachte mein Handgelenk.

Die Stelle, über die er mit seinen Fingerspitzen fuhr, kribbelte und ich nahm die Wärme auf, die von seinem Körper ausging. Seine Berührung und die Umarmung gaben mir ein Gefühl der Geborgenheit. Und trotzdem dachte ich an Simon, an seine Blicke, seine Lippen, wie wir eng aneinandergelehnt auf dem Waldboden gesessen hatten, das Sommerdreieck. Da waren so viele unausgesprochene Dinge zwischen ihm und mir – aber warum kam mir das ausgerechnet jetzt in den Sinn? Ich musste Simon Berger aus meinem Kopf verdrängen. Unbedingt. Es war Phil gegenüber unfair. Zur Ablenkung ließ ich Sandkörner durch meine Finger rieseln. »Ich mag die Muschel am Armband, ich trage es hin und wieder, seit ich es wiedergefunden habe. Eine schöne Erinnerung.«

»Vielleicht war es ja Schicksal, dass sie dich nach Bennickshoop versetzt haben.« Der Satz hatte etwas Zuversichtliches, doch gleichzeitig bemerkte ich die dunklen Schatten, die sich über Phils Gesicht legten. Früher hatte ich das häufiger bei ihm wahrgenommen, seit ich wieder hier war, noch nicht. Daher hatte ich geglaubt, sie wären gänzlich verschwunden.

Er griff nach seiner Tasche, die einem Notfallrucksack glich, und zog einen Piccolosekt daraus hervor. »Ich habe keine Gläser dabei, aus der Krankenhauscafeteria wollte ich keine entwenden. Aber funktioniert bestimmt auch so. Ich würde gern mit dir anstoßen – auf dich, dein Kite-Erlebnis und deinen neuen Job! Schön, dass du wieder bei mir bist, Lina.« Er drehte den Schraubverschluss auf und reichte mir feierlich die Flasche. Auf seinen Wangen bildeten sich die verschmitzten Grübchen, in die ich mich damals verliebt hatte. Wie in seine Spontaneität, die er auch in diesem Moment wieder an den Tag legte. Ich war froh, als ich die kühlende Sektflasche in der Hand hielt, und fühlte mich, als müsste ich mir Mut antrinken.

Phil strich mir freundschaftlich über den Rücken und legte erneut einen Arm um meine Schulter. Ich spürte seine Brust und die muskulösen Oberarme, die mich hielten, während ich einen Schluck trank. Und mit dem ersten Tropfen Alkohol durchströmten mich auch die alten Gefühle und Erinnerungen – heftig und unaufhaltsam, gute und schlechte: die Enttäuschung wegen der Trennung meiner Eltern, mein erstes Mal mit Phil, wie verliebt ich gewesen war, seine Küsse, die Wut und Trauer anfangs in Berlin. Eine stumme Träne kullerte meine Wange hinunter.

»Hey, das war nicht der Plan! Du sollst nicht weinen. Wir wollen doch feiern. Was ist los?« Zärtlich streichelte er mein Gesicht und fing eine Träne mit seinem Daumen auf. »So schlimm?«

»Ich weiß irgendwie nicht, wo ich hingehöre, Phil«, flüsterte ich mit erstickter Stimme und nahm noch einen Schluck aus der Flasche. »Ich mochte es, in einer großen Stadt zu leben und auf die Karriere fokussiert zu sein. Und jetzt?«

»Hat sich das geändert?«

»Ich weiß es nicht«, sagte ich schniefend. »Ich soll die Strandperle vor den unzähligen negativen Internetkritiken retten und allen beweisen, dass das Hotel hierhergehört. Aber seit ich dieses Glücksglas mit den Zetteln von früher gefunden habe, steht mein Leben kopf. Es kommt mir vor, als hätte ich vergessen, was meine Ziele sind. Ich bin wegen dem Job an die Ostsee gekommen, doch mittlerweile ist das nicht mehr der einzige Grund. Es sind viele Gründe, die mich hier halten: die Pension, Nele, Matti, Gesa, die Gäste, Bennickshoop. Ich wollte nicht hierher und mittlerweile möchte ich nicht wieder weg.«

»Ich kenne das«, sagte Phil mit seiner tiefen Stimme, die trotz aller Zuversicht gebrochen und verletzlich klang. Er drückte mir einen Kuss auf die Stirn und zog mich noch näher an sich. »Kannst du mir verzeihen, dass ich dir damals nicht geantwortet habe? Ich war ein Idiot«, rügte er sich.

Ich hatte ihm in meinem letzten Brief geschrieben, dass ich es nicht mehr ohne ihn aushielte. Ich hatte probiert, ihn anzurufen, war aber von seiner Mutter abgewimmelt worden. Damals wusste ich nicht, warum. Heute schon. Phil hatte nie versucht, einen Kontakt herzustellen. Er hatte mich verdrängt, abgeschrieben – vielleicht bereits bei unserem Abschiedstreffen vor elf Jahren am Strand. *Für immer* – seine Worte hallten in meinen Ohren nach. Deutlicher denn je. »Wann hast du das mit der Affäre unserer Eltern eigentlich erfahren?«

»Kurz bevor du damals abgereist bist.« Er fasste sich genervt an die Stirn. »Verdammt, Lina. Was hätte ich machen sollen?«

»Du wusstest das bei unserem letzten Treffen schon?« Ich richtete mich kerzengerade auf, den Mund geöffnet, ohne etwas zu sagen. Ich hätte es ihm damals sofort erzählt, wenn ich es gewusst hätte. Aber Nele und ich hatten von dem Verhältnis erst in Berlin erfahren, und da hatte Phil mir bereits den Rücken gekehrt. Ich horchte in mich hinein, suchte Rikes beratende Stimme in meinem Kopf, doch sie war nicht da. »Warum hast du nicht mit mir geredet?«

»Hätte ich unseren letzten gemeinsamen Abend zerstören sollen, nur weil mein Vater damals ein Idiot war?«

»Das war er nicht. Meine Eltern wollten sich sowieso trennen, sie haben ständig darüber diskutiert, das weißt du.«

»Ja.« Phil ließ mich los. Er stellte die Flasche weg, stand auf und griff nach einem Steinchen. Mit Schwung warf er es ins Meer. »Ich kann mir nicht mal selbst verzeihen, wie bescheuert ich mich dir gegenüber verhalten habe. Wie sollst du das dann.«

»Ich hätte dich gebraucht.«

»Ich weiß.« Er verzog den Mund, als wäre er von sich selbst enttäuscht. »Ich dich auch. Aber jetzt, Lina – jetzt kann ich für dich da sein. Ich hab sogar schon nach Wohnungen geschaut. Falls du aus der Pension ausziehen möchtest. Ich kann dir helfen, dich einzuleben. Wir können jeden Tag etwas zusammen unternehmen, wenn du magst. Ich bringe dir mit meinen Freunden Kitesurfen bei, also richtiges Kitesurfen.«

»Ich bin schon hart auf den Sand gefallen. Das reicht mir fürs Erste.« Seufzend stellte ich mich neben ihn und legte ihm eine Hand auf die Schulter. Wir atmeten beide die salzige Seeluft ein. Plötzlich drehte Phil den Kopf und drückte mir einen flüchtigen Kuss auf den Handrücken.

»Wir fangen neu an«, sagte er entschlossen und griff nach meiner Hand, um mich an den Rand des Meeres zu führen. Es wurde dunkel am Himmel und das Schwarzblau des Horizonts vermischte sich mit den Wellen des Ozeans. Phil ließ meine Finger los, ging in die Hocke und schrieb »P + L« in den nassen Sand. »Weißt du noch?« Keine zwei Sekunden später ergriff das Wasser die Buchstaben und trug sie mit sich fort. »Mein Vater würde sich freuen, wenn wir wieder zusammen wären. Er hat dich immer gemocht. Und er hätte endlich jemanden, der sein Hotel übernehmen kann. Dich!« Phil schien vollends begeistert von seiner Idee.

»Nein, ich arbeite doch in der Strandperle. Und überhaupt – du bestimmst, dass wir neu anfangen?«, fragte ich gespielt empört, weil er es sicher nicht ernst gemeint hatte.

»Ich weise nur liebevoll bestimmend in diese Richtung«, erklärte er belustigt. »Lina, du warst, bist und bleibst mein Herzensmensch.« Er machte einen Schritt auf mich zu und zog mich federleicht in seine Arme. Als wäre es immer so gewesen. Als müsste es so sein. Die Art, wie er mich hielt, verlieh mir das lange vermisste Gefühl von Sicherheit – so sicher, dass ich dem Gefühl nachgab und das Naheliegende geschehen ließ. Spielerisch nahm er eine meiner Locken zwischen seine Finger, legte sanft eine Hand in meinen Nacken und näherte sich mir, bis wir uns so nah waren, dass ich seinen Atem spüren konnte. Unsere Lippen berührten sich, erst leicht und zart, dann wilder. Als wollten wir all die Jahre nachholen, die wir versäumt hatten. Phil schmeckte wie früher, bittersüß nach Pfefferminze und Apfelkuchen. Ich lächelte an seinem Mund. Es gab zwei Arten von Küssen auf der Welt. Die mit weichen Knien und flatterndem Herzen. Und die mit Hitze und Glut, die nach mehr verlangten. Dieser hier war von beidem etwas und doch nichts so ganz. Wir, hier am Strand, elf Jahre später ... Meine Gedanken wirbelten durcheinander wie Herbstlaub im Wind.

Langsam löste ich mich von Phil und wir sahen uns atemlos in die Augen.

»Das wollte ich schon im *Hafenbunker* tun. Eigentlich schon, seit ich dich im Krankenhaus das erste Mal gesehen habe. Ich kann an nichts anderes mehr denken, Lina.« Er hob mein Kinn mit einer Hand an. »Ich liebe dich!«, sagte er dann mit seiner rauen Stimme. »Ich weiß, das ist früh und bestimmt zu viel für den Moment. Aber ich empfinde es so.«

Was sollte ich antworten? »Ich ...«

»Du musst nichts sagen, nur weil ich wie ein Orkan drauflosgeprescht bin und meine Klappe nicht halten konnte.« Er fasste sich an die Stirn. »Ist vollkommen okay.«

»Ich hab dich lieb.« Ich sagte es, weil es stimmte. Genauso.

»Das ist ein Anfang.« Beruhigt küsste er mich auf die Schläfe dicht über meiner Braue und für eine Sekunde überlegte ich, was der erwachsene Phil über mich wusste. Nicht viel, er kannte nicht einmal den Namen meiner besten Freundin – er hatte sich weder nach ihr noch nach meinem Job oder den Geschehnissen der letzten elf Jahre erkundigt. Im Grunde wusste ich genauso wenig über ihn. Wer war Philipp Olsen für mich? Warum fühlte ich mich ihm jedes Mal so nah? Nostalgie, wie Rike behauptet hatte?

»Wo hast du nur all die Jahre gesteckt, Lina?« Er küsste mich noch einmal auf den Mund. Kürzer und weicher als zuvor. »Ich dachte, es gäbe kein Zurück mehr für uns.«

»Du hättest mich anrufen können. Ich war in Berlin – wie du.«

»Das hatten wir doch schon. Es ging nicht«, entgegnete er lächelnd und zog sich ein wenig zurück. »Aber mal was anderes … irgendwie hab ich bei eurem Gast, diesem Simon, kein gutes Gefühl. Der Typ vom Strand gestern.«

»Wie kommst du auf ihn?« Ich kreuzte die Arme vor der Brust. Erst der Kuss, die Liebeserklärung und nun dieser abrupte Themenwechsel. War er verärgert, weil er sich denken konnte, dass Simon und ich durch die Pension viel Zeit miteinander verbrachten? »Er ist nett«, hörte ich mich selbst und fand »nett« reichlich untertrieben. »Ich mag ihn.«

»So«, meinte Phil. »Er war tatsächlich so nett, wie du es ausdrückst, und hat heute Nachmittag bei uns im Möwenhotel Fotos geschossen. Er muss meinen Vater nahezu ausgefragt haben – besonders zur Romantikpension und der Strandperle. Mein Vater fand das ziemlich seltsam. Nicht, dass dieser Simon der Kerl ist, der euch im Luxushotel das Leben schwermacht. Du weißt schon – der diese Verrisse postet, von denen du erzählt hast.«

»Unsinn!«, widersprach ich energisch. Meine eigenen anfänglichen Zweifel an Simons Charakter hatten sich in dem Moment erledigt, als ich ihn mit Matti erlebt hatte. Jemand, der so herzlich und verständnisvoll mit einem kleinen Jungen umging, konnte nichts Böses im Schilde führen.

Phil legte den Kopf schief. »Na jaa … ich wollte es dir eigentlich nicht erzählen, aber ich habe das inzwischen schon von mehreren Leuten im Dorf gehört, dass er ständig herumstromert, sogar am Strand immer mit Laptop und Kamera gesehen wird und dauernd diesen Rucksack bei sich trägt, als hütete er darin ein Geheimnis.«

»Das ist doch Blödsinn, Phil!«

»Würde ich dich anlügen?« Er hob die Arme. »Natürlich sind auch viele andere hier nicht begeistert von eurem Luxusbau. Und soweit ich gehört habe, hätte die Strandperle durchaus das Potenzial, meinen Vater von den vorderen Plätzen der besten Hotels Deutschlands zu verdrängen. Ich weiß es nicht, ich hab mir den Bau noch nie von innen angeschaut.«

»Das ist doch ein völlig anderes Konzept. Euer Möwenhotel bedient spezielle Nischen mit Bioküche und Wellnessanlage. Wir sind keine Konkurrenz für euch.«

»Woher weißt du das? Du warst schon ewig nicht mehr bei uns im Hotel.«

»Von Simon.«

»Da haben wir es. Und der kommt dir nicht komisch vor? Vielleicht ist er gar kein Arzt.«

»Jetzt hör aber auf. Er hat so eine Schlange wie bei einem Asklepiosstab um das Handgelenk tätowiert«, sagte ich unbeholfen.

»Wo ist er sonst noch tätowiert?«

»Was weiß ich? Warum sollte Simon etwas damit zu tun haben? Er hat gar keinen Grund dazu.« Oder gab es einen, den ich nicht kannte?

»Ich will ja nur, dass du vorsichtig bist, Lina. Man weiß nie, was in den Menschen vorgeht.«

KAPITEL 10

»DU SCHAFFST DAS.«

(ME30)

Vier Uhr an einem Sonntagmorgen und ich konnte nicht mehr schlafen. Meine Gedanken drehten sich im Kreis, was sich anfühlte, als wäre ich auf einem Jahrmarkt unterwegs. Aber der Samstag hatte es echt in sich gehabt: zuerst die merkwürdige Mahnung, dann die Wanderung mit Simon und die intimen Gespräche, zum Schluss Phils »Ich liebe dich«. Außerdem hatte Phil mich geküsst. Etwas, wovon ich jahrelang geträumt hatte.

Aber statt glücklich zu sein, war ich verwirrt, traute meinen eigenen Gefühlen nicht und wusste nicht, wie ich mich ihm gegenüber verhalten sollte. In Jogginghose und Shirt stromerte ich durch die verwaiste Eingangshalle und dachte darüber nach, wie sich Phils Lippen auf meinen angefühlt hatten. Anders als früher. Fester und angespannter, aber das war nach all der Zeit sicher normal. Wir mussten uns erst mal neu kennenlernen.

In der Küche schaltete ich den Wasserkocher ein. Nele hatte für die Gäste eine Auswahl an Teesorten aus *Brigittes Stube* mitgebracht und ich entschied mich für eine Packung mit der

Aufschrift »Ostseebrise«. Langsam ließ ich Kluntjes ins heiße Wasser plumpsen. Das Geräusch der knisternden Zuckersteine beruhigte mich, und ich mochte die Tassen in Indischblau, die Gesa und Hannes seinerzeit auf Amrum gekauft hatten. Wieder war da dieses Heimatgefühl, obwohl die Pension nicht mein Zuhause war.

Nele und Matti schliefen noch, genau wie alle anderen Pensionsgäste. Alle, außer Fotografin Jacqueline Meier, die ich im Aufenthaltsraum zwischen den alten Bücherregalen vorfand.

»Guten Morgen. Auch schon wach?«, sprach ich sie vorsichtig an.

»O ja, guten Morgen. Ich hoffe, ich habe Sie nicht erschreckt.« Frau Meier bewegte sich auf den leisen Sohlen ihrer Ballerinas auf mich zu. Sie hatte die kleine Tischleuchte im Raum eingeschaltet und der Schatten ihres Kleides fiel auf den Bücherschrank wie ein Gespenst. »Ich stehe oft um diese Uhrzeit auf, gehe ein paar Schritte draußen spazieren oder sehe mich hier drinnen um. Ich liebe meinen Laden in Hannover zwar, aber Urlaub ist doch was anderes. Man möchte keine Minute versäumen, richtig?«

»Absolut.« Ich verrührte den Zucker in meiner Teetasse und stellte sie dann zum Abkühlen auf das Tischchen neben der Leuchte. »Es freut uns, dass Sie sich die Auszeit an der See gönnen.«

»Meine Schwiegereltern kümmern sich um unsere Kleine. Sonst ginge das nicht. Ein paar Tage Freizeit laden den Mama-Akku enorm auf, das können Sie mir glauben.« Sie nestelte an ihrer Spiegelreflexkamera, die wie immer um ihren Hals baumelte. »Sie müssen mich für eine Besessene halten, weil ich selbst um vier Uhr morgens mit dem Ding herumlaufe. Zu Hause ist die Fotografie Arbeit, hier ist es Vergnügen.«

Es war nicht meine Schuld – sie hatte das Thema von sich aus angesprochen. Ich setzte mich in den großen Ohrensessel.

»Darf ich Ihre Schnappschüsse mal sehen? Wenn das nicht zu aufdringlich ist.« Ich würde sie hier und jetzt als Me30 enttarnen, ganz locker und ohne viel Aufsehen. »Fotokunst interessiert mich.«

»Wirklich?«, fragte sie erstaunt und trat neben mich. »Wenn das so ist ...«

»Ich habe viele Interessen«, antwortete ich, dabei war ich mir bewusst, dass ich mich vor Bennickshoop kaum für etwas anderes hatte begeistern können als für meine Karriere, Kneipenabende mit Rike und für Erik. Alles andere hatte ich als langweilig abgestempelt. Eigentlich traurig. Seit ich hier war, hatten sich meine Vorurteile nach und nach in Luft aufgelöst, Gewohnheiten hatten sich geändert: Ich fand Gefallen am Wandern, mochte es, täglich die Fotoboard-Seite mit Gesa zu analysieren oder stundenlang den Sternenhimmel zu betrachten ... mit Simon. Ein sehnsüchtiger Seufzer kam über meine Lippen.

Frau Meier beugte sich zu mir herunter und hielt mir voller Elan das Kameradisplay vor die Nase. Sie scrollte durch die Aufnahmen. »Sehen Sie. Das war letzte Woche. Da habe ich unseren Herrn Berger dabei erwischt, wie er mit Matti zusammen Bambusblätter aus dem Wasser des Schwimmteichs gefischt hat. Ich habe keine Ahnung von Poolreinigung, aber es sah sportlich aus und der Teich ist wieder wie neu.«

Man erkannte nur die Schuhe der beiden, die Kescher und die zahlreichen Blätter auf der Wasseroberfläche. Hm. So richtig außergewöhnlich war das Bild nicht. Es war gut und verbreitete eine besondere Atmosphäre, keine Frage – aber es war nicht so einnehmend, wie ich es von Me30 gewohnt war. Vielleicht nutzte sie vor der Online-Veröffentlichung ein spezielles Bildbearbeitungsprogramm und verlieh ihren Aufnahmen damit den besonderen Feinschliff. »Das ist hübsch.«

211

»Oder hier, die Hortensien neben der Verandatreppe in Nahaufnahme. Die Farben kommen gegen die weißen Holzdielen richtig kräftig raus.«

Ich nickte anerkennend. »Auch toll. Veröffentlichen Sie Ihre Werke irgendwo? Im Internet zum Beispiel?«, wagte ich einen kühnen Vorstoß.

Warum lachte sie denn jetzt?

»Ich? Niemals. Warum sollte ich? Ich würde sie auch nicht unbedingt als Werke bezeichnen. Ich habe doch einen Fotoladen.«

Als wäre das die Antwort auf meine Frage. »Ja, aber ich meinte, um die breite Masse zu erreichen. Die Millionen.«

Sie runzelte die Stirn, zog ihre Kamera zurück und schaltete sie unverzüglich aus. Vielleicht fühlte sie sich ertappt. »Natürlich habe ich eine Website und Stammkundschaft für Passbilder, Porträt- und Bewerbungsfotos. Meinen Sie das? Aber das sind keine Millionen.« Sie lachte noch einmal, kurz und etwas verunsichert. Dann strich sie ihr braunes Mittelalterkleid glatt.

Sie wollte also anonym bleiben und war offenbar ziemlich gut darin, ihr Geheimnis zu wahren.

»Möchten Sie einen Tee oder einen Kaffee?«

»Nein, danke. Haben Sie schon mal gesehen, wie es im Garten um diese Uhrzeit aussieht? Ich werde es festhalten und Ihnen nachher zeigen.« Sie lächelte und tippte auf ihre Kamera. »Also dann. Bis später.«

Meinetwegen. Ich ersparte mir die konkrete Nachfrage, ob sie Me30 war oder nicht – vorerst. Sie war es ja sowieso. Da musste sie mich erst einmal vom Gegenteil überzeugen.

***

212

Das ganze Haus duftete verführerisch nach Zucker, Zimt und Kuchen, als Gesa und ich am Nachmittag aus dem Krankenhaus zurückkamen. Während ich sie abgeholt hatte, hatte Nele in der Pension alles für ihre Rückkehr vorbereitet.

»Da hat jemand in meinem Rezeptbüchlein geblättert.« Gesa lächelte selig. »Was ihr für mich gemacht habt, Kinners! Is mit Gold nich zu bezahlen.«

Unsere Tante erschnupperte bereits in der Eingangshalle, dass Nele den altbekannten Hefezopf gebacken hatte. In unserer Abwesenheit hatte meine Schwester außerdem drei Frühstückstische zusammengeschoben, mit einer weißen Tischdecke versehen und Sommerblüten, Verbenen und Schleierkraut aus dem Garten in kleine Väschen dekoriert. Eine richtige Festtagstafel! Den Hefezopf auf der silbernen Etagere in der Mitte hätte ich am liebsten sofort angeschnitten. Auch die Kuchen von Bäcker Jansen waren optisch ein rot-gelb-sahneweißer Traum zwischen den frischen Blüten.

Schnell brachte ich Gesas Reisetasche in ihr Schlafzimmer, damit sie sie später in Ruhe auspacken konnte. Als ich wieder nach unten kam, saßen unsere Tante, Nele und Matti einträchtig beisammen, schwatzten und verteilten Kuchen und Kaffee. Ich hielt Ausschau nach Simon, doch er war noch nicht da. Er hatte die gestrige Einladung von Nele zwar höflich angenommen, wollte sich aber auf keine Uhrzeit festlegen. Mein Herz holperte, weil ich wusste, dass er kommen würde. Dabei sollte ich wirklich nicht so viel an ihn denken. Er war schließlich im Urlaub und hatte ein geregeltes Leben irgendwo in Hamburg. War verheiratet oder vergeben. Bisher hatte ich es nicht über mich gebracht, ihn danach zu fragen. Einen Ring trug er nicht. Puh, diese Gedanken mussten aufhören! Aber irgendwie gab es nichts, was ich dagegen tun konnte.

»Ich hab alles so gemacht, wie es in deinem Rezept stand. Nur etwas mehr Butter und Hagelzucker verwendet und eine zusätzliche Prise Salz«, verriet Nele, während sie Gesa emsig Kaffee nachschenkte und für eine Millisekunde zu mir aufsah. Wie so oft wusste ich genau, was sie dachte: Wir würden unserer Tante beichten müssen, dass ich die 514,89 Euro an den Winzer überwiesen hatte, und auch, dass wir den Karton im Keller geöffnet hatten. Neles überfürsorgliche Gesten waren so schuldbewusst, als hätte sie ein noch viel schlechteres Gewissen als ich, weil wir in den Angelegenheiten unserer Tante geforscht hatten.

»Kinners, der Hefezopf is ein Gedicht!«, lobte Gesa nichts ahnend. »Ich hab zwar hie und da ma Schmerzen beim Essen, aber im Gesamten is die Sache im Gesicht glimpflich gelaufen.« Ihr Optimismus war ungebrochen und es tat gut, sie in unserer Mitte zu haben – ohne Verband um den Kopf oder Pflaster auf der Nase.

»Du als Hefe-Expertin würdest also sagen, der Zopf ist mir gelungen?«, hakte Nele nach und zauberte einen Kugelschreiber aus der Küchenschürze, die sie anschließend auszog und über den Nachbarstuhl legte. »Butter bei die Fische, Gesa, auf einer Skala von eins bis zehn, wie gut ist er?«

»Das ist der beste Hefezopf, den …«

»Eine Elf! Es ist der beste der Welt«, fiel Matti ihr mit vollem Mund ins Wort, ganz Kind, nicht so obercool wie bei unserer ersten Begegnung.

»Hast du unsere Liste mit?«, fragte mich meine Schwester aufgekratzt, und ich zog den mittlerweile ziemlich ramponierten Zettel aus meiner Rocktasche. Sie reichte mir den Stift. »Du kannst Punkt acht getrost durchstreichen, würde ich sagen.«

Fein säuberlich strich ich »Den besten Hefezopf der Welt backen« durch und lehnte mich nach hinten. Nele hatte eine ihrer Aufgaben geschafft – allerdings ohne Tamtam, nassen Sand in den Taschen oder aufgeschürfte Knie wie ich. Trotzdem verblieben die meisten unserer acht Kindheitswünsche auf der

Glücksliste unerfüllt. Ich malte Kreise auf das Blatt. Vorhin hatte Nele mich im Gespräch gefragt, wie der Kuss mit Phil gewesen war und ob ich »Den Sonnenuntergang mit meiner großen Liebe erleben« nun endlich abhaken könne. »Noch nicht«, hatte ich umständlich herausgepresst. Sie hatte mir die Schulter getätschelt und verständnisvoll genickt – obwohl ich mich selbst nicht verstand. Anschließend war ich zu Gesa ins Krankenhaus gefahren.

»Was tüdelt ihr zwei denn so lang mit dem Papier da rum?« Neugierig rückte unsere Tante mit ihrem Stuhl näher zu mir und hielt sich die Brillengläser vor die Nase. Die Brille anzuziehen traute sie sich noch nicht.

»Wir haben die Wünsche aus dem Glücksglas aufgeschrieben und möchten sie umsetzen«, weihte Nele sie in unsere Pläne ein, während Matti unbeteiligt das zweite Stückchen Kuchen aß. »Erinnerst du dich noch an das Glas?«

»Und ob.« Gesas Finger strichen über die Baumwolltischdecke, dann sah sie aus dem Fenster in den Garten. Ihre Augen glänzten feucht und eine Strähne löste sich aus dem grauen Dutt. »Ich weiß noch genau, wie ihr Mädchen damals mit Hannes draußen auf der Bank gesessen seid. Ihr habt die Briefchen geschrieben und die ganze Zeit gekichert. Er hatte so viel Spaß mit euch. Immer.« Sie drehte an ihrem Ehering, den sie sogar im Krankenhaus nicht abgelegt hatte. »Hat immer alles mit sich allein ausgemacht«, seufzte sie nachdenklich.

»Meint ihr die Bank bei der Feuerstelle? Ich geh mal raus«, verkündete Matti ungestüm und nahm sich noch ein Stück Hefezopf mit auf den Weg. Heute hatte er einen gesegneten Appetit. »Ich guck mal, wo Simon ist. Der ist nicht so schnulzig drauf wie ihr.« Er grinste.

»Zisch schon ab, Großer. Und wenn du Simon siehst, sag ihm, dass wir schon angefangen haben.« Auf Neles Geste hin sauste Matti aus dem Frühstücksraum durch den Flur nach draußen.

Die mehrfache Erwähnung von Simons Namen hatte sich auf meine Magengegend ausgewirkt. Beinahe kam es mir so vor, als wären die Schmetterlinge erwacht, die sich seit elf Jahren im Winterschlaf befanden. Oder es lag daran, dass ich zu lange nichts gegessen hatte. Ich lud mir ein Stück Käsekuchen auf den Teller und packte zur Sicherheit einen Löffel Sahne obenauf.

Gesa las sich derweil die Liste durch. »Herrje«, rief sie aus. »Ich erinner mich, Linchen. Du warst so verliebt in unsere Nachbarskatze. Hast sie an dich gedrückt, ob sie wollt' oder nich.« Sie lachte, hielt die Brille wie eine Lupe vor die Augen und nahm sie wieder weg. Genauso hatte ich mir unser Wiedersehen vorgestellt. »Und Nele wollt' schon immer die Welt rett'n«, sagte sie und wurde mit einem Mal still. »Hannes hatte auch eins geschrieben?«

»Er dachte bestimmt, es würde sich ohnehin nie erfüllen«, meinte ich tröstend und legte eine Hand auf ihren Arm. »Er wollte es dir sicher nicht verheimlichen. So wichtig war es ja nicht.«

»Alter Geheimniskrämer!« Gesa runzelte die Stirn.

»Hab ich auch gedacht«, pflichtete Nele ihr bei, und die beiden tauschten einen überraschten Blick.

»Es tut mir leid, wenn ich unseren ersten gemeinsamen Kaffeeklatsch kaputt mache«, erklärte Nele sogleich und legte ein dickes DIN-A4-Papier sowie einen Umschlag auf den Tisch, den ich sofort als Kuvert aus der Kellerkiste wiedererkannte. *Original.* Eindeutig Hannes' Handschrift.

»Nele! Du hast ihn an dich genommen?«, rief ich und ließ vor Schreck meine Kuchengabel in die Sahne fallen.

»Du warst gestern Abend nicht da und ich wollte so gern helfen. Seid mir nicht böse. Ich habe beschlossen, mir alle Infos

216

anzusehen. Sascha sagt auch, man braucht das Gesamtbild, um eine Situation einordnen zu können. Ich wollte nur helfen.«

»Wir sind aber keine Anwälte wie Sascha und auch nicht vor Gericht.« Ich kreuzte die Arme vor der Brust. Es war nicht okay von ihr, sie hätte es mir zumindest heute Morgen mitteilen können.

»Lieber Himmel.« Unsere Tante sank auf dem Stuhl in sich zusammen. Die Freude wich aus ihrem Gesicht und machte einer tiefen Traurigkeit Platz. »Jetz' is alles raus«, sagte sie matt. »Eigentlich wollt' ich das allein lösen. Muss doch keiner wissen.« Sie knibbelte an der Tischdecke.

»Wir sind aber nicht ›keiner‹, Gesa. Wir sind deine Familie.«

»Hast ja recht, Nele-Kind. Vielleicht brauch ich Hilfe.«

Nele reichte mir das Blatt. In der Mitte des offiziell aussehenden Schreibens stand in fetten Lettern »Schuldschein«. Darunter, auf der linken Seite, war der Schuldner in Form von Hannes Petersen eingetragen, rechts der Gläubiger in Form von – und jetzt wurde es interessant – Lehrer Kurt Angelmeier. Mir klappte die Kinnlade herunter.

»Ja, so habe ich auch ausgesehen«, bestätigte Nele und wandte sich an Gesa. »Das Ablaufdatum für die Schulden in Höhe von exakt zwanzigtausend Euro ist diese Woche.«

Den Betrag sah ich erst jetzt. Zwanzigtausend! Wo sollten wir diese immense Summe herbekommen? Keine von uns hatte so viel Geld einfach so auf der Bank herumliegen. »Was hat das alles zu bedeuten?«

»Hannes hat vor zehn Jahren Schulden bei Angelmeier gemacht und der hat vor zwei Monaten gesagt, dass er sein Geld will. Steht ihm zu, seht ihr ja auf dem Schein«, jammerte Gesa. »Ich wusst' von nix.«

»Du hast nicht mitbekommen, dass dein Mann sich Geld leihen musste?«, fuhr Nele dazwischen.

»Nein. Wir hatten damals den Schaden am Dach. Wollten wir vom Sparstrumpf zahlen. Hannes hat sich immer allein um Finanzkram gekümmert. Unsre Generation.«

»Das ist doch verrückt.« Nele hob verzweifelt die Arme in die Luft, während Gesa sich mit dem Handrücken über die Augen fuhr.

»Unsren Sparstrumpf hatte Hannes aber schon ausgegeben, was ich nicht wusste!« Sie schlug mit der Faust auf den Tisch. Eine derartige und für ihre Verhältnisse aggressive Reaktion hatte ich bei unserer Tante noch nie gesehen. Die Tatsache, dass ihr Mann hinter ihrem Rücken ihr Erspartes verprasst hatte, schien sie mehr zu belasten als die Schulden, die sie bei Kurt Angelmeier jetzt deswegen hatte. »Er hat sich dann heimlich Geld vom Angelmeier leihen müssen – fürs Dach. Und der durft' mir nix sagen. Sie kannten sich ja von Kindsbeinen an: Angelmeier, Olsen, Jansen und Hannes.«

»Der Schuldschein sieht echt aus.« Nele hielt ihn wie Falschgeld gegen das Sonnenlicht, obwohl sie sowieso keine Ahnung von gefälschten Papieren hatte.

»Natürlich is der echt! Ich hab erst gedacht, Angelmeier lügt. Hab alles abgesucht und dann das Original gefunden. Es is wahr, Kinners.«

»Wofür hat Hannes euer Erspartes ausgegeben?«

»Deshalb war ich Montag bei der Bank. Wollt' wissen, wofür Hannes alles auf'n Kopp gehauen hat. ›Wir müssen das prüfen‹«, gab sie die Bankangestellte in bestem Hochdeutsch wieder. »Weil's so lang her is. Ich sollt' was ausfüllen und danach bin ich …«

»… gegen die Glastür gelaufen, schon klar«, seufzte ich. Immerhin, eins war sicher: Diese Frau mit dem grauen Dutt war kein bisschen dement, im Gegenteil – sie hatte alle Fakten im Kopf, was mich trotz allem erleichterte.

»Zweitausend Euro und achtzehntausend Euro sollt' ich dem Angelmeier zahlen«, fasste Gesa zusammen.

»Warum diese komischen Beträge?«

»Na, zweitausend hatt' ich da. Die erste Rate is bezahlt.«

Das war also das Geheimnis hinter den Zahlen auf der Notiz von Brigitte. Niemand aß mehr Kuchen oder trank Kaffee. Ich hielt die Luft an.

»Ich hab noch die Lieferanten zu zahlen, den Winzer, Brigitte und …« Sie brach ab.

»Den Winzer hab ich übernommen«, klärte ich sie bedrückt auf.

»Linchen, das is …« Gesa presste beschämt die Lippen aufeinander und hatte Mühe, die aufsteigenden Tränen zu verbergen. »Danke.«

Meine Schwester atmete tief aus. »Okay, ich hab mit Sascha telefoniert. Ist zwar nicht das Spezialgebiet seiner Kanzlei, aber er hat sich erkundigt.« Sie war wieder die sachliche Organisatorin, die ich kannte, weshalb ich es sogar wagte, einen kleinen Bissen Käsekuchen zu essen, um meinen Kreislauf in Schwung zu halten. Mir war schwindelig zumute, es ging immerhin um Gesas Existenz.

»Ein privater Schuldschein ist so rechtsgültig wie ein Vertrag, wenn ein Ablaufdatum draufsteht und er vom Schuldner persönlich unterzeichnet wurde.« Sie deutete auf Hannes' Unterschrift und auf das Datum. »Da Hannes und Gesa verheiratet sind, geht die Schuld nach seinem Tod auf sie über. Wir müssen also bezahlen.«

»Ich will das bezahlen!«, rief Gesa. »Ich muss! Hab nur 's Geld nich. Es is so furchtbar.« Es war ihr sichtlich peinlich.

Ich beobachtete, wie die Tränen sich unaufhaltsam den Weg über ihre Wangen bahnten, und legte einen Arm um sie. Sie wischte sich mehrfach mit dem Handrücken über die Augen, was mir fast das Herz brach. »Wir bekommen das hin, Gesa.«

»Wir müssen erstens herausfinden, wem Hannes euer Erspartes gegeben hat, und zweitens Angelmeier auszahlen.« Nele hatte schon wieder Block und Stift parat und notierte alles.

Als wir gerade darüber diskutierten, ob wir Angelmeier um eine Verschiebung der letzten Zahlung bitten sollten, vernahm ich Phils gut gelaunte Stimme im Flur. »Hallo? Jemand zu Hause?«

Mist! Ich ließ den Schuldschein samt Umschlag unter meinem Hintern verschwinden, nicht ahnend, dass ich nun sehr lange darauf sitzen bleiben würde. Aber er musste nicht alles wissen. »Lina? Gesa?«, rief er noch einmal.

Er hatte sich nicht angekündigt. Im Krankenhaus war er uns heute Morgen nicht begegnet und er hatte mir auch nicht geschrieben, dass er vorbeikäme.

»Wir sind hier drüben«, hörte ich mich rufen, und obwohl ich diejenige war, die ihm geantwortet hatte, fuhr ich innerlich zusammen, als er mit festen Schritten den Raum betrat. Wie immer lässig gekleidet und alles perfekt aufeinander abgestimmt: von der Lederarmbanduhr bis zur Bikerjacke.

»Hey!« Freundlich grüßte er in die Runde und küsste mich auf die Wange. »Ist das hier eine Trauerfeier?«, meinte er im Spaß.

Er konnte ja nicht ahnen, wie recht er damit hatte. Behutsam stellte er ein Fläschchen vor Gesa auf den Tisch. »Hab ich vergessen, dir aufzuschreiben und den Schwestern zu geben. Alles okay hier?«, fragte er noch einmal, weil nach wie vor niemand reagiert hatte.

»Danke, Philipp.« In Gesa kam zuerst wieder Leben. Um Haltung bemüht nahm sie die Brille in die Hand und inspizierte das Flaschenetikett.

»Hast du Schmerzen?«, fragte Phil skeptisch.

»Nein, nein. Alles gut.« Sie winkte ab.

»Ah, ihr wartet mit eurer guten Laune bis zur Strandparty am Freitag, um deine Rückkehr ordentlich zu feiern?«, versuchte er, die Stimmung anders aufzulockern, was ihm tatsächlich gelang. Unsere Tante schmunzelte.

»Bin zu alt, mein Jung.«

»Man ist nie zu alt, Gesa.«

»Es gibt diese Partys immer noch?« Vorsichtig stieg Nele auf seine Anmerkung ein. Ihre Abenteuerlust erwachte zum Leben. Als hätten wir nicht genug Abenteuer. »Mit Barbecue und Musik?«

»Sie sind zwar mittlerweile zu diesen typischen After-Work-Partys mutiert, wie man sie aus den Städten kennt – nicht vergleichbar mit Amsterdam natürlich – aber trotzdem nett. Lust, mitzukommen? Ich muss das komplette Wochenende arbeiten und würde mich freuen, wenn ich Freitagabend noch ein bisschen Abwechslung vom Klinikalltag hätte.« Er berührte mich vertraut an der Schulter. »Es gibt sogar gegrillte Garnelen. Die isst du doch so gern, Lina.«

Seine Wärme drang durch den Stoff meines Kleides an meine Haut. Es fühlte sich angenehm an und gleichzeitig erdrückte es mich fast. »Klingt gut.«

»Gibt es auch etwas ohne Fisch?« Neles Wangen glühten, sie war definitiv Feuer und Flamme für die Idee, endlich mal wieder eine Nacht durchzutanzen und alles um sich herum zu vergessen. Mit ihren großen braunen Augen, den roten Bäckchen und den Sommersprossen, die nur im Spätsommer auf ihrem Nasenrücken hervorblitzten, wirkte meine Schwester wie ein vierzehnjähriges Teenagermädchen, das zu ihrem ersten Discoabend eingeladen worden war. Auch ich musste zugeben, dass die Unbeschwertheit einer Partynacht am Meer mich reizte.

»Komm am Freitag mit und überzeug dich vom Essen, Nele. Und du, Lina, könntest prüfen, ob der DJ die richtige Musik auflegt.« Er grinste. »Ist nicht jeder so gut wie du früher. Du hattest immer diesen wahnsinnig alternativen Musikgeschmack. Viel Gitarre, Bass und Schlagzeug. Die Sänger klangen, als wären sie durchgehend betrunken.« Seine tiefen Grübchen waren wieder da. »Hörst du so was heute noch?«

»Manchmal.« Ehrlich gesagt hatte ich die CDs, die wir in den letzten gemeinsamen Sommern am Strand gemeinsam gehört hatten, in Amsterdam allesamt auf den Speicher verbannt. Die meisten Lieder hatten mich an ihn erinnert und es hatte zu sehr wehgetan, sie anzuhören. Das war mir noch bis vor Kurzem so gegangen, wenn einer dieser Songs im Radio lief.

»Novelgat«, las Gesa von der Flasche ab.

»Nur für den Notfall, falls du heute Nacht doch Schmerzen oder ein Ziehen bekommst. Es ist Sonntag und die Apotheken haben zu. Ist zwar nicht gängig, dass der Arzt nach Hause kommt, aber ich hoffe, das war okay. Sonntag eben«, wiederholte er.

»Aufmerksam.« Meine Tante rührte nachdenklich in ihrer Tasse. »Ich weiß übrigens, dass heut Sonntag is, und auch wie viel Uhr.« Sie sah ihn provozierend an. »Demenztest – pfff.«

»Ja, na ja, es tut mir leid. Aber wir Ärzte müssen alles ausschließen. Hat sich ja aus meiner Sicht erledigt.«

»Aus meiner schon lange«, antwortete sie, gewillt, das Thema so schnell wie möglich hinter sich zu lassen. »Setz dich, Philipp. Nimm dir was.«

»Aber nur kurz, ich muss gleich wieder in die Klinik.« Er zog den freien Stuhl neben mir nach hinten und ließ sich darauf nieder. »Endlich wieder mal dein Original-Hefezopf, Gesa. Lange her«, sagte er andächtig.

»Ausnahmsweise habe ich ihn heute gebacken.« Nele schnitt ihm ein Stück ab, nur um ihn sofort in ein Gespräch zur anstehenden Party zu verwickeln. Die beiden unterhielten sich angeregt, wobei Philipp abwechselnd von seinen Surferlebnissen, seinem Job und den Mottopartys am Strand berichtete. Nele hörte ihm gebannt zu.

Hoffentlich würde er weg sein, bevor Simon dazukam. Ich sollte nicht so denken, aber auf einen erneuten Schlagabtausch der beiden wollte ich, wenn möglich, gern verzichten. Nur das. Ganz sicher.

»Entschuldigung, wenn ich störe.« Herr Kräuter klopfte zur Begrüßung gegen den Türrahmen. »Oh, die Hausherrin ist zurück. Hallo, wie geht es?«, erkundigte er sich und trat näher.

Als Herr Kräuter zehn Minuten später den Raum wieder verließ, hatte Gesa ihm zwei Stück Schwarzwälder Kirsch angeboten und zwei zusätzliche Kisten Wein verkauft.

»Gesa, du sollst dich doch schonen«, mahnte Nele. »Oder was meinst du, Simon?«, fragte sie in Richtung Tür, was bei Phil, der gerade einen Schluck schwarzen Kaffee getrunken hatte, einen Hustenanfall hervorrief.

Ich drehte mich um. Simon stand im Eingang zum Frühstücksraum, wo eben noch Herr Kräuter seinen Vortrag über unterschiedliche Rebsorten und Gärverfahren gehalten hatte. Der Wanderrucksack hing über seiner Schulter, die Wanderschuhe waren verdreckt. Keine Frage, wo er herkam. Die Schuhe zog er unaufgefordert sofort aus.

»Ich kann dir das nicht sagen, Nele.« Sein Blick fiel auf Phil. »Ich bin nicht der behandelnde Arzt. Hallo zurück, Frau Petersen«, grüßte er.

Mein Herz schlug bis zum Hals und meine Haut prickelte seltsam. Mein ganzer Körper reagierte auf diesen Mann. Ohne Schuhe lehnte er sich gegen den Türrahmen und kreuzte die Arme vor der Brust. Zum ersten Mal nahm ich seine muskulösen Unterarme wahr, die aus dem hellen Leinenhemd hervorlugten. Die schwarz tätowierte Schlange schlängelte sich um sein Handgelenk bis zum Handrücken und eine dunkle Strähne fiel ihm in die Augen, die er sofort zur Seite strich. Sein Bart war etwas nachgewachsen, doch lange nicht so barbarisch wie bei unserer ersten Begegnung. Ich fühlte mich ihm nah, obwohl ich weit weg saß, und fragte mich unweigerlich, ob ich ihn im Wald hätte einfach küssen sollen. War das so abwegig? Er erwiderte den Augenkontakt, hielt meinen Blick einige Sekunden lang fest. Himmel, wie konnte ich über so was nachdenken, während meine große Jugendliebe neben mir saß? Ich sah weg.

»Lina?«, sprach Phil mich prompt von der Seite an, »reichst du mir bitte mal die Milch? Und, ja, Gesa, selbstverständlich musst du dich schonen. Deine Nichte hat vollkommen recht. Nicht direkt wieder in die Vollen gehen. Auch wenn du das gern möchtest. Wir kennen dich ja. Fast alle hier im Raum. Hallo, Herr Doktor.« Er winkte Simon so übertrieben zu, dass es eher dem Hinwerfen eines Fehdehandschuhs als reiner Höflichkeit gleichkam.

»Setz dich zu uns.« Nele zeigte auf den Stuhl neben sich, womit Simon kurz darauf Phil gegenübersaß. Am liebsten wäre ich weggelaufen. Meine Finger zitterten leicht, als ich die Kaffeetasse anhob. Was brachte mich nur so durcheinander?

»So sieht man sich wieder.« Phil deutete mit einer Handbewegung einen förmlichen Diener an und stellte sich gleich darauf bis ins kleinste Detail selbst vor. »Philipp Olsen, Chirurg an der Klinik in Graal-Müritz, wie du bestimmt schon weißt. Nebenbei Schönheitschirurg in Rostock.« Er reichte Simon über den Tisch die Hand und schaute zwischen uns beiden hin und her. »Außerdem Linas ... ich weiß nicht ... Wie würdest du uns bezeichnen?«, fügte er unnötigerweise hinzu. »Freund?«, sagte er dann und ließ offen, welche Art Freund er meinte.

Simon sah mich nicht an. »Simon Berger«, antwortete er stattdessen, ohne weitere Ausführung seines Berufs- oder Beziehungsstandes.

»Die Medizintropfen hier, wie soll ich die nehmen, Philipp?«, wollte Gesa wissen, die mit dem Studieren des Fläschchens fertig war.

»Was schlägt der Kollege vor?« Mein sogenannter Freund nahm den Kugelschreiber vom Tisch und reichte ihn Simon. Dazu schob er ihm einen kleinen grellgelben Post-it-Block rüber, den er aus der Innentasche seiner Jacke zog. »So was hab ich immer mit, Berufskrankheit. Falls ich mal was aufschreiben muss.«

Ich hätte Simon gern aus der prekären Situation befreit, auch wenn ich ihm zutraute, dass er ganz gut mit Phils Art klarkam.

»Nicht mein Zuständigkeitsbereich«, konterte Simon und schob den Block zurück zu Phil.

»Muffensausen bei so einer leichten Aufgabe, Herr Kollege? Gehört zur Grundausbildung.«

»Jetzt streitet euch doch nicht wegen der paar Tropfen, ich hab sowieso keine Schmerzen.« Man sah Gesa an, dass sie log, um zu schlichten.

»Das ist echt albern, aber egal.« Simon stieß den Atem aus und notierte ein Einnahmeschema nebst Erklärungen auf dem Blöckchen.

»Schreibst du immer so viele Fehler?«, fragte Phil stirnrunzelnd und spähte auf Simons Geschriebenes.

»Bist du immer so unhöflich?« Damit schob Simon das Post-it zu Gesa. Ich kam mir vor, als stünde ich mitten in einem Minenfeld. Ich linste auf den Zettel. Es wäre schön gewesen, wenn sich Phils Aussage nicht bestätigt hätte, aber ich musste ihm leider zustimmen: Das meiste, was groß gehörte, war kleingeschrieben. Sogar »Tropfen«, obwohl es ganz deutlich auf dem Fläschchen stand. Dafür hatte Simon »wenn« mit nur einem »n« geschrieben.

»Matti würde am liebsten auch alles kleinschreiben, wenn das ginge«, versuchte Nele, Simons Fehler aufzufangen. »Dieser Chatverkehr über Handy verleitet jeden dazu. Wer achtet da noch auf die richtige Schreibweise?«

»Ich!«, meinte Phil.

»Danke, Nele. Aber das Handy ist nicht der Grund dafür. Ich habe eine Rechtschreibschwäche und stehe dazu.« Simon nahm den Block wieder an sich und korrigierte die Worte »wenn«, »Tropfen« und ein weiteres, obwohl ihn niemand konkret darauf hingewiesen hatte. »Bin bisher trotzdem sehr gut durchs Leben gekommen.« Er zwinkerte mir zu. Seine erfrischend-ehrliche Art verschlug mir die Sprache.

»Ist ja kein Ding. Ist mir halt nur aufgefallen«, murmelte Phil, als er merkte, dass sein Angriff nicht den gewünschten Effekt erzielt hatte.

Gesa stöhnte. »Ich hab jetz' zwei Stück Hefezopf gegessen und ihr habt euch immer noch nich geeinigt.«

»Doch, haben wir. Die Anweisungen des Kollegen sind korrekt«, sagte Phil sachlich. »Was hältst du eigentlich von Aspiration bei Impfungen, Simon? Ist ja aktuell ein heißes Thema. Wie machst du das?« Er schien weiterhin nicht davon überzeugt, es mit einem richtigen Arzt zu tun zu haben.

»Ich hab die alte Schule von meinem Vater gelernt. Ich aspiriere ganz selbstverständlich und immer. Hausarztpraxis. Ich mache das öfter. Und du?«

Ich suchte gedanklich nach dem medizinischen Fachbegriff Aspiration, erinnerte mich aber nicht daran, das Wort vorher schon einmal gehört zu haben.

»Mithilfe der Aspiration kann festgestellt werden, ob die Nadel bei Impfungen richtig sitzt«, erklärte Simon mir bereitwillig. »Ist eigentlich ein leichter Handgriff mit nur einer Hand, wenn man es kann. Aber die meisten Ärzte machen das heute nicht mehr. Weshalb viele Impfungen statt des Muskels auch mal ein Blutgefäß treffen, was je nachdem nicht so gut ist.«

»Dann bin ich wohl ›die meisten Ärzte‹.« Phil erhob sich. »Lina, wir schreiben nachher, okay? Ich muss in die Klinik. Habt einen schönen Tag, bis später.«

»Bis später.«

Er küsste mich zum Abschied auf die Wange und verschwand.

»Dass der Berger eine kleine Schwäche hat, hab ich gleich gemerkt«, säuselte Gesa, während wir nach dem Kaffeeklatsch zu zweit die Spülmaschine einräumten. Matti, Simon und Nele waren draußen im Garten.

»Ehrlich? Ich hab nicht gewusst, dass er Probleme mit der Rechtschreibung …«

»Doch nich das, Linchen. Ich mein doch für dich!«, sagte sie, ohne zu überlegen.

Ich wurde rot. »Ach, nein.«

»Doch, doch. Das sag ich dir.« Sie stellte die letzte Tasse mit einem Klirren in das dafür vorgesehene Fach. »Und jetz' lass uns das Neueste zusammen gucken.« Ein verschmitzter Ausdruck zog über ihr Gesicht. »Hab's Gerät nich hier. Du? Was sagt Me30?«

Sie vergaß es keinen einzigen Tag. Meine Mundwinkel wanderten nach oben. Rasch klickte ich die Website auf meinem Handy an. Das aktuelle Bild war erst vor zwei Minuten hochgeladen worden. Ich stutzte. Es zeigte eine Wasseroberfläche, auf der ein Bambusblatt schwamm. Das Wasser war dunkelblau und das bräunlich-grüne Blatt hob sich sachte von der Oberfläche ab, bildete einen türkisfarbenen Schatten. Es wirkte wie ein 3-D-Hologramm, obwohl das nicht möglich war. »Grundgütiger!«, rutschte mir heraus. »Das Bild ist der Oberhammer!« Und der Beweis für Frau Meiers zweite

Identität. *Me30*, »Me«, wie die ersten beiden Buchstaben von Meier. Sie hatte in den letzten Tagen genau das fotografiert und es mir sogar gezeigt. Gut, die Perspektive war anders, aber egal.

»Lass ma seh'n«, forderte Gesa mich auf und las den darunter stehenden Spruch laut vor. »*Du schaffst das.* Na, das woll'n wir doch hoffen. Nich wahr, Linchen? Wir schaffen alles!«

KAPITEL 11

Es überraschte mich, wie schnell der neue Job und die damit einhergehende Routine trotz aller Widrigkeiten meinen Alltag bestimmte. Gesas Schuldenproblematik war nicht vergessen, aber die letzten Tage hatte ich fast nonstop durcharbeiten müssen, um alles für den Tag der offenen Tür in der Strandperle vorzubereiten. Dank Melanies und Toms selbstloser Unterstützung konnte ich mittlerweile durchaus behaupten, dass es super lief. Wir hatten Hüpfburgen für die Kleinen, Wellnessangebote und Weinverkostung für die Erwachsenen, jede Menge Präsente, eine Live-Band und darüber hinaus einen Naturkundeexperten organisiert, der mit interessierten Gästen eine Wanderung durchführen würde. Noch nie hatte ich so schnell ein Konzept auf die Beine gestellt. Es grenzte an ein Wunder, dass sich die Hotels und Pensionen in der Umgebung für unseren Slogan »Miteinander statt gegeneinander« begeistern konnten und sich uns aktiv anschlossen. Melanie hatte mir vorhin sogar mitgeteilt, dass Phils Vater für das Möwenhotel zugesagt hatte und zum Fest erscheinen würde. Es machte mich erstaunlich nervös, aber auch ein bisschen stolz. Neben Kugelschreibern, Notizblöcken und Ostsee-Magneten wollte er drei gedeckte Apfelkuchen, das Traditionsgebäck seines Palmencafés, beisteuern. Außerdem hatte er den Vorschlag geäußert, einen solchen Tag quartalsweise rollierend in allen Hotels stattfinden zu lassen. Eine tolle Idee! »Seetage« hatte Phils Vater unsere Kooperationsveranstaltung genannt, und der erste Seetag fand bei uns in der Strandperle statt. Herr Olsen war sehr engagiert, weshalb ich an Phils Worte dachte. Sein Vater hatte mich immer gemocht, und wie ich die Strandperle seit Neuestem führte, schien ihm zuzusagen. Zumindest hatte Melanie das behauptet. Auch im Ort wurden die positiven Stimmen lauter. Tom hatte zusammen mit dem Serviceleiter ruckzuck zwei junge Leute aus Bennickshoop rekrutiert, dazu eine Aushilfe, ebenfalls von hier. Wir profitierten jetzt schon von ihrem Wissen und den lokalen Kontakten. Ich konnte nicht verstehen, wie Fechner dieses Potenzial bisher hatte außer Acht lassen können. Oder aber er hatte nicht gewusst, was Herr Ahrenz, der vorherige Hotelmanager, in der Strandperle alles verbockt hatte. Müßig, darüber nachzudenken.

Es war nicht mehr lang bis zu unserem großen Tag und direkt danach wollte ich meine Entscheidung treffen: hierbleiben und das halbe Jahr in der Strandperle mit der Aussicht auf meinen Traumjob durchziehen oder abreisen. Obwohl ich es liebte, wenn viel los war, verging die gemeinsame Zeit mit Nele in Bennickshoop zu schnell. Alles passierte wie im Zeitraffer. Über den Kuss am Strand hatten Phil und ich nicht mehr gesprochen. Möglich, dass ich ihm aus dem Weg ging. Auch möglich, dass wir beide viel arbeiteten und für nichts anderes Zeit hatten – das Erik-Phänomen, wie in Amsterdam. Immerhin schickten wir uns oft kleine und größere Text- und Sprachnachrichten. Doch konnte das echte Nähe ersetzen? Und fand man nicht Zeit füreinander, wenn man es wirklich wollte?

Simon jedenfalls, der mir in der Pension täglich hätte nah sein können, schien mich zu meiden. Erst gestern Abend hatte ich ihn gefragt, ob wir uns noch einmal gemeinsam den Sternenhimmel ansehen wollten. Er hatte unterkühlt abgewunken, wollte lieber früh zu Bett und am Morgen noch früher wieder aufstehen. Mit seinen blauen Augen hatte er mir kaum ins Gesicht gesehen, weder versucht, einen Ausweichtermin zu finden, noch das Gespräch weiterzuführen. Er ließ mich einfach im Regen stehen und gab mir Rätsel auf, die ich nicht lösen konnte. Das Einzige, was ich aktuell von ihm wusste, war, dass Nele ihn gefragt hatte, ob er uns am Freitagabend zur Strandparty begleiten wolle. Fest zugesagt hatte er nicht, und selbst wenn, wäre Phil auch dort, was einen erneuten Schlagabtausch bedeuten könnte. Es sei denn, die beiden würden das Kriegsbeil oder, besser gesagt, den Asklepiosstab begraben. Warum zerbrach ich mir überhaupt darüber den Kopf, ob die zwei sich ausstehen konnten?

»Ich fürchte, ich habe schlechte Neuigkeiten«, unterbrach Melanie meine Überlegungen und ließ sich ungefragt neben mir auf dem Besprechungsstuhl in der Orangerie nieder.

Ich hatte mir diesen Raum extra zum Allein-Nachdenken ausgesucht, dabei sollte es jedoch um die Arbeit gehen, nicht um Phil oder Simon. Gut, dass Melanie gekommen war. Sie legte die Beine übereinander und ich fragte mich zum x-ten Mal, wie sie es schaffte, sich auf Acht-Zentimeter-Absätzen so grazil zu bewegen.

»Ich habe heute Morgen wieder eins der Plakate der Bürgerinitiative gesehen. Max, der Neue aus dem Serviceteam, hat gesagt, dass die Initiative auf zehn Mann angewachsen ist. Nicht viel, aber auch nicht toll.«

»Was denkst du, warum schließen die Leute sich Angelmeier und Jansen an?«

Melanies Tablet, von dem sie sonst so gern ablas, lag auf ihren Knien – zugeklappt. »Es gab diese Mini-Unterschriftensammlung auf dem Rathausplatz.«

Ich erinnerte mich an den Flyer, den Angelmeier mir am ersten Tag in der Pension gegeben hatte. Verdammt, ich war am Wochenende so vertieft in mein Privatleben gewesen, dass mir der Termin glatt entgangen war. Vielleicht hätten wir sonst zumindest die neuen Mitglieder verhindern können. »Ich hab davon gewusst. Es tut mir leid, ich war unterwegs und am Sonntag ist meine Tante aus dem Krankenhaus entlassen worden.«

»Du brauchst dich vor mir nicht zu rechtfertigen.« Nach diesen Worten öffnete Melanie doch ihr Tablet, was ich als positives Zeichen wertete. Wir würden uns nicht unterkriegen lassen. »Die wenigen hätten sich der Bürgerinitiative auch angeschlossen, wenn du auf dem Rathausplatz die weiße Fahne geschwungen und dabei einen Rückwärtssalto gemacht hättest. Ich wollte nur verdeutlichen, wie wichtig der Seetag für uns ist. Wir müssen der Öffentlichkeit ein neues Bild der Strandperle präsentieren.«

Zum Glück hatte ich bei Fechner ein ordentliches Budget herausgehandelt. Wir hatten Luft nach oben und konnten den Tag noch spektakulärer gestalten. Aber wie?

Kurz nach zehn fand die Besprechung mit dem Presseteam und Melanie statt, die ohnehin überall dabei war. Ich erläuterte gerade am Whiteboard, wie wir uns virtuell präsentieren könnten, als die Tür aufgerissen wurde.

»Moin, ich hab das eben erst entdeckt, sonst hätte ich euch früher informiert.« Tom klopfte sich auf die Brust, als bekäme er keine Luft mehr. Mit zusammengekniffenen Lippen knallte er die NEUES, die größte Boulevard-Tageszeitung Deutschlands, auf den Tisch. »Titelseite. Wie kann so etwas passieren? Wir reißen uns den Allerwertesten auf und dann so was …« Er hatte in den letzten Tagen eindeutig an Selbstbewusstsein zugelegt. Melanie trat neben mich und wir überflogen gemeinsam die Coverseite.

Oh – mein – Gott! Hatte ich eben noch angenommen, dass wir dem rettenden Ufer ein Stück näher gekommen waren, drohte unser Schiff nun endgültig zu versinken!

Luxushotel »Strandperle« an der Ostsee kurz vor dem Ruin –
   Ruf von Luxury Escape nachhaltig geschädigt!
   Ein Augenzeuge berichtet.

Durfte die NEUES so was drucken? Und welcher Augenzeuge? Eine Katastrophe zur Haupturlaubszeit! Mein Herz hämmerte gegen meine Brust. Ich blickte von der Zeitung direkt in Melanies schockiertes Gesicht. Sie sah aus, als bekäme sie jeden Moment einen Heulkrampf.

Ich las den Artikel in Ruhe. Im Grunde griff er auf, was Fakt war: Dass Luxury Escape an der Ostsee die Strandperle gebaut hatte, die mit vielen negativen Kritiken umgehen musste. Dass sie die schlechtesten zitierten, war das Schlimmste an dem Text und natürlich vernichtend. Zumal es sich um exakt die Auszüge handelte, die wir zu löschen versuchten, weil sie nicht der Wahrheit entsprachen. Dass der angebliche Augenzeuge anonym bleiben wollte, machte es nicht besser und mich richtig wütend. Wie konnte sich die Zeitung auf eine unbekannte Quelle verlassen, ohne die Gegenseite anzuhören?

Ich schloss die Augen, um mich zu konzentrieren, und bekam mit, wie Melanie sich ermattet zurück auf den Stuhl plumpsen ließ, was sonst nicht ihre Art war.

»Lina, wir sind im Arsch«, stöhnte sie. Auch das war nicht ihre Art. Mit einem Handgriff zog sie das Haargummi aus den Haaren, das bis eben ihre blonden Haare zu einem Pferdeschwanz zusammengehalten hatte.

Die beiden Pressekollegen schüttelten die Köpfe. »Das ist medialer Genickbruch«, prophezeite einer.

»Und die auflagenstärkste Zeitung Deutschlands. Jeder wird das lesen. Man kennt Luxury Escape. Die Werbung für unsere Resorts läuft überall: Netflix, Prime, Sky, sogar auf den öffentlich-rechtlichen Sendern. Irgendwer will uns zerstören.« Tom stützte sich fest auf die Lehne von Melanies Stuhl, woraufhin die sich noch kerzengerader hinsetzte.

»Das ist nicht das Werk einer kleinen Bürgerinitiative alter Männer«, wisperte sie.

»Nein. Es muss jemand dahinterstecken, der über viele Kontakte verfügt. Ein Journalist, ein Reisemagazin, eine Website, keine Ahnung«, führte Tom auch meine Gedanken fort. »Ich weiß, das hilft uns nicht weiter.«

Schrieb Simon nicht für ein Reisemagazin? Warum eigentlich? Und wie hatte Jansen sich genau ausgedrückt? Ein eiskalter Schauer lief mir über den Rücken. Ich hoffte inständig, dass Simon Berger der Hausarzt war, für den er sich ausgab, und tadelte mich gleichzeitig dafür, dass ich ihn infrage stellte.

»Und nun?«, rief Melanie verzweifelt, weil ich immer noch keine Lösung angeboten hatte. Nervös knibbelte sie an ihren manikürten Nägeln. Die anderen zuckten mit den Schultern.

»Wir machen weiter!« Ich hörte mich stärker und entschlossener an, als ich war. »Tom, wir müssen bei der Zeitung einen Widerruf erwirken. Denkst du, du bekommst das hin? Wird nicht einfach.«

Ehe Tom antworten konnte, ging erneut die Tür der Orangerie auf und Laurents Kopf erschien im Türspalt. Normalerweise waren seine Besuche für mich ein Grund zur Freude, weil wir entweder über Paris plauderten oder er mir lustige Anekdoten über die Gäste erzählte. Heute hatte er weder das eine noch das andere im Sinn, seinem Gesicht nach zu urteilen.

»Excusez-moi«, entschuldigte er sich und faltete angespannt die Hände ineinander, »isch 'abe gar keine gute Nachricht.«

»Merci, Laurent, aber wir haben es bereits erfahren. Tom hat es entdeckt.« Ich hob die Zeitung hoch. Sicher hatte er am Zeitungsständer in der Lobby ebenfalls die verstörende Überschrift auf der Titelseite der NEUES gesehen. »Wir wissen es schon.«

»Non. Das glaub isch nisch, Madame. Oder wissen Sie von Monsieur Fechner?«

Melanie verzog den Mund, als rechnete sie mit einem fechnertypischen Befehl, dass wir umgehend an unseren Platz zurückkehren und uns melden sollten oder was auch immer. Fechner war bestimmt schwer zu besänftigen, wenn die unerfreuliche Information bereits bis zu ihm nach London durchgedrungen war. Wobei mir noch nicht ganz einleuchtete, warum er nicht wie üblich eine Mail schrieb oder anrief. »Was ist los, Laurent?«

»Monsieur Fechner, il a eu un infarctus.« Der Concierge bekreuzigte sich. »C'est incroyable!«

»Er hat was?«

»Einen Herzinfarkt.« Melanie wechselte ein paar weitere Sätze mit Laurent. Ihr Französisch war sehr gut. Mit meinem Schulfranzösisch verstand ich dagegen nur die Hälfte. »Fechner hat sich so sehr über den Artikel in der NEUES aufgeregt, dass es ihm auf sein schwaches Herz geschlagen ist«, übersetzte sie. »Er nimmt wohl schon länger Medikamente, auch wegen seines erhöhten Blutdrucks und diesem und jenem. Es geht ihm den Umständen entsprechend, er ist im Krankenhaus. Sein Sohn hat alle informiert. Deshalb kam der Anruf unten in der Zentrale an und man hat Laurent beauftragt, uns die Info persönlich zu überbringen.«

»Ich hätte noch mehr tun müssen. Es ist meine Schuld«, stieß ich hervor und massierte mit den Daumen meine

Schläfen. Reglos stand ich am Whiteboard. Jetzt war alles noch viel schlimmer als vorher.

Melanie gab einen erschöpften Laut von sich. Tom schlug so fest mit der Faust auf den Tisch, dass wir alle einen Schreck bekamen. »Nein. Das einzig Richtige, was wir in dieser Situation tun können, ist, nicht aufzugeben! Wir ziehen das gemeinsam durch, lassen die Kritiken löschen, lancieren einen Widerruf und unser Seetag wird der Hammer!«

Das wäre eigentlich mein Text gewesen, aber mir fehlten die Worte. Dankbar drückte ich seine Faust, die immer noch auf der Tischplatte ruhte, und fühlte mich, als wäre ich bereits in der Vorrunde des Kampfes k. o. gegangen. Trotzdem vereinbarte ich mit Tom, dass ich zuerst selbst probieren würde, einen Ansprechpartner bei der NEUES zu erreichen.

Als alle den Raum verlassen hatten, startete ich einen ersten Versuch – vergebens. Man redete dort anscheinend nicht mit jedem. Ich sollte eine E-Mail schreiben, »schönen Tag auch!«. Dennoch tat ich es, einfach weil ich alles tun musste, um das Hotel, Tom, Melanie, Laurent und die anderen Angestellten zu retten. Schlimmer konnte der Tag nicht mehr werden. Hoffentlich.

In der Mittagspause saß ich mit meinem Schinken-Käse-Baguette auf einer Bank im Hotelpark und versuchte abzuschalten. Neben mir schwammen Enten im Teich und der Himmel war so blau, als hätte sich heute noch kein Gewitter über mir zusammengebraut. Um wenigstens in der Pause zur Ruhe zu kommen, zog ich mein Handy aus der Handtasche. Es war nicht so, dass ich Phils Nähe herbeigesehnt hätte, aber es hätte mich gefreut, wenn er, statt Herzchen-Smileys zu senden, angerufen hätte. Auch eine Umarmung wäre schön gewesen, doch er hielt wohl immer noch nicht viel von zu viel Verbindlichkeit. Umgekehrt traute ich mich nicht, seine Nummer zu wählen, weil er in der Klinik bestimmt alle Hände voll zu tun hatte. Ich wollte ihn nicht nerven. Vielleicht würde ich es heute Abend versuchen. Ratlos starrte ich das Handy an, als könnte ich dadurch einen Anruf provozieren.

Und tatsächlich, es klingelte. Rike – als hätte sie meine Verzweiflung auf die Entfernung gespürt. Ich steckte mir die Kopfhörer in die Ohren und freute mich, ihre Stimme zu hören.

»Hey, gut, dass du anrufst. Wie ist das Wetter in Amsterdam?«

»Hi, Süße. Wie man's nimmt«, antwortete meine beste Freundin auffallend zurückhaltend auf meine Frage, und ich wünschte, wir hätten früher telefoniert. Zwar hatten wir uns über ihr Raketen-Date und den Phil-Kuss per Text ausgetauscht, aber zu einem richtigen Telefonat war es nicht gekommen.

»Ist was passiert?«, fragte ich und betete im Stillen, dass nichts geschehen war. Noch eine Nachricht wie die von Fechner würde ich nicht verkraften. »Geht es um die Rakete?« Hatte sie den Kerl ins All geschossen? Wäre vermutlich das geringste Übel am heutigen Tag.

»Die Rakete war alles andere als raketenmäßig beim …«

»Bitte keine Details«, wehrte ich lachend ab.

»Es geht um dich, Lina«, sagte sie matt.

»Aha.« Dann konnte es ja nichts Wildes sein, denn alles, was mich meinen Seelenfrieden kostete, war heute schon passiert. Mehr ging nicht. Ich lehnte mich zurück und biss in mein Sandwich.

»Hast du den Screenshot gesehen, den ich dir eben geschickt habe?«

Ich hatte den ganzen Vormittag nicht auf mein Handy geschaut, weshalb mir ihre Nachricht durchgerutscht war. »Moment.« Schien ja eine spannende Information zu sein, wenn sie sie so vorsichtig verpackte. Hatte Erik eine Blitzhochzeit hingelegt und irgendwo ein Hochzeitsbild gepostet, das sie mir weitergeleitet hatte? Es wäre mir erstaunlich egal. Ich klickte auf die Mitteilung. Auf besagtem Screenshot erkannte ich Phil. Es war das Bild, das ich mir zusammen mit Rike auf der Krankenhausseite im Internet angesehen hatte. Sein Arzt-Foto. »Okay. Und?«, fragte ich verständnislos.

»Es tut mir so leid für dich.« Rike klang ehrlich bedauernd und ich kam nicht ganz mit. »Das ist ein Auszug aus Matchdate, der Datingplattform. ›Lust und Spaß für einsame Stunden‹ laut Werbespruch. Philipp Olsen ist dort angemeldet und aktiv.«

Wortlos klickte ich erneut auf das Foto und erkannte, dass es sich dabei in der Tat um eine Art Profilbild handelte. »*DoktorLove*« stand darunter, so nannte er sich wohl selbst auf der Datingseite. Das musste ein Witz sein! Richtig witzig fand ich es allerdings nicht. »Ist das Photoshop … oder ist heute der erste April und du erlaubst dir einen Scherz?«

»Leider nein. Ich schicke dir den Link zu seinem Profil. Du brauchst auf der Seite nicht angemeldet zu sein, kannst es dir so anschauen. Einfach draufklicken.«

Ich klickte und schaute. Ach du Schande! Ich hielt die Luft an und blickte von meinem Handy auf. Ein verliebtes Paar in Outdoorwesten mit Strandtasche und Handtüchern schlenderte an mir vorbei. Sie blieben stehen und küssten sich. Ich rang mir ein Lächeln ab. Professionell rückte ich das Namensschild an meiner Bluse zurecht und wartete, bis sie außer Hörweite waren. Ich sah wieder aufs Handy, das Sandwich legte ich zur Seite. Mir war der Appetit vergangen.

»Wie hast du Phil dort gefunden?« Auch wenn ich kein Recht hatte, ihn zu verurteilen, gab es mir zu denken. »Er hat mir seit dem Kuss dermaßen viele Liebesschwüre geschickt, dass mir manchmal ganz schwindelig wird. Das passt nicht zusammen.«

»Ich habe Bennickshoop in die Suche eingegeben, Männer von fünfundzwanzig bis fünfunddreißig – et voilà! Er hat sich mit erkennbarem Foto registriert. Ich konnte es selbst nicht glauben. Da steht, er ist seit fünf Jahren auf der Plattform angemeldet. Und keine weiß besser als ich, warum man solche Seiten aufsucht … Aber ich verletze niemanden damit.«

Für einen kurzen Moment fühlte ich gar nichts. »Ich liebe dich«-Phil, der mir das Muschelarmband geschenkt und mich am Strand geküsst hatte, sollte ein billiger Casanova sein? »Das muss ja alles nichts heißen.« Ich sah das Elend und wollte es dennoch nicht wahrhaben.

»Lina, das ist eine Seite für unverbindliche, eindeutige Sexangebote. Ihr habt euch geküsst, er sagt dir, dass er dich liebt, dich vermisst und nicht verlieren will. Bad guy.«

»Gesagt hat er das nur einmal. Aber ja, er schreibt so was öfter.«

»Er kennt dich doch von früher, solche Beziehungen sind eigentlich hochemotional. Da schreibt man so was nicht einfach so und surft nebenbei auf solchen Seiten herum. Der Typ ist nicht ganz richtig im Kopf, wenn du mich fragst. Nur mein Gefühl, Süße.«

»Phil ist Single und kann machen, was er will«, entgegnete ich. Es zog mir trotzdem den Boden unter den Füßen weg und ich biss noch einmal ins Sandwich, nur um irgendwas zu tun. Eine Brotkrume löste sich, die ich daraufhin einer erfreuten Ente zuwarf. Am liebsten hätte ich ihr das ganze Sandwich hingeschmissen … und meinen Job gleich hinterher.

»Wenn Phil echte Gefühle hätte, würde er sich dort abmelden und sich ernsthaft um dich bemühen. Stattdessen lullt er dich mit Worten ein und lässt Taten auf so einer Seite folgen, die mit dir nichts zu tun hat. Ich jedenfalls würde mich sofort von allen Plattformen abmelden, auf denen ich verkehre, wenn ich mich richtig in jemanden verlieben würde«, sagte Rike ruhig. »Süße, ich fürchte, der Typ belügt dich.«

»Stopp mal. Nur weil Phil bei so einem Dings-Portal angemeldet ist, heißt das doch nicht, dass er sich aktuell mit anderen

Frauen trifft, oder? Und überhaupt. Ich weiß selbst nicht mal, was ich will. Warum sollte er in den letzten Jahren nicht den schnellen Spaß gesucht haben?« Seine Einstellung änderte sich womöglich gerade erst. So wie meine. Auch wenn wir beide noch dabei waren herauszufinden, ob und wohin uns die Reise führte.

»Na ja, es wird noch besser … ich hab ihn angeschrieben«, platzte Rike heraus.

»Du hast was?« Ich war entsetzt, dass sie das getan hatte. Aber irgendwie nicht richtig sauer, weil ich vielleicht umgekehrt ähnlich gehandelt hätte. »Was hat er geantwortet?«

»Er war in diesem Chat, wo viele Leute gleichzeitig auf der Suche sind, und hat sich mit einer Frau verabredet. Diesen Samstag in Hamburg. Das war öffentlich für alle mitzulesen. Ich habe ihm daraufhin eine private Mitteilung geschickt, ob er am Sonntag auch noch in Hamburg ist und Zeit hat.« Es entstand eine bedeutungsschwere Pause. »Er hat sofort mit Ja geantwortet. Dass er das ganze Wochenende da sei und sich auf ein gemeinsames Abenteuer mit mir freut. Am liebsten in einem Hotelzimmer.«

Ich schluckte. »Von Hamburg weiß ich gar nichts. Ich dachte, er muss am Wochenende arbeiten. Wir gehen Freitagabend zusammen auf eine Strandparty.«

»Lina, glaub mir, ich hätte dir lieber etwas anderes berichtet. Ich dachte doch niemals, dass Philipp Olsen bei Matchdate als Treffer erscheinen würde. Es war nur so ein Gefühl. Viele unserer Ärzte sind da angemeldet. Verheiratet, Single, egal. Sie suchen die schnelle Nummer. Damit will ich nicht sagen, dass alle Ärzte untreu sind. O Mann. Was rede ich denn hier? Es tut mir voll leid, Lina, aber du solltest das wissen. Du warst nie jemand für One-Night-Stands und ich bezweifle auch, dass Phil ein echter Freund ist.«

»Ich bin mir sicher, dass sich das alles aufklären wird. Ich kenne ihn, er würde mich nicht belügen.« Wohl war mir bei meiner Aussage jedoch nicht. Nach der Pleite mit Erik war ich ein gebranntes Kind, so etwas würde ich nicht noch einmal zulassen. Ich sah auf die Uhr, meine Pause war fast zu Ende. »Geht es dir denn sonst gut, Rike?«

»Sicher! Ich überlege, wann ich dich besuche. Aber ich glaube, in den nächsten beiden Wochen wird das nichts. Danach auf jeden Fall.« Sie sandte einen Kuss durch die Leitung, wiederholte, dass ich auf mich aufpassen solle, und legte auf.

Mein Kopf drohte zu zerplatzen, als ich wider alle Vernunft noch einmal den Link aufrief, den Rike mir gesendet hatte. Ganz oben in Phils Profil auf Matchdate stand, dass er eine Frau suche und sehr experimentierfreudig sei. Zudem fand ich auf der Seite Veranstaltungen in zweideutigen Etablissements, zu denen er sich angemeldet hatte, um dort mindestens zwei- bis dreideutige Dinge zu tun, die er weiter unten formuliert hatte. Mir wurde übel. Ich stand auf und verstaute den Sandwichrest in der Papiertüte in meiner Handtasche.

»Hey, Boss, ich hab dich überall gesucht.« Melanie drückte mir ihr Tablet in die Hand und setzte sich auf die Bank, ungeachtet dessen, dass ich im Begriff war zu gehen.

Mein Nacken verspannte sich und leichte Kopfschmerzen waren im Anmarsch. Das hatte ich seit Amsterdam nicht mehr gehabt. Sie deutete auf zwei weitere Kritiken, die nicht zutrafen, und die entsprechenden Rechtschreibfehler. Ich stöhnte. »Bitte nicht.«

»Die Rezensionen sind zwar von unterschiedlichen Mail-Adressen, aber die Fehler sind ähnlich. Teilweise Groß- und Kleinschreibung, hie und da fehlt mal ein Buchstabe. Vielleicht löschen die Seitenbetreiber es, wenn wir beweisen können, dass alles vom selben Absender kommt. Ich werde eine Excel-Tabelle zu den Fehlern und Gemeinsamkeiten anlegen.«

Warum landete ich in jeder Situation gedanklich immer bei Simon? Er hatte eine Rechtschreibschwäche, ja – aber er hatte nicht versucht, sie vor uns zu verbergen. Wenn er Angst hätte, dadurch als Hotel-Saboteur entlarvt zu werden, würde er sich besser tarnen. Natürlich könnte eine konkurrierende Kette ihn für Geld angeheuert haben, schlechte Rezis zu schreiben. So etwas war leider nicht ungewöhnlich. Aber er war Arzt. Allerdings war ein Einstieg in eine Praxisgemeinschaft mit hohen Kosten verbunden. War Geld nicht in fast jedem guten Krimi ein Motiv?

»Was ist los?«, fragte Melanie. »Du guckst, als hättest du eine Idee.«

»Keine gute. Konzentrieren wir uns auf das Fest und hoffen, dass Tom bei NEUES, Holidayplanner und Travelmaker etwas erreicht. Vielleicht helfen sie uns.«

»Tom kümmert sich großartig darum.« Ein Lächeln umspielte ihre Mundwinkel. Ich hätte geschworen, dass sie ein kleines bisschen in ihn verliebt war.

Hoffentlich hatte unser Kollege nicht so düstere Geheimnisse wie andere Männer.

***

Nachdem ich am Abend erst nach dreiundzwanzig Uhr in die Pension zurückgekehrt war und mit niemandem mehr hatte sprechen können, hatte ich entschieden, am nächsten Tag früher Feierabend zu machen. Ich fühlte mich total erschlagen. Zuvor hatte ich Fechner eine Gute-Besserung-Mail geschickt, die er natürlich nicht beantwortet hatte, weshalb Melanie ihm eine Karte und Ostsee-Pralinen an seine Londoner Adresse zukommen ließ. So konnte seine Frau ihm die Aufmerksamkeit mit ins Krankenhaus nehmen. Immerhin etwas – denn so, wie es aussah, würden wir ihm so bald keine besseren Neuigkeiten liefern können.

Mein Kopf brummte, vermutlich war nicht allein die Arbeit der Grund dafür. Ich hatte das Gefühl, dass mir mein Leben entglitt. Meine Jugendliebe Phil machte hinter meinem Rücken Dinge, mit denen ich nicht umzugehen wusste, und Gesa machte Schulden, die wir nicht zurückzahlen konnten. Morgen wollten Nele und ich bei Angelmeier endlich die Aufschiebung der Zahlungsforderung beantragen. Wir konnten unserer Tante zwar etwas weiterhelfen, aber selbst, wenn wir unser Erspartes zusammenwarfen, konnten wir ihre Restschuld nicht komplett begleichen – vor allem nicht, da unser Erspartes entweder in Lebensversicherungen oder anderen Anlagen festsaß, die wir nicht so schnell auflösen konnten. Leider hatte Gesas Bank bisher immer noch keine Auskunft darüber gegeben, wem Hannes seinerzeit die Unsumme von zwanzigtausend Euro überwiesen, geliehen oder was auch immer hatte. Die winzige Ostseefiliale war mit der Anfrage überfordert und die zuständige Mitarbeiterin im Urlaub. Sie bräuchten mehr Bearbeitungszeit. Die brauchte ich auch – oder zumindest eine Wanderung, ein Stockbrotessen oder ein Sternenhimmelgucken …

Was ich hingegen nicht brauchte, war ein völlig aufgelöster Matti, der mir an der Eingangspforte in die Arme segelte. »Tante Lina, du musst sofort mitkommen«, rief er atemlos. »Das kann ich nur dir oder Simon zeigen.«

Er zog mich mit zum Geräteschuppen, wo er sich wie ein Indianer den Finger auf die Lippen presste. »Du musst sagen, was wir tun sollen. Mama ist drin, aber ich hab's ihr nicht erzählt. Sonst darf ich sie vielleicht nicht behalten. Pst!«, machte er, als wäre ich diejenige, die ohne Punkt und Komma plapperte.

Ich blinzelte, als wir den Schuppen betraten. Meine Augen mussten sich erst an das spärliche Licht gewöhnen. Während ich noch versuchte, etwas zwischen Rasenmäher, Harken und

Keschern zu erkennen, vernahm ich ein leises Miauen aus einer Ecke. War das gerade neben dem Stapel Bodendielen ein Katzenbaby gewesen?

Ich ging direkt davor in die Hocke. Aus dem Berg Verandadielen, Staub und Dreck kam ein Kätzchen hervorgekrochen und strich um meine Beine. Kein Baby mehr, aber zuckersüß. Anscheinend war es Menschen gewohnt, denn es war zutraulich und ließ sich von mir streicheln.

»Wahrscheinlich hat sie jemand versehentlich eingesperrt. Die Tür war zu. Ich hab sie vorhin gefunden, als ich einen Kescher holen wollte.« Matti wackelte beim Erzählen aufgeregt mit den Händen.

»Die Arme. Sie hat bestimmt riesigen Hunger. Vielleicht ist sie schon seit gestern hier drin.« Ich überlegte, was wir ihr geben könnten. »Lauf rein, hol die laktosefreie Milch, die wir für Herrn Fröhling besorgt haben, und bring ein Schälchen mit«, wies ich Matti an. Ich hatte nie eine eigene Katze besessen, aber ich wusste viel darüber, weil es mich immer interessiert hatte. Sie drückte sich an mich, weshalb ich sie sanft weiterkraulte und ihr rotes Fell streichelte. Dafür erntete ich ein leises Schnurren – eines der schönsten Geräusche überhaupt.

Matti kehrte mit einer Packung Milch und einer Müslischale zurück, und die kleine Katze trank, bis das Schälchen leer war. »Wir brauchen richtiges Katzenfutter.« Mein Neffe trat von einem Bein auf das andere.

»Und wir müssen zum Tierarzt«, stellte ich sachlich fest. »Vielleicht ist sie gechippt und wir können den Besitzer ausfindig machen. Matti, du musst dich um sie kümmern, bis wir wissen, wem sie gehört. Schaffst du das?«

Er kauerte neben dem Tier und nickte. »Morgen hänge ich Steckbriefe von ihr aus.« Mit der weichen Nase stieß das Kätzchen ihn zart an, um ihn aufzufordern, sie weiterzustreicheln. Er strahlte verzückt.

Nur eine Stunde später kamen wir vom Tierarzt zurück, der zwar keinen Chip, aber glücklicherweise auch keine Krankheiten hatte finden können. Wir hatten Nele informiert und auf der Rückfahrt Futter, ein Körbchen und Katzenspielzeug besorgt.

Jetzt saßen wir alle zusammen im Aufenthaltsraum der Pension und beobachteten, wie Matti mit dem Tier spielte und es mit Zuneigung überhäufte.

»Die war gestern Abend nich im Schuppen«, bemerkte unsere Tante zum wiederholten Mal zerknirscht. Erstmals hatte sie die Brille wieder auf die Nase gesetzt – windschief zwar, aber sie hielt. »Sonst hätt' ich nich abgeschlossen, Kinners.«

»Kein Problem, wir finden die Familie, der sie gehört, und bringen sie zurück.« Nele strich ihrem Sohn über den Kopf. Ich konnte mir vorstellen, wie schwierig das für ihn werden würde. »Wir können sie nicht einfach behalten, Matti«, erklärte meine Schwester mit Nachdruck. »Sie gehört uns nicht.«

»Ich weiß, Mama.« Bedrückt legte er seine dicke, silberne Halskette ab und platzierte sie auf dem Couchtisch. Entweder war sie ihm zu schwer geworden oder es schien ihm in Anwesenheit der Katze – die er vorhin auf den Namen Emma getauft hatte – nicht mehr angemessen, ein Gangster zu sein.

»Emma bleibt für immer. Das sag ich euch.« Gesa erhob sich und schlurfte in Richtung Flur. »Ich leg mich hin, Kinners. Schuppen is noch offen. Linchen, guckst du? Der Tag war viel heut'.«

Zwar hatten Nele und Gesa sich die Arbeit in der Pension aufgeteilt, weil unsere Tante unbedingt wieder einsteigen wollte, aber man merkte, dass es sie anstrengte. Weniger wegen des Unfalls als wegen ihres Alters, was Gesa sich langsam eingestand. »Is die Osteoporose«, hatte sie geantwortet, als ich sie auf ihren schlechten Gang angesprochen hatte, »un' die Jahre.«

Ich blieb mit Nele auf dem Sofa sitzen, das Kätzchen flanierte zwischen uns umher. Es zu beobachten fühlte sich so viel besser an, als gegen verunglimpfende Bewertungen und Zeitungsartikel anzukämpfen. Vielleicht sollte ich das Projekt Strandperle an den Nagel hängen. Ich knetete die Hände in meinem Schoß. Der Artikel und Fechners Herzinfarkt hatten das Fass zum Überlaufen gebracht und es war kein Ende des Albtraums in Sicht. Ich hatte versagt, ganz klar.

»Schau mal, er macht wirklich jeden Abend seine Übungen. Sehr konsequent.« Nele stieß mich in die Seite, weshalb der eben eingegossene Tee aus der Tasse auf meine Hose schwappte. Na, prima. Sie deutete nach draußen, dann winkte sie. »Er ist kaum in der Pension, hat immer irgendwelche Termine. Manchmal macht er was mit Matti und den Kräuters, aber selten. Na ja, ist ja auch nicht mehr lange hier. Vielleicht besser so, bevor wir uns zu sehr an ihn gewöhnen.«

Ich folgte ihrem Blick aus dem Fenster. Simon trug einen knielangen Sarong. Ein zum Wickelrock umfunktioniertes Tuch, wie ich es von meinen Reisen nach Asien kannte. Traditionsgemäß band man es mit einem Knoten vor dem Bauch zusammen. Meist hatte es nur eine einzige Farbe. Simons beigefarbenes Tuch trug ein schwarzes Muster in der Art der Tätowierungen auf seiner Hand. Keltische Zeichen, die mit Asien wenig gemeinsam hatten. »Was tut er da?«

Nele lehnte sich zu mir, beide sahen wir durchs Fenster nach draußen. »Er sagt, es ist eine chinesische Konzentrationstechnik, die Körper und Geist fit halten soll.«

»Körper, Geist und Seele«, murmelte ich und dachte an unser Gespräch im Wald.

»Er nimmt manchmal an Wettkämpfen teil, hat er uns gestern erzählt. Selbstverteidigung ohne Waffen.«

»Ehrlich?« Ich schüttelte ungläubig den Kopf. Die Vorstellung, dass Simon sich absichtlich prügelte, kam mir abstrus vor.

»Es geht wohl um die Kunst der Bewegung, nicht um den Kampf. So ähnlich wie beim Karate, wo du ja auch nur angreifst, wenn du dich verteidigen musst. Matti hat gestern mitgemacht.«

»Bringt megaviel Spaß«, antwortete mein Neffe, der die letzten Minuten mit Emma im Schoß vor sich hingeträumt hatte. »Und lenkt ab, wenn man sich ärgert.«

»Du ärgerst dich?« Das, was er uns beim Wandern anvertraut hatte, hatte ich nicht bei Nele angesprochen. Das musste von ihm kommen, wenn er wollte.

»Zu Hause manchmal, hier nicht«, gab er zu und konzentrierte sich wieder voll und ganz darauf, Emma zu streicheln, die sich ausgelassen auf den Rücken rollte. Katzen waren die besten Seelentröster. »Weil ihr dauernd streitet, Mama. Das macht mich wütend und traurig.«

»Ach, Matti.« Nele ging neben ihm auf die Knie und vergrub ihre Hand in seinen Haaren. »Ich weiß. Papa und ich werden versuchen, das in Zukunft besser hinzubekommen. Ich habe eben wieder mit ihm telefoniert. Er vermisst uns und ich ihn auch.«

»Gut.« Mein Neffe klang nicht überzeugt. Zweifelnd suchte er meinen Blick und ich vermittelte ihm wortlos, dass es in Ordnung war, sich auszusprechen. »Wenn ihr streitet, will ich irgendwelchen Unsinn machen, damit ihr euch vertragt, weil ihr mir helfen müsst«, brach es aus ihm heraus.

»Du machst das alles wegen uns? Das Klauen? Dein Verhalten in der Schule?«

»Das ist falsch, das weiß ich! Ich wünsche mir doch nur, dass wir wieder eine richtige Familie sind.« Er schaute zu ihr auf. »Und eine Katze wünsche ich mir auch.«

Wer könnte diesen Kinderaugen widerstehen? Ich lächelte und erhob mich, weil ich mich nicht in das

Mutter-Sohn-Gespräch einmischen wollte. Stattdessen ging ich zu Simon raus in den Garten.

Breitbeinig stand er auf der großen Wiese, hielt die Augen geschlossen und die Arme seitwärts geöffnet. Die Ruhe in Person. Obwohl er mich nicht sehen konnte, begrüßte er mich: »Hey, Lina.«

»Hey. Wie hast du mich erkannt?«

Ein feines Grinsen breitete sich auf seinem Gesicht aus. »Du gehst immer sehr vorsichtig, beinahe so, als könntest du beim Laufen jemandem wehtun. Als wäre Bennickshoop Neuland für dich, obwohl es so vertraut ist. Und du hast diesen Räuspertick, wenn du angespannt bist.« Er lachte und öffnete seine kornblumenblauen Augen, kniff sie aber direkt wieder zu, weil die Abendsonne ihn blendete. »Und, wie bin ich als Psychologe?«

»Mies! Räuspertick ist wohl kaum ein Kompliment für eine Frau, eher für einen Politiker. Und ich gehe nicht vorsichtig, sondern mit Bedacht«, argumentierte ich und unterdrückte ein Hüsteln.

»Du räusperst dich, wenn du in einen Raum kommst. Leise, kaum hörbar. Nie gemerkt?« Er blinzelte frech.

»Du hast auch Ticks«, schoss ich gespielt beleidigt zurück. In Wirklichkeit freute ich mich darüber, dass ihm etwas an mir aufgefallen und er nicht abweisend war. Hoffentlich wurde ich nicht rot.

»Aber ganz sicher hab ich Ticks.« Er lächelte und setzte sich im Schneidersitz ins Gras. Sein beigefarbener Sarong würde gleich grüne Flecke aufweisen. Allem Anschein nach störte ihn das nicht. »Du bist zurzeit ziemlich eingespannt auf der Arbeit, oder?«

»Auch.« Wenn es nur das wäre. Ich zog meine schicken Schuhe aus. Er war ebenfalls barfuß. Das Shirt, das sich eng über seine Brustmuskeln zog, lenkte mich fast noch mehr ab als seine trainierten Oberarme. Ich hatte nicht erwartet, dass ein Mann mit Bart im Rock so faszinierend und anziehend aussehen konnte. »Machst du den Sport für deinen Seelenfrieden?« Ich stellte seine letzte Übung nach, indem ich meine Hände zur Seite streckte und durch die Luft bewegte, was weitaus weniger elegant aussah als bei ihm. Seine Bewegungen glichen einem meditationsähnlichen Tanz, bei mir sah es aus wie eine Trainingseinheit im Ruderclub. »Wie nennt man das?«

»Was ich mache oder was du machst?« Er sah mich von der Seite an. Das freche Grinsen erreichte seine Augen. Ich mochte es. »Die Medizin wendet Qigong-Übungen unter anderem in der Behandlung psychisch erkrankter Patienten an. Zum Stressabbau.«

»Qigong also.« Ich dachte an die Kicks und Tritte, die er manchmal in der Luft vollführte. »Sieht aber nicht immer nach Entspannung aus.«

»Ich bin seit meiner Jugend Kickboxer, wenn du das meinst. Ein ehemaliger deutsche Jugendmeister steht – oder besser sitzt – vor dir. Ewig her, nicht wichtig. Jugend halt. Kickboxer sind aber nicht alle harte Kämpfertypen mit schiefen Nasen, die sich durch das Rotlichtmilieu schlagen«, sagte er amüsiert. »Der Sport hat sich aus Karate und Thaiboxen entwickelt, macht ausgeglichen. Heißt es. Und friedlich.«

»Deshalb schreibst du friedliebende Artikel für Reisemagazine?« Keine besonders gute Überleitung, doch ich wollte wissen, ob er ehrlich zu mir wäre.

Er stand auf und drehte mir den Rücken zu, weshalb ich sein Gesicht nicht mehr sehen konnte. »Was meinst du damit?«

Ich bekam Angst, dass er das Gespräch jetzt abbrechen könnte. »Erzählt man sich.«

»Wer? Dein Freund Phil?«

Hoppla. Wo kam das denn her? »Nein, eigentlich war es der Dorfbäcker, von dem ich dir einen schönen Gruß bestellen soll.«

»Ach, der Jansen.« Simon begab sich in eine Position, die man eventuell mit »fliegender Adler« umschreiben konnte. »Da hat er was falsch verstanden. Jansen hatte ein medizinisches Thema zu besprechen, fällt aber unter die ärztliche Schweigepflicht. Und ich hab ihm nebenbei erzählt, dass ich gern fotografiere. Und, ja, ich schreibe auch ab und an etwas.«

Mysteriös formuliert. »Und was?«

»Nichts Wichtiges, ein paar Sätze. Ich schreibe allgemein nicht gern, weißt du ja. Gott sei Dank gibt es so was wie Autokorrektur, weshalb ich mich nicht um jeden kleinen Fehler scheren muss.« Er drehte sich in einer fließenden Bewegung zur Seite. Simon Berger war zwar ein wandelndes Geheimnis, aber nicht falsch oder mutwillig. »Mach mit«, forderte er mich auf.

»Werde ich dann so relaxt wie du?«

»Das war bei mir früher auch nicht immer so.« Wieder dieser Seitenblick. »Niemand ist den Weg in den Schuhen des anderen gegangen.«

»Ich weiß nicht. Meine Schuhe …«

»Schhh. Nicht wieder erklären und rechtfertigen. Mach einfach mit.«

Okay. Ich stellte mich neben ihn, die Arme nach oben, die Augen geschlossen. Wir sprachen nicht mehr, atmeten nur noch, und das einige Minuten lang. Als hätte ich den magischen Korridor geöffnet, strömten Teile meines Weges aus mir heraus: Luxury Escape, Erik, Vergangenheits-Phil und *DoktorLove* auf der Datingseite, immer wieder meine Mutter. Bilder, die sich in meine Seele gebrannt hatten. Wie Mom unsere Koffer ins Auto schmiss, wie wir in Berlin-Marzahn ankamen, wie meine Eltern sich trennten. Wie Erik mir sagte, dass er mich nicht liebte. Wie

Phil sagte, dass er es tat. Die Liste schien endlos und füllte sich jeden Tag neu.

Simon trat hinter mich und ich fühlte, wie er sanft eine Hand in meinen Rücken legte, um meine Wirbelsäule aufzurichten. »Ganz aufrecht stehen, damit es besser fließen kann.« Das Es definierte er nicht näher. »Lina, ich will mich nicht merkwürdig anhören …«

»Das tust du nicht«, wehrte ich seine Bedenken ab. Ich hatte Rike, die Runen und Götter befragte, wenn es sein musste. Simons sportliche Übungen waren dagegen etwas anderes. Ich fühlte Muskeln in meinem Körper, von deren Existenz ich gar nichts geahnt hatte. Die Bilder in meinem Kopf liefen unterdessen weiter und erinnerten mich, wie ich am ersten Tag mit meinem dicken Auto beinahe in eine Schafherde gerauscht war. Ich schämte mich. Wer war ich gewesen?

»Stell dir vor, du bist ein Baum, der fest im Boden verwurzelt ist. Kein Sturm kann dich aus der Ruhe bringen«, gab Simon vor.

Ich drückte meine Füße in die Erde und nahm die frische Spätsommerluft wahr. Es roch nach Wiese, Blumen und Meer. Und nach Simons Aftershave – ein Duft, den ich sehr mochte und der sich überall in der Pension verteilt zu haben schien.

Er zeigte mir eine weitere Übung, bei der er in die Knie ging und die Hände vor dem Körper langsam auf und ab schweben ließ. »Damit wecken wir die Lebensenergie, das sogenannte Qi. Wenn wir die Arme zur Seite und dann zur Mitte bewegen, öffnen wir das Herz und lösen Verspannungen. Ich klinge wie ein Lehrer, bescheuert irgendwie …«

Ich ahmte ihn nach, fühlte mich größer, als ich war, und freier, als ich zu sein glaubte. Hatte ich nicht schon längst mein Herz geöffnet und Phil wieder eingelassen? War es das, was ich wollte? Ich stutzte, weil ich mir zum ersten Mal die Zeit nahm, darüber nachzudenken.

Simon verlagerte seinen Körper nach links und dann nach rechts, zeichnete mit den Armen einen Halbkreis in die Luft – wie einen Regenbogen. »Mit dieser Bewegung klären wir die Grundstimmung und wandeln sie in positive Energie um. Doch!« Er lachte. »Ich klinge total bescheuert.«

Ich tat es ihm gleich. Die Übungen wurden alle in sehr gemächlichem Tempo ausgeführt, fühlten sich aber erstaunlich belebend an.

Vorsichtig trat er hinter mich und umfasste sanft meine Taille. Viel gefühlvoller, als Phil das zuletzt beim Kitesurfen getan hatte. Meine Bluse rutschte leicht nach oben, als ich den Halbkreis in der Luft zog. Sein Daumen traf auf meine nackte Haut.

»Bis hierher sollte deine Atmung fließen«, meinte er mit belegter Stimme. »Fühlst du das?«

Ich nickte und fühlte. Seine Hand auf meiner Hüfte, sein Atem streifte warm meine Halsbeuge. Mit den Fingern fuhr er zärtlich meine Wirbelsäule entlang, von oben nach unten. Ich spürte ein wohliges Kribbeln. Am liebsten hätte ich ihn darum gebeten, das noch einmal zu tun, aber ich blieb stumm. Genoss den Moment. Irgendwann drehte ich mich zu ihm um und stand so dicht vor ihm, dass wir uns nur hätten nach vorn lehnen müssen, um uns zu küssen. Um uns herum dämmerte es, Grillen zirpten.

»Ihr habt eine neue Mitbewohnerin, hab ich gesehen. Mit rotem Fell. Freut Matti sich?« Unverändert lag seine Hand auf meiner Haut. Er strich mir eine Locke hinters Ohr, fuhr mit dem Daumen über meine Lippen – ohne dass ich ihm das erlaubt hätte.

»Ja, sie heißt Emma«, wisperte ich.

»Hm«, flüsterte er und machte keine Anstalten, von mir abzurücken. »Ich hab echt versucht, dir in den letzten Tagen aus dem Weg zu gehen, Lina. Aber ich bekomm es nicht hin.« Er legte eine Hand an mein Gesicht und in dem Moment wusste ich ganz genau, was ich wollte. Keine Sekunde lang dachte ich an Phil, Gesa oder meine Arbeit – mein Gehirn war leer. »Du hast einen Freund und ich will mich nicht dazwischendrängen«, raunte er nah an meiner Wange.

Ich wollte das hier. Ich wollte es so sehr.

»Vielleicht möchtest du erst mal deine Beziehung zu Phil klären.« Simon nahm die Hände von mir und sah mir in die Augen.

»Die gibt es nicht.« Ich wusste, wo ich hingehörte. Das Gefühl war überwältigend. Ankommen. Spaß haben. Sich wohlfühlen. Reden. Lachen. Neues ausprobieren. Alles teilen. Mit Simon.

»Es ist okay, wir können warten ...«

Ich wollte nicht warten. Vielleicht konnte ich es auch nicht mehr. Bevor ich wusste, was geschah, fühlte ich seine Bartstoppeln an der zarten Haut meiner Oberlippe und presste meine Lippen auf seine. Ich wich zurück, weil ich ihn nicht überrumpeln wollte. Doch er ließ es nicht durchgehen, holte scharf Luft und zog mich zärtlich wieder an sich, um mich erneut zu küssen. Richtig zu küssen. Weiche Knie, Hitze und Verlangen pulsierten durch meinen Körper. Es ging weit über das hinaus, was ich bisher erlebt hatte. Die Schmetterlinge aus Gesas Blumengarten drehten Loopings und auch die in meinem Bauch flatterten wild durcheinander. Nie mehr wollte ich dieses Gefühl loslassen, drückte mich enger an ihn. Er küsste mich, wie ich nie zuvor geküsst worden war, und mir wurde heißer, als die Sonne in Abu Dhabi hätte scheinen können. Seine Hände fuhren wieder an der nackten Haut meines Oberkörpers entlang und ich schlang die Arme um seinen Hals.

»Lina«, versuchte er es noch einmal, »ich muss dir etwas sagen.«

Ich hielt inne. Bitte, bitte, jetzt keine Frau und fünf Kinder. »Bist du Single?«, stieß ich hastig zwischen zwei Küssen hervor. »Hast du Kinder?«

»Was? Ja und nein.« Er schmunzelte an meinem Mund, küsste mich tiefer und leidenschaftlicher, als wollte er mich daran hindern, noch mehr unsinnige Fragen zu stellen.

Ein unbändiges Verlangen überwältigte mich. Ich lehnte doch One-Night-Stands ab und behielt stets die Kontrolle. Nur in diesem Augenblick nicht. Ich spürte, wie seine Hände unter meiner Bluse weiter nach oben glitten. Ein Stöhnen entwich mir, als er bei meiner Brust ankam. Heftiges Herzklopfen, beschleunigte Atmung. Meine Lust steigerte sich ins Unermessliche, mein Denken rutschte in den Flugmodus und ich schob meine Finger ebenfalls unter sein Shirt, ertastete seine definierten Muskeln. »Bitte …« Zu mehr war ich nicht imstande, doch dieses eine Wort genügte ihm.

»Wir sollten zu mir gehen«, raunte Simon mir ins Ohr. »Ich brauche dich jetzt.«

Es war das Heißeste, was je ein Mann zu mir gesagt hatte.

KAPITEL 12

»JENSEITS VON RICHTIG UND FALSCH LIEGT
EIN ORT.

DORT TREFFEN WIR UNS.«

(RUMI/ME30)

Ich erkannte mich selbst kaum wieder. Könnten wir auf der Liste bitte abhaken, dass ich letzte Nacht den besten Sex meines Lebens gehabt hatte? Die Schmetterlinge tanzten eine Extrarunde in meinem Bauch. Simon wusste genau, was er tat – er war erfahren, feinfühlig und leidenschaftlich. Er hatte mir alles gegeben. Ein kleines Juchzen verließ meinen Mund und ich presste die Lippen aufeinander, weil ich ihn nicht wecken wollte. Schlafend hielt er mich fest im Arm, seine tätowierte Hand lag auf meiner Brust.

Eigentlich hatte ich vorgehabt, beim ersten Morgengrauen über den Flur in mein eigenes Zimmer zu huschen, damit Nele und Gesa nichts bemerkten. Doch dann war es so warm in

Simons Armen gewesen, dass ich den engen Körperkontakt mit ihm nicht hatte aufgeben wollen.

Viel zu spät öffnete ich jetzt gegen halb acht die Zimmertür – lediglich einen Spaltbreit, da Herr Fröhling pfeifend durch den Flur in Richtung Frühstück ging. Ungünstige Uhrzeit, um nicht aufzufallen. Wenn ich niemandem begegnen wollte, musste ich etwas warten. Emma drückte sich an meinen Beinen vorbei in Simons Zimmer und ich konnte bloß hoffen, dass Matti sie nicht suchen würde. Rasch ließ ich die Tür wieder ins Schloss fallen.

»Komm noch mal zu mir«, forderte Simon. Seine Stimme war rau vom Schlaf und er wischte sich über die Augen, weil die Morgensonne den Raum erhellte. »Komm«, wiederholte er, dunkler und bestimmter. Er lachte, als Emma statt meiner Wenigkeit seiner Aufforderung nachkam und zu ihm ins Bett tapste. »Dich hab ich nicht gemeint, Kleine.« Belustigt kraulte er sie und sah mich mit seinen ehrlichen blauen Augen an. Am liebsten wäre ich sofort erneut zu ihm unter die Bettdecke gekrochen und hätte jede einzelne Sekunde dieses Tages mit ihm verbracht. Doch ich musste zur Arbeit und an seiner Seite lag eine schnurrende Katze. »Ich muss los«, seufzte ich.

Simon richtete sich im Bett auf, die Decke rutschte von seinem trainierten Oberkörper und ich bereute einmal mehr, dass ich nicht bleiben konnte. »Lina«, begann er, »das hier ist für mich nicht die Regel. Ich habe noch nie mit einer Frau geschlafen, die ich erst so kurz kenne. Das war besonders. Ich möchte, dass du das weißt.«

Ich eilte zurück zu ihm. »Für mich war es auch besonders.« Nach einem letzten Kuss löste ich mich endgültig von ihm, weil ich sowieso schon zu spät dran war.

Ich hastete über den Flur, die Bluse falsch zugeknöpft, die Schuhe in der Hand. Emma folgte mir bis in mein Zimmer, wo sie sich vor dem Balkon in die Sonne fläzte, während ich mich schnell umzog. Katze müsste man sein! Danach stolzierte sie mit nach unten, hinaus in den Hof. Nur in meinen Wagen durfte ich allein steigen, was ich eilig tat, bevor der Rest meiner Familie mich ausfragen konnte.

Ich kam zwanzig Minuten zu spät in der Strandperle an, wo die gesamte Crew bereits in vollem Einsatz war und wie in einem Ameisenhaufen durcheinanderwirbelte. Melanie kümmerte sich um den Blumenschmuck für unseren Seetag. Außerdem um die Abstimmung mit dem Cateringservice und darum, den Tag gemeinsam mit dem Presseteam publik zu machen. Kurz gesagt: um alles gleichzeitig, wie immer.

Tom hingegen hing in Sachen Bewertungen fest, was nicht seine Schuld war. Die zuständige Mitarbeiterin von Holidayplanner und der Kollege von Travelmaker waren zwar nett, erklärten sich jedoch nicht dazu bereit, die negativen Kritiken ohne eine konkrete Veranlassung zu löschen. Bei der NEUES verhielt es sich ähnlich, auch wenn Tom letztlich eine Frau aus der Redaktion an den Hörer bekommen hatte und erstaunlich standfest bei seiner Bitte um einen Widerruf oder zumindest eine Gegendarstellung blieb. Er biss sich durch wie ein Terrier. Über diesen Vergleich hätte ich vor gut einer Woche noch gelacht.

»Du strahlst heute wie ein Swarovski-Diamant, Boss.« Melanie stellte eine Blumenvase auf meinem Schreibtisch ab. »Ich habe weiße und roséfarbene Rosen für die Seetag-Deko arrangiert. Alles abgestimmt und den besten Preis ausgehandelt.« Sie klatschte in die Hände. »Wird entsprechend geliefert.«

»Das sieht wundervoll aus, Melanie.«

»Danke. Und nun verrate mir dein Beauty-Geheimnis. Nutzt du ein spezielles Make-up oder einen neuen Highlighter?«

»Highlighter trifft es, denke ich.« Ich schmunzelte. Meine gute Laune beflügelte mich so sehr, dass ich beinahe vergaß, wie gern ich gestern noch das Handtuch geworfen hätte. »Ich gehe jetzt zu Bäcker Jansen«, informierte ich sie. Mir oblag es heute unter anderem, Jansen senior dazu zu bringen, die Törtchen für uns zu kreieren. Wie sein Sohn mir geraten hatte, würde ich das persönlich regeln, und ein Spaziergang an der frischen Seeluft schadete mir nicht. Wenige Minuten später stand ich vor der Bäckerei. Die kurzen Entfernungen in Bennickshoop waren definitiv ein Vorteil.

Ein Nachteil war dagegen, dass man ständig jemanden traf, den man kannte. Außer mir hielten sich eine ältere Dame mit Dackel und Lehrer Angelmeier in dem kleinen Backwarenladen auf. Ausgerechnet der! Über die NEUES gebeugt, hing er an einem der beiden Stehtische, rührte in seinem Cappuccino und schnaufte gestresst. Sicher zu wenig Milch im Heißgetränk oder der Schaum war zu dünn. Irgendetwas fand er bestimmt, worüber er sich ärgern konnte. Egal, ich würde mir von seinem missmutigen Gesichtsausdruck nicht die Stimmung verhageln lassen. Bis eben war ich auf meiner neuen Wolke sieben fest davon überzeugt gewesen, dass ich Jansens Gunst für die Strandperle gewinnen könnte.

»Moin, Lina.« Der betagte Lehrer öffnete das beiliegende Plastikdöschen und goss sich Milch nach, dann suchte er nach einem nicht vorhandenen zweiten Döschen auf seinem Unterteller.

»Moin«, grüßte ich zurück.

Die Frau mit dem Dackel verstaute die Brötchentüte in ihrem Flechtkorb und verließ das Geschäft. Ich konzentrierte mich statt auf Angelmeier auf das, weswegen ich hergekommen war: Kuchen! Soweit ich gehört hatte, kauften viele Hotels und Pensionen mittlerweile ihre Backwaren preisgünstiger beim Discounter oder bestellten beim Großmarkt, weshalb Jansen sich über eine zusätzliche Einnahmequelle eigentlich freuen dürfte.

»Die Lina. Moin.« Jansen senior schlurfte aus der ausgelagerten Backwerkstatt nach vorn an den Tresen. Verkaufsraum und Werkstatt waren durch einen Türvorhang aus meeresblauen und sonnengelben Plastikfäden getrennt. Genau wie bei Gesa war auch an ihm die Zeit nicht spurlos vorübergegangen. »Brauchste was?« Fragend zog er die grauen Augenbrauen zusammen.

»Ja.« Ich räusperte mich und begutachtete die Kuchen in der Auslage. »Wir brauchen Sie!« Ich schaute ihm ins Gesicht. »Herr Jansen, würden Sie für die Strandperle zweihundert Törtchen mit Logo-Emblem backen? Das Design würden wir natürlich Ihnen überlassen. Wir wissen, Sie sind der Beste.«

Angelmeier sah von seiner Zeitung auf.

»Törtchen? Das wird nicht billig«, antwortete Jansen, fuhr sich durch die ähnlich lichte Frisur, die auch sein Sohn trug, und rechnete mir vor, was die Strandperle dieser Auftrag kosten würde. »Achthundert Euro.«

Schweigen. Das überstieg alles, was ich dafür veranschlagt hatte. Absicht, Boshaftigkeit oder war es einfach so teuer? Ich wusste es nicht und meine Menschenkenntnis half mir auch nicht weiter. Denn außer seinem Schmerz, weil seine Frau viel zu früh gestorben war, und der Verbitterung, weil er beim Tortenwettbewerb auf der Backwarenmesse damals nur Vierter geworden war, wusste ich zu wenig über diesen Mann. Aber einen Unternehmer, der eigentlich gegen die Strandperle wetterte, in meinem Team zu haben, war die Zusatzkosten wert. Immerhin hatte er uns ein Angebot gemacht.

»Super! Wir nehmen die Törtchen.« Ich reichte ihm meine Visitenkarte über den Tresen, die ich heute Morgen druckfrisch von Melanie bekommen hatte. »Sie können mich jederzeit per Mail erreichen.«

»Mail hab ich nich«, entgegnete er. »Für wann sind die?«

»Nächsten Mittwoch. Die Gäste unseres Seetags werden begeistert sein. Wir haben an dem Tag auch viel Presse im Haus. Ihr Gebäck war schon immer ausgezeichnet!« Ich übertrieb und meine Stimme rutschte in ungeahnte Höhen, aber es war für die gute Sache.

»Oh.« Passierte ihm wohl nicht mehr oft, dass jemand in Bennickshoop seine Backkunst zu würdigen wusste. Wenn ich mich nicht täuschte, blitzte sogar eine Spur Freude in seinen Augen auf – zumindest bis Angelmeier mit einem Hustenanfall auf sich aufmerksam machte. Ich kreuzte die Arme vor der Brust.

»Die Strandperle ist ein Schandfleck in unserer schönen Landschaft. Viel zu modern. Alte Gebäude haben mehr Charme«, grummelte er vom Stehtisch aus. »Eure Gäste fahren ziemlich teure Umweltsünder-Fahrzeuge«, setzte er obendrauf.

»Deshalb gründen Sie eine Bürgerinitiative? Haben Sie nicht auch zwei Ferienwohnungen und fahren einen Landrover? Ihre Gäste reisen ebenfalls in Autos an.« Diesen Trumpf hatte ich mir extra für einen solchen Moment aufgehoben. »Jeder hier macht sein Geld mit dem Tourismus. Das ist normal.«

»Übergangen worden sind wir, als der Luxusbunker gebaut wurde.« Angelmeier schlug die Zeitung zu. »Nimm Olsen. Das Möwenhotel ist das älteste Haus am Platz. Es hat Tradition! Ihm wurde regelrecht der Garaus gemacht. Der letzte Hotelmanager, dieser Ahrenz, hat lange die Zufahrt zum Möwenhotel wegen des Baus eurer Tiefgarage blockiert. Das grenzte an Mobbing. Kaum Gäste für Olsens durch den Baulärm. Erst recht nicht, nachdem die Strandperle auch noch die Preise gesenkt hat.«

»Das mit der Garage wusste ich nicht«, gestand ich kleinlaut, denn es war nicht nett. »Ich verstehe Ihre Motivation … Aber die Zimmerpreise mussten wir senken, weil Sie unser Hotel überall schlechtgemacht haben. Sonst hätten wir unsere Gäste verloren.«

»Ich? Als ob eine Kette wie Luxury Escape wegen uns zwei Alten von einer Bürgerinitiative seine Gäste verlieren würde.« Er lachte auf. »Das ist grotesk!«

»Travelmaker und Holidayplanner sehen mehr als nur Sie beide. Das haben Sie sich schlau ausgedacht!« Ich biss mir fast auf die Zunge, damit ich nicht weiterredete und ihm noch mehr unterstellte.

»Travel-was?« Er raschelte mit der NEUES, als hätte er mich nicht richtig verstanden.

»Im Internet.«

»Ach so.« Er schnalzte mit der Zunge. »In-ter-net ist ja eines der ganz, ganz wenigen Dinge, mit denen ich mich nicht auskenne. Ansonsten verfüge ich selbstverständlich über eine breite Allgemeinbildung, wie das bei Lehrern unseres Schlags üblich ist«, lobte er sich selbst. »So oder so, die Buchungen vom Olsen waren rückläufig wegen des Luxusbunkers«, argumentierte er penetrant.

»Aber nur weil Sie online schlechte Bewertungen für die Strandperle abgeben, kommen nicht mehr Gäste zu Olsens! Das ist eine Milchmädchenrechnung.«

Angelmeier glotzte mich verständnislos an, Jansen noch verständnisloser. Sie wussten nicht, worauf ich hinauswollte. Mein Verdacht, die beiden könnten vielleicht doch die Urheber der Rezensionen sein, zerschlug sich für immer. Angelmeier las Zeitung, kein E-Paper – vermutlich hatte er auch noch nie etwas online bestellt. Er kannte sich mit dem Internet nicht aus, hatte er gesagt. Sie waren es nicht.

»Hör mal, Lina«, lenkte Angelmeier mit seiner vernünftigen Lehrerstimme ein, »dein Vorgänger war sich zu fein, mit dem Olsen zu reden. Vielleicht wäre es sonst gar nicht zu unserer kleinen Protestaktion gekommen.«

»Der Olsen hat uns leidgetan. Wir sind Freunde seit unserer Kindheit«, fügte Jansen betroffen hinzu. »Ist doch nicht in Ordnung, dass er so aus dem Geschäft gedrängt wird.«

»Dann war die Bürgerinitiative eine Hilfsaktion für Herrn Olsen?« Ich konnte kaum glauben, was ich zwischen Brötchen, Hörnchen und Kuchen erfuhr. In meinem Hals bildete sich ein dicker Kloß.

»Wir haben es gestoppt. Also, die Bürgerinitiative haben wir ab heute gestoppt«, stammelte Jansen und sortierte Brote in die Auslage. »Keine Plakate, keine Initiative mehr. ›Miteinander statt gegeneinander‹, hat Olsen gestern Abend zu uns gesagt. So wie du das jetzt in der Strandperle machst, ist es schon recht. Und ich back die Törtchen für dich. Zuckerperle wie Strandperle obendrauf – statt Logo-Emblem?«

Mir fehlten die passenden Worte. Die zwei waren ja lustig. Sie hatten ihrem alten Freund helfen wollen, eigentlich ein gutherziger Zug. »Zuckerperle.«

»Olsen fand es übrigens gut, dass du ihn zum Tag der offenen Tür eingeladen und sogar den Namen ›Seetage‹ angenommen hast«, lobte Angelmeier hinter vorgehaltener Hand, als hätte er Angst, jemand könnte hören, dass er freundlich war. »Ihr arbeitet ja bald noch enger zusammen.« Tatsächlich zwinkerte er mir zu. Ich hatte ihn nie zuvor zwinkern sehen. »Philipp und du seid wieder ein Paar, hat er erzählt. Er freut sich – trotz der Affäre mit deiner Mutter damals … oder gerade deswegen.« Angelmeier zuckte mit den Schultern. »Er und seine Frau haben das gut verarbeitet. Sind fünfzig Jahre verheiratet. Das ist schon was! Er sagte, du übernimmst eventuell sogar das Möwenhotel, wenn ihr heiratet, Philipp und du. Und dann …«

»Halt!«, bremste ich seine überschwängliche Rede. »Phil und ich …«

»Kurt, lass die jungen Leute doch. Ist schon recht, eure Hochzeit nicht herumzutragen, Lina«, sagte Jansen beruhigend, was mich überhaupt nicht beruhigte. Er reichte mir ein frisches Croissant über die Theke. »Hier, für dich. Und wir behalten das mit eurer Hochzeit natürlich für uns. Wie geht's deiner Tante?«

»Sie arbeitet wieder in der Pension mit«, antwortete ich mechanisch, während mein Gehirn weiterhin versuchte herauszufinden, wie man auch nur annähernd auf die Idee kommen konnte, dass Phil und ich heiraten würden. Ich war erst seit zwei Wochen hier.

»Gesa Petersen ist hart im Nehmen.« Kurt Angelmeier richtete sich zu seiner vollen Größe auf, trank den Cappuccino in einem Zug leer und klemmte sich die NEUES unter den Arm. Ganz geheuer war er mir immer noch nicht.

»Haben Sie heute Nachmittag Zeit für ein Telefonat?«, wagte ich dennoch eine Anfrage wegen des Schuldscheins.

»Sicher. Aber nicht um zwölf! Da ist Mittag. Und nicht um achtzehn Uhr! Da ist Abendbrot.« Er verabschiedete sich. Die Türglocke hallte noch nach, als er schon längst verschwunden war.

Immerhin, die Törtchen waren sichergestellt. Vielleicht war heute meine Glückssträhne eingeläutet worden! Na ja, bis auf die angebliche Hochzeit mit Phil. O Gott, ich musste das unbedingt klären. Wenn Angelmeier und Jansen davon wussten, wusste es bald ganz Bennickshoop.

»Ich habe heute Morgen mit Simon an ganz vielen Bäumen Emmas Steckbrief ausgehängt, aber es hat sich noch niemand gemeldet«, informierte Matti mich nachmittags auf der Verandatreppe. Ich hörte, wie glücklich er war, dass es bislang keinen rechtmäßigen Katzenbesitzer gab. In der Küche angelte er sich einen Apfel aus dem Obstkorb, während ich eine Tasse unter den Auslass der Kaffeemaschine stellte. »Mama hat eine Anzeige ins Internet gesetzt und wir haben beim Bürgermeister Bescheid gegeben, dass wir eine Katze gefunden haben.«

»Super.« Ich drückte die Taste für Milchkaffee. Ohne die dicke Halskette und die Totenköpfe sah Matti heute wie ein ganz normaler Grundschüler aus. »Es dauert, bis sich eine Meldung verbreitet. Ein paar Tage müssen wir abwarten«, versuchte ich, seinen Hoffnungsschimmer zu dämpfen. »Wenn sich in einer Woche niemand gemeldet hat, können wir weiter überlegen. Okay?«

»Du redest wie Mama«, antwortete er beleidigt, biss in den Apfel und stapfte hinaus in den Flur.

»Hallo, Mami zwei. Was war das denn eben?« Nele schaute ihrem Sohn hinterher, bevor sie das Tablett auf der Küchenarbeitsplatte abstellte. »Er hat dich mit mir verglichen. Das ist neu.« Sie räumte die benutzten Tassen vom Nachmittagskaffee in die Spülmaschine und wischte sich über die Stirn.

»Ich würde ihm so sehr wünschen, dass er Emma behalten kann.«

»Ja, aber selbst wenn, muss Sascha auch zustimmen.« Sie linste auf die Küchenuhr. »Wir haben nur noch zwei Stunden, Linchen. Wegen der Strandparty. Simon kommt nicht direkt mit, er kommt nach.«

»Weiß ich. Er hat mir heute Mittag eine Nachricht geschrieben.«

»Ihr habt Handynummern ausgetauscht?« Ein wissendes Grinsen zupfte an ihren Mundwinkeln. »Und sonst so?«

»Nele!« Ich fühlte, wie ich knallrot wurde. Ausnahmsweise wollte ich nicht sofort mit ihr über gestern Nacht sprechen. Ich wollte das Hochgefühl für mich behalten, genießen, konservieren, so lange wie möglich.

Wir schwiegen, der behagliche Kaffeegeruch verbreitete sich im Raum und das Gesicht meiner Schwester glich einem von links nach rechts grinsenden Smiley. Sie wusste eh Bescheid, auch ohne meine Ausführungen. »Hast du die Glücksliste dabei?«

»Nele, es gibt keinen Punkt zum Thema Sex auf der Liste.« Irritiert zog ich das Papier aus meiner Rocktasche und reichte es ihr.

»Ähm.« Lachend faltete sie den Zettel auseinander. »Ich rede nicht von deinen gestrigen Indoor-Olympics zwischen den Laken, sondern von Nummer vier. Ich habe die hundert Seiten des Romans erreicht.«

»Ist nicht wahr!« Anerkennend pfiff ich durch die Zähne. »Der Schlüsselmörder erwacht zum Leben.«

»Das tut er.« Sie nahm einen Kugelschreiber aus der Küchenschublade und strich »Ein Buch schreiben« fett durch. »Wenn alles gut läuft, veröffentliche ich Anfang nächsten Jahres im Selbstverlag meinen ersten Roman.«

»So was geht?« Eine riesige Portion Ehrfurcht erfüllte mich.

»Ja, ich habe schon alle Infos zusammen und jeden Tag deswegen mit Sascha telefoniert. Mit dem Schreiben bin ich dann quasi selbstständig, unser Steuerberater gibt noch Rückmeldung. Ich bin so aufgeregt, Lina. Sascha konnte mir auch total gut bei den rechtlichen Hintergründen des Romans weiterhelfen. Recherche gehört zu einem guten Buch dazu. Die Fakten müssen fundiert sein.«

»Ich bin echt beeindruckt. Feiern wir das heute Abend?«

»Auf jeden Fall.« Sie drehte die Liste in der Hand. »Ich bin außerdem dafür, dass wir ›Ferien bei Gesa‹ durchstreichen. Wir sind hier und machen Ferien.«

Ich nickte, einfach, weil heute ein guter Tag war. Sie ließ den Stift über das Blatt kreisen. »Zwei Punkte weniger«, jubelte sie und wir gaben uns ein High Five. Es ging vorwärts.

»Was macht Frau Meier denn liegend in der Kiesauffahrt?« Ich lehnte mich so weit vor, dass sich meine Nase beinahe an der

Fensterscheibe über der Spüle platt drückte. Mir konnte keiner mehr weismachen, dass diese Frau nicht mysteriös war. Mitsamt ihrem Equipment hing sie in unserer Einfahrt direkt vor meinem Wagen.

»Fotografiert sie vielleicht Steine?« Nele trat neben mich und zog die Nase kraus. »So langsam glaube ich doch an deine Me30-Theorie«, murmelte sie und drehte sich zu mir um.

»Du stimmst mir zu?« Ich grinste. »Aber bevor das jetzt hier zu harmonisch wird, lass uns Angelmeier anrufen. Dann haben wir das auch hinter uns.«

»In Ordnung. Gesa wollte sowieso nicht unbedingt dabei sein. Sie ist zu Brigitte gegangen, die restliche Getränkelieferung bezahlen. Danach ist endgültig Sense auf ihrem Konto.«

»Ich bin froh, dass sie uns einbezogen hat. Dieser Schuldschein und der hohe Betrag haben sie völlig aus der Bahn geworfen.« Ich trank einen Schluck Kaffee, der zu bitter schmeckte. Aber vermutlich nicht das Bitterste, was heute noch auf mich zukommen würde. Ich hatte mir im Vorfeld Angelmeiers Festnetznummer eingespeichert, die ich nun antippte. Es tutete zwei Mal, bis er ranging.

»Angelmeier!«

Das war schnell. Schwupps, schon verließ mich der Mut. Ich versuchte, mich von seinem Befehlston nicht zu sehr einschüchtern zu lassen. Ich wusste ja mittlerweile, er konnte auch anders. »Hallo, Herr Angelmeier, hier ist Lina Petersen. Wir haben uns heute Morgen beim Bäcker getroffen.« Ich drückte auf die Lautsprechertaste.

»Jaja, ich weiß. Bin ja nicht senil. Worum geht's?«

»Es geht um …« Ich schluckte ein Räuspern hinunter. »… Hannes' Schuldschein.«

»Die zwanzigtausend Euro, die ich noch bekomme«, sagte er, als hätte er nichts anderes erwartet. Dabei klang er so tiefenentspannt, als läge er in einer Hängematte auf den Bahamas.

»Achtzehn.« Bei dem Versuch, näher an das Mikrofon zu gelangen, rempelte Nele mich unabsichtlich an. Sie stützte sich auf dem Spülbecken ab und legte los: »Also, zuerst: Wissen Sie, warum unser Onkel sich überhaupt so viel Geld von Ihnen leihen musste?«

»Meine Schwester hört mit«, erklärte ich ihm und verdrehte die Augen, weil sie nicht hatte abwarten können.

»Hallo, Nele.« In Anbetracht einer weiteren Person am Hörer schraubte Angelmeier den Befehlston herunter, vielleicht rechnete er mit noch mehr Publikum. »Hannes, Gott hab ihn selig, hat das Geld fürs Pensionsdach gebraucht.«

»Stimmt.« Ich verzog den Mund. So weit waren wir auch schon. »Sonst wissen Sie nichts?«

»Nein.« Er hüstelte. »Ich habe es ihm damals geliehen und ich brauche es jetzt zurück. So, wie es auf dem Schuldschein steht. Ich habe Gesa sogar Ratenzahlung gewährt.«

»Das ist ausgesprochen großzügig, aber wir haben da leider ein klitzekleines Problemchen«, fügte ich die Verniedlichungsform hinzu, um das Problem kleinzureden. »Wir können momentan – so wie es aussieht und selbst wenn wir wollten und alles zusammenwerfen, was wir haben – nicht zahlen«, formulierte ich umständlich. »Wir haben das Geld nicht.«

Er lachte verstört. »Ich hab schon zehn Jahre darauf gewartet, weil Hannes ein Kindheitsfreund war. Irgendwann ist mal gut! Ich möchte eine Studienreise machen! Nach Papua-Neuguinea! Das kostet!«

Nele und ich starrten uns an. Wir konnten ihm schlecht seine wohlverdiente Reise aberkennen. »Und wenn Sie die Tour verschieben? Nur ein wenig. So um zwei bis drei Monate? Dann haben wir das Sommer- und Herbstgeschäft drin und können aus unserer Privatkasse noch etwas beisteuern.«

»Nein! Ich will mein Geld. Pünktlich, Lina! Ich habe Ausgaben und keine Zeit mehr für sinnfreie Diskussionen. Der Hund muss jetzt raus.«

»Können Sie bitte eine Ausnahme machen?«, bettelte ich. »Wir geben wirklich unser Bestes.« Ich hörte mich erbärmlich an. Nele winkte mit einer »Vergiss es«-Geste ab. Das Ding war gelaufen. Wir kannten beide die Antwort und ich fühlte mich unwohl, weil wir unserer Tante Angelmeiers Entscheidung irgendwie beibringen mussten.

»Keine Ausnahmen mehr! Ich will mein Geld! Sonst muss ich meinen Anwalt konsultieren. Ungern, aber so ist es. Auf Wiederhören.« Er legte auf.

»Ich hatte so gehofft, dass er uns entgegenkommt. Verdammt!« Nele schlug sich mit der flachen Hand gegen die Stirn. »Wir brauchen dringend einen Plan B, sonst wird er seine Drohung mit dem Anwalt wahr machen. Und er ist im Recht.«

Das stimmte. Zudem war der Schuldschein für Lehrer Angelmeiers Verhältnisse damals ein riesiges Zugeständnis gewesen. »Ja, und wir dürfen nicht vergessen, dass er Hannes' und Gesas Existenz mit seinem Geld gerettet hat.«

»Letzte Lösung: Ich rufe Sascha an und kläre, ob die Bank uns einen weiteren Kredit gewährt. Aber wir haben schon den Hauskredit laufen und den fürs Auto.«

»Und ich den für die Wohnung in Amsterdam.«

»Die Pension ist total belastet. Ich habe mir die Unterlagen gemeinsam mit Gesa angesehen. Frag lieber nicht …«

Meine Schwester war auch noch eine versteckte Finanzbuchhalterin. Je mehr Zeit ich mit Nele verbrachte, umso facettenreicher kam sie mir vor. Sie war nicht nur Mutter und Hausfrau, wie sie sich selbst immer betitelte. Die Bereiche, in denen sie tätig war, ließen sich gar nicht alle aufzählen. Das Psychologiestudium hätte sie locker geschafft. Es war unfair, dass sie diesem Studienabschluss so lange hatte nachtrauern müssen. Aber die Lücke zu ihrem Glück – das immerwährende Bedürfnis, eigenständig zu sein – schien sich zu schließen. »Wie viel Geld fehlt uns genau?«

»Neuntausend Euro. Also die Hälfte. Wenn wir ihr die andere Hälfte leihen.« Wie in Trance schaltete Nele die Spülmaschine ein. »Ich verstehe immer noch nicht, warum Hannes den Schuldschein vor Gesa geheim gehalten hat. Die beiden waren ein Traumpaar. Es muss einen triftigen Grund gegeben haben.«

»Das wird die Bank uns hoffentlich bald sagen können. Vielleicht war er spielsüchtig.«

»Nein, das glaube ich nun wirklich nicht.«

Ein dumpfes Rumpeln im Flur, direkt neben der Küche, ließ uns zusammenfahren. Hatte uns jemand belauscht?

»Der Garderobenständer bringt mich irgendwann um.« Simons belustigte Stimme holte mich zurück in die Realität. »Sorry.« Er grinste schief.

Anscheinend hatte ich vor Schreck die Luft angehalten, denn sie entlud sich mit einem lang gezogenen Pusten. Seine Miene war schwer zu deuten. Hatte er uns gehört oder nicht?

»Kann ich euch helfen?«

Er hatte.

»Nein«, antworteten Nele und ich wie aus einem Mund, zu laut und zu schrill, um nicht verdächtig zu wirken.

»Na dann. Ich brauche nur eine Flasche Wasser.« Im Vorbeigehen streifte er meinen Arm. War das gewollt? Beim großen Küchenschrank, in dem die Wasserkisten lagerten, hielt er an. Ich hätte ihn gern umarmt und auf den Mund geküsst. Stattdessen versuchte ich, einfach nur ruhig weiterzuatmen und nicht an letzte Nacht, seine Lippen, seinen Rücken oder seinen Hintern zu denken. Ihn am besten gar nicht erst anzusehen. Ich drehte den Kopf zu Nele, die mich bei meinem Vorhaben beobachtete.

»Nimm so viele Flaschen, wie du brauchst«, bot sie ihm an.

»Nur eine. Tragt ihr die bitte in die Liste ein?« Er öffnete die Flasche, blieb neben mir stehen und trank einen Schluck. Erst da registrierte ich, dass er von einer Trainingseinheit kam. Er war barfuß und der Schweiß perlte von seinen Unterarmen. Ich verharrte in meiner Position wie eine lebende Statue. Seit wann stand ich auf verschwitzte Männer mit Bart? Küssen oder nicht? Er schraubte die Wasserflasche zu und der Moment war vorbei. Simon ging zur Tür und wandte sich noch einmal um. »Wir sehen uns später auf der Party.«

»Ja«, antwortete ich schnell und wurde rot. »Am Strand.«

Er lächelte. »Bevor ich es vergesse, eure Tante sieht nicht hundertprozentig fit aus, und wenn ihr bei irgendetwas in den nächsten Tagen männliche Unterstützung braucht, sagt mir Bescheid. Noch bin ich da.«

Es lag mir auf der Zunge, sofort abzulehnen – weil wir starke Frauen waren und keine Hilfe benötigten. Aber ganz ehrlich, so überemanzipiert war ich dann doch nicht und es wäre irgendwie albern gewesen. »Danke, das ist nett.« Sehr schön. Unterhaltung beendet. Alles gut.

»Was wir brauchen, kannst du nicht leisten«, fügte meine Schwester stöhnend hinzu, und ich warf ihr einen strafenden Blick zu.

Es war klar, dass Simon Neles Aussage nicht im Raum stehen lassen würde. »Steckt ihr in Schwierigkeiten?« Er sah mich an, als wollte er sagen: Warum hast du mir nichts davon erzählt?

»Das ist doch Blödsinn«, versuchte ich scherzhaft, die Tatsache herunterzuspielen, dass wir kurz davor waren, von einer Brücke zu springen. »Nele und ich wissen nicht, was wir heute Abend anziehen sollen. Das ist alles.« Es stimmte sogar ein bisschen.

Stille. Dann strich Emma um Simons Beine, weshalb er sich bückte und sie streichelte. Erst danach schaute er wieder zu mir auf. Dieses Mal hatte ich Mühe, seinem Blick standzuhalten. »Wenn du ernsthafte Schwierigkeiten hast, Lina, rede mit mir. Ich bin da.«

Simon gab den Blickkontakt erst auf, als Nele mir zur Seite sprang. »Wir sprechen über Frauenthemen, Simon. Nichts für ungut, aber du bist keine«, sagte sie lachend. »Lass dich heute Abend überraschen.«

»Na, dann bin ich gespannt, was ihr anhaben werdet.« Er erhob sich.

***

Leichte Loungemusik drang zwei Stunden später an meine Ohren und die Lampions am Strand konnte ich bereits sehen, als wir mein Auto auf dem Parkplatz abstellten. Der ganze Weg von der Promenade bis zur Partylocation war mit bunten Lichtern im Laternenstil gesäumt. Richtig einladend! Es roch nach Grill und auf dem Strand befanden sich neben einer aus Holzpaletten improvisierten Bar jede Menge Sitzsäcke, Sonnenstühle und Tischchen. Bevor Simon nachkäme, hatte ich noch genügend Zeit, um mit Phil über unsere nicht stattfindende Hochzeit zu reden und unseren wie auch immer gearteten Beziehungsstatus zu klären. Ich hätte ihn gern schon viel früher damit konfrontiert, wenn er nicht ständig in der Klinik und sein Handy ausgeschaltet gewesen wäre. Außerdem hatte ich das Bedürfnis, ihm bei der Unterhaltung in die Augen zu sehen.

Ich zog die Strickweste enger um meinen Körper und war froh, dass ich dieses Mal nicht auf sie verzichtet hatte. Nele lief voraus und wir schlängelten uns zwischen den vielen schwatzenden, tanzenden Menschen hindurch. Meine Schwester bewegte die Hüften zur Musik. Mitten im Partyvolk stellte ich mich auf die Zehenspitzen und schaute umher, doch ich konnte Phil nirgendwo ausmachen. War er überhaupt da? Hoffentlich, denn sobald ich ihn fände, würde ich diese unsägliche Hochzeit und das Dating-Debakel aufklären.

Mein Plan scheiterte in der ersten Sekunde.

»Hallo, ihr beiden.« Mit zwei Sektgläsern bewaffnet steuerte Philipp Olsen auf uns zu. »Hab euch kommen sehen und eine Erfrischung besorgt.« Er drückte Nele ein Glas in die Hand und wollte mir dann einen Kuss auf den Mund geben. Blitzschnell drehte ich den Kopf zur Seite, weshalb sein Schmatzer auf meiner Wange landete. Kurz reagierte er verblüfft, dann lächelte er sein Erstaunen weg und reichte mir das andere Glas. »Ihr seht umwerfend aus!«

»Danke schön!« Neles Augen glitzerten vor Freude. Sie befühlte ihr hübsches Kleid.

Ich wäre gern aufgebracht oder sauer gewesen, aber es war nahezu unmöglich, gegen Phils Charmeoffensive inmitten der ausgelassenen Partystimmung anzukommen.

Er hat's halt drauf, Frauen um den Finger zu wickeln. Arroganter Surfertyp, schimpfte die imaginäre Rike in meinem Kopf. Ich hatte sie schon vermisst.

»Sorry, Lina, diese Woche war so unfassbar viel in der Klinik zu tun.« Er legte mir entschuldigend eine Hand auf den Oberarm. »Eine OP nach der nächsten. Ich konnte mich nicht richtig bei dir melden.«

Zeit, um auf Datingseiten herumzuhängen, hattest du aber, murmelte die Rike-Stimme.

»Verstehe«, sagte ich, weil ich ihn nicht in Neles Beisein zur Rede stellen und gleich zu Beginn einen Streit entfachen wollte. Ihn sofort mit Rikes Matchdate-Spionageaktion zu behelligen, wäre auch eher unklug. Ich merkte, dass ich mir keinen richtigen Plan für die Situation zurechtgelegt hatte. Vielleicht gab es auch keinen.

Ganz selbstverständlich legte Phil derweil den Arm um mich, während mir die Frage durch den Kopf schoss, wie oft er mich im Leben wohl schon belogen hatte. Vielleicht war die Affäre unserer Eltern damals gar nicht der Grund gewesen, weshalb er sich nicht mehr bei mir gemeldet hatte. Vielleicht hatte er frei sein wollen – frei von einer Freundin, die in Berlin und damit sowieso zu weit weg wohnte. Vielleicht war er zu feige gewesen, mir das ins Gesicht zu sagen. So wie ich mich gerade feige verhielt.

»Heute Abend gehöre ich nur dir allein«, säuselte er mir ins Ohr. Er roch nach Alkohol und hob die Hand, um einer Gruppe Frauen in blumigen Minikleidern zuzuwinken.

Ich stellte fest, dass Party-Phil sich noch einmal stark von dem Phil unterschied, den ich im Kopf und in meinem Herzen trug. Nie wieder wollte ich auf einen Lügner hereinfallen. Und doch war da dieser kleine Funke, der ihm alles glauben wollte, was er sagte, und den alten Phil zumindest gern als Freund behalten hätte.

Plötzlich hatte ich eine Strategie, wie ich herausfinden konnte, ob er mich bewusst anlog. »Wie sieht deine Wochenendplanung aus? Wir könnten etwas zusammen unternehmen.«

»Wie gesagt, am Wochenende arbeite ich. Leider«, antwortete er, ohne mit der Wimper zu zucken. »Ich würde viel lieber mit dir essen oder an den Strand gehen, aber das holen wir nach. Versprochen.«

»Schade.« Er log. Hilfe suchend blickte ich mich nach meiner Schwester um. Nele, die ihr Sektglas recht schnell leer getrunken hatte, unterhielt sich angeregt mit einer Frau in einem schwarzen Minikleid, tanzte und lachte. Sie wirkte glücklich, während ich Kopfschmerzen bekam. Vom Sekt konnte es nicht sein und die Musik war auch gut.

»Komm, wir setzen uns nach hinten.« Mit einer Handbewegung deutete Phil auf ein paar blaue Sitzsäcke neben der Bar. »Gefällt dir die Party?«

273

»Alles gut.« Ich erkannte den Song, der gerade gespielt wurde. Es war eine alte Nummer – einer von Phils, Neles und meinen früheren Lieblingshits.

Meine Schwester nahm keine Notiz mehr von uns, sie tanzte immer weiter. Es gefiel ihr auf der Party definitiv besser als mir. Phil winkte wieder jemandem, dann linste er auf seine Smartwatch. Ich nahm ihn heute anders wahr als sonst. Anscheinend hatte er einige Mitteilungen auf der Uhr erhalten, die er im Gehen las. Seine Mundwinkel bogen sich zu einem süffisanten Lächeln. Es war das erste Mal, dass ich so genau auf seine Regungen achtete.

»Die Klinik?«, hakte ich nach und nippte möglichst desinteressiert an meinem Sektglas.

»Ja, irgendwas ist immer«, entgegnete er, wobei mir sein überraschter Tonfall wegen meines Nachhakens nicht entging.

Wir setzten uns und ich leerte in Windeseile mein Glas.

»Möchtest du noch etwas anderes trinken?«, fragte er und strich mir in Phil-Manier über den Rücken.

»Nur ein Wasser. Ich muss noch fahren.«

»Dein Wunsch ist mir Befehl. Bin sofort wieder da, Prinzessin.«

Nele deutete auf der Tanzfläche gerade einen Boogie-Woogie an und ich gönnte ihr jede einzelne Sekunde. Kurz darauf kam Phil mit einer Flasche Wasser für mich und einem Whiskey Sour für sich zurück.

»Musst du morgen früh in der Klinik nicht fit sein? Oder hast du keine Operationen?« Ich begutachtete den Whiskey, den er auf dem Weg hierher fast komplett getrunken hatte.

»Doch, bei mir sind zwei OPs im Planer eingetragen.« Er stellte die Getränke auf dem Holztischchen zwischen uns ab und ließ sich auf den Sandsack neben mir plumpsen. Irgendwie kam er mir leicht angeheitert vor. »Ein Whiskey mehr oder weniger bringt mich nicht um.« Er lachte. »Entspann dich!«

Na klar. Ich schlug die Beine übereinander und zog mein Handy hervor. Ich würde ihm jetzt sein blödes »*DoktorLove*«-Profilbild zeigen und dann würden wir mal sehen, wie entspannt er noch wäre. Warum tat ich mir seine Lügen überhaupt an?

»Hallihallo, Lina! Du bist ja auch hier«, quietschte da eine Stimme hinter mir.

Ich fuhr herum. »Melanie. Hi!« Ohne ihre Stöckelabsätze war meine Assistentin glatt zehn Zentimeter kleiner und ohne Tablet, dafür mit offenen Haaren, kaum wiederzuerkennen.

»Philipp, hallo«, grüßte sie in seine Richtung. »Viel in der Klinik los gewesen heute?« Sie erwartete keine Antwort, doch die Vertrautheit der Frage machte mich stutzig. Andererseits war Melanie aus Bennickshoop, genau wie Phil. Man kannte sich. »Hab ich dich gerade beim Flirten erwischt, Doktor Olsen?«, sang sie augenzwinkernd und hielt den Zeigefinger hoch. Dann lachte sie. »Nein, Quatsch. Ich wollte euch nicht unterbrechen, sorry. Und Philipp ist ein ganz Lieber.« Sie tätschelte seine Schulter.

»Danke schön. Das nenn ich mal ein Kompliment.« Er hob sein Glas und schenkte ihr sein Eine-Million-Dollar-Lächeln.

»Steht das noch, dass du meine Schwester morgen mit nach Hamburg nehmen kannst?« Melanie saugte am Strohhalm ihres Hugos und hatte mir gerade unbewusst den Ball zugespielt. Hamburg.

Phil schwieg einen Moment zu lang. »Ich dachte, du arbeitest morgen hier in der Klinik«, schloss ich mich an. Jetzt hatte ich ihn. »Hamburg?«

»Bei meinen Eltern ist immer Remmidemmi wegen der Zwillinge. Meine Schwester hat am Montag ihre BWL-Hauptfachprüfung und möchte am Wochenende lieber im Studentenwohnheim in Hamburg lernen«, antwortete Melanie an seiner Stelle. Ich hatte nicht gewusst, dass sie Geschwister hatte, noch weniger aber hatte ich mit Phils Reaktion auf ihre Aussage gerechnet.

»Lina, du bringst alles durcheinander. Ich habe doch einen Außentermin in der Klinik in Altona. Krankenhaus ja, das hab ich dir gesagt – nur eben in Altona. Und deine Schwester kann natürlich sehr gern mitfahren, Melanie. Kein Problem.« Ruhig lehnte er sich zurück und leerte den Whiskey. »Erzählt mir doch mal etwas von eurer Arbeit. Kommt ihr in Bezug auf die negativen Bewertungen voran? Ich verstehe echt nicht, wie jemandem die Strandperle nicht gefallen kann. Allein die Umkleidekabinen im Wellnessbereich mit diesem lilafarbenen Neonlicht sind der Hammer! In dem Licht sieht jeder trainiert aus.«

»Ach ja?« Ich wusste, dass die Kabinen nur abends in dieser schmeichelhaften Farbe beleuchtet waren. »Du warst doch noch nie bei uns im Hotel, hast du gesagt.«

»Ja, aber eine Menge Leute, die ich kenne.«

»Und ihr redet darüber? Du magst die Strandperle doch gar nicht«, schaltete sich nun auch Melanie ein.

Das hatte ich Phil noch nie über meine Arbeitsstätte sagen gehört.

Ich sah ihm an, dass ihm die Unterhaltung langsam unangenehm wurde und er sich wünschte, Melanie würde das Feld räumen. Was sie nicht tat. Stattdessen plapperte sie munter drauflos. »Vielleicht hat Philipp sich heimlich eure baldige ...«, sie stellte den Cocktail ab und malte Anführungszeichen in die Luft, »... Hochzeitslocation angeschaut?« Sie sang das Wort Hochzeitslocation förmlich. »Och, Lina, warum hast du deine irren Neuigkeiten nicht mit mir geteilt? Ich meine, klar, du bist mein Boss und wir reden normal nur über die Arbeit, aber an der Tankstelle zu erfahren, dass ihr beiden heiratet, ist schon ein bisschen enttäuschend.«

O Gott! Bennickshoop war wie die NEUES. »Es tut mir leid, Melanie. Aber Phil und ich, wir werden nicht ...«

»... mehr länger damit warten, es jedem zu erzählen«, kam Phil mir zu Hilfe, ohne eine echte Hilfe zu sein. Hatte ich mich gerade verhört?

»Ich wusste nicht einmal, dass ihr euch kennt«, beschwerte sich Melanie. »Irre, irre, irre! Eine Hochzeit ist ein Riesenschritt.« Sie nippte wieder an ihrem Cocktail. »Wenn ich euch helfen soll ...«, bot sie an. »Ich bin perfekt als Wedding Planner. Fragt meine Cousine.«

Mein Herz schlug schneller, und das nicht, weil ich so unfassbar verliebt in Phil war. Phils Herz tat anscheinend auch irgendetwas – theatralisch fasste er sich an die Brust. Ich sah ihn scharf von der Seite an. Er hatte das Missverständnis zu verantworten und klarzustellen. Doch er dachte nicht daran.

»Lina und ich waren früher schon ein Paar, haben uns dann aus den Augen verloren und vor Kurzem wiedergefunden. Wie das Leben manchmal so spielt.« Gewinnend lächelte er Melanie an und beugte sich vor, um seine Hand auf meine zu legen.

»Wie romantisch«, seufzte meine Assistentin.

Ich zog meinen Arm weg. »Wir heiraten?«, gab ich schriller als geplant von mir. Hatte er wirklich geglaubt, ich würde mitspielen? Warum sollte ich?

Melanie schaute argwöhnisch von einem zum anderen – und Phil hüllte sich in Schweigen. Die Stille zwischen uns wurde unerträglich, und als ich kurz davor war zu explodieren, trat Simon aus der Menschenmenge hervor.

»Hey, Lina, deine Schwester ist drüben schon ganz wild am Tanzen«, sagte er und deutete hinter sich, wo Nele immer noch mit der Frau in Schwarz und einigen anderen das Tanzbein schwang. »Warum sitzt du hier?«

Ich versuchte, den Vulkan, der in mir brodelte, zu besänftigen. Falscher Zeitpunkt, um auszuflippen. Simon zog die Brauen zusammen, als er Phil erkannte.

»Warum soll sie nicht hier sitzen, Herr Doktor?«, gab der zurück. »Langsam hat das echte Stalkingtendenzen bei dir.«

Melanie fasste Phils Kommentar als Spaß auf, lachte nun wieder und erhob sich. »Kommen Sie mit. Wir lassen die beiden Turteltauben allein. Die zwei haben bestimmt viel wegen ihrer Hochzeit zu besprechen. Ich bin übrigens Melanie und da drüben an der Bar steht mein Kollege Tom. Und Sie sind?« Sie hakte sich bei Simon unter, als wäre es das Normalste der Welt. In Bennickshoop war man Gäste gewohnt. Simon sah überrumpelt aus und ich konnte es ihm nicht verübeln. Am liebsten hätte ich geheult oder laut losgeschrien.

»Bitte, bleib, Simon«, bat ich ihn.

Phil beugte sich gespannt vor und stützte die Ellenbogen auf den Knien ab.

»Danke, Melanie, für Ihr Angebot. Aber ich bleibe noch.« Simon löste sich freundlich von meiner Kollegin, die daraufhin achselzuckend allein zur Bar ging. Ich beneidete sie darum, dass sie die Szene so problemlos verlassen konnte.

»Was wolltest du mir sagen, Lina?« Er steckte die Hände in seine Jeanstaschen und sah mich auffordernd an. Immerhin war er offen für meine Erklärung. Simon hatte mich nicht aufgegeben. Gott sei Dank.

»Sie wollte dir sagen, dass du dich mit deinen widerwärtigen Bewertungen über die Strandperle verdünnisieren sollst«, antwortete Phil, als ich den Mund öffnete.

»Wie bitte? Die sind nicht von mir«, entgegnete Simon mit fester Stimme.

»Ach, komm.« Phil erhob sich und die beiden standen sich gegenüber wie bei einem Duell. »Ich hab dich gesehen, Doktor Berger.«

Was wollte er denn damit sagen? Ich sprang ebenfalls auf.

»Wie du am Strand auf deinem kleinen Laptop getippt und boshafte Rezis über Linas Hotel hochgeladen hast. Mein Kumpel Lars stand direkt hinter dir und hat die Seite von Holidayplanner erkannt. Schade, dass er heute Abend bei seiner Freundin in Münster ist. Er könnte alles bezeugen.«

»Das ist nicht wahr.« Mehr sagte Simon nicht dazu. Er sah aus, als wollte er Phil am liebsten verprügeln.

»Ich wollte es dir nicht sagen, Lina«, stöhnte Phil. »Weil ich gemerkt habe, wie wichtig dir Doktor Berger ist. Aber irgendwann reicht es.«

»Hör nicht auf das, was er sagt, Lina.«

»Wir können Lars gern anrufen. Oder noch besser: Lass uns doch mal deine Mails durchschauen. Gib Lina einfach dein Handy! Du hast sicher haufenweise Mails von Holidayplanner und Travelmaker im Posteingang.«

»Ich gebe ihr ganz sicher nicht mein Handy.« Simon checkte mit einer Hand, ob sein Telefon noch an seinem Platz in der Hinterntasche war.

»Warum nicht?« Bis eben war ich keine Spur skeptisch ihm gegenüber gewesen. »Mal abgesehen davon, dass ich dein Handy sowieso nicht annehmen würde. Aber warum würdest du es mir nicht geben? Vertraust du mir nicht?«

»Oder verheimlichst du etwas vor ihr, Doktor Berger?«

Simon sah weg und presste die Lippen aufeinander. Ich fühlte, dass er mit sich kämpfte. Etwas war nicht in Ordnung und es war mehr als Phils kleine Hochzeitsschwindelei, die ihm übel aufstieß. Die Schmetterlinge, die normalerweise in meinem Bauch flatterten, sobald Simon auftauchte, verschwanden oder verfielen in Schockstarre. So wie ich.

»Unsinn. Was solltest du schon vor mir verheimlichen? Du bist Arzt in Hamburg und fotografierst. Manchmal schreibst du etwas«, fasste ich zusammen, was ich wusste. »Du wanderst und machst Kickboxen und Qigong und …«

»Okay, kürzen wir das ab. Hat er dir verraten, was er schreibt?«, stocherte Phil weiter. »Ab da wird es nämlich erst interessant.«

Ich schluckte. »Nein.«

»Lina, du kennst mich. Noch nicht lange, aber sehr gut. Ich hab dich nie belogen. Und das werde ich auch jetzt nicht tun.« Simon hatte den Kopf schief gelegt, eine Sorgenfalte brannte sich tief in seine Stirn.

Ich versuchte, ruhig zu bleiben, doch es fiel mir schwer. »Gibt es etwas, was du mir sagen solltest, Simon?«

»Ja. Eine ganze Menge.«

»Da siehst du es!«, platzte Phil zufrieden heraus und ballte die Hände zu Fäusten. »Soll ich ihm gleich eine wegen der Hotelbewertungen verpassen oder lieber später?«

»Simon, wir waren doch immer ehrlich zueinander. Die Wanderung, die Sterne. Sag mir einfach, dass das nicht wahr ist. Du schreibst keine negativen Bewertungen«, stieß ich hervor, dachte an unsere gemeinsame Nacht und schluchzte auf. Ich konnte nichts dagegen tun, dass mir Tränen in die Augen stiegen und ich keinen Ton mehr herausbekam. Hatte man mir nicht oft genug beigebracht, dass ich mich auf niemanden verlassen konnte? Nur auf meine Schwester, meine beste Freundin und mich selbst. Ich hatte das Gefühl zu ersticken.

»Ich habe dauernd versucht, dir alles zu erklären, aber es ist nicht so einfach. Und jetzt weiß ich nicht, ob es überhaupt noch Sinn macht. Du glaubst ihm! Und du heiratest ihn.«

»Nein! Das tue ich nicht«, rief ich. »Auf keinen Fall!«

Phil zog die Brauen hoch. »Mein Vater freut sich aber schon für uns. Du wirst das Möwenhotel übernehmen. Lina, wir lieben uns doch – genauso wie früher.«

»Vielleicht ist es das, was du brauchst, Lina.« Simon drehte sich um. »Ich kann dir kein Hotel geben, keine Sicherheit und keine gemeinsame Vergangenheit. Ich habe nur mich.«

»Das reicht mir.«

»Da bin ich mir nicht mehr sicher.« Er ging. Er ging tatsächlich! Und gab mich kampflos auf.

»Natürlich kannst du ihr nichts bieten!«, rief Phil ihm hinterher. »Der spinnt wohl, der Berger. Führt sich auf, als wäre er dein fester Freund!«, schimpfte er.

Ich wollte Simon nachlaufen, aber meine Füße trugen mich nicht.

»Der hat sie doch nicht mehr alle!«, raunte Phil noch einmal.

»Halt die Klappe!«, schrie ich ihn an, als ich wieder atmen konnte. Es fühlte sich an, als würde ich mich von einem Gespenst befreien. Von einem Phil, der in Wahrheit nie existiert hatte. »Ich werde dich nicht heiraten, du Lügner!«

Es waren keine Worte, die Simon aufgehalten hätten, falls er sie überhaupt gehört hatte. Er bewegte sich nämlich schon bei den Steinen am Ende des lampiongesäumten Weges. Ich erkannte nur noch seine Umrisse.

Eine Weile starrte ich wie betäubt vor mich hin und hörte der Musik zu. Ich wusste nicht, wie viele Minuten vergingen, bis Phil endlich aufhörte, auf mich einzureden, und zur Bar trottete.

Verlassen stand ich in der Sitzecke, bis eine angetrunkene Nele auf mich zu wankte. »Lina, es ist so cool hier! Ich fühle mich wie zwanzig.«

Erst als sie mich am Arm rüttelte, war ich zu einer Reaktion fähig. Ich rieb mir über das Gesicht. Meine Augen brannten und mein Mund war staubtrocken.

»Nur den Alkohol vertrag ich nicht mehr so gut wie früher.« Sie kicherte. »Vielleicht bin ich doch zu alt dafür. Und ich bin müde, Linchen. Ganz doll müde.«

»Ich auch. Wir fahren heim.«

Ich wollte nach Hause.

Zurück nach Amsterdam.

Unsere Glücksliste

1. Eine Katze (Lina)

~~2. Immer wieder Ferien bei Gesa und Hannes am Meer (Nele)~~

3. Den Sonnenuntergang mit meiner großen Liebe erleben (Lina)

~~4. Ein Buch schreiben (Nele)~~

~~5. Kitesurfen (Lina)~~

6. Jemandem das Leben retten (Nele)

7. Ein großes Fest organisieren (Lina)

~~8. Den besten Hefezopf der Welt backen (Nele)~~

9. Versöhnung mit Hannes' Bruder (Hannes)

Kapitel 13

»Ich will doch keine zwanzig mehr sein«, stöhnte Nele und hielt sich den Kopf, während sie mit der anderen Hand ein Aspirin in einem Glas Wasser auflöste. Die Nacht war für uns beide eine Herausforderung gewesen. Ich hatte wegen Simon und Phil kein Auge zugetan und Nele wohl wegen der ungewohnten Menge Alkohol. Dennoch standen wir mit unseren wenigen Stunden Schlaf – wenn man von Stunden reden konnte – nun in der Pensionsküche und bereiteten das Frühstück für die Gäste vor. Ich atmete tief ein und war heilfroh, dass Samstag war.

»Kinners, ich wär gern noch ma jung«, seufzte Gesa und arrangierte unterschiedliche Käsesorten auf einer silbernen Platte. »Wie war's?«

»Frag nicht«, winkte ich ab.

Nele reichte mir kommentarlos den gefüllten Brötchenkorb und ich nahm mir ein Croissant heraus, anstatt ihn wie üblich in den Frühstücksraum zu tragen. »Hat jemand Simon gesehen? Ich muss unbedingt mit ihm sprechen.« Ich biss in das Gebäck.

»Er ist wandern.« Matti schleppte Emma auf dem Arm herein und setzte sie behutsam auf dem Fliesenboden ab. »Ich hab ihn eben draußen getroffen. War irgendwie komisch. Er hatte sein gaaanzes Gepäck dabei und hat sich verabschiedet.«

»Was?«

»Versteh ich auch nicht.« Er nahm mir den Brötchenkorb aus der Hand und trug ihn zu den Gästen in den Nebenraum.

Schwer zu beschreiben, was mich in dieser Sekunde umtrieb. Es war eine Kombination aus Schreck und Enttäuschung, die mich dazu veranlasste, das Croissant auf die Arbeitsplatte fallen zu lassen und loszulaufen. Ich hoffte, dass sich mein schlechtes Bauchgefühl nicht bewahrheiten würde. Mit pochendem Herzen hastete ich in die Eingangshalle und die breite Holztreppe hinauf. Fast hätte ich Frau Meier umgerannt, die auf den Stufen kauernd den Stoff der Perserteppiche fotografierte.

»Huch, so eilig? Ich versuche, eine Nahaufnahme von …«

Ich hörte ihr nicht zu, nahm gar nichts mehr wahr. Stattdessen rannte ich durch den Gästezimmertrakt im ersten Stock und riss Simons Zimmertür auf, die anders als sonst nur angelehnt war. Sein Bett war verwaist, lediglich eine kleine Kuhle deutete an, dass Emma es sich zwischenzeitlich darauf bequem gemacht haben musste. Der Zimmerschlüssel lag auf dem Nachttisch und das Fenster stand offen. Eine milde Meeresbrise verdrängte den letzten Rest von Simons Duft, der noch in der Luft lag. Es überlief mich kalt, dann drehte ich mich in einer einzigen Bewegung zu den Einbauschränken und öffnete sie. Leer. Es befand sich kein Koffer im Zimmer und sein Rucksack sowie seine Wanderschuhe, die sonst unter dem Stuhl neben dem bodentiefen Fenster gestanden hatten, waren verschwunden. Simon war weg!

Ich konnte es nicht glauben. Warum hatte er mir die Möglichkeit geraubt, heute in Ruhe mit ihm zu reden? Mein Herz zerbrach in Millionen Einzelteile. War sein Interesse an mir so gering? Ermattet ließ ich mich gegen den Schrank sinken, rutschte daran herunter, bis ich ganz unten auf dem Boden saß. Er lief vor mir davon, anstatt mit mir zu reden? Dabei musste er doch gespürt haben, dass alles, was Phil bezüglich der Hochzeit gesagt hatte, gelogen war, und dass die Vorwürfe wegen der Hotelbewertungen haltlos und lächerlich waren. Natürlich hätte ich Simon gestern Abend sofort verteidigen müssen, aber ich war mit der Situation genauso überfordert gewesen wie er. Wir hätten heute alles aufklären können, wir hätten uns umarmen und versöhnen können. Jetzt würde er nie erfahren, was ich für ihn empfand. Und ich nie, wer Simon Berger wirklich war.

Das Pensionszimmer fühlte sich an wie mein Innerstes: leer und verlassen. Ich widerstand dem Impuls, Simon anzurufen. Er wollte mich ja offenbar weder sehen noch hören – sonst wäre er nicht ohne ein Wort fortgegangen. Simon Berger war eine Vergangenheit ohne Zukunft. Seine Hand, die auf meiner Brust ruhte, die Momente in diesem Bett und unter dem Sternenhimmel – alles vorbei.

Irgendwann erhob ich mich und schlurfte benommen die Treppe hinunter, um meiner Schwester und Gesa wie vereinbart beim Frühstück zu helfen. Wenigstens das wollte ich tun, bevor ich mich heulend auf mein Zimmer zurückziehen würde.

»Wie siehst du denn aus, Linchen? Ist was passiert?«

»Simon ist weg.«

Nele ließ fast das Tablett fallen, auf dem sie den laktosefreien Milchkaffee für Herrn Kräuter balancierte. »Ausgezogen?«

»Er ist weg«, wiederholte ich und fasste mir an den Kragen meines Shirts, als wäre der Ausschnitt mit einem Mal zu eng geworden. Tränen rannen über meine Wangen.

»Ich weiß nicht, was ich sagen soll.« Nele umarmte mich mit dem freien Arm. »Ich mochte ihn und Matti mochte ihn auch. Und ich …« Sie wog kurz ab, ob sie weiterreden sollte. »Ich dachte, da wäre mehr zwischen euch beiden. Die Blicke, die ihr euch zugeworfen habt, euer Lachen. Da war etwas, wofür es sich zu kämpfen lohnt. Das denke ich immer noch. Hat er dir denn gar nichts hinterlassen?«

Durch den Türbogen des Frühstücksraums sah ich, wie Gesa versuchte, einen Tisch abzuräumen. Ein Messer fiel zu Boden, die Gabel segelte hinterher. »Nein, nichts.« Ich riss mich zusammen, wischte mir übers Gesicht und eilte meiner Tante zur Hilfe.

Erst als die Frühstücksnachbereitungen beendet waren, verzog ich mich auf mein Zimmer, wo ich mich aufs Bett legte und die Augen schloss. Nur kurz abschalten.

Aus kurz wurde der ganze Vormittag. Ich hatte den halben Tag verschlafen, weil es gefühlt nichts mehr gab, wofür es sich aufzustehen lohnte. Doch das Geräusch des Rasenmähers und das Zwitschern der Vögel schafften es dann doch, mich wachzurütteln.

»Es hat sich immer noch niemand wegen Emma gemeldet«, triumphierte Matti, als ich etwas apathisch nach draußen auf die Wiese trat. Nele saß auf Gesas Rasenmähtrecker und schnitt das Gras kurz, während meine Tante mit Schürze, Plastikhandschuhen und Gartenschere bewaffnet die Hortensien bearbeitete. Das Wetter ließ zu wünschen übrig. Anders als am Tag zuvor hatten sich heute dicke Wolkenberge am Himmel aufgetürmt. Regen war zu erwarten. Die trübe Aussicht passte zu meiner Verfassung.

»Lass uns noch ein bisschen abwarten wegen Emma«, antwortete ich meinem Neffen so schonend wie möglich. Die kleine Katze war zu einem Bestandteil unserer Familie geworden und ich hätte sie selbst nur zu gern behalten. Als ich mich vorhin auf dem Bett ausgeruht hatte, hatte Emma mich in meine Weste gekuschelt bewacht. Als wüsste sie genau, wie tröstlich ihre Anwesenheit war.

»Ich mag nicht abwarten! Und warum ist Simon eigentlich nicht mehr da?« Matti legte den Kopf schief. »Weißt du das?«

Ich fühlte mich nicht in der Lage dazu, Matti zu gestehen, dass ich der Grund für Simons Abreise war. »Wenn ich es herausfinde, werde ich es dir sagen.« Das Gefühl des Vermissens riss ein Loch in mein Herz.

»Ich werde ihn in Hamburg besuchen.« Matti nestelte an der grünen Armbanduhr, die er in *Brigittes Stube* zusammen mit Nele gekauft hatte. Sein Handy, die Smartwatch, seine Kopfhörer, die Halskette und seine Totenkopfshirts waren einem fröhlicheren, kindgerechteren Kleidungsstil gewichen. Typ: kleiner Dorfjunge. Einträchtig gingen wir zur Veranda, um uns auf die Hollywoodschaukel zu setzen. »Bennickshoop wird mir fehlen, wenn Papa uns am Freitag abholt.« Er zog einen Schmollmund. »Nicht mal mehr eine Woche Ferien. Ich mag nicht zurück. Meine Freunde da sind alle doof.«

»Bennickshoop ist nicht aus der Welt, du kannst jederzeit wieder herkommen.« Es klang, als wäre meine Sanduhr hier auch bald abgelaufen. Obwohl ich meine Tante auf keinen Fall allein lassen wollte, konnte ich mir nicht vorstellen, ohne Matti, Nele und vor allem ohne Simon an diesem Ort zu bleiben. »Es gibt in Hamburg bestimmt mehr Jungs als die, mit denen du sonst abhängst. Du könntest zum Beispiel in einen Karateverein gehen und neue Freunde finden.« Der Trecker verstummte im Hintergrund. »Am liebsten würde ich Gesa einpacken und mit euch nach Hamburg kommen, Matti.«

»Ja, genau, mach das! Oder wir bleiben alle zusammen hier, plus Papa.«

»Das wär's!« Meine Schwester setzte sich auf die andere Seite von Matti und legte einen Arm um ihn. »Ich mag Hamburg, aber es ist auch oft furchtbar laut und anstrengend dort. Ist halt kein Ort, an dem man die Seele baumeln lässt wie hier.« Das Leben in diesem malerischen Küstendorf war nun mal nicht mit dem in einer Millionenstadt vergleichbar.

»Kinners, Kinners!« Gesa wedelte so aufgeregt mit der Post in der Hand herum, dass ich Neles Seele-baumeln-Lassen in Bennickshoop infrage stellte. Unsere Tante jedenfalls kam nie zur Ruhe. »Schaut ma!«

Ich hatte nicht bemerkt, dass sie zwischenzeitlich den Briefkasten geleert hatte. Mit einem Stapel Post unter dem Arm zog sie sich am Verandageländer nach oben und setzte sich als Vierte im Bunde neben Nele auf die Schaukel. Sie legte die restlichen Briefe in ihrem Schoß ab und hielt einen Umschlag hoch, auf dem ihr Name stand: Gesa. Die Buchstaben sahen nach Simons Handschrift aus.

»Ihr glaubt's nich!« Sie hatte das Schreiben schon geöffnet und ihre Wangen glühten hitzig. Wie ein Einbrecher blickte sie nach rechts und links, während sie mit dem Kuvert raschelte. Aufgeregt zog sie ein Bündel Geldscheine daraus hervor, das sie blitzschnell wieder im Umschlag verschwinden ließ.

Irritiert nahm Nele den Arm von Mattis Schulter und beugte sich nach vorn. »Was bitte schön war das denn gerade?«

»Das sind« – Gesa machte eine bedeutungsschwere Pause – »zwanzigtausend Euro! Ich hab sie eben aus dem Briefkasten geholt.«

Mein Mund stand offen, meine Augen weiteten sich. Pure Fassungslosigkeit.

»Da war auch 'n Zettel.« Sie angelte nach dem Papier im Kuvert und reichte es mir.

> Liebe Gesa.
> Danke, dass ihr uns damals geholfen habt!
> Bitte begleiche eure Schulden. Das Geld steht
> dir zu.
> Noch mal danke.
> Dein Simon

Kein einziger Rechtschreibfehler, als hätte er jedes Wort einzeln nachgeschlagen.

»Warum schenkt er dir zwanzigtausend Euro?«, wunderte sich Nele. »Ich meine, zwanzigtausend! Hat er zu viel Geld? Wer macht so was?!«

Gesa zuckte mit den Achseln und schüttelte den Kopf. »Ich hab ihm nich geholfen. Ich kenn Simon Berger gar nich richtig.«

»Ich auch nicht.« Verzweifelt versuchte ich, mich an all die Momente zurückzuerinnern, die ich allein mit ihm verbracht hatte. Hatte er etwas Auffälliges gesagt? Wo hatte er das Geld her und wann hatte er mitbekommen, dass wir es brauchten? Er musste uns wirklich in der Küche belauscht haben. Warum um alles in der Welt war dieser Mann so ein Rätsel? Keiner von uns sagte etwas.

»Is das jetz' 'n Geschenk?«, grübelte Gesa letztlich.

»Faktisch ja«, urteilte Nele. »Die Notiz ist der Beweis, dass er dir das Geld überlassen hat. Du kannst frei darüber verfügen.« Manchmal, wenn sie in diesem Beamtendeutsch sprach, hörte sie sich an wie Sascha. Fehlte nur noch das Schlussplädoyer. Es kam allerdings keins.

Stattdessen schwiegen wir wieder.

»Leute«, rief Matti plötzlich in die Stille hinein und sprang von der Schaukel. »Mir fällt was ein: Simon hat beim Wandern mal gesagt, dass er kein Arzt wäre, wenn sein Vater keine Hilfe aus Bennickshoop bekommen hätte.« Ungeduldig ließ er seine Hände in den Ärmeln seines Pullovers verschwinden und spielte damit.

»Sein Vater?« Nele und ich sahen uns an. »Wer ist das?«

»Ist doch egal, Mama. Ich hab euch weitergeholfen, nun helft ihr mir.« Matti tippte seiner Mutter so energisch auf die Schulter, wie es nur ein Kind tat, wenn es etwas unheimlich Wichtiges haben oder wissen wollte. »Wegen Emma ...« Er hob das Kinn an und war mit seinen Gedanken weit weg von dem öden Erwachsenenkram. »Kann ich sie nun behalten oder nicht?«

»Matti, nein«, antwortete Nele genervt. »Wir haben wirklich gerade anderen Stress. Es ist jetzt nicht passend, darüber zu diskutieren.«

»Wann passt es denn mal? Ihr habt immer irgendwas anderes.« Er stampfte mit dem Fuß auf und ließ sich nicht abwimmeln. »Ich will wissen, ob …«

»Matti, nein! Papa hat gesagt, dass es uns momentan noch nicht zusteht, die Katze zu behalten, weil das rechtlich …«

»Sie heißt Emma und es ist mir egal, was er sagt! Emma hat keine Familie.« Er drehte sich beleidigt um und lief durch den Garten davon. Ich konnte seinen Ausbruch nachvollziehen, verstand aber auch Nele, deren Rücken sich wie unter einer Zehn-Kilo-Last nach vorn bog. Es war bestimmt nicht leicht, Mutter zu sein und ständig Entscheidungen treffen zu müssen.

»Ich weiß nicht, was ich immer falsch mache«, stöhnte sie.

»Nüscht. Er is ein Kind und beruhigt sich. Wirst seh'n«, sagte Gesa milde. »Ich versuch jetz' ma, den Berger zu erreichen. Hab seine Handynummer im Gästebuch.«

»Gute Idee!« Wenn zwanzigtausend Euro kein Grund waren, Simon zu kontaktieren, dann wusste ich auch nicht. »Probieren wir es doch gleich gemeinsam.« Ich zog mein Telefon aus der Jogginghose und wählte Simons Nummer. Leider meldete sich nur die Mobilbox, weshalb ich schnell wieder auflegte. Ein automatischer Anrufbeantworter half uns nicht.

»Heute ist der Stichtag für die zweite Rate bei Angelmeier. Wenn Simon bis drei Uhr heute Nachmittag nicht antwortet, begleichen wir erst die Schulden und klären alles Weitere später«, bestimmte Nele, erhob sich und hielt nach ihrem Sohn Ausschau.

»Is gut.« Die Hollywoodschaukel gab das bekannte protestierende Geräusch von sich, als auch Gesa umständlich aufstand. Nur ich blieb sitzen und überlegte, wie ich Simon auf anderen Wegen kontaktieren könnte. Eine Festnetznummer von ihm hatte ich nicht und seine Hamburger Adresse brachte uns nichts.

Mit lautem Brummen preschte ein Motorrad in die Kiesauffahrt und unterbrach meine Überlegungen. Ich kannte nur einen einzigen Menschen in Bennickshoop, der derart draufgängerisch Motorrad fuhr.

»Hey«, grüßte Phil prompt ein paar Minuten später, allerdings nicht so lässig wie sonst. In Bikerjacke, Hemd und Jeans stand er am Fuße der Verandatreppe und blickte bekümmert zu mir empor. Seinen Helm hielt er in der Hand, über der Schulter baumelte ein Rucksack. Unangenehm berührt fuhr er sich durch die Frisur. Optisch wirkte er nicht halb so zerstört, wie er eigentlich sein musste. Als er gestern nach dem Eklat zur Bar gegangen war, hatte er sich dort mit Melanie und Tom ganz schön viele Shots innerhalb kürzester Zeit genehmigt. Er erweckte jedoch den Anschein, als hätte er lediglich schlecht geschlafen. Warum war er hier und was war aus seiner angeblichen Klinikverpflichtung in Hamburg geworden?

»Du bist nicht in Hamburg?«

»Ich wollte mit dir reden«, entgegnete er ernst und nahm den Rucksack von der Schulter. Wie einen Schutzschild hielt er sich ihn vor die Brust. In der Mitte des Rucksackstoffs war ein rotes Kreuz aufgestickt – seine Arbeitstasche. »Ich konnte nicht wegfahren – nicht so, wie das gestern zwischen uns geendet hat.«

»Ich hab dich noch nie so erlebt. Du hast dich benommen, als wärst du ein anderer Mensch. Warum hast du behauptet, dass wir heiraten?« Ich machte keine Anstalten, ihm entgegenzukommen oder ihn zu mir auf die Hollywoodschaukel zu bitten. Schaukeln wollte ich mit ihm definitiv nicht mehr.

»Ich hatte zu viel getrunken, Lina.«

Das war keine Antwort auf meine Frage. Er versuchte, es mit seinem Gewinnerlächeln wettzumachen, aber dieses Mal ließ ich mich nicht davon beeindrucken. Als er seinen Rucksack öffnete und eine Packung Ostseekiesel hervorzog, besänftigte sich mein Gemüt dennoch ein klitzekleines bisschen. Verflixte Schokosucht!

Bedächtig stieg er die Verandastufen hoch und reichte sie mir. »Die Kiesel sollen keine Entschuldigung sein. Und der Alkohol genauso wenig.« Ich wollte ihm zustimmen, doch er ließ mich nicht antworten. »Mein Verhalten war saublöd! Auch das mit dem Berger. Ich hätte ihn nicht so anmachen dürfen. Er war zur falschen Zeit am falschen Ort.« Phil ging um die Hollywoodschaukel herum und stellte seinen Rucksack in den Eingangsbereich der Pension, als hätte er Angst, dass der Inhalt bei einem Platzregen nass werden könnte. »Aber ich denke nach wie vor, mit dem Typen stimmt was nicht«, schloss er, als er wieder heraustrat und sich neben mich setzte, ohne zu fragen. Also doch schaukeln. Wäre ich bloß eben aufgestanden und mit den anderen reingegangen.

Ich rückte von ihm ab. »Phil, was immer du jetzt sagst, um dich zu verteidigen, das mit uns ist gelaufen.«

»Eigentlich wollte ich gestern mit dir über diese falsche Hochzeitssache und all das reden und dann habe ich bloß Dummheiten von mir gegeben. Es tut mir einfach unendlich leid.« Sein Körper war mir zugewandt und er griff nach meiner Hand, in der ich nach wie vor das Folientütchen mit den Ostseekieseln hielt. Es knisterte heftig zwischen uns – allerdings nur das Tütchen, sonst nichts. »Ich war tierisch eifersüchtig, als ich gemerkt habe, dass du anscheinend auf den Berger stehst.«

»Du warst unmöglich.«

»Das auch. Ich mache alles wieder gut. Versprochen.« Er ließ die Schultern hängen und zog seine Hand zurück. »Und ich übernehme heute eine Zusatzschicht hier in der Klinik – ich fahre nicht nach Hamburg.« Er nestelte an seiner Bikerjacke herum.

»Und das war kein Problem für die Klinik in Altona?« Und für seine Matchdate-Verabredung?

»Für Altona war es okay und hier sind sie froh um jede Schicht, die einer der Ärzte extra übernimmt. Arbeite ich halt noch mehr.« Als wollte er sich selbst dafür bestrafen, dass er mich weiterhin anlog.

»Sei doch bitte ehrlich, Phil. Ohne Ehrlichkeit bringt eine Entschuldigung nichts. Du kannst mir ruhig sagen, wenn du in Hamburg etwas anderes vorhattest oder vielleicht eine andere Frau treffen wolltest. Wir sind ja nicht zusammen. Und noch viel weniger heiraten wir.«

»Sag mal, überwachst du mich?« Er stieß ein seltsames Lachen aus, fing sich aber schnell wieder. »Was denn für eine andere Frau?«

Ich sah ihm in die Augen und er schaute unverwandt zurück. Da er nicht von selbst redete, beschloss ich, in die Offensive zu gehen. »Die Frau von Matchdate.«

»Tsss.« Er atmete scharf aus und schwieg einen Moment. »Ganz ehrlich, Lina, als hätte ich so was wie eine Datingseite nötig. Findest du es echt normal, dass du versuchst, mich zu beschatten? Vielleicht hast du tiefergehende Probleme.« Er lehnte sich ungläubig zurück und tat so, als wäre ich nicht bei Sinnen. »Verständlich wäre das … bei deiner Kindheit.«

»Bei meiner Kindheit?« Ich kam mir vor, als wollte er mich einer Gehirnwäsche unterziehen.

»Eine Datingplattform«, wiederholte er verletzt, »ich bitte dich! Wie soll die noch mal heißen?« Er wartete auf meine Reaktion und redete weiter, als nichts kam. »Da hat wohl irgendein Clown ein Foto von mir ins Netz gestellt. Ich war's jedenfalls nicht, falls du so was in der Art online gesehen hast.« Er stockte wieder, weil ich beharrlich schwieg. »Das Bild von unserer Krankenhauswebsite zum Beispiel kann jeder Depp herunterladen und woanders hochladen.«

Ich kniff die Augen zusammen. »Woher weißt du, um welches Foto es geht?«

»War geraten.« Er biss sich auf die Unterlippe. »Und ich sagte ›zum Beispiel‹.«

Es war kaum auszuhalten, wie er sich wand und mir dabei ins Gesicht log. Nele hatte recht gehabt, als sie meinte, Erik wäre immerhin zum Schluss ehrlich gewesen. Phils Unehrlichkeit ergab zum jetzigen Zeitpunkt noch nicht einmal Sinn. War er ein notorischer Lügner oder hatte er eine narzisstische Persönlichkeitsstörung? Felsenfest wuchs eine innere Mauer in mir, Stein auf Stein.

»Ich weiß es doch eh schon. Sag doch einfach die Wahrheit, Phil. Zum Beispiel so«, baute ich ihm eine verbale Brücke: »›Ja, Lina, ich bin auf Datingplattformen unterwegs und treffe mich mit Frauen. Außerdem habe ich meinen Vater angelogen und ihm erzählt, dass ich dich heiraten werde.‹ Sei einfach ehrlich!«

»Ja, Lina …«, begann er mich zu imitieren, »ich bin auf der Arbeit ständig in Bereitschaft. Wann bitte schön soll ich Zeit für Datingseiten haben?« Jetzt zog er seinen Beruf als Ausrede hinzu. Er legte ein Bein über das andere. »Meinst du wirklich, mir wäre als Arzt so langweilig, dass ich auf peinlichen Seiten herumsurfe? Ich habe schließlich einen Ruf zu verlieren.« Einen Augenblick lang hatte ich das Gefühl, er ärgerte sich darüber, wie unvorsichtig er sich im Internet präsentiert und verhalten hatte. »Das mit der Hochzeit stimmt, ja, da habe ich dich und meinen Vater angelogen. Ich gebe dir recht. Aber ich dachte, es wäre nur eine Frage der Zeit, dann würdest du mich wieder genauso lieben wie früher – und wie ich dich.«

Auf einmal verstand ich den Magen- und Kopfdruck, den ich in letzter Zeit oft verspürt hatte. Es war nicht der Strandperle geschuldet, dass ich mich manchmal so schlecht fühlte. Phil versuchte, die Verantwortung für sein Verhalten auf mich abzuwälzen, mich zu manipulieren. Womöglich schon, seit ich wieder da war. Das tat mir nicht gut. Das Urvertrauen, das ich in ihn gehabt hatte, hatte alles andere überlagert, weshalb ich seinen wahren Charakter nicht wahrgenommen hatte. Doch inzwischen war dieses Vertrauen zerbrochen. »Du lügst, Phil.«

Gekränkt stand er auf. »Ich denke, so bringt das nichts. Du glaubst mir ja gar nichts mehr. Ich weiß nicht, ob du mir überhaupt abnimmst, dass ich gleich ins Graal-Müritzer Krankenhaus fahre. Soll ich dir vielleicht ein Beweisfoto schicken, wenn ich angekommen bin?«

»Nicht nötig!«, wehrte ich ab und blieb immer noch sitzen. »Das Ganze ist total albern. Und deinetwegen ist Simon weg.«

»Der Doktor ist weg? War da … doch mehr zwischen euch?« Als müsste er das erst einmal verdauen, hockte er sich auf die oberste Stufe der Veranda. Und entschied anscheinend, seine Taktik zu ändern. Er setzte sich kerzengerade hin und begann von Neuem. »Okay, Lina. Es war, beziehungsweise ist, mir extrem peinlich, deshalb habe ich dir nicht direkt die Wahrheit gesagt.« Er schaute auf seine Fingernägel. »Ja, ich bin auf einer Datingseite angemeldet. Und ja, es kam auch schon zum Nachrichtenaustausch mit Frauen und man trifft sich mal. Na und? Es ist nur Zeitvertreib. Es ist nicht das, was ich will oder was ich brauche! Erst recht nicht, seit du wieder hier bist. Ich hätte mich sofort abgemeldet, wenn du das gewollt hättest.«

»Dazu hätte ich es erst einmal wissen müssen. Du hast es mir absichtlich verschwiegen, Phil. Aber du wolltest mich heiraten? Das ist vollkommen verrückt.«

»*Verschwiegen* würde ich nicht sagen. Wir haben halt nie darüber geredet. Und heiraten, ja – das wollte ich. Will ich immer noch. Es ist das Beste für uns alle. In der Strandperle bist du nur eine von vielen Angestellten. Du könntest unser Möwenhotel besitzen, wenn wir heiraten. In den Augen meines Vaters bin ich nicht dafür geeignet und ich will es auch nicht sein. Verlieren will ich mein Erbe aber genauso wenig.« Er atmete tief ein. »Mein Vater will das Hotel an irgendwen verkaufen. An irgendwen! Unseren Besitz! Ist das zu glauben? Zumindest will er das, wenn ich keine Frau finde, die in der Lage ist, das Geschäft mit mir zu übernehmen. Er will zurücktreten und hat mir ein Ultimatum von drei Monaten gesetzt. Das Gespräch mit ihm war vor einem Monat – und dann bist du hier aufgetaucht. Als hätte der Himmel dich geschickt, Lina! Wie eine zweite Chance für mich und für uns alle.«

Ich schluckte. Meine Finger zitterten, am liebsten hätte ich ihm eine geknallt für seine erpresserische Motivation. Und gleichzeitig war er zum ersten Mal aufrichtig. Ich wusste, wie sehr sein Vater ihn von klein auf unter Druck gesetzt hatte. Für Unternehmerfamilien nicht unüblich. Gerade privat geführte Hotels bedeuteten einen enormen Leistungsdruck, denn da ging es um das Auskommen der gesamten Familie.

Stumm ging ich zu ihm und setzte mich neben ihn auf die Stufe. »Ich möchte euer Hotel nicht, Phil. Was ich möchte, sind wahre Liebe, Ehrlichkeit, echte Gefühle, Familie, Loyalität, Freundschaft, Spaß.«

»Für mich bist du das alles. Du bist meine Ex-Freundin, ich finde dich immer noch wahnsinnig heiß, Prinzessin, und ich liebe dich!« Er sah mich von der Seite an und lächelte hoffnungsvoll. »Du bist eine tolle Frau. Es passt alles mit uns.«

»Für mich aber nicht, Phil. Liebe ist mehr, als jemanden heiß zu finden.«

»Ja, klar. Aber das gehört auch dazu.« Er seufzte. »Mir tut es leid, wie das gestern gelaufen ist. Wenn der Berger wieder da ist, entschuldige ich mich bei ihm.« Er schlug sich bekräftigend auf die Oberschenkel, als wollte er Simon umgehend auf Knien um Verzeihung bitten.

»Er ist nicht hier.«

»Dann vielleicht morgen oder übermorgen. Ich weiß, wie wichtig dir das ist. Und mir auch.« Er wirkte erleichtert, dass Simon nicht greifbar war, und schaute auf die Uhr. »Ich bin froh, dass wir gesprochen haben, bevor ich zur Arbeit muss.« Eilig erhob er sich und hätte in seiner Aufbruchstimmung beinahe seinen Rucksack vergessen, den er hastig holte. »Ich werde meinem Vater sagen, dass es keine Hochzeit geben wird. Verzeihst du mir dann?«

Ich fühlte, wie mir schwindelig wurde, meine Kehle verengte sich. Manchmal möchte man nicht vergeben und vergessen – egal, wie oft gepredigt wird, dass das der beste Weg sei. »Ich weiß nicht.«

»Glaub mir, mir ist bewusst, wie beschissen ich mich verhalten habe. Vielleicht können wir wenigstens so was wie Freunde bleiben?«

»Freunde verletzen sich nicht gegenseitig«, konterte ich.

»Freunde vergeben sich Fehler.« Er sah mich bedauernd an. »Ich bin nicht gemein oder bösartig, Lina. Ich habe nur Fehler gemacht. Vielleicht mehr als einen, aber ich gebe sie zu und bereue sie. Ehrlich.« Er legte eine Hand auf sein Herz. Blonde Strähnen fielen ihm in die Augen und mein Blick glitt zu der Narbe unter seinem Halsansatz. »Wir haben eine gemeinsame Vergangenheit. Wirf das nicht weg.«

Ich nickte. »Okay … Freunde.«

»Danke. Ich melde mich nachher per Text, wenn das in Ordnung ist. Und wenn der Berger wiederkommt, sag ihm, dass ich mich entschuldigen möchte.«

Er kommt nicht wieder.

Simon war den ganzen Tag telefonisch nicht erreichbar. Er war verschollen, weshalb wir bei Angelmeier wie vereinbart den Restbetrag beglichen. Der alte Lehrer staunte nicht schlecht, als wir das Geld nun doch vorbeibrachten. Wahrscheinlich hatte er sich mit Gesa schon vor Gericht gesehen. Viel mehr passierte an diesem Samstag nicht mehr, aber es hatte mir voll und ganz gereicht.

***

Der anschließende Sonntag fing wetter- und stimmungstechnisch genauso bescheiden an, wie der Samstag geendet hatte. Es blitzte und donnerte, dazu schüttete es aus Eimern, was mir so vorkam, als würde der Himmel mich verspotten. Obwohl Gesas Schuldenproblem nun gelöst war und ich mich mit Phil ausgesprochen hatte, fehlte mir jeglicher Antrieb, aufzustehen und den neuen Tag zu begrüßen. Ich fühlte mich, als hätte mir jemand das Herz herausgerissen.

Der einzige Grund, weshalb ich mich eine Stunde später doch aus den Laken schälte, war, weil ich in der Pension helfen und meine Familie inklusive Emma sehen wollte. Da ich es verpasst hatte, die anderen beim Pensionsfrühstück zu unterstützen, knöpfte ich mir den Schuppen vor, dessen Chaos Gesa mehrfach erwähnt hatte. Aufräumarbeiten klärten bekanntlich den Kopf. Ich war froh, in dem dunklen Holzschuppen keiner Menschenseele begegnen zu müssen. Mehr als mich meiner Depression hinzugeben, Schokolade zu essen und zu schlafen hatte ich nicht geplant. In einer alten Arbeitshose von Gesa und einem verwaschenen Shirt stand ich gegen Mittag zwischen Brettern, Schrauben und Gartengeräten und sortierte den Sperrmüll. Über mir prasselten die Regentropfen auf das Wellblechdach. Ein heftiges Klopfen am Fenster durchbrach meine Lethargie.

Simon?

Rasch drehte ich mich um. Doch es war wieder nur Phil, der vom Regen durchnässt gegen die Scheibe pochte. Was wollte der denn heute hier?

»Mein Gott, du bist ja ganz nass. Komm rein.« Ich öffnete ihm die Schuppentür. Der Regen peitschte von der Seite in die Hütte und ich zog die Tür hinter ihm zu. Seine blonden Haare klebten an seiner Stirn und das Regenwasser rann ihm über die Schläfen in die Augen.

»Danke. Ich hatte keinen Schirm.« Abwehrend hob er die Hände, als wollte er eine erneute Aussprache verhindern. »Ich bleib nicht lang, ich suche nur mein Tablet. Wahrscheinlich hab ich das Gerät gestern in der Pension vergessen oder dort verloren.« Er sah sich um, als könnte es im Schuppen liegen, obwohl wir uns hier gestern gar nicht aufgehalten hatten.

»Hast du im Flur nachgesehen, wo dein Rucksack stand?«

»Ja, ich war schon drin und habe mit Gesa gesprochen. Sie sagte mir, dass du hier bist.«

»Ich wusste nicht, dass du ein Tablet dabeihattest.« War das lediglich ein Ablenkungsmanöver, um wieder bei mir auftauchen zu können? »Hier ist es jedenfalls nicht.«

»Mist!« Er biss die Zähne aufeinander, was man an seiner angespannten Kiefermuskulatur erkennen konnte. Seltsamerweise schien der Verlust des Tablets ihm mehr auszumachen als unsere gestrige Meinungsverschiedenheit. »Es wird wohl keiner aus der Pension geklaut haben in der kurzen Zeit, in der wir uns gestern unterhalten haben, oder?«

Ich lachte, obwohl mir nicht danach zumute war. »Wer denn?« Kräuters und Fröhlings sicher nicht und Frau Meier hatte selbst eins.

»Sorry, das war keine Mutmaßung. Ich weiß halt nicht, wo es ist. Aber es ist meine eigene Schuld, dass es weg ist. Ich bin nach unserem Gespräch gestern direkt zur Arbeit gefahren.«

»Wenn du das Gerät in der Klinik noch hattest, muss es dort sein.« Ich hob einen Schubladenschrank an, den ich in die gegenüberliegende Ecke schieben wollte.

»Warte, ich helfe dir.« Phil sprang auf die andere Seite des Schranks und gemeinsam hatten wir das Teil im Nullkommanichts verschoben. Diese Freundschaftssache lief erst mal nicht schlecht. »Ich musste gestern direkt zu einem Notfall und konnte meinen Rucksack nur flott verstauen. Wie das immer so ist. Mir ist beim Hochheben in den Spind nur aufgefallen, dass er so leicht war. Wahrscheinlich war das Tablet da schon weg.« Er steckte die Hände in die Hosentaschen und begutachtete mein Outfit. »Latzhose steht dir.«

»Das ist nicht der Moment für Komplimente, Phil.« Ich hakte meine Daumen hinter den Hosenträgern ein. »Ich sag dir Bescheid, falls ich dein Tablet finde, ja?« War da gerade eine Maus gehuscht? Ich bückte mich, um den Stapel Dielenbretter zu inspizieren. Wohl der Grund, warum Emma sich vor Tagen hierher verlaufen hatte. In diesem Schuppen hatte ewig niemand mehr sauber gemacht.

»Soll ich dir helfen?« Phil schüttelte seine Haare aus und war im Begriff, sich seiner pudelnassen Jacke zu entledigen.

»Nein, nein.« Es tat mir leid, ihn wieder hinaus in den Platzregen schicken zu müssen. Aber er merkte selbst, dass ich lieber allein sein wollte.

»Okay«, erwiderte er schnell, schwang die Jacke um seine Hüfte und verknotete sie. »Melde dich gern, Lina, falls du das Tablet doch noch findest. Danke. Bis dann.«

KAPITEL 14

»WAHRE GEFÜHLE GEHEN NIE DEN EINFACHEN WEG.«

(ME30)

Wie das so mit neuen Jobs und Listen ist: Erst ist man total euphorisch und irgendwann will man nur noch, dass alles vorüber ist. So ging es mir heute, an diesem Mittwoch, unserem großen Seetag!

Seit Sonntag hatte sich nichts Nennenswertes mehr ereignet. Es gab keine neuen Hiobsbotschaften oder andere Katastrophen, aber auch kein Lebenszeichen von Simon – und das, obwohl ich dazu übergegangen war, ihm täglich zu schreiben. Doch die Nachrichten kamen nicht bei ihm an – sie gingen einfach nicht durch. Handy aus oder Akku leer. Nur Phil meldete sich zuverlässig bei mir und erkundigte sich gefühlte hundert Mal nach seinem Tablet. Gestern Abend hatte ich Simon dann in meiner Verzweiflung wieder eine Sprachnachricht geschickt:

Simon, bitte melde dich!!! Ich würde gern mit dir über alles reden.

Und genau jetzt, als ich aus der Dusche stieg, leuchtete endlich eine erste Antwort von ihm auf dem Display auf. Er hatte sein Handy anscheinend wieder in Betrieb genommen.

Lina, hast du meinen Brief denn nicht gelesen? Viel Erfolg heute.

Welchen Brief, schrillte Rikes imaginäre Stimme fragend in meinem Kopf, und es pochte von innen heftig gegen meine Schläfen. Wo hatte er den hingeschickt? Ich verstand die Welt nicht mehr, obwohl ich mich freute, dass er überhaupt geantwortet hatte. Wenn auch sehr knapp.

Rike hatte ich vorgestern telefonisch auf den neuesten Stand der Dinge gebracht. Sie hatte so reagiert, wie ich es vorausgesehen hatte. »Nichts für ungut, aber dein *DoktorLove*-Phil hatte dich schon verlassen, als er dir damals am Strand die Affäre eurer Eltern verschwiegen hat. Er wäre nie mehr von sich aus auf dich zugekommen.« Ich wusste, dass sie recht hatte, konnte es mir jedoch nur schwer eingestehen. »Simon kenne ich nicht, aber nach allem, was du mir erzählt hast, glaube ich, dass er dich wirklich mag. Ich glaube nicht, dass er für immer weg ist. Hab nicht so eine Angst vorm Verlassenwerden, Süße. Ich verstehe das: deine Eltern, Erik, Phil. Aber Simon hat dich bestimmt nicht einfach so verlassen.«

Sie schien recht zu behalten. Ich könnte sie zu meiner Wohnung in Amsterdam schicken, um nach der Post zu sehen. Aber er hatte meine Adresse in den Niederlanden doch gar nicht. Hatte ich hier in Bennickshoop etwas übersehen?

Welchen Brief???, schrieb ich Simon angespannt zurück, als es zaghaft an der Badezimmertür klopfte.

***

»Tante Lina, bist du fertig?«, fragte Matti vorsichtig, weshalb ich das Handy zur Seite packte. Ich entledigte mich des Handtuchs und streifte meine Unterwäsche und das schwarze Kleid über, das ich mir extra für den Seetag zurechtgelegt hatte.

»Ja, komm rein.«

»Musst du los?«

»Gleich. Heute ist ein superwichtiger Tag für die Strandperle.« Weshalb ich letzte Nacht geträumt hatte, ich würde in einem Fass den Abhang hinunterrollen. Nicht unbedingt ein gutes Omen für einen superwichtigen Arbeitstag. Mit einem speziellen Kamm entwirrte ich meine nassen Locken. *Es wird gut laufen*, wiederholte ich mein inneres Job-Mantra, während Matti mich argwöhnisch beobachtete.

»Ich hab da was für dich. Ich hab es extra gestern mit Frau Meier und den anderen beim Spazierengehen aus meinem geheimen Unterstand geholt. So ganz geheim ist er jetzt nicht mehr«, erklärte er, »aber allein hätte Mama mich nicht gehen lassen. Das musst du dir ansehen.«

»Wovon redest du?«

»Na, von meinem Unterstand«, wiederholte er, als wäre ich schwer von Begriff.

Das gestrige Fotoboard-Bild von Me30 poppte in meinem Gehirn auf. Ich hatte es noch nicht großartig mit Gesa besprochen. Jedenfalls zeigte das Foto einen Holzstapel, der genauso aussah wie Mattis Verschlag im Wald. Aber egal, es ergab keinen Sinn mehr, Mutmaßungen über Frau Meier und Me30 anzustellen. Ich kam in der Sache zu keinem vernünftigen Ergebnis.

»Es ist wichtig für deine Arbeit, Lina. Aber vorher musst du mir versprechen, dass du nicht schimpfst!«

Jeder, der so einen Satz von Matti schon einmal gehört hatte, wusste, was er bedeutete: Er hatte etwas angestellt! Und ich hatte keine Zeit für Spielchen. Trotzdem wollte ich ihn nicht vor den Kopf stoßen. Immerhin war ich die letzten Tage wegen der Arbeit wieder kaum für ihn verfügbar gewesen.

Auf der Suche nach meinem Föhn linste ich auf die Armbanduhr. »Fünfzehn Minuten, Matti. Mehr hab ich leider nicht heute Morgen. Schieß los!«

»Warte!« Er rauschte aus dem Zimmer.

Na gut, dann wartete ich halt. Was für ein Morgen! Meine Gedanken wanderten derweil zu Jansens Bäckerei. Hoffentlich gelangen dem Senior die Perlen-Törtchen. Wir hatten drei Lokalreporter eingeladen, die während des Events Bilder machen und später über ihre Erfahrungen berichten sollten. Da konnte etwas Süßes nicht schaden.

»Stell den Föhn aus«, ordnete Matti streng an, als er zurückkkam.

»Matti …« Ich fuhr die Stärke des Gebläses runter.

»Ganz aus!«

»Okay.« Ich tat, wie er verlangte, und stemmte die Hände in die Hüften. »Und nun?«

Er ließ sich auf dem Badhocker nieder, der bedenklich wackelte, weil ein Fußstempel zu kurz war. »Du schimpfst nicht, haben wir vereinbart. Und du erzählst es nicht Mama. Schwör es!«

Das letzte Mal, als er so mit mir gesprochen hatte, hatte es uns eine Katze beschert. »Ich schwöre.« Ergeben zeigte ich das Peace-Zeichen, weil mir die korrekte Geste fürs Schwören auf die Schnelle nicht einfiel.

»Ich will nicht, dass du dich wieder in Phil verliebst«, sagte er mit der Stimme eines Gangsterbosses, der seine Freundin beschützen muss.

»Tue ich nicht.« Ich drückte ihm ein Küsschen auf die Wange. Kinder bekamen mehr mit, als man glaubte. »Das war alles?«

»Nein.« Er kippelte auf dem Hocker herum.

Erst da erkannte ich das schwarze Gerät, das er auf seinen Knien balancierte. Ich runzelte die Stirn. Die Dinger sahen aber auch alle gleich aus. War das meins? »Wem gehört das Tablet?«, fragte ich einen Tick zu laut.

»Du hast gesagt, du schimpfst nicht«, erinnerte er mich und presste es an seine Brust. »Ich habe es mitgehen lassen«, gab er schuldbewusst zu.

Ich atmete langsam ein und aus, wie ich es von Simon beim Qigong gelernt hatte. Dann fixierte ich für einen Augenblick die orangefarbenen Badezimmerkacheln, ein Relikt der Achtzigerjahre, bevor ich meinen Neffen unnachgiebig anvisierte. »Du sollst doch nichts mehr klauen!«

»Es ist nicht geklaut. Ich habe es mir quasi geliehen, weil es auf dem Boden lag.«

»Wo genau hat es gelegen und wann?«

»In der Eingangshalle, am Samstag.«

Verdammt. »Sicher, dass das Tablet nicht in einem Rucksack mit einem roten Kreuz drauf gesteckt hat? Mensch, Matti, das geht nicht!« Ich fasste mir in die Frisur, die ohne Föhn langsam von selbst trocknete.

»Ich weiß, aber ich war so sauer und wütend, weil Simon verschwunden war und ich Emma wahrscheinlich nicht behalten darf. Außerdem wusste ich da noch nicht, wem das Tablet gehört.« Er gab es mir und ich ließ mich auf dem Rand der Badewanne nieder.

»Phil hat es schon überall gesucht.« Ich schlug das Tablet auf, um sicherzugehen, dass es sich tatsächlich um sein Gerät handelte und es nicht defekt war. Vielleicht hatte er in der Hülle seinen Namen vermerkt … Hatte er nicht, aber auf der Innenseite war ein grellgelbes Post-it befestigt, auf dem irgendwelche lateinischen Formeln standen – bestimmt die

Zusammensetzung für ein Medikament. »Warum erzählst du mir so was nicht sofort, Matti?«

»Wenn du es Mama gesagt hättest, hätte sie wieder gefunden, dass ich schwierig bin. Bin ich auch manchmal.« Mein Neffe nickte betroffen. »Aber Phil ist nicht nur schwierig, er ist gefährlich.«

»Matti!«

»Es ist so! Schau doch auf dem Tablet nach, was er alles gemacht hat.« Sein Blick verfinsterte sich.

Ich würde definitiv nicht überprüfen, auf welchen Internetseiten Phil sich herumtrieb. Das Thema hatten wir bereits durch. Dennoch drehte ich das schwarze Teil unschlüssig in meiner Hand hin und her. Engelchen und Teufelchen saßen auf meinen Schultern. Der Teufel links riet mir, meiner Neugier nachzugeben, und der Engel rechts erinnerte mich dezent, aber bestimmt an meine moralische Vorbildfunktion als Tante. »So was macht man nicht!«, entschied ich folglich engelsgleich. Die Vernunft hatte gesiegt.

»Obwohl es um die Strandperle geht?« Skeptisch musterte Matti mich, stand auf und nahm mir das Tablet aus der Hand. »Ich zeig es dir. Dann bin ich schuld und nicht du. Aber das bin ich ja sowieso.«

»Das Gerät wird nicht funktionieren. Phil hat es sicher mit einem Code gesperrt«, gab ich zu bedenken, obwohl ich es bezweifelte. Immerhin ging Philipp Olsen mit einem unerschütterlichen Selbstbewusstsein davon aus, dass kein Mensch schlecht über ihn dachte oder es wagte, ihn zu kontrollieren. Vielleicht ein Grund, ebendies doch zu tun.

Ich beobachtete, wie Matti die Klapphülle des Geräts aufschlug, über das Display wischte und es mir wieder hinhielt. O Mann! Ich würde Phil gegenüber behaupten, dass wir das Tablet in der Pension gefunden hatten. Eine kleine Notlüge, nichts Dramatisches. Phil würde nicht ausrasten, es war alles in Ordnung.

»Es gibt kein Passwort oder so auf dem Tablet. Bitte schön.«

Als ich feststellte, wie viele und vor allem welche Tabs des Internetbrowsers geöffnet waren, vergaß ich sowohl die Vorbildfunktion als auch, dass ich mich eigentlich dringend für die Arbeit fertig machen musste. Ein Tab führte zu Phils Mailpostfach, ein anderer zu Holidayplanner und ein weiterer zu Travelmaker. Dazu gab es noch einen für Matchdate und eine Online-Shoppingseite, auf der er nach Eheringen gesucht hatte. Ich starrte Matti an.

»Ich habe dir gesagt, dass es wichtig ist.« Schuldbewusst kaute er auf seinem Daumennagel herum und sank zurück auf den Hocker.

Ich tippte auf Holidayplanner. Die Seite vermeldete das erfolgreiche Hochladen einer Bewertung.

»Ich habe nichts angerührt. Es ist alles so, wie ich es gefunden habe.« Zum Beweis seiner Unschuld hielt mein Neffe beide Hände hoch. »Ich hab das Ding nur gestern mal geladen, damit es nicht den Geist aufgibt.«

Es war mir nicht bewusst gewesen, wie viele Gesprächsfetzen zwischen Nele und mir er in den vergangenen Wochen mitgehört haben musste. Aber so wie es aussah, konnte er durchaus einen Zusammenhang zwischen Phils Internetsurfen und meinem Job herstellen. Ich hingegen wollte diese Verknüpfung nicht wirklich wahrhaben: Was hatte Phil auf den Seiten gemacht?

Wortlos betätigte ich die Zurück-Taste – auch auf die Gefahr hin, dass der Inhalt dann verloren ginge. Was nicht passierte. Stattdessen wurde mir die von meiner Jugendliebe eingereichte 1-Sterne-Rezension auf Holidayplanner detailgetreu angezeigt.

Ich möchte mich ausdücklich über die unfreundlichkeit der mitarbeiter in der strandperle beschweren und über mein zimmer, das nicht dem stanard eines luxushotels entsprchen hat. Wenn möglich, würde ich gar keinen stern vergeben! frechheit alles.

Das hatte Phil geschrieben?

Wie in Trance klickte ich auf seinen Mail-Ordner und erschrak. Der Inhalt bestand aus haufenweise weitergeleiteten E-Mails von anderen Mailadressen, die er offenbar alle gleichzeitig führte, um seine falschen Kritiken unerkannt auf Travelmaker und Holidayplanner streuen zu können. Noch dazu gab es eine E-Mail von der Zeitung NEUES, die sich für seinen »anonymen Tipp« bedankte. Das war also ebenfalls sein Werk gewesen. So krank konnte doch keiner sein! Erst recht nicht in Phils Position. Was brachten einem Arzt die grottenschlechten Bewertungen eines Luxushotels?

Er wollte sein Erbe retten, genau wie er es dir gesagt hat! Hast du das denn immer noch nicht kapiert? Dafür schreckt er vor nichts zurück, mahnte die Rike-Stimme in meinem Kopf.

Früher oder später hätten viele andere wie auch ich durch seine Machenschaften wirklich ihren Job verlieren können. Vielleicht wäre ich gezwungen gewesen, mich auf seinen Heiratsschwindel und das Möwenhotel einzulassen. Ich ließ das Tablet sinken. »Warum ist er bloß so?«, fragte ich dünn.

»Weil seine Eltern ihn nicht lieb haben?«, bot Matti an und wackelte weiter auf dem Stuhl herum. »Meine haben mich lieb. So was Gemeines würde ich nie machen.« Er kratzte sich am Kinn. »Kann ich jetzt gehen?«

»Ja, danke, Matti. Ich kümmere mich darum.« Auch wenn ich noch keinen Plan hatte, wie. »Dass du das Tablet an dich genommen hast, behalten wir für uns.« Ich zeigte wieder das Peace-Zeichen. »Ich lege es gleich in meine Nachttischschublade und kläre das später persönlich mit Phil – allerdings erst nach dem Seetag in der Strandperle.«

»Na gut. Schwören geht übrigens so.« Mit Daumen, Zeige- und Mittelfinger formte mein Neffe das korrekte Handzeichen.

Als er gegangen war, klickte ich auf den nächsten Reiter der Seite von Travelmaker. Hier war es dasselbe: Phil hatte kurz zuvor eine Kritik verfasst und hochgeladen. Das Abscheuliche war, dass er danach neben mir auf der Hollywoodschaukel gesessen und so getan hatte, als wäre er reumütig und ehrlich. Bittere Magensäure stieg in mir auf, als ich auch diese Kritik durchging und feststellte, dass wieder alle Nomen kleingeschrieben waren. Hie und da fehlte ein Buchstabe. Generelle Rechtschreibfehler hatte er von Anfang an in seine Bewertungen eingebaut, aber erst kürzlich hatten sie sich spezialisiert. Und zwar zeitlich ziemlich genau, nachdem sich Simons Rechtschreibschwäche bei Gesas Kaffeekränzchen offenbart hatte. Das hatte Melanie in ihrer Analyse herausgefunden. Die Mosaikstückchen setzten sich in meinem Kopf wie ein Puzzle zusammen. Deshalb hatte Phil ihm die Schmierereien anhängen wollen. Simon wäre der perfekte Sündenbock für ihn gewesen.

Ich vermisste Simon so sehr, dass sich mein Brustkorb eng zusammenzog. Notfalls würde ich zu ihm nach Hamburg reisen, um von Angesicht zu Angesicht alles richtigzustellen.

»Moin zusammen. Matti und ich machen heute einen Tagesausflug. Ein richtiges Mutter-Sohn-Ding«, erklärte Nele kurz darauf auf der Veranda. »Wir werden wohl den ganzen Tag am Strand bleiben.« Sie trug eine geflochtene Basttasche und sah in ihrem gelben Sommerkleid nach dem Urlaub aus, den sie sich längst verdient hatte.

Matti hatte ein Handtuch unter den Arm geklemmt und einen Picknickkorb in der anderen Hand. »Mama hat uns genug Essen für zwei Wochen eingepackt.« Er lachte.

»Sehr gut. Viel Spaß euch!«

»Ich drück dir die Daumen für heute«, rief er, als ich in meinen Wagen stieg.

Während der Fahrt zur Strandperle wurde der Drang, Phil für das, was er getan hatte, zur Rechenschaft zu ziehen und ihn dazu zu zwingen, die leidigen Kritiken auf der Stelle zu löschen, so stark, dass ich ihn kurzerhand anrief. Keine gute Idee!

»Oh, Lina, du meldest dich«, freute er sich. »Bin auf Visite, aber für dich nehme ich mir einen Moment. Sekunde …« Es knisterte und raschelte in der Leitung. Man hörte seine Schuhsohlen über den Linoleumfußboden laufen. »Jetzt bin ich in meinem Büro.«

Mir brannte es schier unter den Nägeln. Dennoch war ich auf den folgenden Wortwechsel mit ihm nicht vorbereitet, weshalb die Situation ziemlich schnell eskalierte. »Phil, es ist für mich so schwer nachzuvollziehen, warum du so bist. Warum …«

»Mach dir doch bitte keinen Stress mehr wegen dieser Datingseite«, unterbrach er mich. »Ich bin da angemeldet, okay. Aber ich habe schon ewig keine Frau mehr darüber getroffen. Vor allem nicht, seit du da bist. Das hätte ich gar nicht gewollt oder gekonnt! Ich hab noch nicht mal darüber nachgedacht.«

Er log, aber es spielte keine Rolle mehr für mich. »Darum geht es nicht, Phil.«

»Worum dann? Ich habe alle Karten offen auf den Tisch gelegt, weil ich mit dir neu anfangen will. Ich will dich nicht verlieren, Lina«, behauptete er mit Nachdruck. Es raschelte erneut, dieses Mal so, als hielte er eine Hand über das Mikrofon. »Was?! Nee, geht schon mal vor. Ich komme gleich nach«, hörte ich ihn dumpf jemanden anweisen. »War nur eine der Schwestern. Sorry. Bin wieder allein.«

»Ich denke nicht, dass du alle Karten offen auf dem Tisch hast, Phil. Du bist der Mann, der ein Ass im Ärmel zurückhält ... oder ein Messer. Je nachdem, wie man es definiert.« An einer roten Ampel legte ich eine Vollbremsung hin.

»Ein Messer? Eher ein Skalpell, wenn ich operiere.« Er lachte irritiert.

»Ich habe dein Tablet gefunden!«

»Ach!« Seine Freude hielt sich in hörbaren Grenzen. »Es war sicher aus, oder? Klar, nach so vielen Tagen muss der Akku längst leer sein. Wo lag es denn?«

»Der Akku ist wie neu!« Beinahe wäre ich meinem Vordermann aufgefahren, so heftig hatte ich bei Grün aufs Gaspedal getreten. »Verdammt!«

»Bist du im Auto unterwegs? Pass auf beim Fahren!«, ermahnte er mich. »Und schalt das Tablet bitte einfach aus, bis ich es abhole. Braucht ja kein Mensch. Den Knopf oben länger drücken. Du musst es dafür gar nicht aufklappen. Geht ganz leicht.« Er sagte es so, als hätte ich noch nie ein Tablet bedient. »Ist schließlich mein Privateigentum.« Er lachte, als hätte er den Scherz des Jahrhunderts gerissen. Dabei hatte er sich mit dem letzten Satz nur selbst bestätigen wollen, dass ich viel zu nett war, um den Inhalt des Geräts zu checken. »Technik hat dich ja noch nie interessiert«, meinte er zum Abschluss.

»Au contraire«, sagte ich, als würde ich mich mit Laurent unterhalten. »Ganz im Gegenteil. Technik interessiert mich sogar außerordentlich!« Jetzt geriet ich in Fahrt. Ich blinkte und düste rechts in eine Haltebucht mit Blick aufs Meer, eigentlich zu idyllisch für die Situation. Statt mir ein ausgiebiges Frühstück in der Pension zu gönnen, hatte ich Gott sei Dank die Zeit genutzt, um Fotos von den Internetseiten des Tablets zu schießen. Ich klickte auf eins der Bilder, das ich von der Travelmaker-1-Sterne-Bewertung gemacht hatte. »Weißt du, Phil, Menschen vergeben selten bloß einen Stern für eine Leistung. Sie wissen die Arbeit, die hinter einer Sache steckt, zu schätzen. Wenn ihnen etwas nicht gefällt, suchen sie das persönliche Gespräch. Manchmal geben sie drei Sterne, aber nur einen? Nein, solche Persönlichkeitstypen sind selten und mir in all den Jahren kaum untergekommen. Und so schlecht ist Luxury Escape außerdem nicht.«

»Rede nicht um den heißen Brei herum«, verlangte er plötzlich forscher.

Ich klickte auf »Senden« und schickte ihm seinen eigenen Verriss von Travelmaker. »Es ist schade, dass du dieser Mensch geworden bist. Ich weiß, du hast zu Hause viel erlebt, was nicht schön war. Aber erstens ist es mir genauso ergangen und zweitens ist das kein Grund, anderen wehzutun! Vor allem nicht, weil an der Strandperle jede Menge Arbeitsplätze dranhängen.«

»Pfff. Du hast ja keine Ahnung.« Er machte eine Pause und sah sich vermutlich das Bild an, das ich ihm aufs Handy gesendet hatte. »Yep, das ist von mir. Ich wollte einmal etwas richtig machen. Für meine Familie. Das müsstest du doch am besten verstehen.«

Ich konnte kaum glauben, dass er sofort gestand, was er getan hatte. Anscheinend hatte er erkannt, dass noch mehr Lügen ihm nicht weiterhelfen würden, oder er glaubte verrückterweise, ich würde ihm zustimmen. »Erklär es mir, Phil. Warum hast du das getan?«

»Ich wollte, dass meine Eltern ihr Hotel behalten können und nicht wieder in so eine Krise schlittern wie damals bei dieser ätzenden Affäre. Du weißt, wie gern Mama Kuchen backt, wie wichtig ihr das Palmencafé ist. Und dann kommt Luxury Escape mit dem dicken Portemonnaie, pflanzt einen Schickimicki-Betonklotz in die schöne Landschaft, verkauft Industriekuchen und nimmt uns die Gäste weg«, spuckte er abfällig aus. »Wir waren das beste Hotel am Ostseestrand! Jetzt will mein Vater sich auf einmal zur Ruhe setzen. Mir nichts, dir nichts. Das ist doch verrückt! Er hat seine Arbeit immer geliebt. Bis ihr mit eurem Luxusbau aufgekreuzt seid.«

»Dinge ändern sich, Phil. Und es gibt Grenzen!« Ich raufte mir die Haare, nur um sie direkt wieder ordentlich in Form zu zupfen. Man durfte mir gleich auf dem Fest nichts anmerken. »Du verhältst dich wie ein kleines Kind. Deine Aktion hat höchstens zur Folge, dass bald niemand mehr nach Bennickshoop kommt. Wie kannst du zwischen seriösem Arzt und kleinem Jungen so hin und her schwanken? Das ist krank.«

»Bist du meine Therapeutin?«, höhnte er. »Prinzessin, es tut mir echt leid – aber der Therapeutenjob ist schon vergeben.«

»Ich weiß gar nicht, warum ich am Sonntag zugestimmt habe, mit dir befreundet zu bleiben. Wenn dir wirklich etwas an dieser Freundschaft liegt, löschst du jetzt auf der Stelle alle negativen Rezensionen und rufst die NEUES an.«

»Nein«, antwortete er. Vor meinem inneren Auge sah ich, wie er sich in seinem weißen Kittel auf dem Chefsessel zurücklehnte. »Es tut mir leid, Lina, wie gesagt – was hätte ich tun sollen? Die Freunde meines Vaters hatten sogar eine Bürgerinitiative gegründet. Ein Zusammenschluss alter Herren, der nichts bewirkte.«

»Anders als ein kluger Arzt, der sich mit dem Internet auskennt und sehr wohl etwas bewirkt. Wenn du so weitergemacht hättest, hätten wir vielleicht schließen müssen.« Ich schluckte den Ärger hinunter und schnappte nach Luft. Es galt, einen kühlen Kopf zu bewahren.

»Und wenn schon. Ich habe mich bei dir entschuldigt!«

»Entschuldigt? Hast du schon mal ein Glas auf den Boden geworfen, es um Verzeihung gebeten und dann war es wieder heil? Manche Dinge kann man nicht entschuldigen, Phil! Ruf die Zeitung an, zieh den Artikel zurück und lösch die Kritiken.

Danach können wir über eine Entschuldigung und unsere Freundschaft reden.«

»Ich werde gar nichts zurückziehen«, sagte er und stöhnte gelangweilt in den Hörer.

»Wie ist dir das mit der NEUES überhaupt gelungen?«

»Patientenkontakte sind immer hilfreich. Zeig mich doch bei der Polizei an. Das auf dem Tablet beweist nämlich rein gar nichts. Und ich habe sehr gute Anwälte.«

Bei so viel Arroganz blieb mir die Spucke weg, weshalb ich in ruhigerem Ton fortfuhr. »Warum hat dein Vater nicht mit dem vorherigen Hotelmanager geredet?«

»Weil der Ahrenz ihn vor die Tür gesetzt hat. Stell dir vor. Meinen Vater! Er hat ihn vor die Tür führen lassen wie einen räudigen Straßenhund.«

»Phil, hör zu …« Ich hielt meine Emotionen im Zaum, damit das Gespräch sich nicht vollends zuspitzte. »Dass der vorherige Manager Herr Ahrenz ein Idiot war, stelle ich nach allem, was ich gehört habe, nicht infrage.« Dass Phil auch ein Idiot war, ebenfalls nicht mehr. »Ich bin dabei, vieles zu ändern, Kooperationen zwischen den Hotels zu schaffen. Man könnte sich zusammensetzen und …«

»Du glaubst doch wohl nicht im Ernst, dass eine Zusammenarbeit funktioniert. Wie stellst du dir das vor? Soll mein Vater bei euch den Pool reinigen?«

»Ich wünschte, du wärst so wie früher, als du noch nie mandem etwas vorgespielt hast. Nett, hilfsbereit. Wie bei unserem ersten Abend im Restaurant – oder war das auch eine Theatervorstellung?« Ich kam mir vor wie das Mädchen, das sich den Jungen zurückwünschte, der nie existiert hatte. So ähnlich, wie ich mir eine intakte Familie gewünscht hatte.

»Ich hatte dich nach elf Jahren zum ersten Mal wiedergesehen. Natürlich war da nichts gespielt. Ich bin schließlich auch nur ein Mann.«

Gehetzt schielte ich auf meine Armbanduhr. So würden wir nicht weiterkommen, er lenkte vom Thema ab. »Es gibt genug Möglichkeiten, euer Hotel zu beteiligen. Kombinierte Arrangements zum Beispiel.«

»Ich habe dich früher schon für deine Ideen bewundert, Lina. Aber hierbei gehen unsere Meinungen auseinander. Ich beziehe klar Position für meine Familie … was dich ja noch nie interessiert hat. Ich hatte damals erwartet, dass du mitbekommst, was zwischen deiner Mutter und meinem Vater läuft. So blind konnte doch keiner sein! Aber du warst in deiner rosaroten Traumwelt gefangen. So wie heute. Du glaubst immer noch an Romantik und die große Liebe.«

Ich schluckte. »Es gibt sie! Nur leider nicht für jeden, Philipp Olsen.«

»Ich weiß, wie ich heiße.«

»Aber anscheinend weißt du nicht mehr, wer du bist.«

»Tut mir leid, dich enttäuscht zu haben.« Er legte auf.

Sprachlos blieb ich zurück. Als würde ich auf einen Bus warten, der nie käme. Wie viel Zeit hatte ich damals in Berlin damit vergeudet, in meinem Jugendzimmer zu liegen und von Phil zu träumen? Ich hatte angenommen, ihm für immer blind vertrauen zu können, weil dieses emotionale Band zwischen uns existierte. Ein Band, das letztendlich nur aus dem hauchdünnen Stoff der Nostalgie bestanden hatte.

Mein Team und ich konnten uns in der Strandperle heute keine Scherereien erlauben, weshalb ich erst einmal nichts gegen Phil unternehmen würde. Jetzt die Polizei einzuschalten würde es nur verkomplizieren.

Du wärst nicht du, wenn du ihn anzeigen würdest, meldete sich die Rike-Stimme in meinem Kopf. *Wenn Phil irgendjemand zur Vernunft bringen kann, dann nur sein Vater.*

»Moin, Melanie, was von Fechner gehört?«, fragte ich meine Assistentin, die mit Klemmbrett im Arm hinter der gläsernen Drehtür auf mich wartete. Jetzt schritt sie neben mir her durch die Lobby. Ihre Stöckelschuhe klackerten emsig über den Boden.

»Allerdings. Es gibt schon jede Menge Überraschungen. Gute und weniger gute«, berichtete Melanie und ihr Augenlid zuckte kaum merklich. Sie war genauso nervös wie ich.

Ich schaltete mein Handy stumm und nahm mir vor, Phil und alles, was dazugehörte, weit wegzuschieben, um mich nicht vom Seetag ablenken zu lassen. Sachte ließ ich das Telefon in meine Tasche gleiten. »Was gibt es?«

»Fechner wird vorbeischauen. Kein Witz!«

»Ich dachte, der liegt in London im Krankenhaus.«

»Nicht mehr. Es war wohl seiner Meinung nach nicht so dramatisch, er hat sich mit seiner Frau für den Nachmittag angekündigt«, ergänzte sie.

»Ganz sicher kein Witz?« Ich atmete tief durch. Melanie neben mir ebenfalls.

Fast zeitgleich fuhren wir herum, als Laurent mit dem goldfarbenen Kofferwagen aus dem Aufzug auf uns zu ratterte. Er schob drei große Pakete vor sich her. »Bonjour. In den Pavillon?«, fragte er, als wüsste ich, was sich hinter den Pappverpackungen verbarg. Sah aus, als wären es Stücke aus einer Kunstgalerie, die ich nicht bestellt hatte.

»Das muss eine Fehllieferung sein.«

»Nein. Das ist die nächste Überraschung«, deutete Melanie an, und ein Krächzen, das einer Nebelkrähe glich, verließ ihre Kehle. Vermutlich sollte es ein Lachen werden. »Dieser Internetstar Me30 hat uns unentgeltlich drei seiner Werke liefern lassen. Ich habe das recherchiert. Es ist ungewöhnlich, dass er oder sie so was tut. Tom hat daraufhin schlauerweise die

317

Presse informiert, unter anderem die NEUES«, berichtete sie. »Es werden mehrere Reporter kommen. Niemand will sich die Bilder entgehen lassen. Dabei wissen wir gar nicht, was abgebildet ist und wer sich hinter dem großzügigen Spender Me30 überhaupt verbirgt.« Sie zog eine Augenbraue hoch.

»Wie sah die Person aus, die das abgegeben hat?« Ich lief um den Concierge herum, um eine Umverpackung einzureißen und in ein Paket hineinzuspähen.

»'ab isch niemand gesehen, Madame Petersen. Rien.« Laurent hob übertrieben hilflos die Arme. »Da war nur der Anruf.«

»Und der Anrufer?«

»Eine Mademoiselle …«

Da hatten wir's … Frau Meier!

»… von der Agentur *people art and management*.« Er zuckte mit den Schultern.

»Jemand möchte uns offenbar etwas Gutes tun«, freute sich Melanie. »Die Publicity hilft uns.«

»Verrückt, aber wenn die Bilder nun einmal da sind …«, erwiderte ich matt. »Bringen wir sie raus in den Pavillon. Haben wir Staffeleien?«

»War alles dabei. Stehen draußen. Da hat jemand mitgedacht«, erklärte meine Assistentin und kritzelte etwas aufs Papier ihres Klemmbretts. Laurent machte sich daran, den Kofferwagen weiter nach vorn zu bugsieren, und wir folgten ihm in den Hotelpark, wo Melanie und ich die Leinwände enthüllten. Jedes Bild trug mit schwarzem Pinselstrich aufgezeichnet einen kleinen Spruch am unteren Bildrand, wie es sich für Me30 gehörte.

Beim letzten Kunstwerk kniff ich mehrfach die Augen zusammen. Das konnte nicht wahr sein!

»Bist du das, Lina? Ist ja witzig.« Melanie beugte sich milli-
meternah an den Druck heran, als hätte sie in den vergangenen
Tagen eine Sehschwäche entwickelt.

»Wenn ich es nicht besser wüsste, dann ja.« Das konnte
wirklich ich auf dem Bild sein. Von hinten, am Meer
fotografiert. Ich bildete mir ein zu wissen, wann dieser
Schnappschuss entstanden sein musste. Es war der Tag meines Kitesurferlebnisses – kurz zuvor hatte ich allein am Strand
die Wellen beobachtet. Das Foto war in Schwarz-Weiß gehalten. Über den Schultern der abgebildeten Frau hingen dunkle
Locken. »Es gibt viele, die so aussehen«, relativierte ich.

»Am Bildrand steht: *Wahre Gefühle gehen nie den einfachen
Weg*«, las Melanie.

»Die Törtchenlieferung ist da!«, frohlockte eine der
Küchenhilfen, und wir eilten ihr in die riesige Industrieküche
hinterher. Laurent musste sich allein weiter um die Kunstdrucke
kümmern, es nutzte nichts.

»Wow! Jansen hat sich selbst übertroffen!« Die Törtchen
sahen zum Anbeißen aus. Obenauf thronte eine feste
Cremeschicht, die von einer rosa Zuckerperle gekrönt wurde.
Die Küchlein muteten so kitschig an, dass sie unseren Gästen
auf jeden Fall in Erinnerung bleiben würden – von der
Gaumenfreude mal ganz abgesehen.

»Ich muss eins probieren. Wir teilen, okay?« Mit einem
Küchenmesser zerschnitt Melanie ein Törtchen auf der Platte.
Gespannt biss sie hinein. »Volle fünf Sterne!« Sie betupfte sich
die Lippen mit einer Serviette. Dem Lippenstift machte es
nichts aus. Doch bevor ich meine Hälfte in die Hand nehmen
konnte, ging es weiter.

»Achtung, Achtung an alle! Die Gäste kommen!«, vermeldete die Rezeption per Walkie-Talkie an meine Assistentin,

und wir hechteten von der Küche zum Empfang. So würde das heute den ganzen Tag gehen – und das in meinem schwarzen Minikleid mit den hohen Schuhen.

In Reih und Glied standen die Servicekräfte mit je einem Tablett zur Begrüßung der Gäste parat. Darauf: unser eigens kreierter Cocktail »Pink Pearl« und der obligatorische Orangensaft als nicht alkoholische Getränkevariante. Innerhalb kürzester Zeit füllte sich die Lobby, und auch die Hotelmanager der anderen Hotels kamen an. Herr Olsen gab seine Apfelkuchen in Laurents Hände und mischte sich unter die Unternehmer. Er hatte sich optisch kaum verändert, außer dass ein paar Falten mehr sein markantes Gesicht zeichneten. Immer noch ein attraktiver Mann. Leider schaffte ich es nicht, einige Sätze mit ihm zu wechseln, weil mich ein Lokalreporter ansprach und nach den Werken von Me30 fragte. Spätestens, als vor der Glasdrehtür ein Wagen des Fernsehsenders »RTB aktuell« vorfuhr, wussten wir, dass unser Seetag in allen Medien Deutschlands vertreten sein würde. Krampfhaft hielt ich mich auf den Beinen, um nicht in Ohnmacht zu fallen. Als der Starreporter des Senders unsere Halle betrat, versuchte auch Melanie, nicht zu hyperventilieren. Mit einer Hand fächerte sie sich Luft zu und blieb professionell.

»Und Sie haben wirklich nicht den geringsten Anhaltspunkt, wer sich hinter Me30 verbirgt? Ganz Deutschland interessiert sich dafür«, flirtete der Reporter mit Melanie. »Wir wären der erste Sender, der das Geheimnis von Me30 lüftet. Sie persönlich würden es lüften!«

»Leider nein«, antwortete meine Assistentin knapp, und ich nickte ihr anerkennend zu.

In kleinen Gruppen führten wir die Interessenten durch die Räumlichkeiten und hinaus in den Hotelpark. Nach dem miesen Wetter des Wochenendes und einem bescheidenen Wochenstart beschenkte uns der Himmel heute mit traumhaftem Sonnenschein. Der Ententeich mit der Holzbrücke und den Magnolienbäumen kam besonders gut bei den Gästen an, dicht gefolgt vom Wellnessbereich und der Orangerie. Aber das Highlight waren zweifelsohne die Ausstellungsstücke von Me30.

Ungefähr sechs Stunden später, als meine Füße rauchten und wir unser Programm nahezu beendet hatten, vernahm ich eine Stimme, die ich noch nie so glücklich und zufrieden gehört hatte.

»Sieh an, sieh an! Die Petersen. Sie haben es geschafft!«

Ich stand mit Tom und den Mitarbeitern der Presseabteilung zusammen, um zu besprechen, welches Bildmaterial es gab und wie es sich diesbezüglich mit dem Datenschutz verhielt.

»Fechner«, flüsterte Tom und bekam den Mund vor Ehrfurcht kaum zu.

Zwischen Häppchen, Live-Band und meiner Rede auf der Bühne war mir entfallen, dass unser Oberboss seinen Besuch angekündigt hatte.

»Ich wusste, Sie sind die Richtige für den Job.« Schon stand er neben mir und tätschelte meinen Rücken. Komischerweise hatte er keinen feuerroten Kopf wie sonst und hatte ein wenig abgenommen. Seine Frau tat sich schwer, ihm hinterher zu sprinten, legte aber nun geschwind einen Arm um seine Hüfte. »Unser Sternedurchschnitt auf den Bewertungsseiten ist von fiesen zwei Komma fünf auf perfekte vier Komma fünf Sternchen gestiegen. Unbelievable!«, jubelte er doch etwas atemlos. Er zog seine Anzugjacke so rigoros zusammen, als wären die Sterne das Resultat seines exzellenten Führungsstils.

»Das kann nicht sein.« Melanie zückte das Tablet, das sie selbstverständlich dabeihatte. »Lina!« Sie griff nach meinem Arm. »Die negativen Bewertungen sind weg«, kreischte sie. »Wie hast du das gemacht? Wir wussten doch gar nicht, wo sie herkamen.«

Unsanft nahm ich ihr das Gerät aus der Hand und aktualisierte hastig die Seite von Travelmaker – mehrfach, weil ich es nicht glauben konnte. Sie waren tatsächlich alle weg. Dann öffnete ich Holidayplanner, aber auch da: Nichts mehr! Warum hatte Phil seine Meinung geändert? Er wusste, dass ich ihn niemals anzeigen würde. Und besonders einsichtig hatte er sich heute Morgen nicht angehört. Ich schwieg.

»Und dieses Fest ist ganz toll.« Fechner reckte die Nase in die Luft und drehte sich um hundertachtzig Grad. »Fantastisch, wie Sie das organisiert haben. Chapeau!« Er drehte sich wieder zu uns.

Seine Frau nestelte an einer Klarsichttüte mit einem Perlen-Törtchen herum. Erst in dem Moment wurde mir klar, dass die beiden sich vermutlich sonst nur auf Englisch unterhielten. Dennoch wechselte unser Boss die Sprache nicht, weshalb sie nicht allzu viel zur Konversation beitragen konnte.

»Diese Küchlein als Goodies sind auch eine ganz fabelhafte Idee!« Fechner kam aus dem Schwärmen nicht mehr heraus. »Eben eins probiert. Wenn man mal so kurz vor dem Abgrund stand wie ich« – seine Frau horchte auf und streichelte ihm mitfühlend über den Oberarm –, »weiß man, was im Leben zählt. Süßes gehört auf jeden Fall dazu.« Er gab ihr einen Kuss.

»Das meiste hier ist Melanies Werk und das der anderen Mitarbeiter«, beeilte ich mich zu sagen. »Die Lorbeeren gebühren mir nicht allein. Geht es Ihnen insgesamt wieder besser?«

»Papperlapapp. Meine Familie hat aus Sorge total übertrieben«, winkte mein Chef ab. »Es war nur eine kleine Herzattacke, angeblich von zu viel Aufregung. Als würde ich mich jemals aufregen«, wisperte er verschwörerisch. »Mir geht es gut. Besonders, wenn ich so was sehe.« Er deutete in den Hotelpark. »Und ... Moment.« Er nahm mir das Tablet aus der Hand und gab die Website der NEUES ein. »Das hier.«

Widerruf zum Artikel Strandperle

»Den Widerruf hab ich eben im Taxi schon komplett gelesen. Sie sind ein echtes Feuerwerk an Kompetenz, Petersen. Die NEUES nimmt alles zurück, was sie getextet hatte.«

»Ähm.« Das Kompetenz-Feuerwerk starrte auf das Display. Aus dem Augenwinkel registrierte ich, wie Phils Vater mich beobachtete. Für einen Augenblick kreuzten sich unsere Blicke. Mit einem Cocktail prostete Olsen erst dem alten Jansen, dann mir zu.

Fechner stieß mir zart den Ellenbogen in die Seite. »Mal ehrlich, sind hier wirklich Bilder von Me30 ausgestellt? Meine Frau und ich sind große Fans.« Er griff nach zwei Orangensaftgläsern, die ihm ein Kellner auf dem Silbertablett anbot. Eins reichte er seiner Gemahlin.

»Ja, drüben im Pavillon. Haben Sie die Leinwände noch nicht gesehen?« Ich zeigte in Richtung Rosengarten. Eine Traube Reporter hatte sich vor dem besagten weißen Zelt versammelt. Sie waren wie die Fliegen.

»Ich bringe Sie hin«, bot Melanie an, und Fechner samt Frau folgten ihr.

»Weiter so, Petersen!«, rief er mir noch einmal zu.

Als ich zwischen zwei abschließenden Terminen durch die gebohnerte Lobby hastete und fast mit meinen glatten Sohlen ausrutschte, packte Laurent mich am Arm. »'ab isch eine Gast, der wartet«, sagte er mysteriös. »Wischtisch. Important.« Er führte mich zu der Orangerie, in der Philipps Vater mit dem Rücken zu mir am Fenster stand und in das Grün des Parks blickte.

»Hallo, Herr Olsen. Was machen Sie hier?«

Laurent schloss diskret die Tür der Orangerie hinter sich, weshalb es nur noch Herrn Olsen und mich in dem großen Saal gab. Nachdem ich noch vor wenigen Stunden eine Auseinandersetzung mit Phil am Telefon gehabt hatte, fühlte es sich nun merkwürdig an, seinem Vater in diesem leeren Raum unmittelbar gegenüberzustehen.

»Lina, du bist so erwachsen geworden.« Milde lächelte der über Siebzigjährige. Sein Gesicht war sonnengebräunt, seinen Mund umspielten Fältchen. »Ich muss mich leider bei dir entschuldigen. Wegen Philipp.«

»Woher wissen Sie …?«

»Neles Sohn, dein Neffe Matti, ist klug. Er hat geahnt, dass es nichts bringen würde, wenn du mit Philipp allein sprichst. Heute Morgen hat Matti mir das Tablet meines Sohnes ins Möwenhotel gebracht und mir gezeigt, was Philipp angerichtet hat.« Der Hotelbesitzer wirkte angeschlagen, blieb aber sachlich.

Ich hingegen war alles andere als gefasst und schlug mir die Hand vor den Mund. Aus irgendeinem Grund wollte ich nicht, dass Phils Vater sich derart sorgte. Sein Sohn hatte sich falsch verhalten, nicht er. »So sollte das nicht laufen, Herr Olsen.« Sollte ich mit Matti schimpfen oder ihm dankbar sein, dass er das Thema für mich gelöst hatte?

»Da meint man, die Kinder sind groß, und dann sind sie doch nur die unberechenbaren Lausbuben von früher geblieben. Weil ich alle Beweise vorliegen hatte, konnte ich umgehend das Löschen der Bewertungen und den Widerruf veranlassen, Lina. Damit es so schnell wie möglich vom Tisch ist und ihr keine Polizei einschaltet, worum ich dich ausdrücklich bitte. Mit Philipp spreche ich heute Abend noch einmal. Ich weiß nicht, was mit ihm los ist. Er hat sich sehr verändert in den letzten Jahren.«

»Ich hatte nicht vor, die Polizei zu informieren.«

»Mein Sohn ist ein exzellenter Arzt, aber der Alkohol und die Frauen machen ihn kaputt. Er überschätzt sich maßlos.«

Vielleicht nicht nur das. Wir reichten einander die Hand und ich entschied, nicht weiter auf die Hintergründe von Phils Handeln einzugehen. Da war sicher vieles, was ihn geprägt hatte, und wer wusste schon, was er sonst noch erlebt hatte. Es ging mich nichts an, ich wollte nichts mehr davon wissen – und dieses Gefühl befreite mich.

»Miteinander statt gegeneinander«, sagte Olsen zum Abschied. »Einen anderen Weg gibt es für mich nicht. Wir müssen zusammenhalten, was das Geschäft betrifft. Ich werde bald einen Nachfolger für unser Hotel finden und ihm genau diese Einstellung mit auf den Weg geben. Danke, Lina.«

»Ganz meinerseits.«

Ein Stein fiel mir vom Herzen, so sehr freute ich mich, dass das unsägliche Bewertungsdrama ein gutes Ende gefunden hatte. Jetzt kam es nur noch auf das Strandperle-Team an – darauf, was wir aus der zweiten Chance machten. Hieß es nicht, dass viel Schlechtes auch immer etwas Gutes hervorbrachte?

Unser Seetag jedenfalls endete als voller Erfolg: glückliche Menschen, strahlende Kinderaugen und ein professioneller Austausch zwischen den Hotelbesitzern. So hatte ich es mir erhofft, aber nicht für möglich gehalten.

»Ein Hoch auf Me30 und auf denjenigen, der uns die vier Komma fünf Sterne beschert hat!« Melanie ließ ihr Sektglas gegen das von Tom klirren. In kleiner Runde hatten wir eine Flasche Prosecco geköpft und stießen mit Fechner und seiner Frau an.

Wie es dazu gekommen war, dass sich die Sterne bei Travelmaker und Holidayplanner auf wundersame Weise vermehrt hatten, behielt ich für mich. Tom ließ ich nur allzu gern in dem Glauben, dass alles sein Verdienst gewesen sein könnte. Er freute sich und sein Selbstbewusstsein erhielt Auftrieb.

»Morgen steht unser Seetag in jeder deutschen Zeitung. Lina, ich habe noch nie an so etwas Großem teilgehabt! Danke für das phänomenale Fest!«, beendete Melanie ihre Rede.

»Ich danke euch! Von Herzen.«

Zurück in der Pension strich ich circa eine Stunde später »Ein großes Fest organisieren« auf der Glücksliste durch. Gesa saß – als meine Zeugin – neben mir auf dem Sofa im Aufenthaltsraum und schnalzte mit der Zunge. Ich hatte ihr die Fotos, die Tom mir weitergeleitet hatte, gezeigt und sie hatte ehrfurchtsvoll durch die Schneidezähne gepfiffen. »Junge, Junge, das is ja fast wie im Hansapark bei euch!«

Mit ihrem Freizeitparkvergleich hatte sie gar nicht mal so unrecht. Das Einzige, was gefehlt hätte, wäre eine Achterbahn gewesen. Abgesehen von der Gefühlsachterbahn, auf der ich mich seit meiner Anreise in Bennickshoop befand.

»Hi, wir sind wieder daaa! Tante Lina, rate, was ich gefunden hab!« Ein aufgedrehter Matti schoss in den Raum, dicht gefolgt von meiner Schwester, deren rotes Haar sich durch die Einwirkung von Wind, Wellen und Sand noch mehr kringelte als sonst. »Wir sind ganz weit über den Strand gewandert. Mit den Füßen im Wasser. Ich hab Bernstein gefunden!«, sprudelte es aus ihm heraus.

»Ich habe als Kind nie welchen entdeckt. Das ist ja echt sensationell!«

»Nee, das is ungewöhnlich.« Das Telefon klingelte und Gesa erhob sich, um in die Eingangshalle zu trotten.

»Ja, sehr ungewöhnlich.« Nele tippte sich hinter Mattis Rücken auf die Brust und legte den Finger an die Lippen, damit ich für mich behielt, dass sie für diese Sensation verantwortlich war. Sie lächelte und Matti strahlte, als hätte er im Lotto gewonnen. Er zog den bräunlich-schimmernden Bernstein mit ein paar weißen Muscheln aus seiner Hosentasche. Auf der Suche nach weiterem Strandgut förderte er noch zwei Schneckenhäuser zutage. Seine gesammelten Schätze reihte er auf dem Couchtisch auf und setzte sich neben mich. »Wie war der Seetag bei dir, Tante Lina?«

»Zum Glück sehr gut«, antwortete ich und drückte ihn dankbar. Wir hatten jetzt ein echtes Geheimnis.

Nele betrachtete uns skeptisch, fragte aber nicht nach. Stattdessen griff sie nach der Glücksliste, die ich vorhin auf dem Tisch abgelegt hatte. »Du hast das Fest durchgestrichen? Nicht schlecht! Glückwunsch.« Wie es sich für Geschwister gehörte, rümpfte sie dennoch die Nase und zog mich umgehend mit meinem Erfolg auf. »Es steht trotzdem drei zu zwei für mich.« Sie tat so, als müsste sie sich den Staub unseres kleinen Wettrennens von den Schultern klopfen. »Du kommst nicht hinter mir her.«

»Das werden wir noch sehen, Schwesterchen. Rette du erst mal jemanden«, feixte ich und verstummte augenblicklich, als Gesa zurückkam, kreidebleich im Gesicht.

»Die Bank …«, stammelte sie. Sie stützte sich an der Wand ab und ging die wenigen Schritte bis zum Ohrensessel daran entlang. »Das war ein Anruf von der Bank.«

Ich zitterte vor Anspannung. Bitte sag nicht, dass Hannes die zwanzigtausend Euro in eine kostspielige Affäre, ins Spielcasino oder in etwas investiert hatte, was unser geliebtes Bild von ihm für immer zerstören würde. Ich faltete die Hände und sandte ein Stoßgebet zum Himmel. Nele stand nach wie vor mitten im Raum und suchte sich nun auch eine Sitzgelegenheit. Ungezwungen setzte sie sich auf den Parkettboden vor dem Sofa.

»Die zwanzigtausend Euro hat Hannes an seinen Bruder überwiesen, an Hermann Berger«, stieß Gesa aus. »So steht's in den Unterlagen.«

»Sein Bruder heißt Berger?« Ich rutschte auf meinem Stuhl nach vorn und knetete die Hände. War das ihr Ernst?

»Hieß«, korrigierte Gesa.

»Simon!«, rief Nele, als stünde er leibhaftig im Türrahmen. »Das Geld, das er dir dagelassen hat, Gesa. Er muss Hermann Bergers Sohn sein. Wahrscheinlich wusste er von der Leihgabe und wollte es dir zurückgeben. Er ist dein Neffe!«

»Hast du ihn nicht auf seinen Nachnamen angesprochen, als er eingecheckt hat?« Meine Stimme klang brüchig.

»Hab ich wohl. Er hat 'n Spaß draus gemacht, sonst nix. Ich bedräng doch keinen Gast, nur weil er Berger heißt. Mach ich bei Meier oder Müller ja auch nich. Erst beim Geldumschlag bin ich stutzig geworden und hab die Bank noch ma angerufen.«

»Simon hat es bestimmt so lange zurückgehalten, weil er sichergehen wollte, dass er in der Romantikpension Petersen am richtigen Ort ist.«

»Und dann kam der Unfall dazwischen«, vervollständigte ich Neles Gedankengang.

»Ruft ihn noch ma an!« Gesa schob die Brille, die in der Hektik des Gesprächs nach vorn gewandert war, zurück auf den Nasenrücken. »Warum erreicht ihn bloß keiner?«

»Vielleicht weil ich zuerst seinen Brief lesen soll, den ich nicht habe?« Parallel dazu vibrierte mein Handy. Ich zog es hervor. Eine neue Nachricht von Simon poppte auf dem Display auf, als wäre er bei uns.

Entschuldige die späte Antwort. Mein altes Handy hat endgültig den Geist aufgegeben. Ich musste ein neues besorgen. Der Brief lag in meinem Zimmer auf dem Bett.

»Bin gleich wieder da.«

»Welcher Brief?«, rief Nele hinter mir her.

Wenn ich das wüsste.

Auf dem Weg die Treppe hinauf in sein ehemaliges Pensionszimmer kämpften zwei Seelen in meiner Brust. Die eine war verärgert, weil Simon mich nicht von Anfang an über seine mögliche Verwandtschaft mit Hannes aufgeklärt hatte. Die andere verstand ihn, wollte aber trotzdem losheulen. Was hätte er sagen sollen, und vor allem wem? Gesa war im Krankenhaus gewesen und er hatte mitbekommen, dass wir es nicht leicht hatten.

Er war Simon, der keinem zur Last fallen und immer helfen wollte. Ich stand wieder in dem Zimmer, in dem ich die schönsten Stunden der letzten Wochen verbracht hatte. Ungestüm suchte ich alles ab, zerrte sogar die Nachttischschublade auf. Nichts. Wenn er Hannes' Neffe war, waren wir dann miteinander verwandt? Nein, Nele und ich kamen familiär über Gesas Seite, er über Hannes' Familie. Meine Gedanken überschlugen sich, während ich weitersuchte.

»Was tust du da?« Nele war mir gefolgt und legte mir besorgt eine Hand an die Wange. »Du glühst ja richtig.«

»Ich weiß nicht, wo ich suchen soll!«, rief ich verzweifelt. »Hier ist nichts.«

»Was genau meinst du?«

»Der Brief, den Simon mir hinterlassen hat. Er muss hier irgendwo sein.«

»Ich helfe dir.« Nele machte sich daran, den Korbsessel mit dem weißen Stoffkissen zu verschieben, um dahinter nachzusehen.

»Man erkennt doch auf den ersten Blick, dass hier nichts ist«, jammerte ich und hob die Bettdecke an, dann das Kopfkissen.

»Wo hat er denn den Brief hingelegt?« Die rationale Art meiner Schwester holte mich auf den Boden der Tatsachen zurück.

»Aufs Bett.«

Nele bückte sich, um zuerst neben, dann unter dem Kingsize-Bett nachzusehen. »Da liegt was. Das könnte er sein, ist bestimmt runtergefallen.«

Sie war erst dreißig Sekunden im Raum und hatte ihn gefunden? Ich ging in die Knie, um besser unter das Bett spähen zu können. »Mensch, Nele! Das ist er!«

»Frag mich doch nächstes Mal direkt«, schlug meine Schwester lächelnd vor.

Ich kroch fast darunter und angelte mit einer Hand nach dem Umschlag. Ein Schauer lief mir über den Rücken.

»Sag uns bitte Bescheid, was los ist, okay?« Nele streichelte mir über den Arm und ging aus dem Raum. Es war klar, dass ich Simons Worte erst mal allein lesen musste.

Ich riss so heftig an dem Umschlag, dass ich beinahe den Brief zerfetzt hätte. Dann setzte ich mich aufs Bett und las.

Liebe Lina,

es fällt mir schwer, die passenden Worte zu schreiben, weil ich dich viel lieber sehen und im Arm halten würde. Aber ich habe es kaputt gemacht, bevor es begonnen hat. Es gibt viele Gründe, weswegen ich mich erst einmal zurückziehen muss …

Vor allem aber, weil ich dir nicht alles von mir erzählt habe. Das war so dumm. Ich weiß nicht, wie du reagieren wirst, denn das, was ich dir jetzt schreibe, hätte ich längst laut aussprechen müssen: Ich bin der Neffe von Hannes Petersen. Mein Vater war Hermann Berger, Hannes' Bruder. Vor zehn Jahren wurde er auf Schmerzensgeld verklagt. Ich hatte dir im Wald davon erzählt, vielleicht erinnerst du dich. Er brauchte dringend zwanzigtausend Euro.

Wie grotesk mir diese Zahl vorkommt, wo ich sie niederschreibe.

Mein Vater war Arzt mit Leib und Seele. Er hat sich den Behandlungsfehler nie verziehen und sich geschämt. Hannes hat versucht, ihn aus dem Loch herauszuholen, und ihm stillschweigend das Geld gegeben, damit er zumindest die Schuld begleichen konnte. Wahrscheinlich ist, dass sie miteinander telefoniert haben, aber ich kenne keine näheren Umstände.

Ich weiß, dass dich das alles bestimmt schockt und überfordert. Allein das wäre ein Grund, nie mehr etwas mit mir zu tun haben zu wollen.

Ich hoffe aber, dass dem nicht so ist und du mich verstehst. Ich konnte es Gesa nicht sagen, weil sie im Krankenhaus lag, und als ich gehört habe, welche Probleme ihr wegen eines Schuldscheins über diese Summe habt, wollte ich den richtigen Zeitpunkt abpassen.

Heute weiß ich: Den richtigen Zeitpunkt gibt es nie.

Leider ist da noch mehr, was ich dir verschwiegen habe.

Ich verdiene mein Geld als Arzt, das stimmt. Aber ich habe nebenbei ein Zweiteinkommen als Fotokünstler. Ich bin Me30.

An eurem Seetag werden drei Bilder von mir in die Strandperle geliefert. Ich hoffe, sie erzielen die Aufmerksamkeit, die ihr benötigt. Ich wünsche dir viel Erfolg!

Wenn ich dir – nach alldem – noch wichtig bin, triff mich abends nach deinem großen Tag

um zwanzig Uhr dort, wo das Bild, auf dem du
zu sehen bist, entstanden ist.

   Es ist keine kindische Verliebtheit, Lina. Es
ist viel mehr.

   Ich warte auf dich. Das werde ich immer.
Simon

Reglos saß ich da und ließ den Brief in meinen Schoß sinken. Immer wieder hob ich ihn hoch und las ihn noch einmal. Simon war Hannes' Neffe und Me30?

»Ist alles okay, Lina?« Erst als Nele von unten nach mir rief, sah ich auf die Uhr.

Zehn vor acht. Simon hatte mich oft gefragt, ob alles okay mit mir sei. Er war derjenige, der stets versucht hatte, mir zu helfen. Es wäre nicht seine Art gewesen, mir auf einer Strandparty voller Menschen eine Szene zu machen. Oder vor Phil jedes Detail von sich preiszugeben. Simon hatte sich so verhalten, wie es ihm entsprach: überlegt und ruhig. Er war nicht gegangen, er hatte einen anderen Weg gewählt.

Was genau bedeutete »viel mehr«?

»Nele, ich muss wieder los!«, rief ich und rannte die Treppe hinunter, immer zwei Stufen auf einmal nehmend. Emma hüpfte erschrocken zur Seite und machte einen empörten Katzenbuckel, weil ich ihr zu ungemütlich war. Ich würde zu spät kommen! Hoffentlich wartete Simon. Nur ein paar Minuten. Wo hatte ich mein Handy hingelegt? Ich wusste es nicht, aber ich hatte auch keine Zeit, danach zu suchen. Draußen fummelte ich an der Wagentür herum und setzte mich hinter das Steuer. Mein Geländewagen tat keinen Mucks, er sprang nicht an. Nein, das konnte nicht wahr sein! Erst nach drei Minuten stellte ich fest, dass sich die Sicherung aktiviert hatte, weil ich nicht angeschnallt war. Es dauerte eine Ewigkeit, bis ich den Sicherheitsgurt in der Halterung befestigt hatte.

Mein Körper bebte und meine Hände zitterten, als ich losfuhr. Das taten sie noch, als ich schlussendlich auf dem Strandparkplatz ankam. Erst als ich mich im Auto meiner hohen Schuhe entledigte, setzte ich mich gegen meine Angst durch und wurde ruhiger. Ich sah auf die Uhr: fünf nach acht. Er war weg, ich war mir ganz sicher.

Bis ich an besagter Stelle am Strand eintraf, war es fünfzehn Minuten nach acht. Atemlos schnappte ich nach Luft. Es war niemand da. Ich stellte mich auf eine Sandkuppe und schaute mich um. Niemand. Außer der Dämmerung, dem Seegras und der um diese Uhrzeit verwaisten Bretterbude – nichts.

Simon, warum hast du nicht gewartet?

Mein schickes Minikleid war mir schnuppe, ich setzte mich traurig auf die kleine Sanderhebung.

»Und ich dachte, ich wäre dir egal«, raunte eine vertraute Stimme hinter mir.

Erschrocken wirbelte ich herum. So schnell war ich in meinem ganzen Leben noch nicht auf den Beinen gewesen. Als ich einen Schritt auf ihn zu machen wollte, stolperte ich und segelte direkt in Simons Arme. Lachend fing er mich auf. »Stürmisch, Frau Petersen«, bemerkte er.

»Ich der Sturm und du die sanfte Brise?«

»Da könnte etwas Wahres dran sein.« Er stellte mich gerade hin und ließ mich los. Sofort fehlte mir seine Nähe. »Ich habe zuerst hinter der Bretterbude gewartet«, sagte er so entschuldigend, als sei er der Einzige, dem etwas leidtun musste. »Dann war ich aber so nervös, dass ich am Strand herumgelaufen bin. Ich hab bestimmt zehn Mal versucht, dich anzurufen. Sorry dafür. Es ging aber nur deine Mobilbox ran.«

Ich atmete hörbar aus und konnte vor Erleichterung, dass er da war, nicht antworten.

»Komm mit.« Zärtlich legte Simon den Arm um meine Hüfte und führte mich ein paar Meter über den Sand. Hinter der Bretterbude hatte er einen Tisch mit zwei Stühlen aufgebaut. Rund um den Holztisch waren Solarfackeln in den lehmigen Sandboden gesteckt. Sie würden uns Licht spenden, wenn die Dunkelheit uns einhüllte. Er hatte geplant, länger mit mir hierzubleiben. Dicke Decken lagen bereit. Mein Herz pochte heftig in meiner Brust.

»Hab ich mir bei den Surfern geliehen«, erklärte er mit einem Seitenblick zur Surferstation. »Nette Typen. Nicht alle, aber neunundneunzig Komma neun Prozent.«

In der Tischmitte standen eine Flasche Sekt, zwei Gläser und eine Holzplatte mit Trauben, Käse und frischem Baguette. Trotz des vorzüglichen Caterings im Hotel war ich nicht dazu gekommen, etwas zu essen. Voller Dankbarkeit drückte ich Simons Hand. Auf dem Stuhl, der offenbar für mich vorgesehen war, lag eine Hortensienblüte. Ich seufzte versonnen.

»Gefällt es dir nicht?«

»Ich liebe es!« Ich setzte mich und suchte heimlich in Simons Gesicht nach Ähnlichkeiten zu meinem Onkel Hannes. Simons dunkle Locken, der Bart und die blauen Augen standen im Kontrast zu Hannes' nordisch-blondem Typ. Das Gemüt schien er allerdings von unserem Onkel geerbt zu haben. »Du bist also Hannes' Neffe?«

»Der bin ich.« Der Sektkorken knallte, als er die Flasche öffnete. »Das muss ich Gesa noch persönlich beichten.«

»Sie wird sich riesig über den Familienzuwachs freuen«, prophezeite ich leise.

Vorsichtig goss er den Sekt ein und reichte mir das Glas. »Auch dass ich Me30 bin, wollte ich dir dauernd sagen, hab mich aber nicht recht getraut. Einmal hab ich es versucht. An dem Abend, als wir in meinem Zimmer waren.«

Ich erinnerte mich an unsere gemeinsame Nacht und daran, wie ich ihn beim Sprechen unterbrochen hatte, weil ich ihn unbedingt küssen und ganz für mich allein haben wollte. Es war nicht schlimm, dass er mir Dinge vorenthalten hatte, denn nichts von alldem hatte mich verletzt. Er hatte nie vorsätzlich gelogen, um mich hinters Licht zu führen oder mir wehzutun. Er hatte vorgehabt, mir die Wahrheit zu sagen.

»In erster Linie bin ich Hausarzt. Ich fotografiere nicht, um berühmt zu werden oder in die Öffentlichkeit zu gelangen.«

»Bei Hunderttausenden von Klicks hast du Öffentlichkeit, ob du willst oder nicht.«

»Klar, aber ich bleibe anonym.«

»Und warum der Name Me30?«

»Dafür gibt es keine tiefsinnige Erklärung. Das Pseudonym ist aus einer Bierlaune heraus entstanden. Ich war mit Kumpels beim Oktoberfest.« Er nippte an seinem Glas. »Lag wahrscheinlich daran, dass wir alle selten Alkohol trinken. Da kommt man nach zwei Maß schon auf komische Gedanken. ›Me‹ wie englisch für ›ich‹ und ›30‹, weil einer von uns an dem Abend dreißig geworden ist.«

Ich mochte sein Lachen immer noch so gern. »Ich dachte, Frau Meier wäre Me30.«

»Die olle Meier?« Darüber lachte er schallend und ich konnte nicht anders, als mitzulachen. Er stand auf, trat neben mich und küsste mich ohne Ankündigung sanft auf den Mund. Ich schmeckte Sekt – und ich wollte mehr. Mehr Küsse, vielleicht auch mehr Sekt.

Bevor er sich aufrichten konnte, hielt ich ihn am Arm fest. »Nein, geh nicht wieder.« Das erneute Aufeinandertreffen unserer Lippen ließ uns alles andere vergessen.

Behutsam löste er sich von mir und strich mir übers Haar. »Aber Phil und die Hochzeit? Ich habe lange darüber nachgedacht ... Ich werde dich nicht aufgeben! Es sei denn, du willst das.«

»Nein. Diese Hochzeit gibt und gab es nie, Simon. Er hat sich das alles ausgedacht. Und er war es auch, der die schlechten Bewertungen für die Strandperle geschrieben hat! Es ging ihm die ganze Zeit nur um das Möwenhotel seiner Eltern.« Ich wich Simons Blick aus und schaute auf meine Hände. »Er wollte nie mit mir zusammen sein.« Meine eigenen Worte trafen mich hart. »Ich auch nicht mit ihm. Wir brauchten wahrscheinlich einen Abschluss.«

»Ich hatte die ganze Zeit im Gefühl, er würde dich verletzen. Und das sollte nicht sein.«

KAPITEL 15

»MAN MUSS MIT ALLEM RECHNEN, AUCH MIT DEM GUTEN.«

(UNBEKANNT/ME30)

Simon zog noch am selben Abend zurück zu uns in die Romantikpension. In den Tagen, in denen er verschollen gewesen war, hatte er im Möwenhotel gewohnt. Aus dem einfachen Grund, dass dort Zimmer frei gewesen waren. Soweit ich gehört hatte, würde diese Tatsache sich aber bald ändern. Eine überregionale Zeitung hatte es sich nämlich nicht nehmen lassen, bereits online eine Lobeshymne auf das Möwenhotel anzustimmen und dabei von Frau Olsens vorzüglichem Apfelkuchen zu berichten, der immer eine Reise wert sei (Aussage des Journalisten).

»Die Olsens sind ein knuffiges Hotelierehepaar. Sie sind echt in Ordnung und Philipp ist mir zum Glück nicht vor die Füße gelaufen. Sonst hätte ich doch noch meine guten Manieren vergessen und ihm die Meinung gegeigt. Handfest«, meinte Simon, als wir am Donnerstagmorgen – vor dem Gästeansturm

– gemeinsam mit den anderen beim Frühstück saßen. »So ein Arsch.« Er schüttelte den Kopf.

Ich hatte ihn noch nie so über irgendjemanden reden gehört, was bedeutete, dass er ziemlich wütend auf Philipp sein musste. Mich dagegen traf die menschliche Enttäuschung härter. Ich hatte offenbar zu viel in meinen Jugendfreund hineininterpretiert, denn ein Freund war er letztlich zu keinem Zeitpunkt gewesen. Phil hatte noch nicht einmal im Nachhinein versucht, unsere sogenannte Freundschaft durch eine ehrliche, von Herzen kommende Entschuldigung zu retten. Was erbärmlich und feige war, wenn man darüber nachdachte.

»Es gibt Menschen, denen sind Ehrlichkeit, Loyalität und Respekt egal«, wusste Gesa und goss sich Kaffee nach.

»Ich fasse es nicht, dass Phil dir das mit den Bewertungen angetan hat. Wer zum Teufel hat so was Hinterhältiges nötig?« Nele schlug mit der Faust auf den Tisch, die Kaffeetasse hüpfte in die Höhe.

»Einer, der mit allem flirtet, was nich bei drei auf'n Bäumen is«, sagte Gesa. »Philipp hat im Krankenhaus mit jeder Krankenschwester herumgemacht.«

»Mich wundert nichts mehr. Er ist so arglistig und vorsätzlich vorgegangen. Unfassbar!«, wiederholte meine Schwester sich. »Und nun zu dir, du kleiner Ganove!« Matti schnappte hörbar nach Luft. »Nach allem, was mir zu Ohren gekommen ist, hast du … es dieses Mal richtig gut gemacht«, lobte sie ihn, und alle atmeten überrascht auf. Die erzieherische Ansage wegen des geklauten Tablets blieb vorerst aus. »Aber nur dieses Mal.«

»Schon klar.« Mein Neffe drückte das Kreuz gegen die Stuhllehne, lächelte verlegen und winkte ab. »Ich mach so was nicht mehr. Es ist nicht richtig, etwas mitgehen zu lassen, was einem nicht gehört. Hab ich kapiert. Ich schwör's.« Er zeigte das Peace-Zeichen und blinzelte mir zu.

Der Gesichtsausdruck meiner Schwester wurde weich und sie streichelte ihrem Sohn über die Wange. »Ich hab dich lieb, Matti.«

»Ich dich auch, Mama.«

Mit einem lauten Geräusch rückte Gesa ihren Stuhl nach hinten und erhob sich, um den Hefezopf anzuschneiden. »Was für ein verrückter Sommer!« Die Kunde, dass Simon ihr Neffe war, hatte gestern für einen tränenreichen Ausklang des Abends gesorgt. »Zeig mir noch ma das Foto, Jung«, forderte sie ihn auf und lud ihm gleichzeitig ein Stück Zopf auf den Teller. Sie musterte ihn dabei so skeptisch, als wäre er eine Fata Morgana.

Simon zog sein Portemonnaie aus der Hosentasche und nahm zum x-ten Mal das Schwarz-Weiß-Passbild heraus. Das kleine Foto zeigte zwei Lausbuben in Latzhosen mit Schiebermützen, die in die Kamera grinsten. Hannes und sein Bruder Hermann. Hermann hatte den Arm um den zwei Jahre jüngeren Hannes gelegt. »Ich hab es ständig bei mir getragen, weil ich mir gewünscht habe, diesen Teil meiner Familie eines Tages kennenzulernen. Aber wenn du magst, schenke ich es dir, Tante Gesa.« Er legte es vor ihr ab und unsere Tante verdrückte erneut ein Tränchen. Sofort reichte er ihr ein Taschentuch aus der Tempobox, die noch von gestern auf dem Tisch stand.

»Hach! Gott weiß, warum die zwei Sturköppe's nie geschafft haben, sich zu vertragen«, schniefte Gesa und wischte sich über die Augen. »Hannes muss doch von dir gewusst haben ... Er hat niemals was von einem Neffen erzählt.« Schwer zu sagen, ob sie gerührt wegen Simon oder sauer wegen Hannes war, der ihr so vieles – wenn auch bestimmt in guter Absicht – verschwiegen hatte.

»Ich glaube nicht, dass Hannes von mir wusste. Die zwei hatten sich früh wegen dem Berger-Anwesen in Buxtehude zerstritten.«

»Das weiß ich wohl. Aber das is doch kein Grund, nie mehr miteinander zu sprechen.« Gesa fuhr mit dem Daumen über das Passfoto.

»Für die beiden anscheinend durchaus. Mein Vater hatte die Pflegschaft ihrer Mutter übernommen und es Hannes immer verübelt, dass der nach ihrem Tod genauso viel geerbt hat wie er. Obwohl Hannes ja nichts für ihr Testament konnte. Außerdem ging die Pflege nur wenige Monate. Mein Vater konnte sehr starrköpfig sein.«

Gesa nickte betroffen. »Oh, Hannes war auch stur.«

»Sie dachten wohl, sie hätten ewig Zeit, sich auszusöhnen. Laut meiner Mutter hat Hannes bei der Beerdigung meines Vaters abseits des Grabes hinter einer Baumreihe gestanden und mit niemandem gesprochen. Danach sei er direkt gefahren.«

»Er wollt' nich, dass ich mitkomm. Wochenlang stand er neben sich.«

»Kurz vorher hatte er meinem Vater das Geld geliehen, damit der die Schulden aus dem Prozess bezahlen konnte. Hannes hat ihm die zwanzigtausend Euro einfach so überwiesen. Mehr wissen wir nicht. Und dabei ist es geblieben, bis heute.«

»Vielleicht wollte Hannes damit einen Ausgleich wegen dem Erbe schaffen«, sagte Nele mehr zu sich selbst als zu uns.

»Wir werden es nie erfahren«, antwortete ich. »Ich vermisse ihn.«

»Ich würd' ihm 's Heimlichtun sofort verzeih'n, wenn er nur wieder da wär«, seufzte Gesa.

Meine Schwester begutachtete das Passbild in Gesas Hand, dann Simon. »Auch wenn wir nicht blutsverwandt sind, heiße ich dich in dieser Familie herzlich willkommen.« Sie beugte sich leicht zu ihm vor. »Dir ist sicher aufgefallen, dass die anderen nicht immer einfach sind«, flüsterte sie ihm augenzwinkernd zu. »Ich hoffe also auf deine seelische und moralische Unterstützung.« Sie grinste.

»Na, na, na.« Gesa schnalzte mit der Zunge.

»Sascha freut sich auch auf dich.« Nele biss in ihre Scheibe Hefezopf und redete mit vollem Mund weiter. »Ich hab ihm schon alles am Telefon erzählt.«

»Wisst ihr was?« Simon lächelte verlegen und legte einen Arm um mich. »Ich hab mich von Anfang an bei euch wohlgefühlt. Jetzt noch mehr …«

Mir ging es genauso. Ich genoss es, dass er bei mir war, weil es sich richtig anfühlte. Die Rike-Stimme in meinem Kopf war verstummt, kein seltsames Bauchgefühl mehr. Prompt fiel mir etwas sehr Bedeutsames ein. »Nele, ich möchte einen Punkt auf unserer Liste abhaken.«

»Ach!« Sie zog die Augenbrauen hoch. »So viele sind doch gar nicht mehr übrig. Emma ist zwar da, aber die Katze gehört dir nicht. Das kannst du nicht abhaken.«

»Es hat nichts mit Emma zu tun.«

»Ui!«

Endlich war der Groschen gefallen.

»Der Zettel sieht aus, als wäre er in der Waschmaschine gelandet«, kicherte Matti, als ich die mittlerweile komplett zerknitterte Liste aus der Tasche nahm. Er schob mir einen Kugelschreiber zu.

»Bist du sicher, dass du das tun willst?« Simon lugte über meine Schulter. Dann küsste er mich auf die Halsbeuge.

»Ich war noch nie so überzeugt davon wie jetzt.« Mehrfach fuhr ich mit dem Kuli über »Den Sonnenuntergang mit meiner großen Liebe erleben«. »Es hat sich gestern am Strand so angefühlt«, sagte ich. »Für mich.« Ich wollte Simon nicht unter Druck setzen.

»Für mich auch.« Er küsste mich auf den Mund und es war ihm egal, wer dabei zusah. Beinahe ungewohnt für mich.

Aufrichtig, nicht zurückhaltend und vollkommen echt. »Darf gern immer so bleiben«, sagte er zwischen zwei Küssen.

Gesa räusperte sich. »Der letzte Punkt, Linchen«, merkte sie an, »den könnt ihr auch streichen. Hannes' Wunsch is erfüllt.«

Vorsichtiger, als ich das bei allen anderen Wünschen getan hatte, strich ich Hannes' Punkt von der Glücksliste. Wir schwiegen alle einen Moment, teils in Erinnerungen schwelgend, teils aus tiefer Traurigkeit.

Einer der stillsten Augenblicke dieses Tages, denn kurz darauf drehte sich der Wind noch einmal und wehte aus einer anderen Richtung.

»Petersen! Ich freu mich, dass ich Sie sofort erreiche. Immer einsatzbereit, immer on fire, nicht wahr?«, feixte mein gut gelaunter Oberboss durch die Leitung des Mobiltelefons, kaum dass ich die Bürotür aufgeschlossen hatte. Ich hatte ihm irgendwann meine private Handynummer gegeben, weil ich in Bennickshoop noch kein Diensthandy hatte. Ein Fehler, wie sich gerade herausstellte. »Phänomenaler Seetag gestern. Und so geht es ab sofort für Sie weiter, Petersen!«

Es machte mich nervös, dass er mich ständig mit meinem Nachnamen ansprach. »Guten Morgen, Herr Fechner. Ja, es hat alles gut funktioniert.« Ich war im Begriff, meine Arbeitstasche neben dem Schreibtisch abzustellen, doch Fechner ließ mir keinen Frieden.

»Sitzen Sie gemütlich?«, fragte er ungeduldig.

»Ähm, ja. Jetzt.« Ich setzte mich auf meinen Schreibtischstuhl und hoffte, er würde nicht mit der nächsten Katastrophe um die Ecke kommen. »Hatten Sie und Ihre Frau eine angenehme Nacht?«, startete ich einen leichten Small Talk. Zum Glück arbeiteten meine grauen Zellen auf Hochtouren und meldeten mir, dass mein Chef nebst Gattin nur wenige Stockwerke über mir in der Präsidentensuite der Strandperle genächtigt hatte.

»Selbstverständlich. Unsere Zimmer sind unübertroffen. Aber lenken Sie nicht vom Wesentlichen ab, Petersen!«, lautete seine Antwort. »Der ganze Quatsch mit den sechs Monaten in Ihrem Vertrag ... vergessen Sie das! Ihr Job in Bennickshoop ist beendet. Ich bin überzeugt, den Rest bekommt jemand anderes genauso gut hin. Da verschwende ich doch keine einzigartige Kraft wie Sie. Sie möchte ich lieber ab jetzt als Feuerlöscher einsetzen! Weltweit. Verstehen Sie mich nicht falsch, ein hoch bezahlter Feuerlöscher natürlich ... Vielleicht ist Feuerlöscher das falsche Wort«, überlegte er laut.

Ich kniff die Augen zusammen. Egal, wie oft er es wiederholte, ich kapierte nicht, worauf er hinauswollte. »Feuerlöscher?«

»Ja, genau. Sie reisen doch so gern, sagte Erik. Und ich habe einen neuen Posten frei. Sonne, Glamour, Strand. Klasse, oder? Unser Komplex in Abu Dhabi hat in letzter Zeit Probleme mit ...« Ohne Punkt und Komma betete er eine Litanei zu dem neuen Hotelprojekt in den Vereinigten Arabischen Emiraten herunter. Er erklärte mir, warum ich unbedingt zum nächsten Einsatzort oder – wie er es nannte – »Brandherd« reisen müsse. Aber nicht nur das ließ mich innerlich erstarren. Auch, dass er Erik dauernd erwähnte und die Tatsache, dass er plante, mich von heute auf morgen von der Ostsee abzuziehen. Ohne Weiteres. Statt sonnenheiß wurde mir bitterkalt bei der Vorstellung, dass ich nächste Woche schon im Flieger in Richtung Abu Dhabi säße. Andererseits hatte ich doch genau das gewollt: so wenig Aufenthalt hier oben an der See wie möglich und eine schillernde Karriere woanders.

»... eine exquisite Location. Ich sage nur: sechs Pools, Petersen. Aber ich habe keinen blassen Dunst, was da in den Emiraten nicht stimmt. Sie finden das für uns heraus!«, schloss er seinen Monolog.

»Ja, aber ...«

»Papperlapapp aber, aber. Wir reden nachher über die Details. Der Zimmerservice hat geklopft, meine Frau hat Rührei für zwei bestellt. Denken Sie drüber nach, Petersen.«

Irgendetwas an dem Rührei bekam mir nicht. Ich kaute auf der Innenseite meiner Wange herum. »In Ordnung. Genießen Sie Ihr Dings … Ihr Frühstück.« Mit dieser diplomatischen Antwort hatte ich zumindest nichts falsch gemacht.

»Doppeltes Gehalt!«, warf er zum Abschluss ein. »Sie sind unser bester Mann, Petersen!«

Ich wollte kein Mann sein, aber die Lobeshymne ging trotzdem runter wie Öl. Irritiert legte ich auf und tippte eine Nachricht an Rike, wie ich es immer tat, wenn sich in meinem Job eine Veränderung eröffnete. Privat war meine beste Freundin sowieso schon up to date.

Hi Rike, ich hab ein Jobangebot in Abu Dhabi erhalten. Was sagst du dazu?

Keine zwei Sekunden später erhielt ich ihre Antwort.

Super, wie ich gesagt habe. Wir liegen demnächst mit Cocktails am weißesten Strand der Erde! Herzlichen Glückwunsch, Süße. Du hast es echt geschafft!!!

Das hatte ich offenbar.

»Was tust du hier draußen?«, fragte Melanie mich, als ich ein paar Minuten später durch den Hotelpark spazierte – um meine Gedanken zu sortieren (ohne Ergebnis) und um beim Abbauen der Pavillons zu helfen (völlig unnötig).

Melanie platzierte sich mit ihrem obligatorischen Klemmbrett neben mich. »Ich habe die Männer fürs Aufräumen organisiert, wie wir es geplant hatten. Mensch, ich bin total froh, dass du da bist und nicht mehr der fürchterliche Ahrenz. Der Typ war unerträglich.« Sie drehte sich um ihre eigene Achse. »Man sieht, was dabei herauskommt, wenn eine patente Lady wie du die Sache in die Hand nimmt.« Sie hakte sich bei mir unter und zog mich mit zum Ententeich. »Zum ersten Mal seit der Eröffnung sind wir fast ausgebucht, Lina! Die Artikel in den überregionalen Zeitungen und auf den Websites heute Morgen sind eingeschlagen wie eine Bombe. Eine Flut von Neuanmeldungen ist über uns hereingebrochen. Nicht zu vergessen der Sternedurchschnitt, der keinen mehr abschreckt, zu uns an die Ostsee zu kommen. Wir sind ein Dream-Team.« Sie hielt die Hand zum Abklatschen in die Luft, weshalb ich mich schlecht fühlte, als ich an Fechners Angebot von vorhin dachte. Trotzdem schlug ich ein.

Melanie und die anderen würden ohne mich klarkommen, Fechner hatte recht. Sie würden sich schnell an jemand Neuen gewöhnen, während ich mir weit weg die Sonne auf den Pelz scheinen lassen würde.

Ohne Melanie und meine Familie? Und vor allem ... ohne Simon?

***

Gott sei Dank musste ich mich nicht sofort entscheiden. Fechner räumte mir bei einem abschließenden Gespräch am Abend eine großzügige Bedenkzeit von einer Woche ein. Mit dem Zusatz, dass ich mit niemandem über das Angebot und das enorme Gehalt sprechen dürfe, weshalb ich den Rest des Tages erst einmal allein mit den Neuigkeiten umherlief. Statt sie zu bejubeln, versuchte ich, sie zu verdrängen, was auch bis zum nächsten Morgen klappte. Genau genommen bis zu dem Moment, als Sascha auftauchte, um Nele und Matti abzuholen.

Der schwarze Skoda meines Schwagers stand in unserer Auffahrt und glänzte in der Sonne. Ich hatte im Vorfeld für diesen Tag Urlaub genommen, damit ich meine Schwester und meinen Neffen ein letztes Mal drücken konnte, bevor sie uns verließen.

Sascha hätte ich fast nicht wiedererkannt. Nach wie vor hatte mein Schwager eine sportliche Figur, doch die Haare über seinen Schläfen waren sichtlich ergraut und die ein oder andere Falte prägte seine hohe Stirn. Er trug einen schwarzen Anzug, was für die aktuelle Außentemperatur zu warm und in Bennickshoop irgendwie unangebracht war.

Wir standen auf der Veranda und er hatte Nele sofort freudig in den Arm genommen. Es erweckte den Anschein, als wollte er sie nie wieder loslassen. »Ich wäre bei jedem unserer Telefonate am liebsten direkt losgefahren, um dich zu sehen, Nele. Aber wegen der vielen Gerichtstermine ging es leider erst heute.«

Meine Schwester umarmte ihn mindestens genauso fest wie er sie und brachte keinen Ton heraus. Er hob sie hoch und drehte sich leicht mit ihr. Ich sah eine stumme Träne über ihre Wange glitzern. »Ich dachte, du kommst erst heute Abend«, flüsterte sie so leise, dass ich es gerade so hören konnte. »Oder vielleicht sogar erst morgen ... weil du es nicht schaffst ... wegen der Arbeit.«

Er verbarg sein Gesicht an ihrem Hals. »Wir müssen dringend miteinander reden, Nele. Darüber, wie es weitergehen soll. Ich weiß zwar noch nicht, wie wir alles umsetzen können und was wir alles angehen müssen, aber ich habe dich verstanden. Und ich möchte, dass wir das zusammen schaffen. Mit Matti. Als Familie. Ich liebe dich so sehr.« Er setzte sie zärtlich ab. »Sag mir, was du möchtest – wir bekommen alles hin.«

»Ich möchte ...« Nele drehte sich zu mir um und musterte das alte Haus.

Ich folgte ihrem Blick über die bunte Eingangspforte, die Hannes so liebevoll gestaltet hatte, die Hollywoodschaukel, die Hortensien neben den Stufen. Es war klar, was sie dachte.

»Ja?«, fragte Sascha erwartungsvoll.

»Ich kann hier nicht weg, Sascha. Gesa schafft das nicht allein. Das hat sie sogar offiziell gesagt. Und mir macht die Gästebetreuung total Spaß. Ich könnte nebenbei schreiben und … ich stelle mir das so erfüllend vor.«

»Du willst hierherziehen? Nach Bennickshoop? Zum Arbeiten?«

»Was ist so ungewöhnlich daran? Du arbeitest schließlich auch.«

»Aber wir haben ein Leben in Hamburg.« Sascha klang verzweifelt. »Willst du … willst du mich verlassen?«

Ich hielt die Luft an. Gott sei Dank vollführte Matti mit Simon seine Qigong-Übungen im Garten und bekam von der sich aufheizenden Diskussion nichts mit. Obwohl es keine richtige Auseinandersetzung war, ging es doch um alles.

»Nein. Um Gottes willen. Ich will dich nicht verlassen, Sascha.« Nele trat einen Schritt von ihrem Mann zurück. »Ich möchte das alles mit dir zusammen aufbauen.«

Ich registrierte, wie er sich die Augen rieb. Vor Erleichterung, vielleicht auch vor Erschöpfung. Man sah ihm an, dass er genauso ausgebrannt war wie Nele vor drei Wochen, als ich mit ihr telefoniert hatte. »Wir finden immer eine Lösung, das verspreche ich dir. Du bist mein Ein und Alles«, sagte er leise, und ich spürte, dass er es ernst meinte. »Ich habe mich nicht genug um uns bemüht.«

»Ich habe das genauso wenig getan«, pflichtete Nele ihm bei. »Wir sind als Paar irgendwie in den letzten Jahren auf der Strecke geblieben. Und Matti haben wir über den Alltag auch aus den Augen verloren.«

»Wie konnte das bloß passieren?«

»Ich weiß es nicht. Ich weiß nur, dass ich es ändern möchte. Mit dir.«

Sie umarmten sich wieder.

Als wir später zusammen um die Feuerschale auf der Wiese saßen, kam es mir vor wie früher oder wie in einem alten Film mit neuer Besetzung. Mama, Papa und Hannes waren durch andere Menschen ersetzt worden, die uns ebenso sehr ans Herz gewachsen waren.

»Hat Phil sich wirklich gar nicht mehr gemeldet seit eurer Unterredung?«, wollte meine Schwester wissen, die wie ein Teenie auf Saschas Schoß saß und ihr Stockbrot über dem Feuer wendete. Er hatte seinen Anzug gegen kurze Hosen und ein Poloshirt getauscht und sie waren den ganzen Nachmittag zu zweit am Strand unterwegs gewesen. Sie verhielten sich wie frisch Verliebte.

»Doch. Er hat mir eben eine Nachricht geschickt.« Ich kramte mein Handy hervor, das ich zum Transport in die große Kühltasche mit den Kaltgetränken geworfen hatte. Als ich die Nachricht fand, klickte ich sie an und reichte Nele das Gerät.

»Ich vermisse dich, Lina«, las meine Schwester vor. »Das ist irgendwie kalt.«

»Das ist es, ja.« Nele meinte wohl das Gehäuse des Telefons, ich Phils Floskel.

Ich hatte Simon die Mitteilung bereits gezeigt, weshalb er recht gelassen darauf reagierte. Nur seine Fingerknöchel traten weiß hervor, weil er den Stock so fest umklammerte.

»Klassisches Hintertür-Aufhalten«, meinte Sascha und erntete einen fragenden Blick von seiner Frau. »Na, er sucht nach einer Bestätigung, dass er Lina noch haben kann. Wenn ihr meine Meinung als Mann dazu hören wollt: Am besten, du antwortest ihm nicht.«

»Zu spät«, kommentierte meine Schwester mit Blick auf mein Handy. »Sie hat schon geantwortet: Ich möchte keinen Kontakt mehr zu dir, aber ich wünsche dir alles Gute«, las sie vor. »Wow!« Sie sah vom Display auf. »Ich bin stolz auf dich, Linchen. Phil hat auch noch mal reagiert … Ich verstehe deine Entscheidung, Lina«, las sie weiter und zuckte zurück, als sie nach unten scrollte. »Er hat dir ein Foto zum Abschied geschickt?« Sie wich zurück. »Ach du je. Wo ist er da? Ist das im Fitnessstudio?« Sie lachte laut auf. »Er ist wirklich total durchgeknallt. Das hätte ich nicht erwartet.«

»Durchgeknallt« war schwer untertrieben. Phil hatte es sich nämlich nicht nehmen lassen, mir zum Abschluss ein Bild von sich in – seiner Meinung nach – seiner besten Pose zu schicken: In knapper Sportbekleidung thronte er auf der Bank eines Fitnessgeräts und schaute cool in die Kamera.

»Das ist sooo … ich finde gar keine Worte dafür. Over the top«, rief Nele lachend, obwohl sie es normalerweise vermied, englische Begriffe zu verwenden. »Voll daneben und total übertrieben«, übersetzte sie für Gesa.

»Lass ma sehen.« Unsere Tante richtete ihre Brille auf dem Nasenrücken. »'n hübscher Kerl is er ja. Braucht nur die Richtige.«

»Nicht mich«, sagte ich schnell und schmiegte mich an Simon, der auf dem gelben Sonnenstuhl neben mir saß.

»Definitiv nicht dich!«, wiederholte er herausfordernd.

»Ich dachte halt, da wäre wenigstens Freundschaft zwischen uns gewesen.«

»Manchmal macht 's Herz, dass wir nich alles von andern seh'n.« Gesa breitete eine Fleecedecke über ihren Beinen aus und faltete die Hände ineinander. »Der Bauch is schlauer.«

»Mein Bauch sagt mir, dass mein Brot fertig ist«, trällerte Matti, und Emma sprang erschrocken von seinem Schoß.

Ich löschte den Chat und anschließend Phils Nummer. »Das Kapitel Philipp Olsen ist für mich beendet.« Ohne zu zögern, steckte ich das Handy weg. »Ich fange ein neues Buch an.«

»Du kannst mein Buch anfangen zu lesen«, bot Nele an und kicherte. »Was machen wir jetzt eigentlich mit unserem Glücksglas?«

Simon stand auf und griff hinter seinen Sonnenstuhl. Er reichte mir ein durchsichtiges nigelnagelneues Einmachglas. »Wir sammeln keine Wünsche mehr, sondern wahre Erlebnisse. Dieses Glas ist für alle erlebten glücklichen Momente.«

»Is das süß!« Gesa presste die Hand auf den Mund.

Simon stellte das Einmachglas zu meinen Füßen ab und zog mich aus dem Stuhl. »Und was wird nun aus uns beiden, Frau Petersen?« Er legte die Hände auf meine Hüften und küsste mich leidenschaftlich. Nele und Sascha brachen in grölenden Jubel aus. Es war mir egal, dass sie uns zusahen, denn innerlich jubelte ich mindestens genauso laut.

»Schau, Emma, es braucht überhaupt nicht viel, um glücklich zu sein«, sagte Matti und streichelte Emma, die friedlich schnurrte.

Unsere Glücksliste

~~1. Eine Katze (Lina)~~
~~2. Immer wieder Ferien bei Gesa und Hannes am Meer (Nele)~~
~~3. Den Sonnenuntergang mit meiner großen Liebe erleben~~
~~(Lina)~~
~~4. Ein Buch schreiben (Nele)~~
~~5. Kitesurfen (Lina)~~
6. Jemandem das Leben retten (Nele)
~~7. Ein großes Fest organisieren (Lina)~~
~~8. Den besten Hefezopf der Welt backen (Nele)~~
~~9. Versöhnung mit Hannes' Bruder (Hannes)~~

EPILOG

Matti, 10 Jahre alt

Die schönste Erinnerung an meine Ferien in Bennickshoop ist natürlich meine Katze Emma, die jetzt bei uns in Hamburg wohnt. Und dass ich ein eigenes Haus im Wald gebaut habe. Ganz allein. Okay, ein bisschen mit Simons Hilfe. Aber man kann wirklich viel schaffen, wenn man will und fest dran glaubt. Seit meinem Urlaub weiß ich außerdem, dass ich Polizeikommissar werden möchte und dass die Ferien an der Ostsee niemals enden. Ich kann jederzeit dorthin zurück – es ist mein zweites Zuhause geworden. Und das kam so ...

Als wir wieder in Hamburg waren, haben wir erst einmal mit Lina und Simon meinen zehnten Geburtstag gefeiert und dann gemeinsam besprochen, wie es weitergehen soll. Ich durfte dabei sein und mitbestimmen. Das fand ich gut. Meine Eltern haben sich nicht gestritten und geschimpft hat im Nachhinein immer noch keiner mit mir, weil ich Phils Tablet an mich genommen hatte. Ich mach so was ja nicht mehr, ehrlich. Aber mir war von Anfang an klar, dass Linas Ex-Freund etwas zu verbergen hatte. Ich glaube, Lina hat das nicht gemerkt, weil sie dachte, sie wüsste, wer Phil ist – ohne genau hinzuschauen.

Vielleicht ist das so, wenn man erwachsen wird. Man sieht nicht mehr hin und nimmt sich keine Zeit.

Mama und Papa haben sich in den letzten Jahren auch nicht richtig angeguckt, glaub ich. Und Zeit genommen schon gar nicht. Deshalb dachten sie, sie hätten unterschiedliche Ziele im Leben. Dabei stimmt das gar nicht! Beide möchten dasselbe, wie sich herausgestellt hat. Als Familie zusammen glücklich sein.

Papa hat an meinem Geburtstag übrigens ziemlich viel Kuchen gegessen. Ein Rezept, das Mama neu ausprobiert und direkt ins Rezeptbuch für die Pension geschrieben hat. Ja, genau, für Gesas Romantikpension.

Die haben Mama, Papa, Lina und Simon ihr abgekauft. Lina ist in Bennickshoop geblieben, obwohl ihr Chef ihr einen megacoolen Job auf irgendeiner karibischen Insel angeboten hat. Ich denke zumindest, dass es die Karibik war. Auf jeden Fall ist es da heiß und es hätte das ganze Jahr über Cocktailschirmchen und Eiscreme gegeben. Aber sie wollte nicht.

Was soll sie auch da? Sie gehört doch zu uns!

Jetzt ist sie Teilzeit-Managerin der Strandperle. Den Rest der Zeit organisiert sie mit Mama und Gesa die Pension. Deshalb ist Mama jetzt auch zwei Tage in der Woche auf Geschäftsreise, wie Papa das nennt. Wenn ich schulfrei habe, fahre ich mit. Ansonsten kommen wir Männer aber ganz gut allein klar. Gesa hat übrigens behauptet, dass Mama und Lina ihr das Leben gerettet haben. Das ist ganz schön viel, wie ich finde.

Papa hat dazu nur gemeint, dass wir in Zeiten wie diesen alle moderner und viel flexibler sein müssen. Und dann hat er seine Stunden auf der Arbeit reduziert, um Mama zu unterstützen und mit mir zum Kampfsport zu gehen. Ich hab das ja mit Simon in den Ferien angefangen und wollte es hier in Hamburg weitermachen.

Außerdem lerne ich wieder mehr für die Schule und habe einen neuen besten Freund, der nicht so verrückt ist wie meine vorherigen Kumpels. Die finden allerdings, dass er ein Streber ist. Aber letztendlich ist das wie mit Phil: Man muss ganz genau hingucken, um zu erkennen, wie jemand wirklich ist. Jedenfalls klauen mein bester Freund und ich nichts – und wir gucken auch mal gemeinsam in Schulbücher und lernen.

Apropos Buch. Mama schreibt ihren Roman zu Ende und Simon hat seine eigene Praxis in Hamburg eröffnet. Ich war sogar schon da. Aber Arzt ist nicht so mein Ding. Ich finde die Natur viel interessanter. Wenn es eine bezahlte Arbeit wie Berufswanderer geben würde, würde ich das als Nebenjob machen. Lina hat sich totgelacht, als ich ihr davon erzählt habe. Soweit ich mitbekommen habe, fährt Simon regelmäßig zu ihr an die Ostsee. Manchmal kommt sie auch nach Hamburg. Viel öfter als früher, was richtig schön ist, weil:

Wir sind doch eine Familie!

Für immer.

Unsere Glücksliste

1. Eine Katze (Lina)
2. Immer wieder Ferien bei Gesa und Hannes am Meer (Nele)
3. Den Sonnenuntergang mit meiner großen Liebe erleben (Lina)
4. Ein Buch schreiben (Nele)
5. Kitesurfen (Lina)
6. Jemandem das Leben retten (Nele)
7. Ein großes Fest organisieren (Lina)
8. Den besten Hefezopf der Welt backen (Nele)
9. Versöhnung mit Hannes' Bruder (Hannes)

GESAS OSTSEE-HEFEZOPF

Ein Hefezopf mit Hagelzucker gehört nicht nur an Ostern zur Kaffeetafel. Mit Marmelade, Butter oder pur ist der klassische Hefezopf immer lecker!

Zutaten

250 g Milch, lauwarm
20 g frische Hefe (= ½ Würfel)
75 g Zucker
500 g Weizenmehl Type 550
1 Prise Meersalz
75 g weiche Butter

Für den Belag

1 Ei
1 EL Wasser
Hagelzucker

Außerdem: Backblech mit Backpapier auslegen!

Zubereitung

Kneten, gehen lassen, flechten, backen. Also gar nicht so schwierig!

Backofen auf 190 Grad vorheizen.

Lauwarme Milch, Hefe und Zucker verrühren. Das Ei in einer separaten Schüssel verquirlen, 2 EL davon in einem Schälchen in den Kühlschrank stellen.
Restliches Ei, Mehl und Salz hinzufügen und **kneten**. Butter hinzufügen und weiter**kneten**.
Den Boden einer Schüssel leicht bemehlen.
Den gut durchgekneteten Teig in die Schüssel geben und abgedeckt **60 Minuten gehen lassen**. Gern an einem warmen Ort.
Arbeitsplatte bemehlen, Teig darauf erneut durch**kneten**. In drei Teile teilen und wieder abgedeckt ca. **15 Minuten gehen lassen**.
Anschließend drei Stränge ausrollen und wie einen breiten Zopf **flechten**. Oben und unten zusammendrücken. Dann den Teigzopf auf das Blech legen und wiederum abgedeckt **15 Minuten gehen lassen**.

Das Ei aus dem Kühlschrank mit dem Wasser verquirlen, den Zopf damit bestreichen und ausreichend Hagelzucker darüberstreuen.

Hefezopf auf der mittleren Schiene 25 Minuten **backen**.

Leicht abkühlen lassen und noch warm genießen.

Viel Freude damit!

SOMMER- UND WINTERLICHES STOCKBROT

Entzündet an einem lauen Sommerabend ein gemütliches Feuer in eurer Feuerschale oder eurem Feuerkorb und los geht's! [Ist natürlich auch im Winter möglich.]

Zutaten

550 g Mehl
2 Pck. Trockenhefe
3 TL Olivenöl
2 TL Salz
1 TL Zucker
150 ml lauwarmes Wasser
150 ml Milch

Ganz wichtig: saubere, lange Äste fürs Backen

Zubereitung

Die trockenen Zutaten in einer Schüssel vermischen und anschließend das Wasser, die Milch und das Olivenöl unterrühren. Kneten, bis der Teig weich ist. Den Hefeteig in eine vorbereitete Schüssel mit mehligem Boden geben und mit einem feuchten Tuch abdecken. Das Ganze nun mindestens 45 Minuten gehen lassen – bis sich das Teigvolumen verdoppelt hat.

Tipp: Wir bevorzugen hier Trockenhefe, da der Teig weniger klebrig ist als mit frischer Hefe und sich angenehmer verarbeiten lässt.

Den Stockbrotteig in entsprechend viele gleich große Portionen teilen, diese zu kleinen Kugeln formen und zugedeckt noch einmal ein paar Minuten gehen lassen.

Zum Grillen die Teigportionen zu einer langen Wurst rollen und dann um ein sauberes, geschnitztes Astende wickeln. Das Astende gern vorher mit Alufolie versehen – für Halt und Sauberkeit.

Mit ausreichend Abstand den Teig über die Glut halten und den Ast langsam drehen, bis das Stockbrot goldbraun gebacken ist.

Stockbrotvariationen

Um eurem Stockbrot eine besondere Note zu verleihen, könnt ihr die unterschiedlichsten Zutaten als Zusatz wählen und beifügen – zum Beispiel Zwiebeln, Chilischoten oder frischen Knoblauch. Natürlich entsprechend zerkleinert.

Für ein reines Kräuterstockbrot gebt ihr bei der Zubereitung des Teiges direkt eure Lieblingskräuter hinzu: beispielsweise gehackten Thymian, Salbei, Rosmarin und/oder Basilikum.

Ein großes Dankeschön an Daniela Diedenhofen für das Rezept.

HINWEISE ZUM HANDLUNGSORT

Meine Familie und ich sind große Ostsee-Fans. Gerade in der Coronazeit haben wir die zauberhaften Orte an der See mehrfach besuchen dürfen. Wir haben jedes Mal Neues entdeckt und es war atemberaubend schön.

Zugunsten dieser Geschichte wurden jedoch einige Details und Gegebenheiten verändert. So findet man dort beispielsweise keinen Ort mit dem Namen Bennickshoop. Dieses Dorf ist frei erfunden. Auch Graal-Müritz verfügt über kein Allgemeinkrankenhaus, wie es im Buch geschildert wird. Die meisten Lokalitäten sind zwar von realen Plätzen an der Ostsee inspiriert, jedoch nach meinen Vorstellungen und Bedürfnissen umgestaltet beziehungsweise angepasst worden.

Ebenso sind alle Charaktere dieses Buchs frei erfunden. Eventuelle Ähnlichkeiten sind rein zufällig und nicht beabsichtigt.

DANK

An allererster Stelle gilt mein Dank dir, liebe:r Leser:in, weil du dich für meine Bücher begeisterst. DANKE!

In Danksagungen steht ja oft dasselbe, weshalb ich mich dieses Mal ein bisschen kürzerfasse. Ganz vornweg danke ich meinem Mann und meinen Kindern, die jeden Buchprozess begleiten. Fünf Bücher haben wir jetzt schon gemeinsam auf den Weg gebracht. Von Herzen ein großes Danke! Ich liebe euch!

Außerdem danke ich meiner Mutter, die »Eine sanfte Brise Glück« wie alle meine Bücher vorab gelesen hat. Ganz, ganz besonders danke ich der lieben Lisa Argendorf, die parallel zum Schreibprozess mitgelesen und mich mit ihren konstruktiven Hinweisen unterstützt und vor allem motiviert hat.

Ein herzliches Dankeschön geht an unsere Freunde Irene und Alex Groß, ohne die die kleine »Schlüsselmörder«-Szene nicht zustande gekommen wäre.

Und zum Schluss noch ein riesiges Danke an alle anderen, die an diesem Buch mitgewirkt haben – insbesondere an meine tollen Lektorinnen und Korrektorinnen sowie meine Kontakte bei Amazon Publishing.

Liebe:r Leser:in,
ich freue mich sehr, wenn dir diese Geschichte gefallen hat, und
wünsche dir eine zauberhafte Zeit.

Herzlichst
Deine Katie

Folge dem Autor/der Autorin auf Amazon

Wenn dir dieses Buch gefallen hat, folge Katie Jay Adams auf Amazon. Dann erhältst du eine Benachrichtigung, wenn der Autor/die Autorin sein/ihr nächstes Buch veröffentlicht. Um dem Autor/der Autorin zu folgen, gehe bitte folgendermaßen vor:

Desktop:

1) Suche auf Amazon.de oder in der Amazon App nach dem Namen des Autors/der Autorin.
2) Klicke auf den Namen des Autors/der Autorin, um auf die Autorenseite zu gelangen.
3) Klicke auf den »Folgen«-Button.

Smartphone und Tablet:

1) Suche auf Amazon.de oder in der Amazon App nach dem Namen des Autors/der Autorin.
2) Klicke auf einen Titel des Autors/der Autorin.
3) Klicke auf den Namen des Autors/der Autorin, um auf die Autorenseite zu gelangen.
4) Klicke auf den »Folgen«-Button.

Kindle eReader und Kindle App:

Wenn du dieses Buch auf einem Kindle eReader oder in der Kindle App liest, wird dir automatisch angeboten, dem Autor/der Autorin zu folgen, nachdem du die letzte Seite des Buches gelesen hast.

Zeitfracht Medien GmbH
Ferdinand-Jühlke-Straße 7
99095 Erfurt, Deutschland
produktsicherheit@kolibri360.de

Druck:
CPI Druckdienstleistungen GmbH
im Auftrag der
Zeitfracht Medien GmbH
Ein Unternehmen der Zeitfracht - Gruppe
Ferdinand-Jühlke-Str. 7
99095 Erfurt